Titel der Originalausgabe: L'Epervier de Maheux

Blumenstraße 29, 69115 Heidelberg

Umschlaggestaltung: Manfred Metzner
Umschlagabbildung: Henri Besson / Romain Giffon
Satz: Cyan, Heidelberg
Druck: Druckhaus Beltz, Hemsbach
ISBN 3 - 88423 - 089 - 1

Jean Carrière

Der Sperber von Maheux

Roman

Aus dem Französischen von Elke Wehr

Wunderhorn

Vorrede

Bevor sie Kenntnis nehmen von dem, was folgt, fühle ich mich verpflichtet, meinen Freunden vom Hochland – sowie demjenigen, der weiß, was dieses Buch der Wirklichkeit verdankt – eine kurze Erklärung abzugeben. Die ersten werden vielleicht finden, daß ich übertrieben habe. Ich höre sie schon schreien, daß sie keine Wilden sind, daß sie schon seit langem kein solches Leben mehr führen usw. usw.

Ich werde ihnen antworten, daß es mehr als nur ein Hochland gibt. Das, von dem hier die Rede ist, nimmt auf den Landkarten – oder besser gesagt auf den Generalstabskarten – einen fest umrissenen, engen Raum ein, etwas am Rande gefälliger folkloristischer Gemeinplätze. Es ist die Gegend, welche die Leute der Hochebenen – mit einer gewissen Geringschätzung überdies – „*le pays des travers*“[1] nennen. Sie haben mir oft erklärt, daß sie dort nicht leben könnten. Dazu kommt, daß die Bewohner der Hochebenen – Causses, Aubrac usw. – katholisch sind, die der *travers* protestantisch. Die Anekdote mit der Bemerkung, die einer der ersteren über letztere machte – man hat uns gesagt, daß die Hugenotten ein Auge mitten auf der Stirn haben – geht nicht auf die Zeit der Kamisarden zurück, sondern etwa auf das Jahr 1950 und ist ganz und gar authentisch.

Die Tragödie erscheint um so tragischer, als der Ort ihrer Handlung und ihre Protagonisten sich tendenziell auf das beschränken, was die moderne Gesellschaft auf unglückliche Ausnahmen begrenzt wissen will. Was man nicht bestreiten könnte, ohne böswillig zu erscheinen oder sich auf niederes wahltaktisches Terrain zu begeben.

Doch mitunter bestätigt die Ausnahme die Regel nicht. Sie macht ihr Schande.

Und sie läßt fundamentale Zweideutigkeiten zum Vorschein kommen, die nicht so einfach unter die in Mode befindlichen Kategorien fallen. Man kann alles der Rubrik der Neurosen zuordnen, selbst die Manie der Zuordnung.

Auf diesen Anhöhen, wo es scheint, daß Jehovah noch keinen Mittler hervorgebracht hat, gehört ein „mittelloser" Mann, gefangen zwischen dem Ausweglosen und dem Unfaßbaren, eher der Mythologie an als der Psychologie. Die Besonderheiten seines Verhaltens verdienen es, in diesem Sinne aufgefaßt zu werden.

J. C.

Der Fall

Ach daß du den Himmel zerrissest und führest herab!

Jesaja

Erzähl mir vom Süden. Wie es dort aussieht. Was sie dort machen. Warum sie dort leben. Warum sie überhaupt leben.

Faulkner (Absalon)

Der erste große Schnee des Jahres fiel gegen Ende November. Früh riß er das Hochland und nahezu den ganzen Süden in einen Winter ohnegleichen. Der unerhörte Druck der Stille verstopfte das Blut tief in den Ohren, aus den abgelegenen Weilern und Einzelgehöften drang kein Geräusch mehr nach außen; Nordlichter drückten gegen die rauhreifglänzenden Fenster, die Nächte, flüchtig wie Äther, ließen kaum Luft zum Atmen ... Und langsam verrannen die Stunden in den unter Schnee begrabenen Innenhöfen, wo kein Vogel mehr umherhüpfte.

Unter den Leuten von der Hochebene – allenfalls einem halben Dutzend Familien, die in den günstigsten Winkeln ihr Dasein fristeten, daran gewöhnt, die Belagerung durch die Kälte einen Großteil des Jahres zu ertragen – hatte niemand jemals zuvor solch seltsame, eiszeitliche Wunder erlebt, die den Anhöhen abermals unheilvolle Zeiten und große Hungersnöte bescherten, nicht einmal die alte Alice Despuech in Mazel-de-Mort, in deren Erinnerungen katastrophale Winter immerhin die Marksteine bildeten.

Diesmal irrte sie übrigens nur halb, als sie erklärte, daß das Ende der Welt unmittelbar bevorstünde, denn sie wurde hinweggerafft von dieser eisigen Flut, deren erste Welle bis ans Meer hinunterbrandete und auf ihrem Weg alles zum Erstarren brachte, die geschützten Südhänge veröden ließ und breite Schneisen in die Wälder und große Pferche schlug, die der Frühling nicht wieder mit Grün überziehen wird. Sechs Monate später werden auf den sonnigen Hängen die gespaltenen Stümpfe der Olivenbäume und unfruchtbaren Weinspaliere ihre schiefen Äste und vom Frost geschwärzten Klauen einem neuen Himmel entgegenrecken.

Oberhalb von Mazel-de-Mort – das nach dem Tod von Alice nur noch zwei Seelen zählen wird – beginnt die große Einsamkeit, und plötzlich ist alles verändert. Die Wildbäche verschwinden, die Quellen werden spärlicher, Schiefer und Granit gehen über in Kalkstein, der Boden wird hell und knistert wie altes Dachgebälk, die beißende Luft säubert das schüttere Unterholz, wo der Himmel durch die letzten Buchen hindurchscheint. Bald kräuselt sich die fahle und baumlose Weite ins Unendliche, mit ihren keltischen, im toten Gras eingewurzelten Steinen, zerklüftet vom Westwind, dessen Brandung unablässig gegen die alten Einfriedungsmauern und verlassenen Schäfereien tobt.

An ruhigen Tagen ist in der Ferne unaufhörlich das lärmende Tosen dieses Windes zu hören, der sich in den Engpässen verfängt, und ganz nah das Knistern seiner Wellen, die mit der Regelmäßigkeit der Meeresbrandung gegen die Strände aus Flechten und Moos vor- und zurücklaufen. Auf den Bergkämmen, die in solchen Momenten von der Erinnerung an das urzeitliche Meer heimgesucht scheinen, recken Kreuze ihre groben Stümpfe fragend in den fliehenden Horizont. Oft gleiten Wolkenschatten zwischen den gewaltigen Felsen einher, zeitweise riesige Landschaftsflächen verdunkelnd, die sich wieder aufhellen im Geschwirr von Insekten, und gleich spürt man wieder das Brennen eines grellen, gierigen Lichts.

Mehr noch als durch ihr sonderbares Relief wird die tausendjährige Barbarei der Landschaft in ihrem Klima spürbar. Bald glühendheiß, bald eiskalt, verleiht es den schönsten Jahreszeiten etwas Gespanntes oder Ungesundes. Selbst in milden Jahren, wenn den ganzen Winter auf den Hochebenen die dürren Bodenwellen sich unter dem Saum kaum weißgepuderter Gipfel wiegen und ein durch vorzeitige Hitzetage ausgebrütetes Grün die gelb verfärbten Hänge überzieht, wird der Frühling von unvermittelten Kälteeinbrüchen überrumpelt, welche die zu früh in aller Üppigkeit schwellenden Abhänge verfaulen lassen.

Mitten im August, wenn die größte Hitze des Tages am Fuß der Felswände, in den Mulden der Hochebene und inmitten der Kastanienwäldchen still steht, sieht man das Elend der Dinge, sieht man gleichsam ihre von der Gewalt des Lichtes ausgezehrte Kehrseite, aschfarbene Wege, schmutzige Erdflächen vom ranzigen Gelb afrikanischer Steppen, schiefergepanzerte Wände, die den fiebrigen, bleifarbenen Glanz eines Gewittertages zurückwerfen; Schäfereien, am Boden zermalmt durch das Gewicht riesiger Schieferziegel, auf die die Sonne hinunterbrennt und deren Trümmer wie Schulterblätter auf dem Boden bleichen; eingestürzte Dächer, über schieferbesäten Ruinen klaffend; Weiler, hier und dort angefressen durch hohle, dornengeschwärzte Gebäude, die ihre gekalkten Fassaden in emsiger Verschachtelung übereinander in die Höhe winden, um sehen zu können, was in der Ferne geschieht. Gegen Ende des Nachmittages jedoch, wenn die Schatten, vom Geruch des Grases benetzt, länger werden, sickert in ihrem Schutz eine mineralische Ausdünstung aus den Erdfundamenten, begleitet von einem giftigen Hauch, der sie von der Frische des Abendtaus unterscheidet, erfüllt die Talmulden, steigt die Wiesen empor, erreicht die kleinen Gärten, strömt die engen Gäßchen entlang.

Dieses winzig kleine Tröpfchen Kälte ist tödlich für die Jahreszeit. Außerordentlich rasch löst es die Dichte der schönen Tage auf. An dieser Wende des Sommers lauscht die klare Luft plötzlich dem Laut einer aufspringenden Schote.

Es bleibt nur wenig Zeit. Der Herbst selber ist oft nur ein Blätterwirbel zwischen zwei angelehnten Türen, eine milde und fröstelnde Schwelle zwischen den beiden Seiten des Jahres. Kaum hat die untergehende Sonne, aufgesplittert hinter dem Kirchenfenster der Wälder, all ihre Röte und ihren Dunst verströmt, dringt durch die Korridore des Südens mit dumpf grollendem Fabrik- und Zuglärm ein zerfetzter Seewind, zieht seine schmutzigen Wolken mit sich, reißt die trockenen Blätter von den Bäumen, verdüstert die Brandhelle der Ferne, löscht sie schließlich aus. In wenigen Tagen, manchmal in einer einzigen Nacht, hat das Hochland die Fangleinen eingeholt, die es an die Provinzen des Südens banden. Eines Morgens, sobald der Wind sich gelegt hat, entdeckt man beim Öffnen der Fensterläden eine riesige, lautlose und leere Gruft, eine Welt aus kalten Steinen, kahlen und glänzenden Bäumen, deren Äste gegen das einförmige Grau des Himmels ein Gitterwerk aus Tusche zeichnen. Durch die engen Öffnungen fällt ein mattes Licht, das man erst am Abend vertreibt, wenn die um das Gehöft versammelten Grabsäulen in der Dunkelheit versinken und die Lampe mit sparsamer Hand entzündet wird.

Manchmal jedoch brachte der Herbst auch eine plötzliche Erhellung der Landschaft, aus der sich der Nebel zurückzog, trocknende Steine hinterlassend, die zu einer Art elementarem Leben fanden und in der Sonne zu dampfen begannen; verborgene Blumen unter dem heißen Gras, das dichter und lebendiger war als ein Beet von Seeanemonen, knisternde Brennesselbüsche entlang der Mauern, in deren Schutz sich die Insekten geflüchtet hatten. Langsam kreuzte der Morgen dann in einem spurenlosen Himmel. Ein friedliches Echo erfüllte die Luft, trug Hammerschläge von Hang zu Hang, häusliches Stimmengewirr der Horde, die sich niederließ, Lärm der Herde, die ihr Winterquartier bezog. Endlich schienen die Gerüche erlöst von der zarten, betörenden Erinnerung, von der schmerzlichen Vergänglichkeit der blühenden Gäßchen, die manche Frühlingsabende mit einer unbestimmten, verwirrenden Verheißung erfüllt hatten. Jetzt ließen die Gerüche gewöhnlichere und nüchternere Bedürfnisse an die Stelle intimer Sehnsüchte treten. Es waren scharfe, anregende Düfte, die dem verfaulten Blätterkleid der Wälder entströmten und mit der gleichen gebieterischen Flüchtigkeit die Sinne fesselten wie der Geruch des Weihrauchs; säuerliche Gerüche am Boden gärender Haufen aus Rinde und frischen Sägespänen, Geruch nach weiblichen Tieren um die gefällten Buchen, deren Splintholz auf eine federnde Schicht welker Blätter spritzte; anregende Arbeitsgerüche, Gerüche nach Leder und heißem Eisen, vermischt mit dem beißenden Rauch der ersten Holzfeuer über den im satten Licht dösenden Weilern, in denen die Stunden langsam verrannen, kaum spürbar im Knarren einer Radachse oder in hellen Amboßschlägen, die zwischen den Mauern ihrer von nächtlichem Regen noch glänzenden Gassen widerhallten ... All diese Gerüche weckten sofort die Sinne, wie beim Eintritt in ein Gewölbe, wenn einem plötzlich der zärtliche Hauch von Heu oder heißem Brot entgegenschlägt. Man hatte die Geranientöpfe noch nicht hereingeholt, und Pilzteppiche waren zum Trocknen auf den Terrassen ausgebreitet, im ruhigen Schatten der Mauern.

Indes ließen sich durch diesen Frieden noch nicht einmal die Vögel täuschen, die sich jeden Morgen näher der Türschwelle aufplusterten und ihre kaltgefrorenen Federn zerzausten.

Jetzt erreichten die Nächte eine außergewöhnliche, sternenhafte Klarheit. Der Himmel war so schwarz, als hätte er keine Atmosphäre, wie die toten Gestirne. Er wusch die Berge rein, und seine Sterne erschienen zahlreicher; sie hatten, geschliffen und gehärtet durch eine immer trockener werdende Kälte, die Größe und den Glanz von Edelsteinen. Am Abend waren grollende Geräusche in den Niederungen bei St. Julien zu hören. Das gedämpfte Rauschen der Wildbäche kam direkt über den abgezehrten, durchsichtigen Wald, aus dem, jede Nacht etwas dichter, ein Nebelsee emporstieg, der Stille brachte, alle Geräusche des Tales erstickte, die Abhänge aufweichen ließ und hohe Felsenhalbinseln in ihrem planetaren Frieden einschloß.

Diese Zeichen, auf die gewöhnlich sehr harte Winter folgen, trieben die letzten Arbeiten voran. In den Küchen, eiskalt trotz der Glutreste unter der Asche, waren die Männer schon vor Morgengrauen auf den Beinen, das jeden Tag etwas länger brauchte, bis es die Fensterscheiben mit seinem Dunst anlaufen ließ. Sobald sie sich mit einer Schale Kaffee erwärmt hatten, glitten sie hinaus, rochen nach dem Wetter; kleine Atemwolken verflüchtigten sich um den roten Punkt der Zigaretten, und ihren für den Tag gefüllten Beutel über die Schulter werfend, setzten sie sich in Marsch. Wenn der Morgen sich matt und ruhig ankündigte, ließ das Geröll der Wege unter ihren nagelbeschlagenen Schuhen die durchsichtige Luft wie Glas erklingen.

Die Waldlager erwachten unter einem noch kraftlosen, bläulichen Licht zum Leben, und bis zum Einbruch der Nacht blieben alle verfügbaren Arme beschäftigt. Doch konnte man diese Arbeit auch außerhalb der Jahreszeit tun, mit einem Bein inmitten welker Blätter und mit dem anderen schon auf dem sanften Gefälle des Schlafes. Die kürzer werdenden Tage ließen die Stunden schnell vergehen, die Bäume flogen vorbei wie im Traum. Ihre leeren Äste erwarteten den Schnee, ertränkten die Hohlwege in einem violetten Nebel, in dem hier und dort silbrige Lichtströme glänzten. Nach dem nächtlichen Frost tropfte es von den Felsterrassen auf die Steinschilde, die ihre Seiten versperrten.

Unmerklich war durch diese leichte Kältekur das faulig-feuchte Unterholz getrocknet, und die Wölbung des Himmels hatte sich ausgedehnt bis zu den Grenzen der Atmosphäre. Von den Lichtungen aus, welche die frischen Einschläge durch den Wald hindurch geöffnet hatten, tat sich, soweit das Auge reichte, ein eintöniges, flaches Gekräusel auf, dem die Sonne keine Farbe zu geben vermochte, obwohl keine Wolke zu sehen war. Der Himmel erstarrte und wurde glasig wie die gefrorene Oberfläche eines Teiches.

Während der Arbeitspause, wenn sich um die Feuer aus grünem, saftspritzendem Reisig inmitten der Lichtungen Gruppen von Waldarbeitern gesammelt hatten, die sich auf die Baumstümpfe setzten und ihre Messer herauszogen, bewahrte die Luft dicht an der harten, reinen Erde ihre berauschende, frühmorgendliche Trockenheit und brachte das Blut mit der Kraft sehr reinen Alkohols in Wallung. In der reglosen Stille der Wälder, über denen die Rauchschwaden der Lagerplätze in dunstigen Fetzen stillstanden, hallten die Schläge einer vereinzelten Axt unter dem ausgewachsenen Hochwald wie in einem Kirchenschiff. Doch schon zu Beginn des Nachmittages spürte man eine herbe, markdurchdringende Ausdünstung vom Boden aufsteigen, und das spärliche Licht wurde noch spärlicher.

An einem Abend in der letzten Novemberwoche, während noch die benzinbetriebenen Holzsägen – es waren die ersten jener Zeit – mit ihrem jäh beschleunigenden, heftigen Motorradgeknatter das Dickicht erfüllten, begann plötzlich das welke Laub zu knistern. Unzählige kleine, graupelähnliche Flocken hüpften durcheinander. Bald bedeckten größere Flockenbüschel das Land mit anthrazitgrauem Weiß. Langsam wie Watte sanken sie herab und setzten weich auf dem Boden auf.

Nun ist das Hochland den dunklen Monaten preisgegeben. Trotz der starken Helligkeit einiger Wintertage, wenn die Schneelandschaft unter dem strahlenden Blau des Himmels glitzert, bleiben die alten Gemäuer düster, in ständiges Dämmerlicht getaucht, in dem jeder Augenblick die Schwärze einer den Kellern entstiegenen Kälte trägt. Nicht, daß die Leute hier besonders kälteempfindlich wären, einige rühmen sich sogar, daß sie die Tür weit offen stehen lassen, wenn es draußen Stein und Bein friert; auch bringen nicht alle Winter zwangsläufig sibirische Temperaturen mit sich. Doch die meisten dieser Natursteinhäuser mit ihren Festungsmauern sind tief in den engen Tälern vergraben oder ducken sich in irgendeine tiefe Mulde; kaum daß man ihre Dachluken dicht am Hochplateau erblickt. Die Zimmer des Erdgeschosses, das sich immer in die Bergseite gräbt oder an den bestgeschützten Hang der Mulde lehnt, sind mit ihrer rückwärtigen Wand direkt an den Felsen gebaut, dessen Rückgrat sich hier und dort durch Schwellungen bemerkbar macht. Durch das Mauerwerk verhüllt, erfüllen sie das Haus im Laufe der Jahre mit abweisender Atmosphäre, an der nicht allein die Kälte schuld ist. Die gleiche Rauheit findet sich in der Landschaft und im Klima wieder. Und im übrigen vielleicht sogar bei den Menschen.

Für Samuel Reilhan begann alles an einem gewissen Novemberabend des Jahres 1948, jenem Jahr, in dem die große Kälte im Land herrschte. In Wirklichkeit hieß er zu jener Zeit ganz einfach Joseph Reilhan.

Ein junger Bursche ist er, etwas dick für sein Alter und seinen Menschenschlag. Vor zwei Jahren hat er die Gemeindeschule verlassen und bearbeitet seitdem mit seinen Eltern den Boden. Den Boden bearbeiten ist nur eine Redensart. In dieser Gegend müßte es heißen: die Wüste, aber darauf werden wir noch zurückkommen.

Im Augenblick ist er dabei, in Gesellschaft seines Vaters und seines älteren Bruders Holz zu schneiden und zu bündeln, in einem Buchengehölz bei der *can*[2] *de Ferrières*, zwischen St. Julien-d'Arpaon und Barre-des-Cévennes – einem der einsamsten Plätze dieser Berge. Da gilt es erst einmal hinzukommen.

Seit drei Wochen wird die Winterarbeit in einem Höllentempo durchgeführt. Alles deutet auf frühzeitigen Schnee, der dann gewöhnlich bis zum Frühjahr liegenbleibt: die tiefe Stille der Wälder, in denen sich kein einziges Blatt bewegt; die Krähen, die in den Wipfeln der toten Bäume warten und sich, als wären sie ausgestopft, ebenfalls nicht zu rühren wagen; der reglose Himmel, voll unangenehmer, flockiger Ringe, wie sie sich an der Oberfläche einer schmutzigen Waschlauge bilden; die taube Trockenheit der Luft, deren Schärfe sich jedoch zu mildern scheint, als würde die Kälte ihre Nadeln verlieren und weich wie Filz werden, schließlich die ungewöhnliche Dicke der Zwiebelschalen und das Verschwinden eines Vogels, der noch in der Gegend sein müßte und nun einfach das Weite gesucht hat ... Alle erinnern sich noch an den Winter 1882, als man einige Wölfe in der Umgebung gesehen oder zu sehen geglaubt hatte. Damals war alles genauso gewesen. Diese allgemeine Reglosigkeit kann nichts Gutes verheißen.

Wölfe oder nicht, man hat den Stier bei den Hörnern gepackt. Es gilt, eine ewig schlechte Saison hinter sich zu bringen, deren Ende niemals abzusehen ist und die immer zu früh beginnt, während der man in jedem Fall gezwungen sein wird, das Letzte herauszuholen. In den kahlen Waldschneisen sausen die Äxte auf und nieder, plagen die Sägen sich ab beim Metzeln der Zweige, da beginnt am letzten Freitag des Monats, gegen vier Uhr nachmittags, jener Schnee zu fallen. Rasch versinken die weiten Flächen des Ödlandes und der Wälder, die sich um Ferrières kräuseln, in grauem Einerlei.

Die drei Köhler brauchen nicht weniger als eine Stunde Fußmarsch zurück zu ihrer Behausung. Der Weg ist recht uneben, die Nacht hereingebrochen; die Leute vom Hochland lassen sich bei solchem Wetter nicht gerne weit von zu Hause entfernt überraschen. Es gab noch kürzlich beklagenswerte Ereignisse.

Sobald der alte Reilhan die ersten Flocken erblickt hat, macht er seinen beiden Söhnen ein Zeichen, daß es Zeit sei, aufzubrechen. Den Beutel gepackt, die Axt in der Hand und ein Reisigbündel auf der Schulter, verlassen sie den Wald und gleiten in aller Eile quer über die mit kurzem Gras bewachsenen Abhänge, die schon grau zu werden beginnen. Das offene Gelände liegt hoch über dem schon von Finsternis erfüllten Tal, einer Talsohle mit spärlichen Buchen, Geröll und schlechten Weiden, die schroffe Abhänge von allen Seiten einmauern. Trotz ihrer gewaltigen Weite bietet die Landschaft nichts als öde, perspektivlose, von den mächtigen Ausläufern der Hochplateaus eingeschlossene Einsamkeit. Hier und da klammern sich, auf diese Entfernung winzigklein wie Wespennester, verlassene Pachthöfe, unbewohnte Gehöfte an den Fels, von zerfallenen Schafställen flankiert.

Kein Licht, kein Rauch deutet auf das geringste Lebenszeichen. Es gibt nichts als die jäh abfallenden, kahlen Abhänge eines Talkessels, den drei von vier Jahreszeiten in der Erstarrung rauher Berghänge oder späten Schnees verharren lassen. Man spürt, daß das Leben sich schließlich aus einem Ort zurückgezogen hat, der ihm nicht oder nicht mehr behagt.

Dennoch ist in der Dunkelheit der Schlucht etwas aufgeleuchtet, eines jener kleinen, verschwommenen, schwachen Lichter, die man nachts in Gegenden ohne Strom glimmen sieht. Die großen Schneeschleier, die sich in der Weite des Raumes entfalten, lassen es flackern und zeitweise sogar verschwinden. Es ist Maheux, wo während der schlechten Jahreszeit jeden Abend eine Lampe im Fenster brennt, solange die Männer noch nicht heimgekehrt sind.

Maheux ist eine Hofanlage, wie man sie vielerorts im Lande findet. In den unglaublichsten Winkeln nistend, eine baufälliger als die andere, sind sie Beute der Dornen, der Wurzeln und wilden Gräser, die bereits einen Teil der Nebengebäude erobert haben und nun auf die erste Gelegenheit warten, den ganzen Ort in Besitz zu nehmen und den Bewohner endgültig zu vertreiben, sollte es ausnahmsweise einen geben. Und so werden sie auf Grund des schwierigen Zugangs und der scheinbar eigens wegen ihrer zahllosen Unannehmlichkeiten ausgesuchten Lage „folies“[3] genannt. Der Begriff, der einst für gewisse Überspanntheiten und Ausschweifungen des Landlebens stand, ist hier halb im Scherz, halb im Ernst gemeint, so als müßte man, um einen solchen Ort zu bewohnen, halb verrückt sein, mit der Aussicht, es ganz zu werden.

Und in der Tat, daß inmitten einer solchen Trostlosigkeit ein Leben existiert, das sein Feuer weiterhin schwelen läßt und seine Wäsche sauberhält, ist Anlaß genug zur Verwirrung. Es liegt ein so ungeheurer Widerspruch darin, daß man sich schaudernd fragt, unter welch furchtbaren Entbehrungen sich Menschen einem derart rauhen Umgang mit der Welt fügen können.

Aus den gesprungenen Fassaden quillt Heu; der Wind verfängt sich unter offenen, von Frauenhaar überwucherten Gewölben; Balken, von jahrhundertealtem Rauch geteert, recken ihre pathetischen Stümpfe über Trümmer, die ebenfalls etwas Tragisches haben. Man könnte meinen, ein Bombenangriff habe dieses Gemäuer aufgerissen. Ihre Ruinen haben nicht die Zeit, in friedlichem Einvernehmen mit der Pflanzenwelt zu altern; was im letzten Jahr noch aufrecht stand, zerfällt jetzt in tausend Teile; Frost, Regen und Sonne werden leichtes Spiel haben mit diesen schwarzen Gebeinen, die mit totem, schon lange totem Putz vermengt sind. Es geschieht sogar, daß eine ganze Mauerwand vor den Augen des verdutzten Bewohners zusammenfällt, dem dann nichts übrigbleibt, als auszuziehen oder sich angesichts dieser regelrechten Belagerung in die unversehrten Teile des Hauses zurückzuziehen. Schuld an diesen plötzlichen Einstürzen ist die Armseligkeit des Materials: trockene, frostrissige Steine oder bröckeliger Schiefer, kaum bearbeitet, bei denen der kleinste Riß einen Zerfallsprozeß in Gang setzt, der durch die Unbilden der Witterung noch beschleunigt wird.

Die Krönung des Ganzen bleibt jedoch dem kleinen Familienfriedhof vorbehalten. Mit seinen verdächtigen Erdanschwellungen und den durch unterirdische Bewegungen verschobenen Grabsäulen könnte mancher von ihnen die Dekoration eines Schauerromanes abgeben, wie jene Friedhöfe in Schottland oder Mitteleuropa, die Vampire und Werwölfe zu ihren Lieblingsorten erkoren haben.

Gewöhnlich liegt die Reihe der Gräber in der Nähe des Hauses – man sieht sie vom Fenster aus, ist gezwungen, morgens und abends an ihnen vorbeizugehen – sei es, um den Lebenden bei ihren täglichen Prüfungen Stärkung zu geben, indem sie sie daran erinnern, daß all diese Unannehmlichkeiten eines Tages ein Ende haben werden, sei es, um die Dinge zu erleichtern und den Weg weniger lang zu machen, wenn die

Stunde gekommen ist; oder auch, daß diejenigen, die den Friedhof dort angelegt haben, ganz einfach ohne Phantasie gewesen wären. Brennesseln, vernarrt in feuchte Plätze, gedeihen dort in seltener Üppigkeit.

Knochen überall, eine afrikanische Sonne, Schatten von der frischen Bitterkeit Armorikas: Das ist das Hochland. Die Alten sterben, die Kinder gehen weg, die Häuser werden verschlossen: Das ist seine Geschichte.

In die Sohle dieses Tales von Josaphat, das die drei Reilhans mit großen Schritten unter einem ständig dichter fallenden Schnee erreichen, gräbt sich ein kleiner Bach, der im Sommer fast immer ausgetrocknet ist; dann schlängelt sich sein von der Sonne gebleichtes Rückgrat zwischen den schmächtigen Buchen hindurch, und nicht einmal mehr das Rauschen des Wassers zwischen den Steinen oder das des Windes in den Blättern verleiht diesem flammenden Krater eine Spur von Leben. Der Wind, hoch oben auf das Gras gebettet, gibt kurz vor Sonnenaufgang einige Flügelschläge von sich, stößt einige Seufzer in der Dämmerung aus; wie ein seltsames kleines Tier, das kopflos geworden ist und sich nun ohne Grund in den eigenen Schwanz beißt. In der übrigen Zeit des Tages drückt eine entsetzliche Hitze auf diese Steinwüste, deren Höhe sich wie ein Brennglas auswirkt, das man vor die Sonne hält. Hier triumphiert das Mineralreich, und das metallische Zirpen der zur Weißglut gebrachten Insekten ist nichts als die unbarmherzige Ausdehnung der mineralischen Herrschaft; man fragt sich, von welcher Täuschung an das Leben aufhört, als solches zu erscheinen.

Die Sonne sinkt am runden Himmel. Der riesige Schatten der Hochebene schiebt sich vor und verschlingt die Hälfte des Talkessels. Auf der anderen Seite, auf dem erleuchteten Bergrükken, öffnet in vollem Licht eine Schäferei den Mund und die schwarzen Augenhöhlen eines Totenschädels in die Leere, verleiht dieser Einsamkeit eine geheimnisvolle Erwartung. Es ist die Stunde, in der Millionen von Insekten im Gegenlicht der reglosen Atmosphäre wie Silber zu glänzen beginnen.

In diesem Augenblick kann man nicht ohne eine Spur von Sehnsucht an all das denken, was hinter diesen Bergen geschieht – selbst und besonders dann, wenn man es nur vom Hörensagen kennt; an jene faszinierende, lärmende Welt der Trottoirs und Fabriken, der Kinos und Cafés, mit einer Menschenmenge, die sich einer ständig erneuerten Zukunft entgegenwirft; an die Annehmlichkeiten des Lebens und In-den-Tag-hinein-Lebens zwischen Hügeln und Meeresgärten; an die Abende, die – so heißt es – der Sommer dort verlängert, voller Düfte und sorgloser Hingabe. All das ist so weit, so verschieden von dem, was Stille und Einsamkeit dieser urzeitlichen Hochebenen beständig vor Augen führen.

Lange Tage der Leere, öde Berghänge, eine fortwährende Konfrontation mit einer ihrer geologischen Erstarrung überlassenen Welt, die darin ebensogut ihren Anfang wie ihr Ende haben könnte – diese schreckliche Reglosigkeit ist ansteckend. Wenn man seinen Blick in alle Richtungen schweifen läßt, ohne etwas anderes zu erblicken als dieses, von einer blindwütigen Energie zerfurchte, endlose Steingekräusel, dann muß man kein großer Philosoph sein, um sich Gedanken über das Leben zu machen und angesichts dieser leblosen Unendlichkeit seine Zweideutigkeit zu spüren. Man kann nicht umhin, sich zurückzuziehen in sich selbst und sich gleichfalls totzustellen; man weiß, es ist nutzlos, noch mehr zum Leben zu tun oder sich in Phrasen zu ergehen. Man lebt, man kann also genausogut weitermachen, doch versuche man nicht, sich selbst zu betrügen. Dreitausend Jahre Hin und Her haben zu rein gar nichts geführt, haben die Dinge nur noch mehr verwirrt; im wesentlichen ist die Situation nicht um einen Zollbreit vorwärtsgekommen. Gerade die einzig wirklich ernsthafte Frage ist ohne Antwort geblieben und bleibt daher weiterhin, wenn überhaupt, in ihrer ganzen Absolutheit gestellt, das heißt auf der elementarsten Ebene, der einzigen, die zählt: die Frage von Leben und Tod. Diese Einsiedler – vergessen wir nicht, daß sie die Nachfahren jener sind, die Gott duzten, so wie man Ihn im Alten Testament duzt: um eine Antwort zu entreißen, im Guten oder im Bösen – sind die Arglosigkeit in Person. Sie akzeptieren nur Argumente, die unbestreitbar sind. Die Finessen der Sorbonne sind ihnen nichts als Clownereien oder eine Art, sich zu vergnügen, seinen Hasen zu schießen und sich zu behaupten wie jede andere auch, und rufen hier nur Achselzucken hervor.

Die Frauen sind schwarz von Kopf bis Fuß, tragen mit zwanzig Jahren Trauer um ihre eigene Jugend. Im ständigen Kampf mit einer Existenz, die sie genauso fesselt wie ihre Kleidung und ihnen keine Zeit zum Atemholen läßt außer zum Sterben, zeigen sie, mürrischer noch als die Männer, die gleiche instinktive Abneigung gegen alles, wozu sie keinen direkten Zugang haben. Es ist ihnen nicht gegeben, ihren Problemen mit langfristigen Überlegungen beizukommen. Die Art Fragen, die das Leben ihnen stellt, verlangt nach sofortigen Antworten. Daher dieses Mißtrauen abstrakten Werten gegenüber, diese wütende Sucht, das Wesentliche des Lebens auf seinen praktischen Aspekt zu begrenzen, obwohl sie nicht dümmer sind als andere. Nur leben sie in ständiger Angst vor dem nächsten Tag und überlisten diese fixe Idee mit Hilfe einer unglaublichen Engstirnigkeit.

Von morgens bis abends durch die Sklavenarbeit des Haushalts geplagt, deren einziger Unterschied zur Zwangsarbeit darin besteht, daß sie ihnen natürlich erscheint, bringen sie ihre Kinder hastig zwischen zwei Waschtagen zur Welt, begraben sie ihre Toten zwischen zwei Ernten, verfügen sie nie über das, was man in privilegierten Kreisen „einen Augenblick für sich“ nennt. Sie können sich nicht einmal vorstellen, daß man genau von dem Moment an zu leben beginnen kann, an dem diese tyrannischen Zwänge aufhören, in jener rätselhaften Welt, in der neue Anforderungen entstehen, unter denen man frei die Tätigkeit wählen kann, die man will, da die eine so unnütz ist wie die andere.

Überhaupt vertragen sie nur bescheidene Kost, im ursprünglichen wie im übertragenen Sinne. Hat etwas Geschmack, dann finden sie, es sei ein Nachgeschmack; jedes Aroma erscheint ihnen befremdlich. Zwingt ein Ereignis sie, ihren Fuchsbau zu verlassen, wissen sie nicht mehr, wo sie sich verkriechen sollen, wie ein Einsiedlerkrebs außerhalb seiner Schneckenschale. Herrinnen ihres Herdes, in dessen Nähe sie jene fachkundige und abweisende Autorität genießen, die jede räumliche Inbesitznahme verleiht, werden sie weit von ihm entfernt unselbständig, müde plötzlich, da sie es nicht von Arbeit sind, untätig und unbeholfen vor einem Glas Limonade auf der Terrasse eines Cafés, als gewährte man ihnen eine Gnade oder als befänden sie sich im Angesicht der Schönheit. Sobald die Äußerungen des Lebens nicht ausschließlich der Arbeit zugehörig sind, erscheinen sie ihnen unsinnig, leicht lächerlich und lösen bei diesen Bergbewohnerinnen einfacher Sitten und derben Mundwerks jenes Lachen aus, das ihr wundes Zahnfleisch entblößt und das sie hinter der Hand verbergen.

Ohne Übergang gleiten sie aus einer welken Jugend, wie ausgeglüht von einer bösen Sonne oder ausgezehrt von einem Fieber, hinüber in eine rührige und alterslose Dürre. Am Ende ihres Lebens nehmen sie im Haus nicht mehr Platz ein als ein Schemel. Man läßt sie in einer Ecke und rührt sie nicht mehr an, bis sie ohne Umstände verlöschen.

In diesen tiefen, abgelegenen Tälern macht das Leben sich nur im Wechsel der Jahreszeiten bemerkbar. Langsam kreist es um sich selbst und findet sich jedes Jahr an seinem Ausgangspunkt wieder. Nichts hat sich geändert, weder im Guten noch im Schlechten. Unterschiede macht nur das Wetter: größere Sommerhitze, welche die Quellen versiegen, die Zisternen austrocknen läßt; früher Schneefall, der vorzeitig die Wege blockiert, oder Schnee, der den Winter trostlos verlängert und den die ersten Regenfälle des Frühjahrs faulig werden lassen. Mit der Zeit sind sich all diese Jahre schließlich gleich. Man erinnert sich nicht mehr genau an das Jahr, in dem dieses oder jenes geschah, zum Beispiel der Tod eines Hundes durch den Biß einer Viper, die vom Blitz getroffene Lärche am Eingang des denkwürdigen Friedhofs oder der ungewöhnliche Besuch eines Verwandten auf der Durchreise, der von seltsamen und unwirklichen Ereignissen kündete. Man weiß nicht einmal mehr sein eigenes Alter; man ist entweder jung oder alt, solche Lebensbedingungen erlauben keine feinen Unterscheidungen. Man lebt, es sind die anderen, die sterben, oder vielmehr sie hören auf zu leben, was nicht ganz genau dasselbe ist.

Nur der Militärdienst oder der Krieg – und selbst das ist nicht gewiß – vermögen jenen großen, abstrakten und unleugbaren Gewißheiten, die da heißen Paris, Frankreich, die Welt, so etwas wie Wirklichkeit zu geben. Aber auch ein Eiffelturm aus rotem Kupfer, eine blumenumrankte Granathülse auf der Spitze eines Messers oder der Negerkopf mit dem roten Fes auf der Schokoladenschachtel – oder die Freiheitsstatue oder ein Walfisch – verkörpern diese Wesenheiten ein für allemal. Man braucht nicht mehr darauf zurückzukommen. Und warum sollte man auch darauf zurückkommen? Man lebt nicht auf der gleichen Seite der Wirklichkeit, denn die Wirklichkeit, die man hier kennt, ist unbestreitbar von der des Jahrhunderts ebenso weit entfernt wie der Mond.

Nehmen wir ein Beispiel. Eines schönen Tages beschließen ein paar äußerst kluge Herren, daß man die Deppen vom Hochland – die man für solche hält – behandeln muß. Jene brabbelnden, verzückten Besessenen, die man zuweilen dort oben unter einem Baum sitzen sieht und die mit den Schmetterlingen oder dem Wind geheimnisvolle Zwiegespräche pflegen, lassen sie nicht schlafen. Behandeln, das heißt versuchen, das Verhalten eines Kauzes, der inmitten seiner Ziegen in fast völliger Einsamkeit lebt, dem des erstbesten Einfaltspinsels anzugleichen, der überdies noch völlig abgestumpft ist vom Gedränge der Menschen, von Pferdewetten, Kneipen oder Kino. Wie man sieht, handelt es sich nicht um das gleiche Wesen. Geheilt, das heißt tauglich für die allgemeine Abstumpfung, schickt man sie nach Hause zurück. Ergebnis: Einige werden wahrhaftig verrückt und sind für die Liebkosungen des Windes nicht mehr empfänglich; andere verschwinden in der Natur, ohne daß es gelänge, sie wiederzufinden. Später werden Jäger eine schauerliche Entdeckung machen in irgendeiner Schäferei oder in einem übelriechenden Wäldchen, wenn sie die Augen nach oben heben. Die meisten fallen in finsterste Verlassenheit, sind nicht einmal mehr in der Lage, die Ziegen zu hüten oder sich mit den Schmetterlingen zu unterhalten. Vielleicht waren sie ganz einfach empfindsamer als ihre Artgenossen. Nun hat man sie im Namen eines anderen Wahnes ihrer eigenen Wahnvorstellungen beraubt, die sich bewährt hatten und ihnen Schutz boten. So als würde man Spaß daran finden, Eskimos, die an einer Lungenentzündung leiden, unter dem Vorwand der Hygiene ihre Fettschicht abzuwaschen. Man hat zu spät erkannt, daß ihre sogenannte Idiotie in Wirklichkeit eine angemessene Art und Weise war, die Welt zu begreifen: IHRE Welt. Darüber läßt sich lange nachdenken. Moderne Hexerei auf frischer Tat ertappt. Und wenn Hexerei unter anderem ein verquerer Umgang mit der Wirklichkeit ist, dann ist eher ein Hexer, wer den Scheiterhaufen entzündet, als der, den man verbrennt.

Wie dem auch sei, die Welt, in der die letzten *faisse-*[4]Bauern leben, finsteren Kämpfen mit Schicksalsschlägen ausgeliefert, die eine armselige Erde in reinem, fast göttlichem Zustand entstehen zu lassen vermag, wird gewiß nicht von einer alltäglichen Sonne erhellt, noch sind ihre Nächte mit gewohnten

Sternenbildern besät. Sie haben nichts zu schaffen mit Wahrheiten, die irgendwo erdacht wurden, dazu noch für die Belange einer Sache, die ihnen naturgemäß fremd ist. Sie brauchen sich nicht einmal Gedanken zu machen, ob ihre Gewichte und Maße den geltenden Regeln entsprechen. Im übrigen stellen sie sich diese Frage gar nicht. Zwei Seiten, die nicht die gleichen Interessen verfolgen, nicht die gleiche Sprache sprechen und sich seit jeher voneinander abstoßen.

Wir befinden uns im Jahre 1948. Auf der Höhe dieser schweren Festung aus Granit, dichten Wäldern und dürren Steppen, in denen abwechselnd eisige Kälte und glühende Hitze herrschen, gibt es einige Plätze nahezu unberührter Einsamkeit. Nie war sie so vollkommen wie nach dem Ende des Krieges, der, mittlerweile zum dritten Mal in weniger als hundert Jahren, diese enterbte Provinz entvölkert hat, sei es durch seine Toten, sei es durch die Abwanderung, die auf die Rückkehr des Friedens folgte. Sie wird es nicht mehr sein, wenn die Nationen, im Bestreben „auf der Höhe ihrer Zeit zu sein", sich ihres Haushaltsschrotts an allen Enden der Welt entledigen und die Schafe des *Causse* beim Klang der Transistoren niederkommen werden.

Einstweilen herrscht jedoch noch die Einsamkeit kleiner Bergbewohnersippen oder alter, einzelgängerischer Eber. Sie erscheint um so gespenstischer, als man sonderbare Zweikämpfe in ihr errät. Niemand wird je ihren wahren Grund erfahren, nicht einmal die unmittelbare Umgebung. Es sind gnadenlose Kämpfe Mann gegen Mann, die ein unbedeutender Anlaß auszulösen vermag. Einige gehen übel, sehr übel aus, und das unter Leuten, die keineswegs verrückt sind. Es gibt hier keinen großen Ast noch Balken in Reichweite, der nicht zumindest einmal in Versuchung geführt hätte, einen häßlichen Strick an ihm festzuknüpfen; es gibt so manchen in der Gegend, der es zu traurigem Ruhm gebracht hat.

Am eindrucksvollsten dort oben ist jedoch die Stille. Die Geräusche, die ein aufmerksames Ohr auf diesen Höhen wahrzunehmen vermag, lassen sie nur noch spürbarer oder bedrükkender werden, je nach Stimmung, in der man sich gerade befindet. Der Wind atmet – eine Metapher, die unerläßlich ist für das seelische Gleichgewicht angesichts dieses Panoramas kahler Berge, das sich in seiner erdhaften Unerschütterlichkeit in endlosen Weiten erstreckt –, Blätter knistern unter dem Regen, irgendein Tier wühlt in seinem Strohlager, Kastanien fallen samt ihrer Stachelschale durch die Zweige, nichts erschreckt mehr als diese Peitschenhiebe im Blätterwerk. Dürre Bäume, ineinander verschlungen, knarren wie altes Gebälk; aus weiter Ferne ist das Klappern der Schieferplatten zu hören, unter die sich Schlangen gleiten lassen oder wo riesige Eidechsen hausen, und näher hört man das Rauschen des hohen, insektenschwirrenden Grases unter einer großen Sonne. All diese Geräusche sind Teil der Stille. Sie sind das Maß ihrer Dichte, offenbaren ihre Tiefe, geben ihr Beständigkeit. Doch keines von ihnen ist menschlicher Natur.

Die Straßen führen in zu großer Entfernung an diesen blinden Tälern vorbei, als daß das Brummen der wenigen Fahrzeuge bis zu ihnen dringen könnte. Und es ist auch kein Land, in das der Klang der Glocken mühelos hineingetragen würde. Die Dörfer sind zu sehr eingeschlossen, die Entfernungen zu groß, die Hindernisse zu zahlreich, die Berghänge zu schroff, als daß ihr Läuten zu hören wäre, so wie es an ländlichen Vormittagen über friedlich gewellte Felder hinweg ertönt, wenn die Hähne sich heiser krähen und die Stunden plötzlich leer und sonntäglich geworden sind durch dieses dünne Gebimmel, das sich im Grünen verliert. Hier hat der Sonntag keine besondere Würze. Zu jeder Jahreszeit und an jedem der sieben Tage herrscht die gleiche Stille. Nichts füllt sie als dieses gleichgültige Atmen der Welt, mit dem man sich bis ans Ende der Tage wird abfinden müssen. Doch das Leben, das man hier führt, ist hart und bietet so wenig Zerstreuung, daß es gerade in seinen Widerwärtigkeiten seine unwiderlegbare Bestätigung, seinen besten Daseinsgrund findet.

In dieser Haltung trifft man die glücklose Hartnäckigkeit der Verhöhnten und Vergessenen. Eine lange Geschichte voller Verfolgungen, Schikanen, Demütigungen – von der Vernachlässigung und den Versäumnissen der Gegenwart ganz zu schweigen – hat schließlich zur Gewöhnung, wenn nicht sogar zum Geschmack an Kämpfen für eine hoffnungslose Sache geführt. Geht es auch nicht mehr darum, den königlichen Dragonern[5] Widerstand zu leisten und sie in Gefechte zu verwickeln, in denen einer gegen hundert stand, so ist es nun diese feindselige Welt, die es zu besiegen gilt, und zwar allein, mit bloßen Händen. Das geht nicht ohne ein gewisses Heldentum, das heute nicht mehr so recht modern ist. Daher darf man sich nicht wundern, wenn die meisten jungen Bergbewohner vor einer Situation zurückweichen, die in ihren Augen unzeitgemäß ist und der sie mittelmäßige, aber Sicherheit versprechende Lösungen vorziehen. Sie geben auf, sobald sich die Gelegenheit bietet, und tauschen Axt oder Pflugsterz mit Freude gegen die erstbeste Beamtenuniform ein.

Es sei denn, es gäbe eine persönliche Rechnung zu begleichen mit einem jener Dämonen, die sich in dieser völligen Einsamkeit nach Herzenslust tummeln und in dessen Gesellschaft man das Unmögliche wagen wird. Mit den einzigen Waffen, die man zur Verfügung hat und an die man glaubt: Axt, Spitzhacke, Pflugschar oder, wenn nötig, mit dem Gewehr. Worte, Ideen, man pfeift drauf. Denn was sind sie schon anderes als die wüsten Beschimpfungen oder grotesken Sinneswandlungen der Politik – oder der Religion!

Die meisten Menschen, die man dort oben antrifft, sind schweigsame Geschöpfe, und schweigend gehen sie auch allen ihren Beschäftigungen nach. Niemand verspürt Lust, sein Leben zu erzählen. Was sollte man denn auch erzählen und wem? Man ist allein angesichts des Berges, den man in Terrassen nachbauen muß, allein am Grunde eines Brunnens, den man gräbt, allein beim Fangen der Wacholderdrosseln in der Weite der Hochebene oder beim Schießen des Hasen, der die Alltagskost aufbessern wird, allein in den Wäldern beim Kleinholzschlagen oder im Ginstergebüsch, das es zu roden gilt; allein mit dem Dämon, der zum Kämpfen antreibt, wo es doch so einfach wäre, alles stehen und liegen zu lassen und dieser Erde ohne Zukunft, dieser Existenz ohne Annehmlichkeiten den Rücken zu kehren, wie viele es tun. Würde man im übrigen diese Einsiedler nach dem Grund ihrer absurden Beharrlichkeit fragen, so wüßten sie nichts zu antworten oder gäben Ungereimtheiten von sich – sie selbst sind unfähig, sich das zu erklären. Und man begreift, daß sie es nicht können. Diese Art Herausforderung spielt sich nämlich auf einer so ursprünglichen oder unbewußten Ebene ab, daß der Betroffene gar nicht in der Lage ist, sich im voraus eine Vorstellung davon zu machen oder irgendeine symbolische Bedeutung daraus abzuleiten, während ansonsten schon im Keim mißlungene oder ins Kraut geschossene Handlungen recht fruchtbar an derartigen Abfallprodukten sind.

Doch ist das Mißverhältnis zwischen dem angestrebten Ziel – das gutgläubig eingestanden wird: man gräbt einen Brunnen, weil man Wasser braucht – und der wütenden Anstrengung, der Leidenschaft, den Jahren, die man damit zubringt und dafür opfert, so groß, daß man sich mit gutem Recht fragen kann, was dabei wirklich auf dem Spiel steht; ich spreche natürlich von einem etwaigen Zuschauer.

Mittlerweile haben die drei Männer – die wir auf halber Höhe des Abhangs verlassen hatten – die Sohle des Tales erreicht, wo der Bach sein schwarzes, dunstverströmendes Wasser entlangwälzt. Hoch oben auf den Bergkämmen war es soeben noch frisch, doch gegen Ende des Abstiegs hat die mit scharfer Kälte glasierte Luft plötzlich eine eisige, bleischwere Feuchtigkeit angenommen. Sie bringt den Atem zum Dampfen und lähmt das Gesicht. Hier hält sich selbst im Sommer ein wahrer See aus flüssiger Kälte, sobald die Dunkelheit hereinbricht.

Endlich tauchen die ersten Buchen auf, der Bach ist nicht mehr weit. Im leicht phosphoriszierenden Unterholz herrscht das Halbdunkel eines Kirchenschiffs. Es ist die Stunde des Übergangs, in der der Himmel ganz schwarz ist und nur noch von der Erde etwas Helligkeit ausgeht. Der nachgiebige, wattigfrische Boden verschluckt die Schritte, knirscht kaum unter den Schuhen. Der Zickzackkurs des Pfades inmitten der Bäume, vom Schnee verwischt, wird unkenntlich und verzweigt sich in zahllose, irreführende kleine Schneisen. Nur auf den Abhang kann man sich noch verlassen, der jetzt immer steiler und sehr glatt wird. Unter der Traglast, die man mit sich schleppt und die sich jeden Augenblick im Dickicht verfängt, verliert man leicht das Gleichgewicht. Zwar gibt es eine leichtere Strekke, den Weg, den sie gewöhnlich benutzen, um die Getreide- oder Holzfuhren zum Hof zu bringen, aber der fällt sanft ab, zeiht seine Schleifen endlos von einem Ende des Abhangs zum anderen, und heute abend können sie die Suppe kaum erwarten!

Die plötzlichen Ausrutscher, die das Kreuz stauchen, lassen

den ersten der Reihe wie einen Heiden fluchen: Abel, den man vor allem Reilhan den Älteren nennt und dem das dreifache Privileg der Größe – er ist von riesiger Gestalt und überragt seinen Vater um gut einen Kopf –, des Alters – sechsundzwanzig Jahre ist er – und des Charakters – er ist ein Bär – Freiheiten, insbesondere der Sprache, verleiht, die gemessen an der Erziehung, die er genossen hat, recht beeindruckend sind. In der Tat ist Reilhan ein alter Hugenotte und großer Prinzipienreiter, besonders was religiöse Fragen anlangt. In diesen Familien, in denen die Bibel seit Jahrhunderten das Gesetz ist, wo man um so mehr Wert auf Traditionen legt, als man ihren Preis kennt und sie die einzige moralische Gewähr, das einzige Gefühl der Sicherheit inmitten unzähliger Widerwärtigkeiten bieten konnten, scherzt man nicht mit dem Himmel und noch weniger mit dem unmäßigen Gebrauch von Schimpfreden, die allzu nah mit ihm verwandt sind. Vor kurzem noch bedeutete das geringste verkehrte Wort eine gute Woche lang Wasserdienst: Man mußte das Wasser von weither holen, um das der Zisterne zu sparen. Aber seitdem der Sohn sich herausgemacht hatte, und das war seitdem er aus dem Jugendlager[6] zurückgekehrt war und Baumstämme wie Streichhölzer jonglierte, wovon später noch die Rede sein wird, begnügt sich der Alte damit, den Kopf zu schütteln und sich ein wenig lauter als nötig zu räuspern, nur um zu zeigen, daß es ihn noch gibt und er seine Mißbilligung ausdrückt.

Als sie oberhalb des Baches ankommen, ist es fast dunkel, doch widersteht die falsche Dämmerung, die von der Erde ausgeht, der Dunkelheit länger, als man glaubt. Die Schlucht, steil und eng, sieht fast nie die Sonne, ein Schlupfwinkel für alle Pflanzen, die an feuchten und dunklen Orten gedeihen, wie sie besonders die Farne lieben; ihre vom Frost rötlich-gelb verfärbten Palmblätter beginnen sich schon bedenklich unter einer dichten Schneehaube zu biegen; es müssen gut zehn Zentimeter in einer halben Stunde gefallen sein. Joseph Reilhan denkt gerade, daß man für längere Zeit Ruhe und Wärme haben wird, wenn es so weitergeht.

Beim Abstieg durch diesen Pflanzenwirrwarr streifen sie das Unterholz, das hier ebenfalls sehr dicht wächst, und zerbrechen viel dürres Holz. Diese Verrenkungen werden, wie es sich gehört, von einigen saftigen Redensarten begleitet, die etwas Leben in den Pflanzenfriedhof bringen. Aus dem Schlaf geschreckt, entflieht pfeilschnell und völlig geräuschlos ein großer Vogel, der sich schon einen Zweig zur Nacht gesucht hatte. Man fragt sich, wie er es anstellt, sich beim schnellen Dahinflitzen inmitten dieses unentwirrbaren Durcheinanders nicht den Kopf einzuschlagen. Etwas weiter entfernt taucht er wieder auf, flußaufwärts dem Bett des Baches folgend, neuer Heimstatt entgegen.

Eisige Kälte entsteigt dem Graben; zwischen den Felssteinen plätschert schwarzglänzendes Wasser. Es dampft, als würde es kochen, erhascht die Schneeflocken mit friedlicher Gefräßigkeit. Schließlich gelangen die drei *parpaillots*[7] an den Steg. Sie sind so froh, im Laufe des Abstiegs nicht vom Weg abgekommen zu sein, daß sie die Gelegenheit nutzen, ihre Bündel absetzen und in den jungfräulichen Schnee pinkeln; zwischen ihren Füßen gluckst es in immer tieferen Tönen.

Es ist noch hell genug, um die unförmige Ansammlung der Holzstämme zu erkennen oder vielmehr die fahle, makellose Decke, mit welcher der Schnee sie überzogen und die er über alles gelegt hat, was nicht Wasser ist. Die Stämme ruhen beidseitig auf zwei gewaltigen Felsen, deren gekrümmter Rücken an Dickhäuter erinnert. Man könnte sie für zwei Ungeheuer halten, die am Grunde einer Gruft knien, mit einem riesigen Katafalk auf dem Rücken. Heute abend hat das Ganze tatsächlich etwas Düsteres und Bedrohliches.

Von jetzt an komplizieren sich die Dinge. Wenn man bedenkt, daß es genügt hätte, den gewohnten Weg zu nehmen, der die Schlucht problemlos auf einer Brücke aus Granitstein überquert ... Doch greifen wir den Ereignissen nicht vor.

In Maheux schienen die Karten ein für allemal verteilt zu sein: ein Spiel, das nicht viele Kombinationen erlaubte und nicht sehr viele Überraschungen versprach. Von dieser Seite her war nichts Besonderes zu erwarten, und man konnte sich nicht vorstellen, welch hoher Trumpf vom Himmel fallen sollte, um wieder Schwung in ein Spiel zu bringen, das zwar von vornherein entschieden war, sich aber dennoch gut spielen ließ. Weder große Freuden noch große Mißgeschicke, Scherereien ohne Ende, das ja, doch solange die Kastanien im Teller genug Geschmack haben, solange hat man seinen Platz auf der Welt. Und schließlich hatte man ja seine Ruhe, so wie man lebte. Das führte nicht weit, das führte sogar nirgendwo hin; von einem Standpunkt aus, der nicht unbedingt der richtige ist, schien sich das Ganze sogar eher im Kreis zu drehen. Solange eine Katze jedoch eine Katze ist und zwei und zwei weiterhin ganz brav vier sind, laufen die Dinge letztendlich gar nicht so schlecht. Man mag am Hungertuch nagen, und Gott weiß, daß man es tut und getan hat, man muß ein ganz schöner Narr sein, um zu meinen, daß der Appetit von der Qualität der Nahrung abhängt, das Gegenteil ist wohl eher der Fall. Nimmt man die Dinge wörtlich, so hat Joseph Reilhan seinen Teil vom Hungertuch gehabt: Krähenfleisch, um genau zu sein.

Das war vor dem Zweiten Weltkrieg. In diesen ärmlichen Haushalten war jedoch eine mit Knoblauch eingeriebene und mit einem Spritzer hausgemachtem Nußöl aufgehellte Scheibe Brot danach eine ebenso wunderbare Speise wie in der Zeit der Entbehrungen. Wenn einst die Rationierungen alle Vorratsschränke leeren und einige wenige Keller füllen werden, ist das Land so arm, daß man kaum einen Unterschied spüren wird. In der allgemeinen Not wird die Kastanienkost den Sieg davontragen, so daß man in dieser Zeit die Illusion haben wird, zum Kreis der Privilegierten zu zählen. Man wird es schwerlich noch schlechter haben können, als man es schon hatte, während drei Viertel der Franzosen sich den Bauch vollschlugen.

Die beiden jungen Nesträuber waren von jener bäuerlich-frühreifen Gesundheit, die schnell die Backen zum Glänzen bringt, das Gesicht rötet und einen schon mit fünfzig Jahren trotz der kargen Alltagskost am Schlaganfall sterben läßt. Sie wissen nicht, wie ein Steak schmeckt, kaum kennen sie den Wildgeruch des Ragouts, das am Ende ihres Gewehres baumelt. Dieser Mangel an edlen Proteinen eröffnete ihrer Jugend die unendlichen Horizonte unerfüllter Begierden. Die beiden Burschen handhabten die Schleuder mit meisterlichem Geschick; sie ließen sie oft in der Nähe der Abfallgrube zischen, an der Aasfresser niedergingen und herumspazierten, fetter als Tauben. Hatten sie einen dieser Vögel erschlagen, dann rupften und brieten sie ihn heimlich dort oben, inmitten des ginsterbewachsenen Schiefergesteins, unter der hohen Sonne und im Wind der Aprilmorgen, die klar und frisch waren wie Quellwasser. Eine Wange eiskalt, die andere glühend heiß im geteilten Licht, waren sie wie berauscht. Der herbe Geruch des *Sarothamus purgans,* dieses kümmerlichen Ginsterstrauches, der sich noch in einer Höhe festklammert, in der fast nichts mehr wächst, versetzte die beiden Robinsons in den köstlichen Taumel des Blutes. Sie ließen sich in das rauhe Gras fallen, matt und ihrem Fleisch hingegeben wie ein junges Mädchen, und verfolgten mit zurückgelehntem Kopf die dahintreibenden Wolken. Der Himmel funkelte, vom Wind poliert; am unteren Ende des Abhangs wogte das glänzende Gras und kündete gleichfalls von langen Reisen. Doch die Hitze des Sommers und die Kälte des Winters vermochten schon durch ihren Kontrast den magischen Raum zu öffnen, der für wahre Abenteuer unerläßlich ist. Märchenhafte Zeiten, außer der Zeit. Zeit der Jahreszeiten, wie sie sich den Landschaften verbanden, ihre Umrisse annahmen, die schläfrige Geographie des Landes um ihre eigene Geographie vermehrten, so wie die Wolken unbekannte, faszinierende Berge über den Bergen der Erde auftürmen. Wenn das Herz zerstört ist, werden die Entfernungen aufgehoben sein, und alle Ozeane werden nicht genug sein, ihm neue Begehren einzugeben. Wenn nur der Sommer weiterhin heiß und der Winter weiterhin kalt bleibt, dann wäre man bereit, noch dümmer zu werden, als man schon war: dumm wie Adam. Was mußte der auch an die Axt rühren! Und warum muß man diese widerliche Krankheit erben, seine Nase überall hineinzustecken, das Leben wie ein Kinderspielzeug zu befingern, um zu schauen, wie es funktioniert? So ein Unsinn! War es nicht besser, sich in der Sonne braten zu lassen und die Dinge so zu nehmen, wie sie waren? Aber nein, das war zu einfach. Adams Söhnen war der Spatz lieber als die Taube, und das nur für das Vergnügen, ihre Armmuskeln vor einem Spiegel spielen zu lassen. Die Oktobersonne brachte die Farben der Geranien zum Leuchten, die auf den Mäuerchen um die Terrasse aufgereiht waren. Man blieb sitzen, ohne sich zu rühren, nur aus Freude an ihrem Anblick.

An den Juniabenden, die das blühende Gäßchen mit Duft erfüllten, standen Blätter und Pflanzen reglos unter der Laube. Nicht die geringste Bewegung war in der Luft. Es herrschte eine solche Ruhe, daß man sich nicht draußen, in der stets mehr oder weniger feindseligen Gegenwart der Welt, geglaubt hätte – der allerkleinste Luftzug kann bisweilen von schrecklicher Bitterkeit sein –, sondern in einem riesenhaften, geschützten Gewächshaus, als wäre die Welt mit einem Male ganz behaglich geworden. Bis zu den Sternen dehnte diese Ruhe sich aus, und die kleinen Tiere nutzten sie, um ihren nächtlichen Geschäften nachzugehen. Auch sie scheinen zu spüren, daß man sich in diesen Augenblicken völlig sicher in der Welt bewegen kann. Eine geheimnisvolle Sanftheit erfüllt die Luft, die Intimität des ersten Schöpfungstages, als alle Kreaturen sich zusammenfanden und bekannt machten, bevor noch ein einziger Blutstropfen geflossen war. Man atmet so frei, daß der göttliche Fluch durch einen rätselhaften Burgfrieden aufgehoben zu sein scheint.

Wenn man gewußt hätte – eine Redensart, denn man müßte wissen, ohne zu wissen, was auch so ein Hirngespinst ist – wenn er, Joseph Reilhan, gewußt hätte, dann hätte er diese Axt nicht für alles Gold der Welt angerührt. Gern hätte er weiterhin ein Leben lang Kastanien gelesen und dürres Holz gesammelt, selbst auf die Gefahr hin, den Hanswurst zu spielen und bis ans Ende an diesem sogenannten Hungertuch nagen. War es nicht der Mühe wert? Du wußtest sehr wohl, mein armer Freund, daß alles, was dir danach noch Besseres passieren könnte, keinen Karnickelfurz wert sein würde! Erinnere dich: Wer hätte sich bei einer Gegenwart so voller Anforderungen um die Zukunft gesorgt? – ein Satz, den er irgendwo gelesen hatte, aber wo? – um den Tod, um Raum und Zeit, den Sand der Gestirne, das undurchsichtige Wesen der Welt und all diesen Kram?

Doch da, Gott, der Zufall, das Schicksal, was man will, wird ihm ein Bein stellen. Die beiden anderen haben den Steg schon mit kleinen Schritten überquert. Er ist eine wahre Eisbahn. Der Alte beginnt bereits wieder, auf der anderen Seite hinaufzuklettern. Abel ist stehengeblieben, zum Teil, um das Schauspiel zu genießen, denn dieser Klotz, den ein Fußschemel schwindlig macht, mußte jetzt ganz schön in der Klemme sein; zum Teil auch, weil er Lust zu rauchen hat. Sein Bündel auf der Erde, seine Axt zwischen den Beinen, dreht er eine Zigarette mit den Tabakresten, die er tief in seiner Hosentasche zusammengekratzt hat, befeuchtet sie mit Speichel, zündet sie an mit einem Schlag der flachen Hand gegen sein Benzinfeuerzeug, das wie der Teufel stinkt mit seiner kleinen, düsterroten Flamme. Knisternd flammen die Tabakkrümel auf, Flugasche stiebt herunter. Er bläst den Rauch aus den Nasenlöchern, unter dem gewaltigen, draufgängerischen Schnurrbart immer das gleiche bergbäurische Lachen, das ein nacktes, blutendes und zahnloses Zahnfleisch entblößt. Ein Dutzend verfaulter Stümpfe hat er sich mit dem Messer herausholen lassen.

Joseph bewegt sich vorwärts, weicht zurück, zögert, schwankt.

Müßte er die Niagarafälle auf einem Faden überqueren, er würde die Hinterbacken kaum mehr zusammenkneifen. Daumengroße Schneeflocken kitzeln ihm das Gesicht, er wischt es ab mit einer ruckhaften Bewegung des Ellbogens. Das reicht, um die Falle auszulösen.

Die beiden anderen sehen, wie er seinen ganzen Krempel losläßt, eine Art Tanzschritt vollführt und mit einem spitzen Mädchenschrei ins Leere stürzt.

Er fällt auf die andere Seite der Kindheit. Einer, der sich nie wieder davon erholen wird.

Zu Beginn des neunzehnten Jahrhunderts verließ ein Teil der Familie Reilhan die Höhen des Aigoual, wohin sich, in die Nähe von Camprieu, ihre Vorfahren vor den Verfolgungen durch die Dragoner geflüchtet hatten, und ließ sich in Maheux nieder. Davon zeugen eine Jahreszahl sowie die Initialen des Verstorbenen, die mit ungeschickter Hand auf eine dünne Schieferplatte am Kopf des ältesten Grabes eingeritzt sind: 1808, etwa zwanzig Jahre nach dem Toleranzedikt, das den Hugenotten offiziell ihr Hab und Gut zurückgab oder das, was davon übriggeblieben war. Doch wahrscheinlich liegt der Ursprung dieser Gebäude weit vor dieser Zeit.

Um eine primitive Schäferei herum, die aussieht, als wäre sie vom Alter in den Boden gedrückt worden, während in Wirklichkeit die aufeinanderfolgenden Schichten von Schafmist und Abfällen jeder Art die Erde in die Höhe gehoben haben, oder ausgehend von einem grob gebauten *mastaba*[8], in dem Ziegenhirten und Köhler Schutz fanden, hat sich das Leben, koste es was es wolle, eingerichtet, hat es die Mauern verlängert, hier Öffnungen vergrößert, dort andere zugemauert, einen Seitenflügel hinzugefügt, aufs Geratewohl Anbauten abgesondert, wenn sich die Familie oder der magere Viehbestand vergrößerte und man sich anders nicht behelfen konnte.

Der Wildwuchs der Gebäude, die sich ohne erkennbare Ordnung gegeneinanderdrängen, ist geradezu verheerend. Man kann sich nicht vorstellen, daß sie einmal neu gewesen sind und ihre Errichtung irgendeinem Plan folgte. Eher könnte man meinen, sie seien mit Trümmern oder auf Trümmer gebaut und von Generation zu Generation zusammengewachsen wie jene anarchischen Versteinerungen, die sich aus den Skeletten gewisser in Kolonien lebender Meerestiere gebildet haben.

Überhaupt weisen sie niemals irgendeinen Schmuck oder unnütze Raffinessen auf; keinerlei Anmut ist an ihnen zu entdecken, nicht die geringste Konzession an Überflüssiges. Das Ganze läßt vielmehr auf eine heftige Inbesitznahme des Ortes durch Bewohner schließen, die andere Sorgen im Kopf hatten als Ebenmaß und Zierwerk. Man sieht, daß alles nach und nach improvisiert wurde, ohne Sorge um Verbindung mit einem Boden, dem das Wenige, was man ihm entreißt, mit Gewalt entrissen werden muß und der folglich kaum freundschaftliche Gefühle oder zweckfreie Leidenschaften zu erwecken vermag.

Ihre Feindseligkeit ist es, die diese zuweilen zyklopischen Mauern in Einklang mit der Landschaft bringt, die von Natur aus drei Viertel des Jahres feindselig ist. Doch nicht der Bewohner strebt diesen Einklang an – sofern von Einklang überhaupt die Rede sein kann – er wird von der Außenwelt, von der Landschaft aufgezwungen. Wenn es eine Verbindung gibt, dann ist es diese wilde, widerspenstige Verbindung der primitiven Schlupfwinkel mit den Felsen, aus denen sie entstanden sind und von deren Roheit sie sich niemals ganz freimachen können.

Am Ende des letzten Jahrhunderts stieß eine kleine Sippe von etwa acht armen Schluckern auf diese Ruine, einschließlich des Vorfahren, der, ständig an einer erloschenen Pfeife ziehend, in einer Ecke vor sich hin schrumpfte, der Mutter und der Tochter, beide hart wie Eisen, und zwei oder drei jungen Springinsfelden, die öfter bei den Ziegen anzutreffen waren als auf den Bänken der Gemeindeschule. Und sie fand wahrhaftig noch genug, die Familie durchzufüttern. Schlecht zwar, aber regelmäßig: „*bajana*“[9] vom ersten Januar bis zum Sylvestertag. Gewiß hätte der Lebensstandard schwerlich niedriger sein können, besonders in der Gegend der Schluchten und engen

Täler, wo der Anbau nur in Terrassen möglich ist: *das elendste Volk Frankreichs*, so heißt es bei Michelet.

Doch so mager sie auch bisher gelebt haben mochten, ohne einen Sou für die Zukunft beiseitelegen oder sich die kleinen Freuden leisten zu können, die ihnen die Kramläden in den Dörfern versprachen, wo sie die Produkte ihrer Höfe auf den Markt brachten – ganz zu schweigen von den reich gedeckten Tischen, den gut gefüllten Speiseschränken, den vor Wäsche überquellenden Schränken der Handwerker – so war ihre Armut doch trotz allem recht stabil und hing vorerst nur indirekt mit Geldproblemen zusammen. Solange diese Regionen, später dann die Kantone und zuletzt die tief in den Bergen oder am äußersten Ende der Hochplateaus verlorenen Höfe sich selbst genügen mußten und von der Außenwelt nahezu abgeschnitten waren, herrschte kein wirkliches Elend. Es gab eine traditionelle Kargheit, mit der man gewohnt war zurechtzukommen und die man mit Fassung trug, denn alle oder fast alle hatten die gleiche Bürde zu tragen.

Seit ältesten Zeiten ersetzte der Tauschhandel das Geld. Man brauchte wenig, gerade genug, um sich das Nötige leisten zu können und zuweilen das Überflüssige: Kaffee, Zucker, Tabak, Schwarzpulver und Blei für die Jagd, den Anzug aus rauhem Kordsamt, in dem man heiratete und den man ein halbes Jahrhundert später mit ins Grab nahm. Auf dem Kamin stand gewöhnlich eine kleine Blechdose, die nur in äußerster Not geöffnet wurde und in der einige kleine Münzen für die Medizin gesammelt waren. Doch der Mann im schwarzen Gehrock und mit der schwarzen Instrumententasche genoß lange Zeit einen leicht spöttischen Respekt. Überschritt er im Laufe eines Lebens drei Mal die Türschwelle, so war das gleichbedeutend mit dem Ende der Welt, und seine Wissenschaft diente ihm vor allem dazu festzustellen, daß der Tote nicht mehr atmete.

Doch der technische Fortschritt, der seine Schlingen enger um diese Inseln zieht, auf denen sich ein kleines, vegetatives und hartnäckiges Leben hielt, der Straßen entstehen läßt, wo sich vorher schlechte, vom Wasser ausgewaschene Wege entlangschlängelten, der den Zugang zu den Städten erleichtert und die Zahl der Versuchungen vermehrt, erschüttert plötzlich die alten Gewohnheiten, macht den Geldmangel schmerzlich bemerkbar, die Demütigung, keines zu besitzen, die Bitterkeit, keines verdienen zu können – obwohl man, wie man nun zu sagen pflegt, „das Leben eines Zwangsarbeiters" führt – und den wütenden Willen, sich welches zu verschaffen. In diesen Bergen bedeutet das ein heftiges Umschlagen der Interessen zu einer bestimmten Lebensweise hin, eine plötzliche Ablösung von diesen uralten Horizonten, das Ende einer Zivilisation.

Das Leben dieser Anhöhen verkümmerte rasch, zog sich zurück, angezogen von den Tälern, die menschlicher und den Veränderungen des Jahrhunderts zugänglich waren. Zuerst waren es die Jüngeren, die von der Einsamkeit, von einem harten und zukunftslosen Leben abgeschreckt wurden. Angelockt durch das Neue, angespornt durch das lärmende Leben der Vorstädte, in denen sich kleine, blühende Manufakturen niedergelassen hatten, begannen sie, das Hochland zu verlassen und gaben ohne Bedauern ein plötzlich freudlos gewordenes Dasein auf. Viele Familien waren so arm, daß sie nur ihre Kleider auf ihre Handkarren luden und die wurmstichigen Möbel an Ort und Stelle verfaulen, ja manchmal sogar den Schlüssel in der Tür verrosten ließen. Nicht lange, und Bäume wuchsen in den Küchen empor, durchstießen mit ihren Ästen die eingefallenen Dächer.

Der Krieg von 1914 entvölkerte rasch die letzten Bastionen der Einsamkeit. 1920 gab es in Maheux nur noch einen einzigen Einwohner: Reilhan den Schweigsamen, im Jahre 1895 geboren, letzter dieser Familie, die im Aussterben begriffen war, die er jedoch fortführen wird durch die Heirat mit einer entfernten Cousine. Man fragt sich übrigens, wie er das anstellte, denn er kam nie aus seinem Nest heraus, sprach nie, ausgenommen einige religiöse Worte, die er mit dumpfer Stimme murmelte, wenn er zu Tisch ging. Obwohl er ihr nur ein einziges Mal begegnet war – in Florac, bei einer Erbschaftsangelegenheit, sie hatte nämlich ein Waldstück geerbt, das sich auf dem Besitz des Schweigsamen befand und dessen Grenzverlauf unklar war –, hatte er es wohl für zweckmäßig gehalten, sie an sich zu binden – nicht aufgrund des Waldstücks, das nicht von Wert war, sondern in Anbetracht ihrer Zurückhaltung und unerschütterlichen bäuerlichen Entschiedenheit, mit der sie den Streit ausfocht und ihre Rechte verteidigte.

Die Heirat wurde brieflich vereinbart. Sie lebte in Bessèges, zwischen einem ständig stockbetrunkenen Vater und jüngeren Brüdern, die, noch keine zwanzig Jahre alt, im Bergwerk arbeiteten. Als junges Mädchen, mit roten Augen, blasser Haut und zerbrechlichen Schultern, hatte sie früh die Mutter ersetzt, die an Erschöpfung gestorben war. Geschirr- und Wäscheberge, unverputzte Wände, überfüllte Bergarbeitersiedlungen, schmutzige Straßen, Fabriksirenen – eine Welt von Ruß, vertrunkenen Löhnen, Schulden beim Krämer, Zinsen für den Apotheker, langen Stunden des Wartens, die sie in armseliges Tuch gehüllt vor den Wirtshäusern verbrachte, aus denen man ihr das schwankende Wrack nach Hause brachte: Das war schlimmer als bei Zola. Die ersten Briefe Reilhans trafen ein und waren dagegen wie Vergil, wie Arkadien, wie lichtes Buchenlaubwerk. Wenn sie das Siegel erbrach und sie inmitten dieses entsetzlichen Schmutzes las, war ihr, als öffnete sie ein Fenster zum Wald hin. Da die Briefe auf angeschimmeltem Papier geschrieben waren, verströmten sie den Geruch frischer Pilze.

Sogleich ging die junge Sklavin dem blauen Himmel, der reinen Luft, den klaren Gewässern, den blühenden Wiesen in die Falle. Der Stil dieser Schreiben war ebenso blumig wie die Narzissenfelder, von denen sie sprachen; die Schreibweise – untadelig, soweit sie es beurteilen konnte – verriet die Ernsthaftigkeit des Charakters, die Redlichkeit der Absichten – ach!

und die großzügige Handschrift, voller Verzierungen und künstlerischer Schnörkel, hatte etwas Himmelsgleiches, Beflügeltes, ließ schon von weitem die edle Seele erkennen, das feuchte Auge, den Veilchenstrauß, die Unteroffiziersmelodie, Eigenschaften, die sie nicht nur das Ende ihres Leidensweges, sondern die höchsten Glückseligkeiten des Landlebens in Gesellschaft dieses zarten und starken, gleichermaßen poetischen wie bäuerlichen Herzens erahnen ließen.

Und so fand sich das arme Mädchen, das durch nichts auf das Leben einer Bergbewohnerin vorbereitet war, drei Monate später dort oben in den Wolken, doch nicht ganz so, wie sie es erträumt hatte. Der Himmel war unveränderlich grau, die Luft eisig, das Wasser vielleicht klar, aber man mußte es von weit, von sehr weither holen, und was die berühmten blühenden Wiesen betraf, so entpuppten sie sich als eine riesige Wand, deren kahle Hänge bis in eine Höhe von tausend Metern ragten. Mit den Füßen den ganzen Tag im Schlamm, ein Bündel Wäsche auf dem Kopf, einen Eimer kalten Wassers in jeder Hand, bereits schwanger – mit Abel – und erschöpfter als je zuvor, fragte sie sich bald, ob sie bei dem Tausch wirklich gewonnen hatte und ob nicht letztlich die Bergarbeitersiedlung, der Schmutz, die Pumperei und Trinkerei dieser fürchterlichen Einöde vorzuziehen waren, dieser trostlosen Zweisamkeit mit einem Holzfäller von zwar exemplarischer Nüchternheit, daran war nicht zu rütteln, der er jedoch in Worten ebenso frönte wie angesichts von Getränken. Denn einmal gab nichts zu der Hoffnung Anlaß, daß es in diesem Haus jemals etwas anderes zu trinken gegeben hatte als Wasser, und zum anderen wies nichts darauf hin, daß ihr Ehemann – die Unglückliche war nämlich unzweifelhaft verheiratet – auch nur die geringste Gabe hatte, die Romanze zu verlängern oder sich von irgendeiner Muse betören zu lassen.

Er verließ das Haus im Morgengrauen, bei einem Wetter, in das man keinen Hund hinausschicken mochte – das Frühjahr war scheußlich, was alles nur noch ärger machte – Axt und Hacke geschultert, als ganze Wegzehrung eine Handvoll Kastanien oder ein Stück Käse in seinen Beutel gestopft, selten beides auf einmal, aus gutem Grund. Erst nach Einbruch der Dunkelheit kehrte er zurück, halb tot vor Müdigkeit, Kälte und wohl auch Hunger. Und dann spielte sich jeden Abend das gleiche Schauspiel ab: Den Kopf über die ewige dünne Pflanzensuppe gesenkt, murmelte er mit gefalteten Händen etwas zwischen seinen Zähnen, das sich wie ein Dankgebet anhören sollte, verschlang die strenge Kost, ohne die Nase vom Teller zu heben oder einen Ton zu sagen, und begab sich dann ohne Umwege ins Bett, wo er sofort in einen nicht weniger strengen, todesähnlichen Schlaf fiel. Da seine Nase verstopft war, schlief er auf dem Rücken, mit weit geöffnetem Mund, einem Leichnam ähnlich. Von Poesie, von Kehrreimen nicht die geringste Spur. Und von Kapriolen brauchen wir gar nicht erst zu reden; die Nüchternheit erstreckte sich auch auf das Bett. Kurz, er war nicht sehr lebendig. Mit der Zeit gestand sie sich ein, daß er sogar eher düster und verschlossen war – aber wie zum Teufel hatte er es angestellt, ihr derart gefühlvolle und romantische Briefe zu schreiben? Man könnte meinen, nicht er habe diese Briefe geschrieben, die sie wieder und wieder mit ständig wachsender Ratlosigkeit las. Lange Zeit dachte sie über die geheimnisvollen Tiefen der menschlichen Seele nach, versuchte, das widersprüchliche Verhalten ihres Mannes durch übermäßige Schüchternheit zu erklären, doch wagte sie nicht, ihm etwas zu sagen, denn er flößte ihr ein wenig Angst ein. Bis zu dem Tag, an dem sie beim Herumstöbern auf dem Dachboden ein auf einem Balken verborgenes Bündel entdeckte; es schien nicht so staubig wie alles andere, was sie auf einen Gedanken brachte: wenn es nun vielleicht Geld war? In Bessèges hatte man nicht versäumt, ihr zu sagen, die Bergbewohner seien so geizig, daß sie es fertigbringen würden, im finsteren Elend auf einer mit Geld ausgestopften Matratze zu sterben.

Doch leider war es nur ein Bündel Zeitungen, eine alte Sammlung der *Veillée des Chaumières*, von der sie einige Nummern durchblätterte. Unheilvolles Unterfangen! Sie fühlte, wie das Blut aus ihrem Gesicht wich. Wesentliche Teile ihrer Liebeskorrespondenz fanden sich dort gedruckt, ganze Sätze, schwarz auf weiß, oder besser gesagt grau auf gelb, denn die Zeitungen waren sehr alt. Grund genug, an seiner Stelle vor Scham zu sterben, wenn er sich entdeckt wüßte. Das hielt sie zurück, sie ihm ins Gesicht zu werfen, als er am gleichen Abend heimkehrte. Dabei blieb es, doch sie wurde mit der Sache sehr schlecht fertig, und ganz allmählich wandelte sich das Gefühl, hinters Licht geführt worden zu sein, in Bitterkeit, wuchs sich aus zu einem hartnäckigen Groll, der um so hartnäckiger war, als die Bedingungen, unter denen sie lebte, nicht gerade angetan waren, ihn vergessen zu lassen. Sie waren wahrhaft verheerend: kein Wasser, zumindest kein fließendes, kein Strom, nicht der geringste Komfort, kein Geld, eine Zukunft, die ebenso aussichtslos war wie diese horizontlose Landschaft, kein Nachbar, kein Mensch, bei dem sie sich beklagen konnte, außer diesem Taubstummen, der obendrein noch falsches Spiel mit ihr getrieben hatte – und zu all dem ein schreckliches Klima, besonders für ein Mädchen aus dem Tal, fast aus dem Tiefland ... Das war weit schlimmer als in Bessèges.

So war es nur natürlich, daß die Bergwerkshölle, aus welcher der Schweigsame sie befreit hatte, im nachhinein zu einem irdischen Paradies wurde, das sie mit Erinnerungen ausschmückte, von denen eine schöner als die andere war. Wie sie die Rauchschwaden und das lärmende Treiben der Arbeiter vermißte, das die Umgebung ihrer Jugend mit fieberhaftem Leben erfüllt hatte! Hier – Stille. Sie spürte nicht einmal mehr, wie die Zeit verging. In diesem öden Talkessel, wo der Blick gegen die riesigen Dämme des Hochplateaus prallte und wo die Wolken kalte, wandernde Schatten warfen, die sie mehr als alles andere bedrückten, ähnelten sich die Tage in qualvoller

Weise, als würden sie über ihr Leben hinweggleiten, ohne einen anderen Wechsel als den der Jahreszeiten, und als bliebe sie reglos, unfähig, ihr Entfliehen zu verlangsamen, gefangen in der endlosen Agonie der Stunden, indes ihre Kreisbewegung sich um sie herum beschleunigte.

Abel war geboren. Bisweilen hielt sie inne, verblüfft darüber, ihn bereits durch das Gras laufen zu sehen. Freilich, er war geboren, kaum daß es ihr bewußt geworden war. November 1922: Schmerzen in einem eiskalten Zimmer, der Beistand einer großbrüstigen, korsettbewehrten Hebamme mit pfeifendem Atem, die nach Kaffee verlangte und pausenlos rauchte, ein stechender Schmerz, der ihr wie Feuer ins Kreuz fuhr und ein Röcheln entriß, das sofortige Schwinden des Schmerzes und zugleich der Kräfte, als hätten sie sich gemeinsam in dieses unabhängige Stück Fleisch geleert, das nun seinerseits schrie; einige Klapser auf diese alte, völlig zerknitterte, heißgewaschene Puppe von angsteinflößender Häßlichkeit, die sich mit einem Male glättete wie ein sich entpuppendes Insekt, ihre Form fand, ihre natürlichen Farben, ihr hungriges Gewimmere. Während des Gemetzels der Vater stehend am Fuß des Bettes, ein kapitaler Ochse, seiner Vaterschaft bewußt, unbeholfen plötzlich angesichts dieses ganzen Schlamassels, herumgestoßen von der resoluten Frau mit den Konditorarmen, die Ehemänner nicht ertragen kann, schließlich in eine Ecke verwiesen, schuldig und zu nichts nutze, irgendwie zum Hahnrei gemacht. Kaum hielt sie sich wieder auf den Beinen, begann der Teufelskreis von neuem, verschlimmert noch durch ständiges Waschen, häufigeres Wasserschleppen und das Stillen des Kindes, das rasch ihre von Natur aus verwelkende Brust auszehrte.

Immer schneller fielen die Erinnerungen in die Vergangenheit zurück, immer früher kehrten die Jahreszeiten wieder. Solange Abel drei Monate oder drei Jahre alt war, konnte man meinen, daß sich die Zeit kaum vorwärtsbewegte, und so mußte sie nach acht Jahren erst ein zweites Kind erwarten, um sich darüber klar zu werden, daß diese drei Jahre acht gedauert hatten. Doch was, außer Wäschewaschen, den ersten Krampfadern und dem ersten Rheuma war in diesen acht Jahren schon geschehen?

Nichts. Jedenfalls nichts, was sie für die Enttäuschungen ihrer Gefühle und ihren häuslichen Verdruß hätte entschädigen können, nicht einmal der Erwerb jener kleinen Gegenstände, die so nützlich sind in seelischer Not, kleiner Dinge, die man mit Blicken liebkost und den ganzen Tag hegt und pflegt, besonders in schlechten Momenten. Komfort und jene Kleinigkeiten sind noch das Beste, was man gefunden hat, um der schreienden Sinnlosigkeit des Lebens wirksam abzuhelfen.

Der Schweigsame war es immer noch genauso, das Wasser ebenso kalt, das Klima ebenso rauh, der Boden ebenso weit unten, das Portemonnaie ebenso flach. Der Kauf des kleinsten Messers schien eine enorme Angelegenheit, man zögerte sechs Monate lang. Kurz, die Lage hatte sich nicht verbessert, sie neigte sogar eher zum Schlechteren, wenn man bedenkt, daß man nach zehn Jahren nicht mehr mit genau der gleichen Berechtigung wie am ersten Tag hofft, daß alles sich wenden wird. Wenn sie sich am Ende ihrer Kräfte und mutlos fühlte, dann legte sie sich ins Bett, sagte, sie habe „Wolken im Kopf", und verließ es drei Tage nicht mehr.

Der Nachkömmling kam zu früh zur Welt, inmitten der eisigen Kälte und düsteren Nordwinde des Februar, im Jahre des Herrn 1931. Er war noch häßlicher als sein Bruder, wog nur zwei Kilo und fünfhundert Gramm, was nicht gerade viel war für jemanden, der dem männlichen Geschlecht anzugehö ren schien. Tatsächlich war er ein Rotschopf von milchiger Körperbeschaffenheit, bei dem die geschlechtliche Entwicklung lange Zeit zu wünschen übrig ließ. Und nicht nur hier war etwas nicht ganz in Ordnung. Ein Teil der Wolken, die seine Mutter in ihrem Kopf hatte, war wohl in den seinen abgewandert. Lange Augenblicke verbrachte er damit, mit seinen großen, erstaunten Augen ins Leere zu starren; seine natürliche Position war mit dem Hinterteil in der Luft und dem Kopf nach unten, wie ein Stehaufmännchen, dem man irrtümlich den Kopf und nicht die Beine beschwert hätte. Er hatte den übergroßen Kopf eines intellektuellen Babys. Im übrigen befürchtete man lange Zeit, daß er schwachsinnig sei.

Sie nannte ihn Joseph-Samuel. Joseph in Erinnerung an seinen alkoholischen Großvater mütterlicherseits aus Bessèges, der gerade ins Gras gebissen hatte – sie hatte ihn zwischen drei Wolkentagen und den ersten Wehen begraben, die zweifellos durch die Gemütsbewegung ausgelöst worden waren – Samuel weil er ein *parpaillot* war.

Dieser wird ihr Lieblingssohn. Dafür gibt es hauptsächlich drei Gründe. Erstens: Da der Ältere das schlimmere Abbild seines Vaters war, konnte es zwischen ihr und ihm keine wirklichen Bande geben. Ihr untätiges Muttergefühl verlangte daher geradezu nach Beschäftigung. Zweitens: Kinder, die gegen dreißig oder später gezeugt werden, verkörpern das letzte Pulver, das die Jugend zu verschießen hat, und die Fähigkeit zu gebären ist ihr unbestreitbarster Beweis. Da diese Jugend sehr relativ ist, sind die Kinder, die zu Beginn des frühen, bäuerlichen Alters geboren werden, im allgemeinen schwächlich, und ihre Mütter verschlingen sie mit einer Art manischen Zärtlichkeit, die für Mutter und Kind gleichermaßen erschöpfend ist. Drittens: Ihr kleines Kalb war von so schwankender Gesundheit, daß sie in ihm ihre eigene Schwäche fortleben sah oder zu sehen glaubte, eine, nebenbei gesagt, eiserne Schwäche. Regen, Frost, Schnee, Wind, schreckliche Winter, plötzliche, tropisch heiße Sommer erlegten ihr täglich Prüfungen auf, die einen Ochsen zur Strecke gebracht hätten.

Dieses Mal stand ihr eine Tante ihres verstorbenen Vaters bei der Niederkunft bei. Sie hatte diese Tante zum ersten Mal am Tag der Beerdigung gesehen, wo sie ihr durch die Tatkraft aufgefallen war, mit der sie die Zeremonie im Eiltempo über die Bühne gebracht hatte. „Du wirst dein Geld doch nicht für eine dieser Engelmacherinnen ausgeben“, hatte sie zu ihr gesagt, „bei mir brauchst du das Säckel nicht zu erleichtern.“ Trotz der Zweideutigkeit dieser Worte versicherte sie, eine gewaltige Zahl von Sprößlingen jeden Geschlechts auf die Welt gebracht oder dabei geholfen zu haben, allesamt unversehrt, so beteuerte sie, und ohne den geringsten Schaden für ihre Erzeugerinnen, obwohl die Beschreibung dieser Geburten eher an Folterszenen oder Kriegshandlungen gemahnten als an einen natürlichen Vorgang: Wände voll Blut, Körper, vor entsetzlichen Schmerzen gekrümmt, Todesröcheln, Schmerzensschreie beim Gebrauch der Zangen, Kaiserschnitte, Kindbettfieber, dramatische Komplikationen – nichts fehlte bei der Schilderung dieser Greuel, außer, was wie ein Wunder anmutete, die tödlichen Folgen, die man zu Recht befürchten konnte. Sie versprach indes, daß alles gut gehen würde.

Nach einigen Bluttransfusionen und der intensiven Verabreichung von Kampferlösungen und anderen Anregungsmitteln durch den eilig herbeigerufenen Arzt aus Florac war das Leben der Wöchnerin bald nicht mehr in Gefahr. Obwohl der Arzt bei seiner Ankunft die Hände über dem Kopf zusammenschlug und bei seinem Weggang die Schultern zuckte, erlangte diese gefährliche Kreatur ihr Ansehen wieder zurück, indem sie mit einer von ihr zusammengebrauten Mixtur einen grünlichen Durchfall heilte, den sie wahrscheinlich selbst verursacht hatte, als sie dem jungen Frühgeborenen eine zu große Menge unverdünnter Milch einflößte. Als dieser seinerseits gerettet war, nistete die Tante sich einen Monat lang im Hause ein, in triumphierende Herablassung gehüllt.

Nachdem sie versucht hatte, diesen zwar ärmlichen, doch friedlichen Haushalt zu dezimieren, bot sie nun alle Kräfte auf, um seine Grundlagen auszuhöhlen. Systematisch machte sie das Wenige schlecht, was man hier tat und die Art, wie man es tat, bis hin zu den Fähigkeiten des Familienoberhauptes, den sie des heimlichen Trinkens verdächtigte, und sagte eine Zukunft voll Elend, Krankheit und allen möglichen unvermeidbaren Mißgeschicken voraus. Sollten ihre Söhne nicht zuvor dahingerafft werden, dann würden sie sie, eine mittellose und bewegungsunfähige Witwe, im Stich lassen, und sie würde im äußersten Elend enden, von Ungeziefer zerfressen – die Wahrsagerin ahnte keineswegs die Richtigkeit ihrer Voraussagen. Als sie bis zum Überdruß kritisiert und orakelt hatte, gab es im Haus nicht mehr viel, was aufrecht stand, nicht einmal mehr das Haus selbst, das kaum für wert befunden wurde, Schweinen als Stall zu dienen. Und natürlich würde der Schweigsame noch vor den Mauern ins Gras beißen. Die Zerstörungswut dieser Frau kannte keine Grenzen. Ach, warum hatte sie nicht einen tüchtigen, kleinen Beamten geheiratet, statt sich diesen Köhler auf den Hals zu laden, der bis ans Ende seines Lebens Köhler bleiben würde!

Schließlich riet sie ihr, alles aufzugeben – wenn sich überhaupt jemand finden würde, der verrückt genug wäre, um diese Familiengruft zu kaufen – und so weit wie möglich von diesem Land fortzugehen, wo man sich nur aufhängen konnte, fort von diesen düsteren Bergen, und da sie den Ehemann nicht auch auf diese Liste setzen konnte, schlug sie vor, einen Gendarm aus ihm zu machen, wenn er nicht zu alt sein würde – zweiunddreißig Jahre war er – und helle genug, oder er sollte sich als Gärtner im Tiefland verdingen, wo die Leute es sich im Vergleich zu hier wohl ergehen lassen. Sie beschrieb ein Traumleben, das, genau betrachtet, nur zu verwirklichen war, wenn man ein Vermögen geerbt oder das große Los in der Lotterie gezogen hätte – aber Schmarotzer nehmen es mit ein paar Millionen nicht so genau, und sie versuchte nur auf irgendeine Weise ihre Unvorsichtigkeiten vergessen zu lassen und ihre Zeche zu bezahlen.

Und als die Natter Tropfen um Tropfen Gift in das Ohr

ihrer Nichte geträufelt hatte, verließ sie eines schönen Morgens, nachdem ihre Reserven sich erschöpft hatten, die Stätte ihres Wirkens, um anderswo wieder zu Kräften zu kommen und eine andere Familie durcheinanderzubringen.

Unglückseligerweise waren ihre giftigen Worte und ihre noch schädlicheren Hirngespinste nicht auf taube Ohren getroffen. Und unglücklicherweise gab es viel Wahres in ihren Anklagen. Und so begann die Unschuldige, während sie tief in ihrem Bett zusammengerollt dem Regen lauschte, der gegen die Läden trommelte, und dem Wind, der an den Türen rüttelte und mit tiefem Rauschen aus dem Wald kam, einen Faden aus diesem Traumknäuel zu spinnen, das die giftige Tante ihr bei ihrem Weggang hinterlassen hatte. Sie richtete sich bereits in einer Welt üppiger Obstgärten, fruchtbaren Bodens, freifließenden Wassers, angenehmer Nachbarschaften und vollgefüllter Schränke und Truhen ein, als sie den Traum rasch aufgeben mußte und die Plackerei wieder begann. Die Wolken kehrten zurück, dieses Mal jedoch von einigen Aufheiterungen begleitet, die etwas Licht in ihr Dunkel brachten. Der Schweigsame, dem sie an einem närrischen Abend diesen Plan – verkaufen und wegziehen – eröffnet hatte, zeigte sich nicht so abgeneigt, wie man es hätte erwarten können. Vielleicht hatte auch er, hinter seiner Schweigsamkeit, die Nase voll davon, sich für nichts und wieder nichts abzurackern, sich beim Wiederaufbau der von der Schneeschmelze oder den Stürmen abgetragenen Stützmauern kaputtzumachen, Wiesen zu mähen, die so steil waren, daß man sich wie ein Lasttier an einem Baum festbinden mußte, nichts zu beissen zu haben, und das alles, um nach zwanzig Jahren ebenso klug dazustehen wie zuvor. Immerhin versprach er, sich um die Sache zu kümmern und an den Meistbietenden zu verkaufen. In dieser Nacht sah seine Frau zum ersten Mal den Himmel.

Natürlich wurde niemand vorstellig, entweder, weil der Schweigsame sein Versprechen nicht gehalten hatte, als die

Narrheiten erst einmal vorüber waren, oder weil die Leute nicht so verrückt sind, wie sie aussehen. Es war noch nicht die Zeit, wo ein Haufen Steine, wenn er sich nur mitten in der Natur befand, einen astronomischen Preis erzielte. Die Wolken verdichteten sich erneut, die Jahre vergingen, die Kinder wuchsen heran, gestärkt durch gebratenes Krähenfleisch und die Flut der Strafarbeiten, die bei der geringsten Dummheit auf sie niederging.

Doch die Hoffnung hält am Leben. Eines schönen Tages bekam man Besuch. Ein blutarmer Städter mit seiner Vorliebe für das Landleben durchstreifte die Gegend und wünschte seine Tage hier zu beenden. Er suchte die Wüste, Ruhe, ein karges Leben, Maheux entsprach seinem Geschmack. Er hatte bereits die Hand an der Brieftasche; man verabredete sich beim Notar in Florac, wo der Verkauf für Anfang September vereinbart wurde. Es war Juli 1939 und ein besonders glühender Sommer. Aus der Tiefe der Cafés in den Dörfern und in den von Fliegen summenden Küchen hörte man ein seltsames Tier aus den Radios bellen, denen das Gewitterwetter ein fürchterliches Krachen entlockte.

Am 10. September begab sich die Familie Reilhan nach Florac. Viele Menschen waren auf dem Bahnsteig: Paare Arm in Arm, Frauen mit tränenüberströmten Gesichtern, Gendarmen, bereit das Feuer auf etwaige Deserteure zu eröffnen, Kinder, die noch nie in ihrem Leben so glücklich gewesen waren und die allgemeine Bestürzung nutzten, um die Mobilisierten mit Kohlestückchen zu bewerfen als Erinnerung an ihre Heimat.

„Das mit dem Notar werden wir nach dem Krieg regeln, wenn wir diesem Hitler eine Tracht Prügel verabreicht haben", sagte der Schweigsame in dem Augenblick, als der Zug sich in Bewegung setzte.

Er mußte schon recht verstört sein, um eine so lange Rede zu halten. Trotz dieses kühnen Vorhabens sah er bejammernswert aus – die Kleidung hing ihm schlaff herab, sein Haar war struppig, sein Bart bläulich, seine ganze Erscheinung erinnerte an einen Ausbrecher, wie oft bei Zivilpersonen, die unter Militäraufsicht reisen – als hätte er den Krieg schon hinter sich.

1922 geboren, hatte Abel nicht viel zu befürchten von einem Krieg, von dem jeder wußte, daß er nach sechs Monaten beendet sein würde, und das durch einen glänzenden Sieg, was nicht noch extra betont werden mußte. Das war eine unvorsichtige Spekulation. Doch da er durch den Weggang seines Vaters den Hof und dessen harte Arbeit auf dem Hals hatte, nahm er sehr bald ein düsteres und barsches Wesen an, wie es häufig bei Heranwachsenden anzutreffen ist, denen man Verantwortung übertragen hat.

Einen fast ausgewachsenen Mann fand Reilhan zu Hause vor, als er im Juni 1940 mit der wunderlichen Flut staubbedeckter, ausgehungerter und verstörter Gestalten angeschwemmt wurde, die bis zu diesen Höhen zurückströmte, als wäre dort oben, im Norden Frankreichs, ein gewaltiges, schreckliches Ding vom Himmel mitten hinein in ein Menschenmeer gefallen. Er selbst war wie betäubt durch diese gigantische Auflösung, durch den Alptraum, den sie ihn hatte erleben lassen, in dem sich Erschöpfung, Schlaflosigkeit, ermüdende Märsche, glühendheiße Straßen, durch Maschinengewehrfeuer fahrende Eisenbahnzüge mischten – weit mehr als durch die Ereignisse, die ihm unverständlich waren und die er mehr oder weniger als unabwendbare Naturkatastrophen betrachtete, angesichts deren man nur den Kopf einzuziehen hat, ohne nach Erklärungen zu suchen. Er hatte die verdutzte Miene eines armen Kerls, der nicht ganz begriffen hat, was ihm geschehen ist, und der nicht die Fähigkeit hat, es zu begreifen. Auf alle Fragen, mit denen man ihn bedrängte, erhielt man ungefähr die gleiche Antwort, mit einem zaghaften Anflug von Bewunderung:

„Eine Tracht Prügel! Was für eine schöne Tracht Prügel!“

Diese Worte, die er beständig kopfschüttelnd wiederholte, schienen die äußerste Grenze seiner geistigen Erkenntnisfähigkeit anzuzeigen, aber auch die dunkle Faszination, die sie auf ihn ausübte, zweifellos, weil er in seiner Einsicht nicht weiter zu kommen vermochte. Jenseits dieses schwachen Schimmers von Verstandesschärfe blieb sein Geist in einem Abgrund von Verwirrung und Dunkelheit gefangen, würdig der unbeschreibbaren Geißel, die über Frankreich hereingebrochen war. Man merkte, daß er leicht empört war, aber kaum mehr, als hätte er der Niederlage seiner bevorzugten Fußballmannschaft beigewohnt, und es war auch nicht klar, ob die Katastrophe selbst die Ursache war, so als empörte ihn vielmehr diese Verwirrung und Dunkelheit.

Er schien auch recht verärgert über den Verlust eines alten Messers, das er nach dort oben mitgenommen und immer in seiner Tasche getragen hatte und das, so sagte er augenzwinkernd, sicherlich nicht für alle verloren sei.

Vom Krieg selbst, vom Schicksal Frankreichs hatte er keine sehr klare Vorstellung, vielleicht sogar überhaupt keine. Er wußte nichts vom blitzartigen Vormarsch der deutschen Armeen, von den teuflischen Waffen, über die sie verfügten, deren eigenartiger, unheilvoller Anblick und verblüffende Wirkungskraft niemanden mehr schlafen ließen, der das schreckliche Privileg gehabt hatte, sie aus der Nähe am Werk zu sehen – die seltsame Silhouette der Stukas mit ihren abgeknickten Flügeln und dem nicht einziehbaren Fahrgestell, die unweigerlich an eine Art Geier denken ließ, der mit ausgefahrenen Fängen auf seine Beute niederstößt, auch bestimmte Panzer, die ihnen mit ihren Revolvergeschützen und den plattgedrückten Schnauzen in nichts nachstanden, hatten alle in Schrecken versetzt. Er war in das Getümmel geraten wie ein Gaffer in eine Schlägerei, unfähig, weiter zu denken als bis zu seinem Fußweh, seinen Magenkrämpfen – verursacht durch das Büchsenfleisch, das er nicht vertrug – seinen Nächten unter freiem Himmel, in der

Tiefe eines Grabens oder im Unterholz, Gipfel des Unglücks für einen Landmann, der im allgemeinen keine besondere Vorliebe für das Campingleben hat.

Und so schien er nach zwei oder drei Tagen Schlaf im eigenen Bett fast alles vergessen zu haben und zog im Morgengrauen frisch und munter wieder in seine Wälder und Brachen, als wäre nichts geschehen, als hätte er sie am Vorabend verlassen und ohne sich um den Fortgang der Ereignisse weitere Gedanken zu machen. Von der „schönen Tracht Prügel“ war nur noch in abgemilderter Form als „dieser Geschichte“ die Rede, ein Ausdruck, der gewöhnlich von einem Schulterzucken begleitet war, dem Überrest einer vagen Empörung.

Einige Tage lang wehte über der Gegend jener wilde, neue Wind, den große Katastrophen in ihrem Fahrwasser entstehen lassen. Jeder ankommende Sonderzug, jede Kolonne überladener Lastwagen oder schwankender Autos trug in die Stille dieser hochgelegenen Täler einen matten Widerhall der Massenflucht. Die Flüchtlingskolonnen lockten die Leute an die Straßenränder wie einst die Durchfahrt der Tour de France. Man hätte sich mitten in einem großen Volksfest glauben können, dessen etwaiger Höhepunkt das Ende der Welt gewesen wäre – oder zumindest *einer* Welt.

Auf den Eselspfaden, die die Berghänge durchzogen, sah man bei Einbruch der Dunkelheit ganze Familien herabsteigen; sie setzten sich auf die Böschungen, um die neuesten Nachrichten zu erfahren und die Situation mit scharfsinnigen Worten zu kommentieren. Die unglaublichsten Gerüchte zirkulierten, weckten uralte Schrecken wieder auf, in denen sich das Wunderbare mit dem Zeitgeschehen mischte. Die Kinder, aufgeregt wie Flöhe durch das ganze Durcheinander, tobten sich aus nach Herzenslust, führten ihren eigenen Krieg im Dickicht, verfolgten einen unsichtbaren Feind, waren unermüdliche Plünderer. Spät in der Nacht hörte man die Kieselsteine auf den Wegen knirschen, und vom Rauschen der Bäche hob sich das hellere Stimmengewirr der Gespräche ab, das in der ruhigen Luft widerklang, wenn die Leute auf dem Nachhauseweg waren, nachdem sich ihr Fieber gelegt hatte und sie sicher waren, daß die Nacht den Vorrat ihrer Überraschungen erschöpft hatte.

Bei den Reilhans hatte der Krieg die schönen Träume begraben. Da der von der Vorsehung gesandte Käufer, zweifellos in einem klaren Augenblick seines Planes überdrüssig, nichts mehr von sich hatte hören lassen, hatte man die Sache als erledigt betrachtet und wartete nun auf bessere Zeiten. Kuh, Kalb, Schwein, Küchlein – hin ist alles ...

Seltsamerweise waren die gleichwohl finsteren Jahre der Besatzung in der Monotonie ihres Daseins eine Art magisches Zwischenspiel gewesen, denn sie veränderten die gewohnte Ordnung ihrer Beschäftigungen. Alles in allem behielt man diese unruhige Zeit in gar nicht so unangenehmer Erinnerung. Im Sog der Ereignisse war man unwillkürlich in jene kindliche Mentalität zurückgefallen, die im Unglück der Zeit die wundersame Aufhebung ihrer Sorgen und Kümmernisse, vor allem jedoch eine ungewisse Zukunft findet, die vorübergehend das Schreckgespenst der Disziplin und unwiderruflichen Bestrafungen vertreibt. Die Zeit roch nach verbrannter Erde, geschlossenen Schulen, außerkraftgesetzten Institutionen. Seitdem fast alle im gleichen Boot saßen, war man eher imstande, von seinen persönlichen Problemen abzusehen.

Noch dazu schien in diesem leblosen Ödland, auf dem eine jahrhundertealte Erstarrung lastete, nun eine geheimnisvolle Erwartung zu beginnen, als würde sich die Zeit der Zeichen und der Offenbarung nähern. Unwillkürlich war man darauf gefaßt, über diesen verlassenen, nur vom Wind heimgesuchten Bergkämmen überraschend irgend etwas Unbegreifliches auftauchen zu sehen, das den normalen Lauf der Dinge ändern würde. Es war eine vage, unbestimmte Furcht, die nur in entferntem Zusammenhang mit den tatsächlich erlittenen Prüfungen oder den Gefahren stand, von denen die ganze Welt bedroht war. Die Last der täglichen Zwänge wurde dadurch beträchtlich erleichtert. Man war ja nicht sicher, das, was man heute tat, auch morgen noch tun zu können. Die Zukunft wurde nun nicht mehr unter persönlichem Blickwinkel betrachtet, sondern als höchstwahrscheinlich eintretende Apokalypse, der die gesamte Bevölkerung, überall, ausgeliefert war und die von einem Großteil Sorgen befreite. Wozu sich Gedanken machen um sich selbst, wenn auf der ganzen Welt alles drunter und drüber geht? Wie von Zukunft reden, wenn die ganze Erde in Schutt und Asche liegt?

Bis zur Befreiung hatte man von diesem Vorrat an Ungewißheit gezehrt. Das Hochland sah sich in der Lage einer befestigten Stadt, die zwar von den Kämpfen verschont, jedoch beständig auf der Hut und in Alarmbereitschaft ist. Dennoch hatte eine Art ausgleichende Gerechtigkeit oder Schicksalswende dafür gesorgt, daß diese elende Provinz, die sich gleich einem Dach hoch über Frankreich spannt und in Zeiten des Wohlstandes stets vergessen wurde, weniger unter den Folgen des Krieges und der Niederlage litt als manch andere, in normalen Zeiten reichere und privilegierte Region. Ihre isolierte Lage, ihre Armut, ihre geringe strategische Bedeutung – die ihr allerdings Mißhandlungen durch den Besatzer nicht ersparte, der in dieser hochgelegenen, bewaldeten Einöde eine ideale Hochburg des Widerstands sah – hatten sie letztlich unversehrt erhalten. Da man es gewohnt war, sich in einem geschlossenen Kreislauf zu ernähren und sich daher mit Wenigem zufriedengab, war man durch die Rationierungen genauso wenig betroffen, wie man einst den Überfluß gekannt hatte. Es war die Rache des Mageren am Fettleibigen, des Mittellosen am Reichen, des Maßvollen, der die Krankheiten des Wohlstands nicht kennt, am Maßlosen, der ihnen erliegt. Es mußte überall an allem fehlen, damit das Wenige, das man hier besaß, mit einem Schlage einen unschätzbaren Wert erhielt.

Seitdem die Deutschen den südlichen Landesteil besetzt hielten, hatte sich das Hochland in ein befestigtes Lager verwandelt, verschanzt hinter seinen Felswänden und baumbestandenen Bergrücken, wo es nur so raschelte von heimlichen Gästen und nächtlichem Kommen und Gehen. Ein kleiner Warenverkehr ging zwischen den Familien hin und her. Dieser jahrhundertealte Tauschhandel mit Arbeitsgerät und Lebensmitteln erleichterte jedem das Auskommen und brachte diese Einsiedler einander näher. Von den Höfen zu den Weilern, von den Pachten zu den Schäfereien wurden die Waren auf dem Rücken und die Neuigkeiten mit dem Munde verbreitet, wie zur Zeit der Verfolgung durch die Dragoner oder der Völkerwanderungen.

An den langen Winterabenden, wenn der Schnee alle Zugangswege zur Hochebene blockierte, kam man oft zusammen, um die Probleme gemeinsam zu besprechen, die laufenden Geschäfte zu erledigen, beim Schein des Herdfeuers über die allgemeine Lage zu beraten. Diese kleinen Zusammenkünfte, die sich in nichts von denen der Vorfahren zur Zeit der Religionskriege unterschieden, fanden meist bei einem gewissen Marius Despuech statt, in Mazel-de-Mort, dem Nervenzentrum, von dem aus die Hauptwege zu den Einzelgehöften hinführten. Um das Feuer gekauert, während der Sturm über die verlassenen Höhen fegte und an Fenstern und Türen rüttelte, trank man jenen herben, tintenschwarzen Clinton-Wein und aß geröstete Kastanien, während man Karten spielte und zuhörte, wie der Älteste Geschichten von den Kamisarden[10] erzählte. Die Jungen säuberten alte Bolzengewehre, die sie auf einem Dachboden aufgestöbert hatten; sie sahen sich bereits an etwaigen Hinterhalten teilnehmen. In einer Ecke des Kamins zusammengedrängt, schauten die Kinder mit großen Katzenaugen und angehaltenem Atem zu. Die Alten wackelten ständig mit dem Kopf, und niemand wußte so recht, ob diese Bewegung irgendeine Zustimmung ausdrückte, oder ob sie einfach ein Zeichen von Altersschwäche war.

An einem Abend im März 1943, als die winterliche Dunkelheit sich ein wenig aufzuhellen begann und am Nordhang der tiefen Täler alte Fladen von lackglänzendem, mit Blättern vermischtem Schnee allmählich gelb wurden, ging plötzlich die Tür auf, und darin erschien, schweißgebadet und atemlos, ein alter Schäfer aus St. Julien:

„Die Deutschen! Sie sind da! Sie kommen!“

Er erstickte beinahe; man mußte ihn hinsetzen und ihm zu trinken geben. Schließlich erklärte er, daß zu Beginn des Nachmittages plötzlich das Summen einer riesigen Bremse die Scheiben zum Klirren gebracht habe und alle an die Fenster hatte stürzen lassen. Und von der Brücke von St. Julien aus hatte man gesehen, wie auf der Straße nach Cassagnas – der Talstraße, die schon die Barbaren und die Königstreuen benutzt hatten und die seit jeher die Straße aller Übel war – eine grünliche Raupe den Jalcreste-Paß herunterkam, sich um mehrere Kurven wand und das ganze Tal mit einem entsetzlichen Eisengerassel erfüllte. Es war, eingerahmt von einigen leichten Panzerwagen, eine Kolonne von mit Soldaten vollbesetzten Lastwagen. Also wirklich, was haben die denn hier oben zu suchen, diese Kartoffelkäfer?

Nun, sie hatten gewartet, bis der Schnee geschmolzen war, um die Gegend zu durchkämmen, auf gut Glück einige Weiler zu säubern, ein halbes Dutzend Schäfereien anzuzünden, die den Ruf hatten, Widerständlern als Unterschlupf zu dienen, und, *manu militari*, die Widerspenstigen einzusammeln, die für den Arbeitsdienst taugten, der in dieser Gegend dem Widerstand bereits sehr viel mehr Anhänger zuführte als Deutschland Arbeitskräfte. Die Jungen, die ihr Gewehr geputzt hatten –

der Jahrgang 40, 41 und 42 –, begaben sich unverzüglich in die Wälder, deren Pfade, Schlupfwinkel und Nachtlager für sie keine Geheimnisse mehr bargen. Für diese Köhler, die während des Holzfällens mehrere Monate im Jahr in Waldhütten verbrachten, war das keine große Veränderung. Sie fanden sich in Gruppen auf den steilsten Anhöhen, tief in den unzugänglichsten Schluchten des Bergmassivs zusammen, und wären sie nicht zwei- oder dreimal von irgendwelchen Strolchen verraten worden, die ihre Ortsveränderungen und Sammelpunkte weitergaben, dann hätten sie dieses Abenteuer, das für einige von ihnen am Ende eines Strickes oder in den Gaskammern endete, nur in guter Erinnerung behalten.

Sobald Befehle einzutreffen begannen und es galt, das Bündel zu schnüren, stellte Abel sich taub. Er war gerne bereit, sich dem Widerstand anzuschließen, aber er wollte es lieber alleine tun; mit den anderen zusammen in einer Gruppe leben zu müssen, sagte ihm nicht zu. Er war ein Einzelgänger und wollte es auch bleiben, selbst im Widerstand.

Die Anführer zuckten die Schultern. Soll er sich doch aufhängen lassen, wo es ihm gefällt! Seit der Zeit der Jugendlager wußte man, mit wem man es zu tun hatte, mit einem Bär, der gewiß kaum des Französischen mächtig war. In den Baracken von Villemagne, wo Abel Reilhan gegen seinen Willen mehrere Monate zubringen mußte, hatte niemand Lust, mit diesem Wilden zu verkehren, der zudem noch etwas zurückgeblieben schien, jedoch stark wie ein Pferd, ja sogar wie zwei Pferde war, was die Kameraden nicht gerade veranlaßte, Scherze mit ihm zu treiben. Der verborgene Eifer, den man in ihm erahnte, bestimmte ihn von vornherein automatisch für die schwersten Arbeiten im Freien: Schnee räumen, Bäume fällen für das Auskleiden der Grubenschächte, Gräben ausheben, die zu nichts nutze waren, die man ihn jedoch graben ließ, damit er seine Kräfte verausgaben und sich an etwas austoben konnte, das war seine ganze Wonne. Stets blieb er allein in seinem Winkel; nie sprach er, mischte sich nicht unter die anderen, blieb im Lager, wenn sie gemeinsam aufbrachen, um die Bistros der Umgebung zu verunsichern, und beschäftigte sich in den Abendstunden mit geheimnisvollen Nadelarbeiten oder der Reparatur von Schuhen. Trotz des engen Lagerlebens blieben seine Gewohnheiten die eines Waldarbeiters aus dem Hochland, den das Tal weder lockt noch zurückhält. Und bis hin zu seiner Art zu essen, abseits von den anderen auf einem Baumstumpf sitzend, mit sparsamen Gesten wie die Schäfer, die ihr Brot und ihre Einsamkeit mit den Hunden teilen, als erster zu schlafen und aufzustehen, sich wie unter freiem Himmel in voller Kleidung in eine Decke zu wickeln, um dann mit dem Gesicht zur Wand einzuschlafen, unberührt von der Ausgelassenheit der Stubengemeinschaft oder den Späßen, zu denen er hätte Anlaß geben können, spürte man, daß er von seiner Umgebung abgeschirmt war durch die Kraft einer tierhaften, urtümlichen, unerschütterlichen Dumpfheit, die bis zu den Ursprüngen des Lebens selbst zurückzureichen schien.

Und so ging er allein und auf eigene Rechnung in den Widerstand, lebte mehr als ein Jahr allein oder fast allein dort oben in der Schäferhütte, die sich auf halbem Weg zwischen Tardonnenche und Balazuègnes in der Weite der Hochebene verlor.

Es war ein altes Gemäuer, wie eine steinerne Arche auf der Höhe eines Bergkamms gestrandet, von dem aus sich nach Westen und zu den Bergen des Aubrac hin, soweit das Auge reichte, die endlose Dünung der *Causses* dehnte. Der Unterschlupf war sicher, denn von der windigen Erdschwelle der Schäferei aus, die bis auf die Knochen abgetrampelt war von den Herden, denen das Gebäude bisweilen als Quartier diente, war das gesamte Land zu überblicken, kahl und lesbar in allen Richtungen. Und für den Ernstfall gab es nicht weit von dort in einem Felsvorsprung der Hochebene eine Art senkrecht abfallenden Kamin, der etwa zwanzig Meter tiefer inmitten des

Unterholzes endete und durch den er jederzeit das Weite suchen konnte.

Ein Beutel Trockenkastanien und das Wasser einer Zisterne reichten ihm als Tagesration. Er schlief im Stroh, schien unempfindlich gegenüber den Unbilden der Witterung, gegenüber der gewaltigen Hitze, die diese Einöde zwei schreckliche Sommermonate lang versengte, dem Nebel und krätzigen Regen des Herbstes, der Kälte, die auf sie folgte, den eisigen Nächten, den Winden, die über diese Hochsteppe hinwegfegten und durch die Mauern aus trockenen, von keinem Mörtel zusammengehaltenen Steinen wie durch ein Sieb hindurchpfiffen. Dazu noch diese barbarische Einsamkeit, mit der er gut zurechtzukommen schien, während zähere Naturen zweifellos durch einen so rauhen Umgang abgeschreckt worden wären. Er dagegen ertrug sie so gut, daß man ihn nur in äußerster Not in Maheux auftauchen sah, wenn er nichts mehr zu beißen hatte – struppig, bärtig, den Geruch von Schafsschweiß, altem Heu und Wildbalg verströmend, von angsteinflößendem Schmutz, wie ein Wolf, den der Hunger aus seiner Höhle treibt.

Zu den härtesten Arbeiten stieg er indes hinab, half den Seinen, die Ernte voranzubringen und die Einschläge auszuholzen, fand sich schon im Morgengrauen bei ihnen ein, ohne sich einer Gefahr auszusetzen. Die hohen Berge, die sich wie eine Brüstung über die Wälder wölbten, boten ideale Voraussetzungen, um den Talkessel und seinen Zugang sowie die benachbarten Täler zu überwachen. Doch bei Einbruch der Dunkelheit begab er sich wieder in seinen Schlupfwinkel hinauf – ein Strandgut an der milchigen Oberfläche des Nebels, fern in den Mondnächten dort oben vertäut –, jeden Tag etwas trunkener von dieser Stille und unberührten Einsamkeit, an denen er Geschmack gefunden hatte und die ihm die Tiere des Waldes vertrauter werden ließen als seinesgleichen. Jeden Morgen entzifferte er im Umkreis der Schäferei die zarten Zeichen, welche die nächtlichen Besucher im Rauhreif hinterlassen hatten.

Gegen Ende hatte er, ein wahrer Robinson der Berge, immerhin noch versucht, seine Ausstattung zu verbessern, als sollte dieses bindungslose Leben in der Freiheit endloser Horizonte und wechselnder Himmelsräume durch den Zwang der Ereignisse, durch die Fortdauer eines ungewissen, unbegrenzten Kriegszustandes niemals ein Ende finden.

Er machte sich daran, den archaischen Ofen wieder herzustellen, der in der Nähe des Kamins in die dicke Mauer eingelassen und dessen Wölbung zum Teil eingestürzt war. Als er ihn repariert hatte, konnte er Roggenfladen auf ihm rösten, die er gelegentlich mit einer Wacholderdrossel garnierte. Er fing sie mit Hilfe einer Vorrichtung aus flachen Steinen und Holzstengeln[11], die er unter jedem Wacholderstrauch und Buchsbaum in der Umgebung als Falle ausgelegt hatte. Er säuberte die Zisterne und verstopfte die Risse, die ihre Wasserreserve dezimierten, ersetzte die zerbrochenen Schieferziegel des Daches, das bislang mit kleinen blitzenden Himmelslichtern übersät gewesen war, fertigte aus grünen Buchenrundhölzern, die er aus dem Lager mitgenommen hatte, einen Tisch, Melkschemel, eine mit Stricken zusammengeschnürte Bettstatt, auf die er einen Strohsack warf, und – Gipfel des Luxus – fegte mit Hilfe eines Ginsterzweiges den schwarzen, staubigen Erdboden, von dem sich bei jedem Schritt ein alter, welker Schafmistgeruch hob. Bald füllte über der sauberen Herdstelle ein rissiger, gußeiserner Kessel den Raum Tag und Nacht mit seinem friedlichen Summen, brachte der Behausung die Hausgötter zurück, die von den Winden und der Trostlosigkeit der Ruinen vertrieben worden waren.

Eines Morgens, gegen Mitte August 1944, als er gerade damit beschäftigt war, die Einfriedungsmauer des Schafspferches zu erneuern, der flach war wie eine Dreschtenne und von dem aus der Blick bis an die Grenzen der Hochebene reichte, erblickte er die Gestalten zweier Männer, die sich mit den Armen fuchtelnd auf ihn zu bewegten. Es war Marius Despuech, in Begleitung des Schweigsamen, der sich in unbeholfener Erregung hinter ihm hielt, im Fahrwasser einer offenbar wichtigen Neuigkeit, da er seinem Nachbarn den Vortritt ließ. Und was für eine Neuigkeit! Es bedurfte in der Tat der Redseligkeit eines Despuech, um sie seit dem Morgengrauen brühwarm von Hof zu Hof zu tragen, zu denen, die weder Strom noch Radio besaßen: Die Alliierten waren soeben in der Provence gelandet! Was für ein Dolchstoß in Hitlers Rücken! Der Gnadenstoß sogar ... Das Dritte Reich krachte an allen Ecken und Enden ... Die gemeine Sippschaft trat den Rückzug an, wie von der Sonne geblendete Ratten. Jedenfalls würde jetzt alles wieder in Ordnung kommen, und in dieser Gegend gab es wahrscheinlich schon jetzt nichts mehr zu befürchten.

Ungeachtet seines kleines Wuchses hatte Despuech ihn an den Schultern gepackt und skandierte jedes Wort, während er ihn schüttelte:

„Nichts mehr zu befürchten, verstehst du, mein Junge, ich sag' dir, es gibt nichts mehr zu befürchten! Du kannst dir vielleicht vorstellen, daß sie Besseres zu tun haben, als hier herumzulungern. ... Und sich wie die Hasen abschießen zu lassen! Ihr werdet ein schönes Durcheinander erleben! Und dein Vater, in seinem Loch dort unten, der von nichts wußte! Los komm, du kannst deine Bruchbude hier verlassen. Wie ein Wildschwein leben, das ist jetzt vorbei."

Reilhan nickte nur dazu, unfähig natürlich, dem, was da gesagt wurde, ein einziges Wort hinzuzufügen. Und während Despuech das ärmlich zusammengeflickte Gemäuer musterte, das Fenster, das mit halb verfaulten, dem kurzen Gras entrissenen Brettern vernagelt war, die beidseitig der Tür bis zur Decke aufgeschichteten Reisigbündel, die von weiß Gott woher auf dem Rücken herbeigeschleppt worden sein mußten, den zerfressenen Stumpf des Kamins, durch den ein dünner Rauchstrahl entwich, wiederholte er zwischen den Zähnen, als spräche er mit sich selbst: „Jetzt ist es vorbei damit, wie ein Tier zu leben ..."

Abel, der den Stein, den er mit beiden Händen umfaßt hielt, nicht losgelassen hatte, schaute ihn blöde an. Plötzlich schwoll sein Hals:

„Was schert mich das!" brüllte er sie an.

Und vor den beiden verschreckten Männern vertiefte er sich alsbald wieder mit wütender Heftigkeit in seine Arbeit.

Sobald der Krieg zu Ende war, die Flüchtlinge von 1940 die Gegend nach der Befreiung verlassen und die Widerstandskämpfer zu ihren Familien zurückgekehrt waren, fand das Hochland sein gewohntes Gepräge wieder, ein der Einsamkeit seiner Wälder und öden Flächen preisgegebenes Land, das bald nur noch ein großer, bleicher, entvölkerter Fleck auf den Landkarten sein wird.

Zwischen St. Julien und Maheux, in einem dieser tief in den Bergen verlorenen engen Täler, in denen sich dennoch seit Jahrhunderten ein wenig Leben verbarg, begann für eine Gruppe aus drei Höfen im Frühherbst des Jahres 1947 mit geschlossenen Fensterläden und gelöschten Feuern die Zeit des Schweigens. Die Frau des Schweigsamen, die ihre Nachmittage damit verbrachte, auf der Suche nach Pilzen zwischen Farnen und aufgeplatzten Kastanienschalen unter den Kastanienbäumen herumzustöbern, hatte es zufällig hierher verschlagen. An diesem lauen, reglosen Tag, der noch einen Rest des Sommers spüren ließ, erinnerten sie diese abgelegenen Gebäude, der Hof, auf dem eine Egge in düsterer Verrenkung vor sich hinrostete, und die schon vom hohen Septembergras zurückeroberten Pfade an den winzigen Garten ihres Geburtshauses in der Bergarbeitersiedlung, den der Herbst mit verfaulten Feigen übersät hatte, zwischen den gleichen hohen Gräsern, die unweigerlich das Ende der Ferien und den Beginn des Alters ankündigen. Ihr war, als wäre ein halbes Jahrhundert Leben in einem einzigen Augenblick verloschen, während sie ihre Zeit mit Hirngespinsten und belanglosen Aufregungen vertat. Während sie sich um ihren Herd herum abplagte, waren andere

Leben zu Ende gegangen und anderswo neu begonnen worden, hatten sich andere Schicksale erfüllt. Vor nicht allzu langer Zeit hatte sie noch Kinder in diesem Hof spielen sehen. Jetzt waren sie wahrscheinlich Männer, Frauen mit anderen Kindern, die sich in diesem Augenblick weit von hier entfernt vergnügten. Winzige Verrichtungen, Gewohnheiten, die Armut und Einsamkeit zu Manien werden ließen, hatten sie hier festgewurzelt, so daß sie sich nun keine andere Welt mehr vorstellen konnte als diese. Wenn abenteuerliche Winde von weither kommende Wolken über den Himmel trieben, das glänzende Gras am Fuß der Abhänge in großen Wellen bogen und zur Reise einluden, empfand sie nur eine melancholische Leere, einen gegenstandslosen und unfüllbaren Mangel, als würde es auf der anderen Seite dieser dichtbehaarten Bergwände überhaupt nichts geben. Seit einiger Zeit ließ die Gegenwart jeder fremden Person ein Gefühl von Scham in ihr aufkommen, und die Vorstellung, die Ihren wiederzusehen – sie gaben kein Lebenszeichen mehr, war ihr sogar unangenehm. Ständig am gleichen Ort umherirrend wie ein auf seinem Rasen kurz angepflocktes Schaf, ging sie im übrigen so wenig wie möglich nach St. Julien hinunter, zog es vor, ihre wenigen Besorgungen der gelegentlichen Gefälligkeit einer Nachbarin oder eines Landarbeiters zu überlassen. Sie ging nicht einmal mehr zu kleinen Gemeindeversammlungen, die der Pfarrer von Florac dort regelmäßig abhielt. Je mehr sie sich in ihren alltäglichen Verrichtungen verbraucht hatte, desto mehr war der Horizont ihrer Wahrnehmungen zusammengeschrumpft, so daß sie schließlich all die großen, gewaltigen Ereignisse vergessen hatte, die eines schönen Tages überraschend eintreten und in einem einzigen Augenblick Leben vernichten können, in denen nichts geschehen ist und nie etwas geschehen wird.

Zu Tode bekümmert kehrte sie an diesem Abend in ihre Bleibe zurück, verrichtete mit zusammengeschnürtem Hals die gleichen Gesten wie an jedem Abend, in deren Verlauf sich ihr

Leben ganz sacht aufgelöst hatte. Die Nacht brach herein; sobald die Suppe bereitstand und der Tisch gedeckt war, zog sie einen Stuhl an das kleine Fenster mit den dunklen, dunstfeuchten Scheiben und setzte sich unter den lauen Schein der Lampe, die Hände in eine Strickarbeit vergraben, bis das aufgeregte Gehabe des Hundes die Ankunft der drei Männer ankündigte. Dann räumte sie die Handarbeit in die Schublade, brachte das dürftige Feuer mit einer Handvoll Reisig zum Aufflammen, holte das angeschnittene Wochenbrot aus dem Schrank und warf ihnen einen kurzen Blick zu, wenn sie durch die Tür traten, in ihren Kleidern den hartnäckigen, herben Geruch verbrannten Buchenholzes.

Widerstandslos überließ sich Joseph Reilhan den verschiedenen Komplikationen seines Unfalls während der endlosen Genesungszeit, die auf ihn folgte. Sein krankes Bein erlaubte ihm, den Winter wie eine Made im Speck im Bett zu verbringen, vor sich hin zu dösen und sich in aller Ruhe in die Wolken hineinzuträumen, für die ihn sowohl seine mütterliche Abstammung als auch das Sternzeichen, das sie ihm scheinbar bewußt hatte zukommen lassen, vorherbestimmten, denn seine Mutter und er waren unter dem Sternzeichen des Wassermanns geboren, Zeichen schlechthin der schwachen, verträumten Wesen, die ihr ganzes Leben geprägt sind von der Sehnsucht nach dem Glückszustand im Mutterleib.

An dem Abend, an dem der Unfall geschehen war, hatte Abel ihn, halb bewußtlos, das Gesicht blutverschmiert, auf seinem Rücken nach Hause getragen. Er war ernsthaft an der Augenbraue verletzt, ein Zahn war herausgebrochen – er bemerkte es erst drei oder vier Tage später, als er ein Stück Zahnschmelz in seinem Teller fand, und er hatte einen recht üblen Riß an der Oberlippe, dessen Narbe auf seinem Mund einen unauslöschlichen Ausdruck von Ekel hinterlassen wird. Selbst wenn er sich freute, hatte man den Eindruck, daß er sich übergeben wolle.

Als seine Mutter ihn in diesem Zustand sah – er zitterte am ganzen Körper und stammelte unzusammenhängende Worte, stieß sie einige Schreie aus, rang die Hände, schlug ihre Stirn gegen die Umkleidung des Kamins.

„Oh, diese Brücke! Diese Brücke! Ich wußte, daß ein Unglück geschehen würde! Das Unglück ist über diesem Haus“, wiederholte sie, während sie auf einen Schrank zuging, in dem sie fieberhaft herumzuwühlen begann.

Bei den letzten Worten – eines der Hauptmerkmale dieses Sternzeichens ist ebenfalls, daß sie sich in einer Art instinktiven Immunisierung immer auf das Schlimmste einstellen – war ihre Stimme um mehrere Töne gesunken und in einer tieferen Stimmlage gelandet, voller Groll und heimlicher Vorwürfe, in der die Drohung vom „Tropfen, der den Krug zum Überlaufen bringt“ mitschwang. Die beiden Männer, die mit den Füßen gegen den Kaminsims klopften, um die Schneesohle zu lösen, die sich unter ihren Schuhen festgetreten hatte, schnauften und sagten nichts, als fühlten sie sich schuldig. Nachdem sie ausgiebig im Schrank herumrumort hatte, zog sie schließlich eine Flasche mit schmerzlinderndem Wasser hervor, schob einen mit Wasser gefüllten Kessel auf die Glut, lief im Zimmer umher, ihren gewohnten Hausfrauengesten mit der mechanischen Geschwindigkeit eines Automaten gehorchend.

Währenddessen untersuchte Reilhan mit feierlichem, den Umständen angemessenem Gesichtsausdruck die Wunden, unterzog das verletzte Bein geheimnisvollen Operationen, die dem jungen Mann einige Schreie entrissen und den Folterer in der Gewißheit bestärkten, daß dieser Weichling am nächsten Morgen wieder auf den Beinen sein würde.

Am nächsten Morgen lag der Weichling, dem man lediglich einige Salzwasserkompressen verabreicht hatte, im Delirium, hatte hohes Fieber und ein gelähmtes Bein; violett verfärbt, glänzend, wie in Eiter schwimmend, war sein Knie auf den doppelten Umfang angeschwollen. Betreten standen die beiden Männer am Fußende des Bettes, während die Mutter, am Kopfende sitzend, ihm die Stirn mit einem schmerzwassergetränkten Taschentuch abtupfte. Bilder von entsetzlicher Deutlichkeit zogen an ihr vorbei, sobald sie die Augen schloß: Samuel-Joseph Reilhan, 1931-1948. Der Pfarrer von Florac. Eine zittrige Stimme in der kalten Luft. Stille, unterbrochen von

Schluchzern und dumpfem Grollen usw. Rasch öffnete sie die Augen wieder und warf sich auf den Körper ihres Sohnes, schüttelte ihn, um zu sehen, ob er noch atmete.

Er atmete, wie man mit vierzig Grad Fieber, einer Gehirnerschütterung und einer ordentlichen Infektion atmet, die gerade dabei war, sich ihren Weg zu bahnen. Angesichts dessen, was sich seit fünf Uhr morgens draußen abspielte, bestanden allerdings gute Aussichten – wenn man so sagen kann –, daß die dramatischen Bilder, die vor den Augen der trotz allem einzigen etwas klarsichtigen Person erschienen, traurige Wirklichkeit würden. Es war der schönste Schneesturm, den man seit hundert Jahren erlebt hatte.

Abel hatte versucht, den Hof zu überqueren, um Holz zu holen. Er war auf allen Vieren zurückgekommen, völlig benommen von der gewaltigen Ohrfeige, die er erhalten hatte. Seine außergewöhnliche Stärke hatte ihn gerade noch davor bewahren können, wie ein Bettlaken davongetragen zu werden. Joseph befand sich nun in Gottes Hand. Man begann, einige Bibelverse herzusagen, die Sache war also auf dem rechten Weg.

Mit eisiger Kälte und beispielloser Gewalt tobte der Sturm drei Tage lang über dem Hochland, drei Tage, an die man sich noch lange erinnern wird. Ein Erdbeben hätte mit Sicherheit kaum mehr Verwüstungen angerichtet. Es war, als sollte alles zerstört oder davongetragen werden. Entwurzelte Bäume und abgetragene Dächer waren nicht mehr zu zählen, hundertjährige Kastanienbäume, die mit einem Male an der Wurzel brachen, herausgerissen durch eine riesige Faust – diese ungewohnte Zerbrechlichkeit hatte etwas Wahnsinniges, Entmutigendes – zerzauste Tannenwäldchen, zu Boden gedrückt wie ein Weizenfeld im Gewitter, Schuppen, weggeblasen durch die Explosion des Windes unter den Schieferdächern, der die verschreckten Tiere in den hintersten Winkeln der Schäfereien zusammentrieb, verwüstete Dächer, von denen, leicht wie Federn, Schwärme von Schiefer davonflogen, Orgelpfeifen aus Eis, die entlang der Mauern herunterfielen, mit Schneepaketen, die den Boden erzittern ließen, Kamine, ihrer Schieferhüte beraubt, Bündel von noch grünem Buchenholz, die in wildem Durcheinander von den Holzstößen hüpften und rollten, behende wie Büsche in der Wüste, die sich im Sandsturm drehen. Alles schien seltsam gewichtslos unter den Stürmen, die nach offiziellen Schätzungen nahezu zweihundert Stundenkilometer erreicht haben sollen.

Es kam also nicht in Frage, das Haus zu verlassen, nicht einmal, eine Tür oder ein Fenster auch nur einen Spalt weit zu öffnen, da man befürchten mußte, daß sie aus den Angeln gerissen werden würden. Gegen diesen fließenden, schnellen, alles verheerenden Wind von fast flüssiger Konsistenz, der das widerstehende Blätterwerk, das man an den Zweigen klappern hörte, spröde wie Kristall werden ließ, mußte man sich geradezu verbarrikadieren. Lebensbäume, Steineichen, Wacholder, Buchsbäume, Stechpalmen, Alep-Kiefern, Lärchen, Zedern, Bäume der südlichen Regionen erzitterten unter ihren Eisbüscheln wie venezianische Leuchter. Schlüssellöcher und selbst allerkleinste Ritzen, die sich auf dem Steinfußboden an Stellen, wo man es nie vermutet hätte, durch weißliche Staubspuren verrieten, mußte man mit Zeitungspapier verstopfen. Wie Sand drang dieser waagerecht dahinjagende, pulvrige Schnee überall ein. Nicht einmal zum Schlafen wagte man sich in die am Berg gebauten Zimmer hinein, in denen schon zu gewöhnlichen Zeiten eine Grabeskälte herrschte, denn sie waren zu wahren Eiskellern geworden. Tag und Nacht hockte man reglos um die kraftlosen Feuer; die Flammen, über die man die Hände hielt, schienen reine Dekoration zu sein. In der Zeit, die nötig war, einen Löffel voll irgendeiner dampfenden Flüssigkeit zum Munde zu führen, war diese sozusagen gefroren. Der Wein brachte sofort die Flaschen zum Bersten; man zerbrach ihn mit Hammerschlägen; das Brot mußte man sägen. Das Holz begann knapp zu werden, doch wie auf in Seenot geratenen Schiffen, wo man die Planken verbrennt, zog man es vor, einige Stühle zu zerbrechen und alte Möbel kleinzuschlagen, anstatt sich bis zu den Holzstößen vorzuwagen, die man dafür verfluchte, daß sie dort draußen waren, völlig unter Schnee begraben und in jedem Fall unerreichbar. Das entsetzliche Tosen, das das Gebälk krachen ließ, den Schieferziegeln Beine machte und Lawinen aus Schutt und Ruß in die Kaminmäntel riß, versetzte den Wänden bisweilen derart heftige Stöße, daß man den Kopf einzog und auf das Schlimmste gefaßt war. Das Schlimmste wäre allerdings gewesen hinauszugehen. So war es besser, einige Möbel zu opfern als sein Leben.

Die kurzen Augenblicke der Windstille, in denen man sich zu diesen verfluchten Holzstößen hätte vorwagen können, vielleicht sogar zu den Ställen, die gewöhnlich recht weit von den Wohngebäuden entfernt lagen und wo die Schafe sich vermutlich gerade gegenseitig auf den Rücken kletterten – diese kurzen Atempausen brachten keine Beruhigung. In ihnen schienen sich neue Gewalten zusammenzuballen und furchtbare Zusammenbrüche vorzubereiten. Diese Flauten, die zu unvermittelt eintraten, um einer endgültigen Stille vorauszugehen, waren wie Stockungen, wie Löcher im Sturm, in denen dieser vor dem Hintergrund entfernten Grollens, das die Stille nur noch schrecklicher erscheinen ließ, seine Heftigkeit zurückgewann. In diesen Augenblicken hörte man stets irgendwo etwas herunterfallen. Diese einsamen Böllerschüsse der Zerstörung waren unheilvoll und lächerlich zugleich, scheußliche kleine Scherbengeräusche, die den verhängnisvollen Ansturm ankündigten und alle erschreckt auffahren ließen. Man verharrte, unter einer Decke zusammengekrümmt, mit Kindern und Hunden zwischen den Beinen und beobachtete die Deckenbalken in Erwartung des endgültigen Untergangs.

Gestärkt durch diese dramatische Atmosphäre, bemühten sich die Alten um die Tröstung der Anwesenden und erklärten ihnen mit der Bibel und Beweisen in der Hand, daß all dies nur Mückensäckel und nicht der Rede wert sei im Vergleich zu dem, was noch geschehen würde. Sie schlugen mit der flachen Hand auf die Bibel. Hier stand alles schwarz auf weiß, klar wie nur etwas. Jetzt hatte der Spaß ein Ende; man würde schon sehen, was man sehen würde. Sie kündigten entsetzliches Unheil an: Feuerwolken, Lavaflüsse, Berge in Bewegung, ganze Kontinente von den Meeren verschlungen und das Ganze – so sagte ebenfalls die Schrift – mit der glanzvollen Krönung einer Apotheose aus Kometen und Himmelsblitzen, die allen Zeiten ein Ende setzen würden. Wer diese unbeschreiblichen Geißeln unglücklicherweise überleben sollte, würde sofort zu Asche verfallen. Es geschah, daß einige diesen verführerischen Perspektiven zuvorkamen und allen Ernstes verschieden, wohl um ihren Prophezeiungen mehr Gewicht zu verleihen. So wurde in Mazel-de-Mort die arme Alice Despuech steif inmitten ihrer Ziegen aufgefunden, die ihr bereits die Röcke abfraßen. Man mußte sie auf den Dachboden hinaufhieven, da man sie nicht begraben konnte. Überhaupt ließ diese nordische Kälte so mancherorts im Süden Frankreichs die Alten wie die Fliegen sterben, besonders im Tiefland, wo man es kaum gewohnt ist, derart niedrige Temperaturen auszuhalten. In der Gegend von Montpellier und Nîmes und in der zur zentralasiatischen Steppe gewordenen Camargue verzeichnete man mehr als zwanzig Grad unter Null. Das ließ sofort die Olivenbäume in den Pflanzungen erfrieren, trotz der geradezu mineralischen Widerstandsfähigkeit dieses Baumes.

Am Morgen des dritten Tages – nichts als ein Wort –, während der Sturm sich zu legen schien, stellten die Bewohner der weit auf der Hochebene verstreuten Höfe mit Überraschung fest, daß eben dieser Tag nicht anbrach. Trotz der fortgeschrittenen Stunde zeigte sich nicht das geringste Licht hinter den Ritzen der Fensterläden. Es war schwarz wie in einem Ofenloch. Vielleicht war das das Ende der Welt. Doch dann bemerkte man, daß die Kamine stauten, sobald man versuchte, die Feuer wieder zu entfachen, und langes, ausgiebiges Schaufeln war nötig, um die Schornsteine der bis zum Dachfirst unter riesigen Schneeverwehungen vergrabenen Häuser freizulegen.

Die ersten, denen es gelang, sich draußen einen Weg zu bahnen, schätzten, daß einige der Verwehungen die Stärke von zehn oder zwölf Metern erreichen dürften, besonders an den nach Norden gelegenen Abhängen und Bergkuppen. So etwas hatte man seit Jahrzehnten nicht mehr erlebt. Man stolperte über Strommastisolatoren, lief über Dächer, ohne es zu wissen. Von oben gesehen ähnelten die Weiler und Häusergruppen verlassenen Dörfern in der Wüste, die bis unter die Dächer von Sanddünen eingegraben sind. Das kleinste Hindernis, das nicht völlig bedeckt war, hatte sich mit spitz zulaufenden Gebilden überzogen, von denen eines phantastischer war als das andere und sämtliche nur vorstellbare Formen ebenso übertraf wie es den Gesetzen der Schwerkraft trotzte. Sie verjüngten sich parallel zum Erdboden im Kielwasser des Orkans, der noch immer anwesend war in den gerillten Felsvorsprüngen, den Stalaktiten, die man zu sehen glaubte, wenn man den Kopf zur Seite neigte, den sorgfältig ausgearbeiteten Spitzenornamenten, den zerbrechlichen Eiszacken, die den Rand der Dächer, den scharfen Winkel der Mauern verkleideten, den bis in die Astspitzen in Kristall getauchten Bäumen, den noch aufrecht stehenden Masten, den elektrischen Drähten, die der Last ihrer Eisverkleidung standgehalten hatten, den großen, einzelnstehenden Felsen, die jetzt einen Kamm trugen wie ein Dinosaurier. All diese Formen, die der Wind geschliffen und in seiner Richtung abgetragen hatte, ließen den sonderbaren Eindruck von erstarrter Geschwindigkeit entstehen.

Soweit das Auge reichte, bis hin zu den entferntesten Erhebungen des Südens, die gewöhnlich vom Winter verschont bleiben, hatte der Schnee alles unter sich begraben und eingeebnet, so daß selbst die Täler aufgefüllt schienen – ein Land, das man nur mit Mühe in diesem einförmigen Gekräusel wiedererkennen konnte, dessen Orientierungspunkte fast gänzlich ausgelöscht waren. Selbst die schwarzen Moränen der Tannenwälder waren unter einer Molldecke verschwunden. Angesichts dieser eisigen Einsamkeit, in der ein scharfer Nordostwind blies und in der man sich nicht vorstellen konnte, daß es jemals wieder Sommer werden könnte, hätte man sich nicht weniger als hundert Kilometer Luftlinie vom Mittelmeer entfernt geglaubt, sondern an den Grenzen der bewohnbaren Welt, in einem dieser öden, nur noch von Flechten bewachsenen Landstriche, wo das ganze Jahr hindurch nur Wind und Eis zu Hause sind.

Dicht über dem Horizont erschien, versunken im fahlen Himmel, eine kraftlose, düstere, leicht silbrig gefärbte Scheibe.

Das war alles, was von der Sonne blieb, als hätte sich die Erde in diesen drei furchtbaren Tagen von ihr entfernt.

Der ätzende Nordwind rauhte das Gesicht auf, ließ die Wangen blau anlaufen, drang bis ins Mark. Bei fünfundzwanzig Grad unter Null vermochte nicht einmal mehr die Arbeit mit der Schaufel aufzuwärmen; auch die dicksten Kleidungsstücke boten nur sehr relativen Schutz. Hatte man sich einen Zugang zu den Schafställen verschafft – auf dem *Causse* war so mancher zusammengestürzt, der immerhin zwei oder drei Jahrhunderte lang standgehalten hatte – die toten Tiere ausgesondert und die Überlebenden gefüttert, kehrte man rasch ins Warme zurück, vor die Herdstellen, in denen ein Feuer aus Ginsterzweigen brannte, die man unter dem Schnee hatte aufstöbern können und die nun in einem wahren Fest aus Funken und Flammen prasselten und krachten. Es war eine ungeheure Freude, nach drei Tagen Rationierung, die wie Jahrhunderte erschienen waren, wieder die Hunde seufzen, die Katzen schnurren, den Wasserkessel summen zu hören und den Geräuschen des Holzes zu lauschen, das sich unter den Hitzewellen dehnte, die den hohen Flammen entstiegen.

In den Innenhöfen begann man, den Schnee vor den Türen wegzuräumen, Durchstiche zu den Ställen hin zu öffnen. Wenn man sie betrat, schlug einem eine atemberaubende, alkalische, schneidende Feuchtigkeit entgegen, die so dicht und verbraucht war, daß man erwartete, alle Tiere erstickt vorzufinden. In diesen hohlen Gäßchen hallte das helle Kratzen der Schaufeln wider und von Zeit zu Zeit der seidenweiche Einsturz der schwerlastigen Überhänge in einer Wolke trockenen Staubes. Vorsichtige Katzen, eine Tatze erhoben, feinfühlig wie Chinesen, schnupperten auf den Schwellen nach unmerklichen Gerüchen, kehrten zurück, um sich wieder unter den Herdstellen zusammenzurollen, verdrossen darüber, daß sie deren Natur oder Herkunft nicht erraten konnten. Ein paar Tauben plusterten sich schüchtern auf dem strohverschmutzten Schnee vor dem Eingang der Nebengebäude. Sie kreisten in der Luft mit kurzatmigen Flügelschlägen und kehrten sogleich wieder zu ihrem Ausgangspunkt zurück, entmutigt durch das, was sie dabei zu sehen bekommen hatten.

Während der folgenden Tage und sogar noch einige Wochen lang behielt der Himmel sein glasiges Aussehen, und die sehr tiefe Temperatur, die den Boden kroß bleiben ließ, als liefe man auf zerstoßenem Glas, verhinderte das Aufwärmen der anderen Zimmer des Hauses. Wurde eine Tür auch nur einen Spalt weit geöffnet, spürte man sofort die dahinter gestaute Kälte wie eisiges Wasser durch die Beine zurückfluten. Erst im Frühjahr, als bei weit geöffneten Fenstern Luft und Sonne diese Höhlen von unten bis oben in Augenschein nehmen konnten, wurde die eiskalte Ausdünstung vertrieben, die der Tiefe der Mauern entstieg.

Nach drei oder vier Tagen Sträflingsarbeit war es den Reilhans gelungen, den Pfad bis nach St. Julien zu räumen, zumindest an den Stellen, wo riesige Schneeverwehungen ihn völlig unbegehbar machten. In seinen schweißnassen Laken atmete der Kranke unter immer größeren Schwierigkeiten und erkannte niemanden mehr. Sie hatten sogleich den Arzt in Florac benachrichtigen lassen.

Dieser war bald eingetroffen, bekleidet mit hüfthohen Anglerstiefeln, rot und schwitzend trotz der stählernen Kälte, seine ewige schwarze Instrumententasche in der Hand. Er warf sie aufs Bett, schlug erneut die Hände über dem Kopf zusammen und schnauzte sie erst einmal alle an:

„Wer hat mir den Jungen in diesen Zustand gebracht?“

Er zog die Fausthandschuhe aus und beugte sich über das Opfer, versunken die Nase krausend, ohne das geschwollene Gesicht aus den Augen zu lassen.

„Man sehe sich das an“, brachte er zwischen den Zähnen hervor, „Heftpflaster auf offene Wunden!“

Er bemerkte die Bibel auf dem Nachttisch und schüttelte den Kopf:

„Wahrhaftig! Das kommt wohl ganz von allein wieder in Ordnung, Jehova wird ja dafür sorgen!“

Plötzlich wandte er sich ihnen zu, zog die Augenbrauen hoch und blies die Wangen auf, voll aufrechter Entrüstung:

„Konnte man mich denn nicht früher benachrichtigen?“

Einen Augenblick lang musterte er sie schweigend, wohl um herauszufinden, was seit dem Zeitpunkt des Unfalls in ihren Köpfen vor sich gegangen war.

„Aber ich weiß schon, sie werden mir sagen, daß es zuviel Schnee gab.“

Er stellte die Fragen und gab die Antworten, sprach mit ihnen in der dritten Person, als hätte er es mit Kindern oder Unzurechnungsfähigen zu tun und weil er zu wütend war, um sich direkt an sie zu wenden.

Mit der einen Hand hielt er das Handgelenk, um den Puls zu fühlen – er hatte den eigenartigen, beinahe unangenehmen Eindruck, daß es das nackte Leben war, das da, eingesperrt in der Tiefe seines Gefängnisses, wie ein erschrecktes Tier kämpfte, ohne zu wissen, für wen oder für was – mit der anderen schob er zwischen Daumen und Zeigefinger das Augenlid hoch, hinter dem das verdrehte Auge sichtbar wurde.

„Zuviel Schnee! Und währenddessen ist der hier dabei, sein Bündel zu schnüren. Hätte man mich nur am gleichen Abend gerufen!“

Von Zeit zu Zeit stampfte im angrenzenden Stall eine Ziege, wie ein Mensch, der sich aufwärmt. Hager, dunkel, kurzhalsig in ihrem engschließenden Kleid, stand die Mutter unbeweglich und mit starrem Blick am Fuß des Bettes, zeitlose Gestalt, für alles Leid ausersehen. Gott allein konnte wissen, welch außergewöhnlicher Handel in diesem Augenblick in ihrem Kopf stattfand.

Der Doktor hatte seine pelzgefütterte Überjacke ausgezogen, in seiner Tasche gewühlt, Laken und Decken ohne große Rücksicht für das Opfer zurückgeworfen, wie es in diesem Beruf üblich ist, und die Anwesenden stets beruhigt. Ein starker, säuerlicher Geruch nach Urin und Fieber breitete sich im Zimmer aus. Er untersuchte das Knie und verzog sein Gesicht noch mehr:

„Das war aber höchste Zeit“, sagte er, „eine schöne Bescherung.“

Er sprach einige schreckliche Worte aus: Meniskus, Gelenkhöhle, Schenkelband usw. Und immer noch zwischen den Zähnen:

„Zum Glück gibt’s dieses fabelhafte Zeug hier. Wir werden ihm mal eine Million Einheiten davon ins Hinterteil jagen.“

Er brachte eine Spritze zum Kochen, nahm ein kleines Fläschchen mit weißem Pulver, das er im Inhalt einer Ampulle auflöste, zog das Ganze schließlich auf und spritzte es dem jungen Mann in das Fett der Hinterbacke. Als er die Nadel hineinstieß, reagierte dieser nicht einmal.

„So was wie kleine giftige Pilze“, sagte er, auf das leere Fläschchen deutend, „wenn es sie nicht gäbe, hokus pokus verschwindibus! Wenn man bedenkt, daß der Krieg nötig war, um einen Jungen zu retten! Unglaublich!“

Er sah so aus, als sei er gegen jemand verärgert, wenn nicht sogar mehr als das.

Dann reinigte er die Wunden, desinfizierte, nähte, legte einen sauberen Verband an, alles ohne die geringste Reaktion seitens des Kranken. Die beiden anderen ignorierend, wandte er sich schließlich an die Mutter:

„Er wird es überstehen“, sagte er, „aber einen Hundertmeterlauf wird er morgen noch nicht zustandebringen. Wenn er wieder auf den Beinen ist, müssen Sie ihn mir trotzdem noch einmal in die Praxis bringen.“

Und da sie schwieg:

„Kommen Sie, ich hab’ verstanden“, sagte er, während er

aufstand, „machen Sie nicht so ein Gesicht. Das Penicillin hat mich keinen Sou gekostet und wird Sie auch nichts kosten, und was das übrige betrifft ...“ – er vollführte eine schöne Handbewegung, um unsichtbare Fliegen zu verscheuchen.

Sofort schienen alle drei wieder zum Leben zu erwachen und umringten ihn lebhaft, während er seine Instrumente einsammelte.

„Ich werde morgen ganz früh da sein, für die zweite Spritze. Denn man wohnt natürlich am Ende der Welt und weiß noch nicht einmal, wie man eine Spritze macht. Und wenn euch eines Tages eine Viper beißt, hm?“

Wieder sah er sie prüfend an, nickte mit dem Kopf und kniff die Augen zusammen, ohne daß es ihm gelungen wäre zu begreifen, welcher Gattung sie angehörten oder welcher Art ihre Gedanken waren.

Von der Schwelle des Hauses aus sahen sie ihm nach, wie er sich in der blauen Kälte des Nachmittags im harten, knirschenden Schnee entfernte, und kehrten erst ins Haus zurück, als er nicht mehr zu sehen war, als schämten sie sich, die Tür hinter ihm zu schließen, ohne ihm ihre Dankbarkeit ausdrücken zu können.

„Tiere“, sagte der Doktor zu sich, „die Ähnlichkeit ist manchmal frappierend. Wir sind Tiere.“

Bereits am übernächsten Tag, nach der dritten Spritze, ging die Infektion zurück, und das Fieber fiel unvermittelt. Wegen der Kälte hatte der Doktor angeordnet, das Bett des Kranken in der Küche aufzustellen. Er fand Joseph auf seine Ellbogen gestützt, blaß und abgemagert und mit einem Stück Zahn in der hohlen Hand, das er triumphierend vorzeigt. Er hatte die matte Stimme des Genesenden.

„Ich wette, du bist stolz auf dich“, sagte der Doktor, während er ihm das Knie abtastete, dessen Schwellung fast vollständig zurückgegangen war und einen gelbgesäumten, violetten Fleck hinterlassen hatte. Und an die allein anwesende Mutter gewandt, während er sich aufrichtete:

„Gut, er hat's überstanden, aber im Augenblick kann noch keine Rede davon sein, daß er aufsteht. Im übrigen wird ihm bei diesem Wetter nicht viel entgehen."

Er setzte sich an den Tisch, schob das Glas und die Flasche Schnaps zurück, die die Mutter für ihn hingestellt hatte, und kritzelte rasch ein Rezept. Dann zog er aus seiner Tasche eine große rote Schachtel und hielt sie ihr hin:

„Das wird ihn wieder zu Kräften bringen. Sie werden ihm eine Ampulle davon vor jeder der drei Hauptmahlzeiten geben, in etwas Zuckerwasser. Er bräuchte aber auch etwas Fleisch zwischen die Zähne."

Er warf einen resignierten Blick in Richtung Herd, auf dem milchgetränkte Kastanien zum Kochen aufgesetzt waren. Sein Blick wanderte im Zimmer umher. Es strahlte eine strenge Sauberkeit aus, von der man spürte, daß sie dem Elend verbissen abgerungen worden war, und deren Bohnerwachsgeruch von Vergeltung für lange Entbehrungen zeugte. In der tiefen Stille, mit der das graue, wattige Wetter das Haus an diesem Tag umgab, ließen die regelmäßigen Schläge der Wanduhr und das Knistern des Feuers im Kamin den seltsamen Eindruck von Luxus entstehen. Er ließ die Hände auf die Schenkel sinken, um aufzustehen.

„So werden Sie einen kleinen Bauern aus ihm machen", sagte er, als wäre dies, nachdem er das Inventar des Zimmers begutachtet hatte, die einzige Schlußfolgerung, die sich ihm aufdrängte.

Die Mutter gab ein kleines, trockenes Lachen von sich. Sie ging zum Kamin und nahm einen Steinguttopf in die Hand, in dem ihr Geld aufbewahrt war.

„Sie wissen sehr gut, was der Boden hier wert ist", sagte sie. Ihre harten Finger entfalteten einen Geldschein. „Er gibt kaum Arbeit her für einen Mann." Sie legte den Schein auf das

Wachstuch und begann, mit der Kante des Daumens die Falten glattzustreichen. „Oder eher für ein Tier“, stieß sie plötzlich heftig hervor.

Einen Augenblick verharrte sie, beide Hände auf die Rükkenlehne eines Stuhles gestützt, das Gesicht zum Fenster gewandt. Der bläuliche Widerschein, der von draußen hereinfiel, verhärtete ihre Züge und ließ das Gewimmel ihrer Falten erkennen. Das Mädchen mit den vollen Wangen, der glatten Stirn, den festen Schenkeln, das vor einem Vierteljahrhundert seine Patientin gewesen war, hatte sich im grauen Alltag aufgelöst und die Gestalt dieser kleinen, krummen Frau angenommen, die einen kleinen Schnurrbart bekam, allmählich die Haare verlor und sich langsam in einen alten Mann verwandelte. Er übertrieb etwas, denn in Wirklichkeit war sie ihm schon immer ältlich und vertrocknet erschienen, wie eine magere, dunkelhaarige Hündin. Dennoch war da die Liebe, waren da die Unterscheidungsmerkmale des Geschlechts, mit dem ihnen eigenen Dünkel, wohingegen heute ... Man konnte sich gewisse Dinge nicht ohne Schaudern vorstellen.

„So kann es nicht weitergehen“, fuhr sie fort, „es gibt Tage, da sagt man sich, man wäre besser nicht auf der Welt.“

Der Doktor stand auf, ging um den Tisch herum und pflanzte sich vor ihr auf, die Hände auf dem Rücken verschränkt. Er betrachtete sie schweigend.

„Wozu auf die Welt kommen, wenn man nicht einmal was zum Leben hat?“ Wieder blickte sie hinaus, in diese zeitlose, fast schaurige Wildnis aus Schnee und schwarzem Gestein. Ihr Mund bewegte sich leicht; es sah aus, als lutsche sie eine Pastille, wie bei allen Leuten, die an ihren Zahnstümpfen saugen.

„Ich habe mich immer gefragt, was Sie hier verloren haben“, sagte der Doktor – es bestand zwischen ihm und ihr ein altes Einverständnis, das auf den Tag zurückging, an dem er auch ihr einmal geholfen hatte – „schon lange ist von dieser Erde hier nichts mehr zu erwarten. Die meisten Familien in Ihrer Lage haben aufgegeben. Es ist bedauerlich, aber es gibt keine andere Möglichkeit. Der Staat schert sich einen Dreck und alle anderen auch. Ich verstehe nicht, warum Ihr Mann sich so darauf versteift ... Aus Stein kann man doch kein Leben herauspressen, und es wird nur noch schlimmer werden. Wenn ich Sie wäre, bevor es zu spät ist ...". Egal, was ich ihr sage, beide zusammen sind sie etwas mehr als hundert Jahre alt. Niemand wird sie wollen, nirgendwo. Sie werden hier wie Hunde krepieren.

„Ach, wir ..." Sie zuckte die Achseln, als wollte sie sagen, daß es nicht einmal die Mühe wert sei, darüber zu sprechen. Ihr entfuhr sogar ein kurzes, spöttisches Lachen, als amüsierte sie der Gedanke, daß Leute ihres Alters und in ihren Verhältnissen ernsthaft in Betracht ziehen könnten, anders als Lasttiere zu leben. Es war nicht das erste Mal, daß der Doktor bei den ärmsten Familien der Gegend diese Haltung antraf, in der sich eine Art Verachtung für alles, was außerhalb ihres Elends lag, mit der Engstirnigkeit paarte, die es ihnen aufzwang. Ihr ganz eigener Stolz bestand darin, sich bereitwillig immer tiefer in der Armseligkeit ihrer Gewohnheiten zu vergraben, um dann um so heftigeren Ehrgeiz auf ihre Kinder zu übertragen – manchmal auf nur eines von ihnen, für dessen Wohl dann alle anderen geopfert wurden.

„Nein, nein, das ist jetzt für uns vorbei. Hier haben wir unsere Gewohnheiten, und wir sind zu alt, um sie zu ändern. Solange man ein Zuhause hat und keine Krankheit da ist ..."

Trotz ihrer Mutlosigkeit und Erschöpfung spürte man tief in ihr die ruhige Sicherheit des Besitzenden, die Unerschütterlichkeit der Traditionen, vielleicht auch eine gewisse Bindung an dieses Stück Erde, trotz seiner nie endenden Zwänge und des Überdrusses, den sie empfand.

Sie wischte den Rand des Tisches mit einem Tuch ab und ließ unsichtbare Krümel in ihre Hand fallen.

„Der Älteste wird sich immer durchschlagen können. Der ist immer allein in den Wäldern! Er würde mit den Wildschweinen leben, wenn er könnte! Sorgen mach' ich mir um den Kleinen. Er war nie sehr kräftig, und jetzt liegt er im Bett! Es fehlte nur noch, daß er ein Krüppel bleibt, hier festgenagelt, kaum gut genug, für den Rest seines Lebens die Ziegen zu hüten ... Das will ich nicht." Und mit einer tiefen, lebhaften Stimme: „Und Gott wird es auch nicht wollen. Oder es gibt keine Gerechtigkeit!"

„Nun gut", sagte der Doktor, während er plötzlich zu seiner Tasche griff, „lassen wir die Axt ruhen. Die göttliche Gerechtigkeit ist nicht gerade mein Gebiet. Einstweilen wirst du mir den Gefallen tun, in deinem Bett zu bleiben und dich nicht fortzurühren, bis ich wiederkomme."

Der Junge richtete sich erneut auf seinen Ellbogen auf und bewegte zustimmend den Kopf; sein bleiches Gesicht bildete einen hellen Fleck im Hintergrund des Zimmers.

„Was seine Zukunft betrifft, so werden wir später weitersehen, wenn er wieder auf den Beinen ist." Er wies mit dem Kinn auf den Geldschein: „Sie wissen doch, daß ich dieses Geld nicht brauche. Das ist keine Nächstenliebe, sondern purer Egoismus. Ich habe keine Lust, mich dreimal die Woche mit eurem Ziegenpfad abzuplagen, nur weil es diesem Kerl an roten Blutkörperchen fehlt. Aber ich kenne die Melodie. Also stecken Sie diese fünfhundert in Ihre Tasche zurück, erzählen Sie niemandem etwas davon und kaufen Sie ihm etwas, was ihn wieder zu Kräften bringt, wenigstens ein paar Tage lang. Und lassen Sie seinen Vater lesen, was ich auf das Rezept geschrieben habe. Überhaupt – wo sind denn die beiden?"

„Sie sind nachschauen gegangen, ob die Bäume nicht zuviel gelitten haben. Der Wald sieht anscheinend wie ein Schlachtfeld aus ... Die Not ist stets nur bei der Not zu Gast."

Der Doktor öffnete die Haustür. Draußen stand die Kälte wie ein stählerner Block. Alles war grau, tot, außerhalb jeder Zeit. Hingeduckt hier und da in diesem zeitlosen Traum, gab es auf dem Hochland nichts als diese kleinen Lebensinseln.

Abgeschirmt hinter ihren gelbleuchtenden Scheiben, erinnerten sie an mittelalterliche Fenster aus Ölpapier, kündeten vom warmen Feuer des Kamins, von alten Sagen, von ausgedehnten Saufgelagen, schwerverdaulichen Lebensmitteln, unter denen sich die Tische bogen. Aber das war nur ein Traum. Die Wirklichkeit, das waren vor allem diese Leute, die das ganze Jahr hindurch nichts als Kastanien essen und noch nicht einmal so viel haben, um ein Schwein mästen zu können.

„Ach, die göttliche Gerechtigkeit geht oft seltsame Wege", sagte der Doktor mit einem wehmütigen Lächeln, als er sich verabschiedete.

„Gott sucht sich die Seinen aus, kommen Sie!", sagte die Mutter heftig, als achte sie nicht mehr auf solche Feinheiten und als wäre es am wichtigsten, daß man war, wo man sein mußte, und das zur rechten Zeit.

Und als sie mit ihrem Sohn allein war, fragte sie:

„Würdest du nicht gerne jemand werden wie er? Du würdest in der Stadt leben, wärst gut angezogen, würdest dich satt essen, man hätte Respekt vor dir."

„Sicher, würd' ich gerne", sagte Joseph. „Ich würde Samuel heißen wie Onkel Samuel, weißt du, der, der Pastor in Andouze war."

Es dauerte einige Wochen, bis die Kälte ihre Umklammerung löste.

Immer noch war es die gleiche Kälte. Flüssig, brennend, atemberaubend, riß sie das Gesicht auf, brachte die Augen zum Tränen, sobald man den Kopf vor die Tür steckte. Der gleiche hohe, glasige, sonnenlose Himmel spannte sich über der schneebedeckten Einöde, die ihr stechendes, einschläferndes Weiß in endlose Weiten wellte. In all diesem glanz- und schattenlosen Weiß, das in seiner blendenden Helligkeit für die Augen dennoch ermüdend war und schließlich alles farblos erscheinen ließ, was man betrachtete, hoben sich in begrenztem Umkreis nur wenige, wie mit Kohle gezeichnete Linien ab: schmiedeeisernes Rankenwerk, Holzkohlenroste, die Tintenströme der Bäche – eine ganze, nicht weniger einschläfernde Symphonie von schwarz über bronzegrün bis graubraun, in der jede andere Farbe ausgelöscht war. Alles war still und reglos, mit Ausnahme einiger seltsamer Dämpfe, wie sie heißen Quellen oder Vulkanspalten entströmen, die Schneewirbel auf der Höhe der Berghänge aufsteigen ließen.

Sobald die Wege und Straßen für den Verkehr wieder frei waren, nahmen Abel und sein Vater Arbeit in einem Sägewerk in der Nähe von Florac an. Bereits in den vergangenen drei Wintern hatte die ständige Verschlechterung ihrer wirtschaftlichen Lage sie dazu gezwungen. War diese bei vielen Kleinbauern des Hochlandes schon schlecht, so wurde sie bei den Reilhans katastrophal. Die mageren Ernten, die sie aus dieser geizigen Erde kratzten, wurden durch ihre geringen Hilfsmittel und das verspätete Einbringen noch weiter dezimiert, denn nie hatten sie Geld genug besessen, um ein Pferd oder einen Maulesel zu kaufen. Ihr nächster Nachbar, Marius Despuech, lieh ihnen das seine, wenn er selbst es nicht mehr brauchte. Daher die Verspätung, nicht wenige verdorbene Ernten, ewige Kämpfe mit dem schlechten Wetter und ein Ertrag, der ständig dürftiger wurde. Wenngleich bescheiden, erlaubte ihnen der Lohn, den sie im Sägewerk für einige Monate Arbeit erhielten, doch recht und schlecht auszukommen und ein paar Sous für harte Schicksalsschläge auf die Seite zu legen.

Wenn die beiden Männer aufstanden, herrschte noch finstere Nacht. Sie schlüpften in ihre steifen Kleider, schlangen einen Teller Suppe oder *bajana* hinunter und begaben sich so gefüllt in der ersten, eiskalten Morgendämmerung hinaus auf den Pfad, der unter seiner verharschten Kruste knirschte, während ihr verjüngtes Blut aufgepeitscht wurde durch diesen gesunden Marsch, der sie nach St. Julien führte, wo gegen acht Uhr der Bergbus auf seiner Durchfahrt hielt.

Das war eine alte, klapprige Mühle, schwerfällig und langsam wie ein Flußkahn, die ihren Dampf aus dem Kühler stieß und deren Fenster und Scheinwerfer noch die Spuren des verwaschenen Blau trugen, mit dem man sie während des Krieges angemalt hatte. Sie roch nach heißem Öl, Benzin, hartgewordenem Leder, nach Ziegen, Schafsmist und selbst nach Jauche, verband diese Stall- und Werkstattgerüche, wesentliche Attribute des Hochlands, mit einer Unverdrossenheit, die einem Fremden geradezu als Karikatur erscheinen mußte. Außer an Markttagen war dieser Klapperkasten, der auf Schneeketten hüpfte und mit seinem ganzen Blech vibrierte, nur halb voll, und es waren stets mehr oder weniger die gleichen Leute: Tagelöhner mit rotglänzenden Gesichtern, behängt mit Säcken, aus denen Hälse von schon reichlich angebrochenen Flaschen ragten, alte Bauern mit Raubvogelprofilen, riesigen, knorrigen, ziegelfarbenen Händen, Frauen mit kleinen Köpfen, straffgekämmten Haaren und Elsteraugen, die einen Korb auf den Knien hielten, die Hände an den Henkel geklammert, als hätten sie Angst, er könnte ihnen entrissen werden. Jeder Neuankömmling wurde von den Anwesenden mit kritischem Blick gemustert, und hatten sie den Gegenstand erschöpfend begutachtet, fielen sie wieder in ihre schläfrige Teilnahmslosigkeit zurück.

Bald verbreiterte sich das Tal zwischen den hohen, waldbestandenen Berghängen und mündete in den Schnittpunkt zweier anderer Täler. Im größeren der beiden verstreute die kleine, unter dem Schnee hingeduckte Stadt ihre Rauchschwaden und weißen Dächer um den Kirchturm. In Wirklichkeit beschränkte sie sich auf eine endlos lange und völlig gerade Straße, an deren Anfang der Bergbus hielt, um seinen ersten Schub Reisende herauszulassen, die sich auf den Bürgersteigen und in den Gäßchen verliefen, wo die ersten Schaufelgeräusche ertönten und bis zu den Augen vermummte Hausfrauen sich mit kleinen vorsichtigen Schritten vorwärtsbewegten. Andere, in Pantoffeln, fegten vor den Türen, verfolgt von den Blicken eines Kindes hinter dem Fenster, das sich die Nase in einem von seinem Atem blankgewaschenen Kreis plattdrückte. Die beiden Männer stiegen erst drei Kilometer weiter an der nächsten Haltestelle aus und begaben sich zum Sägewerk, dessen Baumstämme etwa hundert Meter von der Straße entfernt zwischen allerlei Holzabfällen und Haufen frischen Sägemehls aufgestapelt waren. Umgeben vom kreischenden Lärm der Sägen und vom mehligen Geruch des Holzes, der heiß und einladend war wie ein Ofen voll Brot, schoben sie hier bis zum Einbruch der Dunkelheit Stämme auf Rollbänder, zogen die Bretter heraus, beluden die Lastwagen, gehorchten den Anweisungen, die ihnen der Vorarbeiter ins Ohr brüllte, mit der musterhaften Trägheit von Ochsen.

Währenddessen nutzten Mutter und Sohn in ihrem Adlernest die Einsamkeit, er, um sich mit allerlei kleinen Speisen vollstopfen zu lassen, die ihm die Mutter heimlich dank dem wenigen Geld zubereitete, das sie in den vergangenen Jahren hatte zurücklegen können oder das sie hier und da durch den Verkauf von Käse oder Pilzen abgezweigt hatte; sie, um ihn beständig auf dem Weg voranzutreiben, für den er sich entschieden zu haben schien, den jedoch in Wirklichkeit sie ihm seit Beginn der Genesung aufgezwungen hatte, indem sie ihm die Vorteile eines ehrenwerten, von allen geachteten Berufes in den schönsten Farben geschildert hatte. War ihr auch bald klar geworden, daß die Heilung der Körper glänzende Begabung und lange Studienjahre erforderte, so schien ihr die der Seelen durchaus erreichbar. Da mußte nichts allzu Genaues oder Gefährliches entschieden werden. Mit Gott konnte man sich immer noch einig werden, manchen Irrtum begehen, gegebenenfalls im Unklaren bleiben, wohingegen es mit den Organen, die das zerbrechliche, komplizierte Leben in sich bargen, etwas anderes auf sich hatte, da mußte man schon ein As sein, und sie wußte sehr wohl, daß ihr Sohn weit davon entfernt war, eins zu sein.

Sie versuchte, sich an diesen Onkel Samuel zu erinnern, den sie nur ein einziges Mal gesehen hatte, kurze Zeit bevor er starb. Schließlich sah der auch nicht gerade wie ein Adler aus. Trotzdem hatte ihn das nicht daran gehindert, Pastor zu sein, an seinem Handgelenk ein prächtiges Uhrenarmband aus Gold zur Schau zu tragen, ein schmuckes Haus voller Bücher und Schallplatten zu bewohnen, das ihm gehörte! Bei Gott, der Kerl war dreimal Witwer geworden und dreimal Erbe. Und überhaupt, mußte man denn ein Adler sein, um in die Dienste Gottes zu treten? Diese Herren ähnelten im allgemeinen rechtschaffenen, wohlbeleibten und pünktlichen Beamten mit salbungsvoller Stimme und wohleinstudierten Gesten und trugen allenfalls den etwas selbstvergessenen Gesichtsausdruck der Seelenheiler zur Schau. Jedenfalls schienen sie alle mit ihrem Schicksal sehr zufrieden zu sein. Nun gut, was Samuel-Joseph –

die Umkehrung der Vornamen war bereits ein wichtiger Schritt nach vorn – nicht durch Intelligenz schaffen könnte, würde er durch Opfermut und all die Eigenschaften erreichen, die man ohne weiteres auf sich nehmen kann, wenn es gilt, sein Schäfchen ins Trockene zu bringen. Die Rechnung war gar nicht so schlecht. Wenn nämlich größte Dummheit sich mit Eitelkeit paart, vermag das Berge zu versetzen. Freilich mußte Samuel-Joseph diese Eitelkeit erst einmal besitzen. Weder beim Hüten der Ziegen noch beim Bündeln des Ginsters hatte er bisher Gelegenheit gehabt, es der Mutter zu beweisen.

„Du willst deine Tage doch wohl nicht in diesem Loch hier beenden, wie ein armer Hund? Man kann mit niemandem reden, weiß niemals, was in der Welt geschieht ... Und die Mädchen von heute wollen keinen Jungen aus den Bergen mehr. Sie überlassen sie ihrem wilden Leben hier und gehen lieber in die Stadt. Wenn das so weitergeht in diesen verlorenen Winkeln, gibt es bald nur noch Junggesellen hier. Also, ich brauch' dir wohl nicht zu sagen, was du zu tun hast."

So quälte sie ihn von morgens bis abends, ließ ihn ganze Seiten der Bibel auswendig lernen und zwang ihn, Teller voll Brei und „Eiermilch" hinunterzuschlingen, in die sie mehr Zucker hineinschüttete, als der Rest der Familie das ganze Jahr hindurch verbrauchte. Damals war Zucker gut für das Gehirn. Sie stellte sich vor, oder, besser gesagt sie hoffte, daß diese verschiedenen irdischen und geistigen Nahrungen den Verstand des jungen Bettlägrigen stärken und ihn befähigen würden, das ehrgeizige Vorhaben durchzuführen.

Bei dieser Diät gewann nicht so sehr Samuel-Josephs Ehrgeiz an Umfang als sein Bauch, seine Wangen, seine Hinterbacken, all die Stellen, wo das Fett sich ansetzt bei denen, die sich nicht genug bewegen und von keinem inneren Feuer verzehrt werden. Denn tief in seinem Innern war der Genesende durch diese Aussichten nicht begeistert. In der Stadt leben, schöne Kleider haben, sich satt essen, geachtet werden, schön und gut, aber das bringt nicht wenige Komplikationen mit sich, Verantwortungen, Wachsamkeit und ständige Spannungen, die ihn schwindlig machten. Der bloße Gedanke, vor einer Versammlung von Gläubigen eine Rede zu halten, ließ ihm heiß und kalt werden. Warum zum Teufel waren die Dinge im Leben so kompliziert, so unangenehm? Warum konnten die Leute nicht weiter wie die Kinder leben und sich mit dem streng Notwendigen begnügen? Obgleich er im Grunde nicht für ein Leben in den Bergen geschaffen war und keinen Geschmack an der Landarbeit hatte, fragte er sich, ob es nicht besser sei, in den Wäldern herumzustreifen und Ziegen zu melken, anstatt sich an eine Aufgabe zu machen, die ihm unlösbar erschien und von der nicht feststand, daß er für sie geschaffen war. Doch in ihrem wütenden Bestreben, ihn erreichen zu sehen, was sie ein ganzes Leben vergeblich erhofft hatte, drangsalierte ihn die Mutter so lange, beschrieb ihm eine düstere Zukunft, malte alles, was mit dem Landleben zusammenhing, in den schwärzesten Farben, während sie das Leben in der Stadt verherrlichte, bis der Schwächling nicht mehr aus noch ein wußte. Er war ein von Grund auf entschlußloser Charakter, einer von denen, die von der Sehnsucht nach den Bergen verzehrt werden, wenn sie am Meer sind, und umgekehrt in den Wäldern nur von blauen Fluten träumen, die im Sommer den Schnee vermissen und Weihnachten den Juli herbeisehnen. Erschreckt bei dem Gedanken, seine Zuflucht zu verlassen, unzufrieden bei der Vorstellung, sein ganzes Leben hier dahinzuvegetieren, erfüllten ihn seine widersprüchlichen Gefühle mit einem derartigen Widerwillen, daß er seinen Kopf ganz leer machte und sich, trosteshalber am Daumen lutschend, Meditationen hingab, die sich im Nichts verloren, nicht ohne allerdings darauf zu achten, daß die Bibel aufgeschlagen auf dem Bett lag und von Zeit zu Zeit ein erschöpftes Auge auf ihr ruhte, damit seine Mutter ihn in Ruhe verdauen ließ. Doch bohrte all das in ihm wie ein Wurm in einem Apfel, und der beständige Wechsel zwischen armseligem Begehren und Abscheu vor seiner eigenen Lage verdarben allmählich sein Herz.

So sehr sie sich auch bemühte, die Speisefolge zu variieren, ihm Pudding und Reiskuchen bereitete – natürlich ohne Wissen der beiden anderen, denen sie das Brot noch aus dem Mund genommen hätte mit jenem fürstlichen Gleichmut, der nur großen Leidenschaften eigen ist – er hatte immer weniger Appetit und fand, alles habe den gleichen faden Geschmack der Genesung nach dem Fieber. Ihm war, als würden die Dinge niemals wieder werden wie zuvor und als müßte er nun bis ans Ende seines Lebens eine unbezwingbare Müdigkeit und Schwere, einen endlosen Überdruß mit sich herumschleppen. Als hätte sein Unfall, der mitten in der Pubertät, der Zeit des Weltschmerzes und der Pickel, geschehen war, unheilbare Störungen in ihm verursacht und als sei er nun nicht mehr der Gleiche wie vorher. Jetzt trennte ihn eine unüberwindbare Schranke von seiner Kindheit – im September war ich noch dort, sagte er sich, als handle es sich um ein anderes Land –, auf deren andere Seite er am Tage des Unfalls gefallen war.

Er erinnerte sich an die Worte der alten Alice Despuech, die er einmal in diesem Hause hatte sagen hören: „Bis sechzehn ist es das Paradies, dann kommt nichts mehr." Sie war auf einem lieblichen, von kühlen Schatten umgebenen Bauernhof in der Nähe von St. Jean-du-Gard zur Welt gekommen. Wenn eine alte, ungeschliffene Frau ein solches Geständnis machte, dann mußte es wohl geradezu auf der Hand liegen. Warum sprach niemand darüber? Warum spielten die Leute dieses dumme Spiel, gaben Dingen Bedeutung, die keine hatten, und vertagten das Wesentliche bis zum Vergessen? Warum willigte man ein, plötzlich alt zu werden aus so nichtigen Vorwänden wie gesellschaftlichem Ansehen, Wohlstand usw.? Wahrhaftig, er begriff nichts von all dem, es sei denn, daß es nicht lohnte, erwachsen zu werden. Und fragte er seine Mutter danach:

„Das ist so, daran wirst du nichts ändern“, antwortete sie ihm heftig, als fürchtete sie, all diese Klagen und Vorbehalte könnten den ehrgeizigen Wünschen schaden, die sie auf ihn übertragen hatte, und fügte hinzu: „Gott hat es jedenfalls so gewollt!“

Dabei hatte ihr Gesicht jedoch einen so sonderbaren, verlegenen Ausdruck, daß ihr Sohn sich fragte, welche Bedeutung seine Mutter dem Wort „Gott“ eigentlich gab.

Nächte mit zwölf Stunden Schlaf, der zu schwer war, um erholsam zu sein, brachten ihm nur vorübergehende, kurze Ruhe. Nur im Augenblick des Erwachsens fühlte er sich etwas wohl, aber gleich darauf kroch wieder Mattigkeit in seine Glieder bis in die Finger hinein, deren Gelenke ihn schmerzten. Sobald er sein Frühstück beendet hatte, begann er, in der Bibel zu lesen, und sehr bald füllte sich sein Kopf mit Rauch, brannten ihm die Augen. Die Sätze verloren ihren Sinn, die Worte waren nicht mehr zu entziffern. Allmählich versank er in der Betäubung der grauen, stillen, von der Wanduhr gezählten Stunden, wie hypnotisiert von der farblosen, eisigen Landschaft, die an den Fenstern klebte, von denen er den Blick nicht zu wenden vermochte.

Was ihn in dieser Bibel am meisten berührte, war ein alter Kupferstich, der als Lesezeichen diente und auf dem ein kleiner Hirte mit dem Hirtenstab in der Hand abgebildet war, der lächelnd einer Herde von Schafen voranschritt, die ebenso fett waren wie ihr Besitzer. In jüngeren Jahren hatte in seinem Kopf eine – im übrigen vollauf berechtigte – Verwechslung zwischen dem Stand des Hirten und dem des Pastors stattgefunden. Zweifellos hatte er sich mit diesem kleinen Hirten identifiziert, hatte er mit Wohlbehagen die üppigen Weiden betrachtet, aus denen jener ihn anlächelte, und sich dabei ein einfaches und paradiesisches Leben vorgestellt. Diese zweifache Verwirrung, die er jedes Mal, wenn er diesen Stich betrachtete, aufs neue empfand, nährte eine verschwommene Neigung für die Dinge des Glaubens in ihm, die er später für die Berufung hielt, zu der seine Mutter ihn gedrängt hatte.

Eines Tages, gegen Anfang Januar, brachte ihm seine Mutter eine in Seidenpapier gewickelte Orange aus St. Julien mit hinauf. Voll ängstlicher Bewunderung packte er sie auf dem Bett aus. Was würde der Vater beim Anblick dieser Orange sagen, wenn er in diesem Augenblick nach Hause käme? Lange beroch er sie, befühlte sie, wog sie in der Hand, wagte jedoch nicht, sie zu essen, und steckte sie lieber unter sein Kopfkissen, um den Vorgang von Zeit zu Zeit wiederholen zu können, denn der Orangenduft ließ ihn in das verbotene Königreich längst vergangener Dinge eintreten, erinnerte ihn an die Weihnachtsorange, die an die Schulkinder verteilt wurde – die einzige Orange, die er im ganzen Jahr bekam – und deren Schale er vor der Flamme einer Kerze preßte, um ihr ein Strahlenbündel wohlriechender Funken zu entlocken. Doch am Ende verfaulte die Frucht, und man mußte sie wegwerfen.

Gegen Mitte Januar änderte sich das Wetter, die Tage verdunkelten sich erneut. Gleich einem Fluß beim Eisgang krachte der rissige Himmel an allen Enden und setzte sich langsam in Bewegung. Weiche Wolken wälzten sich aus der Tiefe des Westens herbei, riesige Meereswolken, die nach Regen, Tauwetter oder jenem schwammig-dicken Schnee rochen, der oft das Ende des Winters begleitet.

Zwei oder drei Tage herrschte Nebel; die Temperatur stieg an und blieb bei Null Grad; es schneite eine ganze Nacht. Und als Samuel-Joseph am nächsten Morgen die Augen öffnete, erblickte er in dem kleinen ladenlosen Fenster dicht bei der Tür einen blenden-roten Schimmer, der sich auf dem Putz der Wand verlängerte. Einen Augenblick lang erfüllte ihn eine unbändige Freude, ein heftiges Verlangen nach Freiheit, und mit hoffnungsvoll unter den schweren Decken aufgerichtetem Körper hatte er den ungewöhnlichen Eindruck, in der Morgendämmerung eines schönen Augusttages aufzuwachen, wenn alles ruhig ist und sich in der blauen, von der Nacht reingewaschenen Luft kein Blatt bewegt. Es war Sonntag, und entgegen den Gewohnheiten war noch niemand aufgestanden. Schließlich hörte man die Deckenbalken knarren, das Öffnen einer Tür und die schleppenden Schritte der Mutter auf der Treppe. Als sie die Fensterläden in der Küche aufstieß, war es, als sei mitten im Winter ein strahlendheller Sommer erstanden.

Eine rote Sonne, so neu wie die ganze Welt, brachte die vom Rauhreif auf die Fensterscheiben gezeichneten Farnkräuter zum Funkeln. Vor dem lebhaften Blau des Himmels hob sich scharf die Glitzerhaube der Dächer ab, deren milchig-weiße, schmackhafte Dicke mehr als an alles andere an knirschendweiche Meringen und süße Schlagsahne denken ließ. Die reglose Luft enthielt noch den frischen Bruch des Frostes, doch spürte man bereits in ihrer Durchsichtigkeit die brennende Wärme der sonnigen Schneevormittage.

Hier und da standen die Menschen auf der Schwelle ihrer Häuser, wärmten sich in der Sonne und schauten zu, wie sich das Leben zaghaft reckte und streckte, wie es sich in den Mulden der Weiler mit glucksenden Geräuschen und Flügelschlägen für den Neubeginn rüstete. Nach so langer Zeit der Buße durch einen grauen Himmel, eingeengte Horizonte, finstere Tage – man hatte seit drei Monaten praktisch keine Sonne mehr gesehen – konnte man sich nicht satt sehen an diesem blendend-blauen Himmel und all den Farben, die er vor dem Hintergrund des Schnees noch strahlender scheinen ließ als an den hellsten Sommertagen. In den Straßen und Höfen der Bauernhäuser drückte die trockenscharfe Kälte den bitteren Buchengeruch in die Tiefe der Kamine zurück, und während der Tag sich erwärmte, füllte sich die Luft mit einem frühlingshaften, wilden Geruch nach Baumrinde, der den Holzstößen und Plätzen entstromte, an denen unter freiem Himmel Holz gesägt wurde. Jeder spürte etwas tief im Innern, ähnlich dem, was Noah und die Seinen empfunden haben mochten, als die Wasser sich zurückzogen, ein seltsames, freudiges, unbeschwertes Verlangen, das wie Alkohol zu Kopfe stieg, doch wußte man nicht, welch ein Verlangen es war – vielleicht lag es an diesem unergründlich-blauen Himmel und war das Verlangen, sehr weit fort, immer weiter fort zu gehen.

Bald begann der Bettlägrige aufzustehen und wagte einige Schritte, wobei er das Bein nachzog, das nach drei Monaten Bewegungslosigkeit natürlich steif geworden war – vor allem nicht das Knie belasten, hatte der Doktor auf das Rezept geschrieben. Diese – tatsächliche – Steifheit, die man ohne weiteres durch entsprechende Gymnastik oder einen kleinen operativen Eingriff hätte beheben können, wuchs sich zu einem chronischen Leiden aus, das sowohl den Plänen der Mutter als auch dem apathischen Charakter ihres Sohnes hervorragend zustatten kam. Er hinkte mit viel gutem Willen, weil er auf diese Weise guten Gewissens die Daumen drehen konnte, während seine Familie sich abrackerte. Abel hatte ihm aus einem Brett eine behelfsmäßige Krücke angefertigt, mit einem Schlitz zum Durchstecken der Hand und einem Lederpolster auf der oberen Kante, wo die Achsel auflag. Wenn man ihn so mit hochgezogener Schulter daherhumpeln sah, hätte man glauben können, er habe dies sein Lebtag lang getan. Er war der geborene Hinkefuß und machte es sich in seinem Leiden bequem wie in einem Sessel.

Es war März, der Winter verfaulte rasch, von den schwammigen Abhängen aufgesogen, verschwand der Schnee und hinterließ einige weiße Flecken vor dem Dunkelblau der Berge. Der dunkle Erdboden begann zu rieseln; auf den großen Steinplatten, den Felswänden und Schieferpanzerungen glänzte das Schmelzwasser in der zersplitterten Sonne und dem mächtigen Seewind, der das Hochland wieder flottmachte unter einem Himmel wie auf weiter See. Lichtflecken wanderten über die

Hochebenen hinweg, wiegten sich auf den sanften Bodenwellen und verschwanden in den Abgründen, wo sie einige Augenblicke lang ein Fenster überfluteten, die dunkle Tiefe eines Zimmers, den rotglänzenden Kupfer einer Standuhr oder eines Kessels, die Staubflocken unter einem Bett oder ein Gesicht, das nach draußen gewandt war. Die transparente Luft klärte die Landschaft bis an die Grenzen des Horizonts. Sie lag da wie ein gewaltiges, deutlich lesbares, detailliertes Modell, dessen Wolkenflotillen die Perspektive noch vertieften. Alles war in Bewegung in diesem bitter-violetten Frühling, der schon die Erde erwärmte auf den Sonnenlichtungen, die sich langsam verschoben und um die herum sich ein Ring kühler Schatten zog. Der Wald atmete mit der Erhabenheit des Meeres; Erdströme ergossen sich die Berghänge hinunter wie Vorboten eines neuen Lebens. Aufgequollene Mauern stürzten plötzlich ein, verstreuten auf den Wegen einen Fächer aus Steinen und Sand, den man wie Muttererde dampfen sehen konnte. An manchen Tagen zogen nordische Nebel gegen die Berge, rissen sich über den Wäldern in Fetzen und hängten ihre Perlen an die Zweige der Tannenwäldchen, denen sie herbstliche Gerüche nach Erde und frischen Pilzen entlockten. Dann wieder sammelte sich am nächsten Tag plötzlich fiebrige Hitze in den Niederungen, ließ vorzeitiges Grün emporschießen, versetzte das Blut in Aufruhr und wühlte in der Erde, die sich gleich einem Bauch darbot unter ihrem Teppich aus gelbem, flachgedrücktem Gras. Am folgenden, manchmal sogar am gleichen Tag zog erneut ein schwarzer Oktoberhimmel auf, voll dumpfer Geräusche und Bewegungen, mit dem falben Geruch der Pfade in den kahlglänzenden Wäldern, mit Regen, der gegen die dunstbeschlagenen Fenster spritzte, und eisigen Windstößen, welche die Fensterläden klappern ließen und die Asche im Herd aufwirbelte.

Es war wieder einmal eines jener Jahre, in denen auf den Winter plötzlich und übergangslos der Sommer folgte und die

Alten von den verschwundenen Frühlingszeiten erzählten mit den blühenden Weißdornhecken, deren Duft ihre Erinnerung noch immer erfüllte, mit freien, eisigen Gewässern, auf denen man kleine Mühlen zum Drehen brachte, wenn die Aprilferien für zwei Wochen die Schultüren schlossen und die lichtdurchströmten Waldwege öffneten mit den wilden Wiesen, über die sie gelaufen waren in einer Zeit, in der ihr Herz nach Leben verlangte und mit einer Freude schlug, die heute heraufzubeschwören schrecklich war. Schon am Ende ihrer Jungend hatten fast alle das Gefühl gehabt, daß die schönen Jahreszeiten sich verschlechterten, je mehr Zeit verging; kaum aufgeblüht, waren sie schon überreif, als dehnten Kälte und Finsternis, diese Diener des Todes, ihre Herrschaft allmählich auf sie aus und ließen den schönen Tagen immer weniger Raum. Vielleicht war die Kindheit aber auch – denn man meint immer die Kindheit, wenn man von Jahreszeiten spricht – nichts als eine Traummaschine, die den Rest des Lebens mit der Erinnerung an herrliche Jahreszeiten vergiftete, die niemals wirklich existiert haben. Indes gab niemand je etwas von diesen Gefühlen preis – die gleiche mürrische Zurückhaltung, welche die Lippen bis zum Tod versiegelt, trifft man auch bei Arbeitern – es sei denn unwesentliche und rein materielle, eigennütze Erwägungen. Man begnügte sich mit verdrossenen Bemerkungen über die unstrittigen Vorteile früherer Zeiten oder die Ernten, die dieses fürchterliche Wetter schon auf dem Halm zu verderben drohte, in denen eine vage Anklage gegen die Generationen, die Gesellschaft und die Zeit von heute mitschwang, den Komplizen einer allgemeinen Verschlechterung.

Im Mai trat die erste große Hitze auf, schwer und drückend, als paßte sie nicht zu dieser Landschaft, die in ihrer strengen Leere einer Winterlandschaft glich, wo der Frühling in den Niederungen verharrte und die Höhen nur in kleinen, zaghaften Tupfern erreichte. Sehr bald brütete diese beinahe ungesunde Hitze Gewitter aus, die über den Hochebenen lauerten in einem Himmel wie über Golgatha.

Da sie für die Saisonarbeiten benötigt wurden, verließen die beiden Reilhans das Sägewerk in Florac. Im Morgengrauen gingen sie aus dem Haus und kehrten erst nach Einbruch der Dunkelheit zurück. Erschöpft durch den unaufhörlichen Wettlauf, in dem sie die verlorene Zeit aufzuholen und dem Rhythmus der Jahreszeit zu folgen versuchten, fielen sie sogleich ins Bett, nachdem sie einige Gebetsworte gemurmelt und rasch ihre tägliche Kost hinuntergeschlungen hatten, so daß Samuel-Joseph und seine Mutter weiterhin den ganzen Tag über allein blieben, ohne etwas an den kleinen Angewohnheiten ihres Zweierbundes zu ändern, von dem die beiden anderen nicht das Geringste ahnten. Sie wären auch recht erstaunt gewesen, hätten sie erfahren, daß ein potentieller Gottesdiener mit ihnen unter einem Dach wohnte und sich schamlos mit all den guten Sachen vollstopfen ließ, welche seine Mutter ihm vom Haushaltsgeld abzweigte, sobald sie den Rücken gekehrt hatten und die sie niemals zu Gesicht bekamen. Wenn sie am Abend heimkehrten, hatte der Bursche schon gegessen und seine Mutter vorsichtshalber sorgfältig den Tisch abgewischt und auch noch die winzigsten Spuren seiner Mahlzeit beseitigt.

„Kein'n Hunger?“ bellte Abel zwischen zwei Löffel Suppe mit einer Stimme, die darin geübt war, ganze Täler zu überqueren oder die Ochsen aus ihrer Trägheit zu reißen.

„Nein, nein, hab keinen Hunger“, antwortete Samuel, der in seinem Sessel vor sich hin verdaute und tat, als würde er in der Bibel lesen. Der Ausdruck von Ekel, den die Narbe auf seiner Oberlippe hinterlassen hatte, verlieh diesem Appetitmangel eine gewisse Glaubwürdigkeit, trotz des Pfarrerbauches und seiner vollen Wangen. Währenddessen fand die Mutter stets etwas, an dem sie sich draußen zu schaffen machen konnte. Sie fühlte in der Schürzentasche nach dem kleinen Heft, das sie immer bei sich trug und in das sie ihre heimlichen

Einnahmen und Ausgaben mit rätselhaften Abkürzungen eintrug:

P.M.	118	F.	200
K.K.W.	80	K.	150
K. 3/12	360	A.	150
V.	160	V.	100
R.	118		
5/9			

was bedeutete:

Pilze Morgenstein	118	Fleischerei	200
Kastanien Köhler-Wald	80	Krämer	150
Käse 3 Dutzend	360	Apotheke	150
Verschiedenes (Abzweigung vom Haushaltsgeld)	160	Verschiedenes	100
Rest (Gewinn des Monats)	118		
Mai 1949			

In diesem Heft trug sie auch wahllos sparsame Kochrezepte ein, die Tage, an denen sie ihre Saaten anlegte, die Mondzyklen, die ihr besonders günstig erschienen waren, sowie eine ganze Buchführung über Traubenmustöpfe, die sie keinen Sous kosteten, da die Trauben von der Weinlaube stammten, und Säckchen mit getrockneten Pilzen, ein Mundvorrat, den sie für den Verkauf oder die schwierigen Monate in einer verschlossenen Kiste tief hinten auf dem Dachboden aufbewahrte. Das gegrillte Kotelett, das sie für Samuel bereitet hatte, lag ihr natürlich etwas schwer auf dem Gewissen, wenn sie sah, wie ihr anderer Sohn sich um die Gesundheit seines Bruders sorgte, während ein gutes halbes Pfund Fleisch in seinem Holzfällermagen nicht zu viel gewesen wäre bei der Arbeit, die er verrichtete. Und so fühlte sie sich zur Abendessenszeit immer recht unbehaglich, und da sie fürchtete, der Geruch einer Kost, die nur sehr entfernte Ähnlichkeit mit den gekochten Kastanien hatte, die sie ihnen vorsetzte, könne sie verraten – obwohl sie ihre Soße oder das Kotelett vorsichtshalber im Freien, auf der Kohle unter dem Vordach zubereitet hatte, wo sie sonst ihre Wäsche kochte –, oder gar sich vorstellte, in ihrem Gesicht stehe die genaue Zusammenstellung von Samuels Mahlzeiten zu lesen, oder das Geld, das sie schon seit Monaten dafür ausgab, und all die Kunststücke, die sie unaufhörlich vollführen mußte, um an dieses Geld zu gelangen, stahl sie sich davon wie eine Maus und versuchte, ihre Gewissensbisse zu vergessen und ihre Befürchtungen zu beschwichtigen, indem sie ihre Ziegen melken ging.

Der Juni kam und mit ihm eine feuchte, fliegensummende Hitze; sie füllte den Talkessel und reizte die Säfte auf, die fast mit einem Schlag das Grün der Buchen in Wallung brachten. Es herrschte ein schmutzig-klebriges Wetter, eine grelle Monotonie, in der sich die Horizonte auflösten und die Perspektiven verflachten. Schon am Morgen nahm der niedrige Himmel eine ranzige Färbung an, mit einem leichten Flimmern, wie man es oft bei großer Hitze über Sümpfen sehen kann. Im trüben, öligen Glanz des Schiefergesteins lastete eine ständige Gewitterdrohung auf diesem riesigen Trichter. Die Insekten schienen wie betäubt, mit Ausnahme der Fliegen, die der Geruch nach Waschlauge und Süßwasserfisch aus den großen Dickichten in die gleiche Erregung versetzte wie der Pestgeruch des Aases. Nicht der kleinste Windhauch, kein Vogel auf den Stoppeln, abgesehen von den Krähen, die sich langsam senkrecht an den Felswänden entlang treiben ließen, an denen sich ihr prähistorisches Krächzen brach, um sich dann auf den Gerippen abgestorbener Bäume niederzulassen und stundenlang über diese zerlumpte Sonnenwelt zu meditieren.

Joseph konnte es in den vier Wänden nicht mehr aushalten. Er fühlte eine seltsame Beklemmung, sobald er erwachte. Am Morgen hatte er nichts Eiligeres zu tun, als hinauszugehen, dieses Haus zu verlassen, dessen dicke Mauern trotz der Kühle, die sie bewahrten, sein Erstickungsgefühl noch verstärkten. Aber da war auch die Gegenwart seiner Mutter, die ständig hinter ihm her war, ihn verhätschelte und überwachte, eine Gegenwart, die er jetzt als verderblich empfand. Seine Nächte waren sehr unruhig und brachten ihm keine Erlösung, denn zweifellos war ein Großteil des Mißbehagens, das diese Frau ihm einflößte, auf seine Träume zurückzuführen. Er träumte, ein schönes, junges Mädchen lege sich auf sein Bett, eng an ihn gepreßt, und berühre mit seinem fleischigen Mund die Narbe seiner verletzten Lippe. Natürlich ließ ihn diese köstliche Situation ganz außer sich geraten, so sehr, daß er im Traum ein außerordentliches Gefühl von Wirklichkeit ohne jede traumhafte Verzerrung hatte. Er spürte den Druck der Brüste gegen seine Brust, den Geißblattgeruch der Haare und die Wärme des Atems in seinem Gesicht. Das brachte ihn dermaßen durcheinander, daß seine Nerven vor Lust ganz weich und schwer wurden, und dann bemerkte er plötzlich mit Schrecken, daß dieses junge Mädchen die Gestalt seiner Mutter annahm, und sofort zerfiel sie in seinen Armen. Oder ihm träumte, er sei auf dem Dachboden eingeschlossen, aus dem man nur durch einen einzigen Ausgang fliehen konnte, und höre jemanden oder *etwas* langsam die Treppe heraufkommen. Die Tür ging auf, und darin erschien eine reglose Gestalt, die von Kopf bis Fuß mit einem schwarzen Schleier bedeckt war, und obwohl er das Gesicht nicht sah, wußte er, daß es seine Mutter war und daß sie ihm in Trauer erschien, um ihm seinen Tod anzukündigen. Manchmal war es nicht seine Mutter, die hinter der Tür wartete, sondern dieses Etwas, das er so sehr fürchtete: ein aufrecht stehender, halbgeöffneter Sarg mit der unbeschreiblichen Fäulnis darin, die ihn verfolgte. Er wachte schreiend auf und meinte, einen verdächtigen Geruch um sein Bett herum wahrzunehmen. Ein weiterer Traum kehrte recht häufig wieder. Er hing in der Leere hoch oben an den Felswänden, zurückgehalten nur durch die Hand seiner Mutter, und plötzlich fiel er, immer noch diese Hand haltend, die sich vom Arm gelöst hatte und sich in die seine klammerte wie eine gemeine Hühnerpfote. Stets erschien seine Mutter ihm schwarz gekleidet, entweder in Tränen oder mit Blumen in der Hand, reglos und gespenstisch, Inkarnation des Todes und Prophetin des Unheils.

Bevor die Hitze draußen drückend wurde, humpelte er bis zu den ersten Kastanienbäumen, die über die Hofgebäude hinausragten, sofort in Schweiß gebadet, denn fortan ließ ihn die geringste Anstrengung außer Atem geraten und nahm ihm rasch die Kräfte. Dort, gegen einen Baum gelehnt, die Krücke im Gras und die Bibel rein symbolisch auf den Knien, betrachtete er stumpfsinnig die grauen Dächer von Maheux zu seinen Füßen, über die das trübe Licht glanzlos hinwegglitt, die gegenüberliegenden Abhänge, die in einer Art perspektivischer Verkürzung die schweren Felsen ihrer Geröllhalden über sich selbst auszuschütten schienen, und in dieser rauhen Vereinigung von Felsgestein und zerbrochenen Dächern fand sein Unbehagen eine seltsame Fortsetzung, als habe er Fieber oder sei im Delirium und als würde alles, was ihn umgab, zur Quelle seiner Angst – zu seiner Angst selbst werden.

In diesen Augenblicken war ihm der Gedanke, sein ganzes Leben hier zu verbringen, unerträglich. Unwillkürlich wanderte sein Blick in Richtung des kleinen Friedhofs, der hundert Meter unterhalb des Hofes in der flammenden Helle des Tages lag, im Schweigen der Steine, das die Abhänge hinunterkroch und das Blut in seinen Ohren beunruhigend dröhnen ließ. Angesichts dieser Perspektivlosigkeit, dieser Untiefe der Landschaft – er hätte die Buchen des gegenüberliegenden Abhangs mit den Händen berühren können, während ihm noch im letzten Jahr die Entfernung bis dorthin um vieles größer erschienen war –, angesichts dieses Ergusses gewaltiger Felsen auf die Dächer, die sie mit ihrer jahrhundertealten Herrschaft zermalmten, wie ein Auswuchs, den eine mineralische Krankheit abgesondert hatte – und vielleicht waren ja auch die Menschen nur eine mineralische Krankheit –, angesichts des Wahnsinns des Lebens in dieser Feuerwüste, dieser großen grünen Eidechsen zum Beispiel, deren mechanische und ungeschickte Bewegungen plötzlich daran denken ließen, daß die großen Saurier zwei- oder dreihundert Millionen Jahre lang zu den wahren Herren dieses Planeten gehört hatten, wurde seine Angst noch bedrohlicher, schnürte ein Schraubstock ihm den Atem ab, wühlten heftige Schmerzen in seinem Bauch, drückte ihm eine heimtückische Hand die Gurgel zu und ließ sein Herz immer schneller schlagen. Eine merkwürdige Klarheit, die scharf und giftig aus diesem Mißbehagen erwuchs, ließ ihn mit einem Mal erkennen, daß alles, was er vor Augen hatte, sich selbst eingeschlossen, der unerschütterlichen, erbarmungslosen Herrschaft einer monströsen, allumfassenden Macht unterworfen war, deren Schrecken alles nur Vorstellbare übertraf. Es war, als wandte sich die Schöpfung gegen sich selbst, um sich in rasender, endloser Zerstörungswut, der ein blinder, fataler Trieb unerschöpflich Nahrung lieferte, mit riesigen Bissen zu verschlingen. Es gab nur eine einzige Wahrheit: die unauffällige Arbeit, die sich dort unter der Erde vollzog, in diesem kleinen, von Brennesseln wimmelnden Viereck. Alles andere war Schall und Rauch!

Eines Morgens bedrängte ihn diese Angst so sehr, daß er sein letztes Stündlein für gekommen hielt und zu weinen begann. Er weinte Angsttränen, die über sein verzerrtes Gesicht liefen, während er sich in die Finger biß, um nicht zu schreien.

„Schädliche Fliegen verderben gute Salben; also wiegt ein wenig Torheit schwerer denn Weisheit und Ehre." (Der Prediger Salomo).

Am Nachmittag, während der Mittagsruhe, fuhr er aus dem Schlaf unter der Gewalt eines Gedankens, der mit ungeheurer

Heftigkeit in seinem von Schläfrigkeit ganz wehrlosen Geist auftauchte – und diesen Gedanken hätte man in riesigen Großbuchstaben über das ganze Feld des Bewußtseins hinweg buchstabieren müssen:

WAS HATTE GOTT HIER VERLOREN

Er verharrte im Halbschatten des Zimmers, perplex, die Ellbogen aufgestützt, mit heftigem Herzklopfen, wie ein Tier, dem man einen Schlag hinter die Ohren versetzt hat. Die Worte verloren an Gewicht, der Gedanke schrumpfte zusammen und nahm wieder seinen Platz unter anderen Gedanken ein, die an die Oberfläche zurückfanden und ihm seine normalen Dimensionen zurückgaben. Was hatte Gott hier verloren – das lohnte die Aufregung wirklich nicht.

Die Tatsache, daß es Priester, Pastoren gibt, verstärkte noch einen Augenblick den Schock, den diese schiere, den Tiefen seines Bewußtseins entstiegene Sinnlosigkeit bei ihm ausgelöst hatte. Und selbst Pastor zu sein, erschien ihm in einfacher Fortführung des Gedankens langweilig und absurd.

So irrte er den ganzen Nachmittag mit seiner Krücke umher, eingehüllt von der zähflüssigen Luft, die das Gesicht ölig werden ließ und die Lungen ständig an den Rand leichten Erstickens brachte – man meinte, den wenigen Sauerstoff einzuatmen, von dem in diesem dickflüssigen Likör gerade soviel enthalten war, daß man nicht erstickte –, während er auf seinen Schultern die Last des Blickes spürte, mit dem seine Mutter ihn von der kühleren Grotte der Küche aus beobachtete, wo sie wie eine Spinne in ihrem Netz auf der Lauer lag.

Auf dem Dreschplatz hockend, baute er im Staub und ausgedörrten Gras kleine Steintürme, stopfte sie mit trockenem Gras voll, zündete sie an und weidete sich begierig am Schauspiel des Rauches, der durch die Zwischenräume entwich. In diesem Augenblick schob die Mutter mit der Pünktlichkeit des

Kuckucks, den die Stunde aus dem Häuschen treibt – was ihn mehr als alles andere verdroß –, den Fliegenvorhang beiseite, erschien auf der Schwelle und kam auf ihn zu in dieser Hitze, in der die schwere Süße der wilden Minze sich mit dem noch drückenderen Geruch des Ginsters verband. Er konnte die Art, wie sie sich mit schleppenden Schritten vorwärtsbewegte, nicht mehr ertragen, ebensowenig wie die dunkle, rauhe Hand, die sie auf seinen Nacken oder seine Haare legte, oder die verbrauchte, etwas jammernde Stimme, mit der sie zu ihm sprach und die so gut zu diesem müden Schlurfen der Pantoffeln paßte:

„Aber was machst du denn da, mein Kleiner, wenn dein Vater dich sehen würde!"

Oh, dieser sanfte Vorwurf! Er hätte sie zum Teufel geschickt, hätte nicht die tierische Anhänglichkeit, die ihn an sie band, den Ärger und manchmal gar den Haß, den sie ihm einflößte, in quälendes Mitleid verwandelt.

„Wie soll er mich denn sehen? Und was kann ihm das schon ausmachen?"

„Und deine Bibel, Joseph, deine Bibel ..."

Als ob er nicht wüßte, daß er Joseph hieß! Dieser lächerliche Name paßte gut zu dieser gebrochenen Stimme und den großen Männerpantoffeln, aus denen die mageren Knochen ihrer Knöchel herausragten. Seine Bibel! Joseph und Seine Bibel! Er war der Einzige auf der Welt, der eine Bibel besaß! Überall flüsterten die Leute sich zu, daß der Zweitgeborene von Maheux unter den Bäumen mit DER Bibel herumspazierte. Man wartete nur auf ihn, um über sie zu diskutieren. Bedeutende Herren würden extra aus Paris herkommen und ihn mit der Hand auf dem Herzen fragen: Sie haben also die Bibel gelesen, in Ihrem Alter? Unerhört! Man würde einen Triumphzug für ihn veranstalten. Juliette Clément, seine Kusine aus Sète – das junge Mädchen mit den fleischigen Lippen, das in seinen Träumen an dieser demütigenden Narbe nukkelte, hatte Ähnlichkeit mit ihr –, würde verrückt nach ihm werden.

Und so ließ er zahlreiche Bilder an seinen Augen vorbeiziehen, von denen eines lächerlicher als das andere war, ganz so, als würde er eine schmerzhafte Wunde kitzeln, und das steigerte seine Wut ins Unerträgliche. Es war das bittere Vergnügen, seine Grenzen zu erfahren und sich in der eigenen Dummheit zu wälzen. Arme Frau! Er betrachtete dieses verängstigte, bestürzte Gesicht, das sich ihm zuneigte, die für eine Bäuerin seltsam feine Haut, ihre immer etwas wässrigen Augen, den ameisenähnlichen Kopf mit den zerbrechlichen Knochen, den man wie eine Nuß in der Hand zerdrücken zu können meinte und von dem er sehr wohl wußte, daß all seine Gedanken sich mit seiner Person beschäftigten.

„Na und, meine Bibel, meine Bibel ... Du siehst doch, daß ich nachdenke."

„Aber du kannst doch Feuer legen, komm ..."

Diese Bauern mit ihrer ständigen Angst vor dem Feuer! Er wär's ganz zufrieden, wenn alles brennen würde, wenn etwas geschehen würde, das sein Leben veränderte, ohne daß er sich von morgens bis abends den Kopf zerbrechen müßte!

„Aber nein, aber nein, laß mich in Ruhe! Wenn ich dir doch sage, daß keine Gefahr ist. Aber wenn du unbedingt willst, dann geh mir jetzt Wasser holen."

Und sie ging ihm Wasser holen, mit schleppenden Schritten, gekrümmtem Rücken, schlenkernden Armen, während sie sich fragte: Warum macht er das bloß, er kann doch Feuer legen, sein Vater wäre außer sich, wenn er ihn sehen würde, warum macht er das nur, ist er vielleicht krank, und wenn der Doktor ihn bei diesen Dummheiten sehen würde und wenn der Pastor wüßte ... – hin- und hergerissen zwischen der Besorgnis, daß er „es nicht schafft" und der geheimen Hoffnung, daß gerade solch sonderbares Verhalten eines der Zeichen sei, an denen man außergewöhnliche Schicksale erkennt.

Auf der *can de Ferrières* folgte der Schweigsame allein dem durch verstreute Mauerreste gekennzeichneten Auftriebspfad, im dichten, allmählich sich lichtenden Nebel, der oft heiße Septembertage ankündigt. Trotz der rasch hereinbrechenden Dunkelheit sind das hier vielleicht die schönsten Tage des Jahres. Es war, als würde die in Wochen sengender Hitze sonnengepeinigte Erde die Milde des Spätsommers nutzen, um die ganze Honigsüße der in ihr gesammelten Wärme wieder von sich zu geben. Die rotglühende, satte Luft hat den Geschmack des Fruchtfleisches. Man spürt den Duft der Weinspaliere in ihr fließen wie einen dicken Saft.

Ja, heute würde es sicher sehr heiß werden. Obwohl der Nebel die Sonne noch völlig verdeckte, schwitzte der alte Bergbauer beim Laufen wie im Hochsommer.

Er hatte Maheux im ersten Morgengrauen verlassen, ausgerüstet mit seinem legendären Kolbengewehr und seiner Jagdtasche, in der bereits ein Eichelhäher hin- und herschaukelte, den er geschossen hatte – so ungefähr das einzige Wild, das diese archaische Büchse zu treffen vermochte –, um sich in Mazel-de-Mort einer Gruppe von Jägern anzuschließen, die sich jedes Jahr zu Eröffnung der Jagd zusammenfand: Despuech, bei dem gewöhnlich das traditionelle Festessen stattfand, Boutonnet aus Barre-des-Cévennes, der mit matter Stimme sprach und stets von unheilbaren Leiden heimgesucht schien, die Gebrüder Roux aus St. Julien, puterrot und dem Ersticken nahe, wie alle Schweinefleischesser, Sauveplane aus Florac mit seinem Loch nahe der Schläfe, das er sich an der Marne geholt hatte und in dem man das Blut an der Oberfläche pulsieren sah, zwei oder drei junge Spaßvögel, ebenfalls aus Florac, die sich am Besitz einer zweiläufigen „Robuste“ berauschten und ihren Rausch austobten, indem sie die Verkehrs- oder Jagdreviersschilder mit Sternenlöchern übersäten; schließlich einige alte Füchse, die nur dazugestoßen waren, um sich den Wanst zu füllen, denn sie brauchten weder Gewehr noch Hund, noch Jagderöffnung oder Jagdschein, um ihren Beutel zu füllen. Von Neujahr bis Silvester durchstreiften sie die Wälder, schröpften die Wildbäche und belieferten zahlreiche Gasthäuser der Umgebung mit allem, was man häuten, rupfen, ausnehmen, einmachen, in den Ofen, auf den Spieß, in Soßen oder in Dosen tun konnte.

Und heute abend, nach dem Festessen, würde Reilhan dann das Pferd mit nach Maheux nehmen, das ihm sein Freund in der Zeit der Feldarbeiten oder der Herbstsaaten auslieh. Von Morgen an würde er zwei Wochen lang mit dem Tier in der Weite der hohen Abhänge kreuzen, die Erde aufwühlen, die Arme langgezogen durch den Pflug, manchmal in seiner Müdigkeit von dem Gefühl durchdrungen, seine eigenen Muskeln seien es, welche die Erdschollen herausrissen und die Furchen zogen. Doch diese Müdigkeit war ihm angenehm. Er konnte sich nicht satt sehen an den beiden rötlichen Erdlippen, die sich vor ihm auftaten und die, wenn es kurz zuvor geregnet hatte, so glatt und sahnig waren, als hätte er sie in Butter gezogen. Er hätte weiterpflügen mögen bis ans Ende der Horizonte, allein um des Vergnügens willen, die Hufeisen des Pferdes zwischen den Steinen klirren zu hören und das Zittern des glänzenden Pflugsterzes, in dem sich die ganze Kraft seiner Arme und des Pferdes konzentrierte, bis in die Schultern hinauf zu spüren. Niemals hätte er jemandem eingestehen können, daß hier das Beste seiner Ernte war. Er fragte sich nicht einmal, ob sie gut oder schlecht, besser oder schlechter als die letzte sein würde. Sorgen dieser Art hatten nie das Gefühl der Fülle und die heftige Befriedigung gemindert, die er empfand, wenn er seine Kraft mit der des Pferdes verband, um die taube Lederhaut der Stoppeln zu brechen, die versengte, rissige, mit kurzem, hartem Flor gespickte Oberfläche aufzurühren, um in diese tote Kruste hineinzuschneiden, unter der ein stilles, gefangenes Leben Luft, Regen und Sonne erwartete, um erneut auszubrechen in zarten, zitternden Pflanzenstengeln, die der Frühlingswind sechs Monate später in sanften Wogen biegen würde, wenn sie sich an den Spitzen rötlich-gelb verfärben würden wie das Flaumhaar junger Hunde.

Während er durch den Nebel hindurch dem Auftriebspfad folgte, wobei ihm die doppelte Leiste aus runden Steinen als Orientierung diente, die in dem etwas helleren Lichtkreis vor ihm sichtbar wurde, in dessen Mittelpunkt er sich vorwärtsbewegte und den er mit sich zog, als genügte seine bloße Gegenwart, diese flockige Dichte im Umkreis von einigen Metern aufzulösen, dachte er nach, ruhig und den Kopf befreit durch den fast mechanischen Marsch, der seinen Gedanken inmitten dieses gleichförmigen Nebels freien Lauf ließ. Er rief sich jene erfreulichen Augenblicke seines Lebens zurück, das der stets wiederkehrende Kreislauf der Jahreszeiten dem unendlichen Himmel und der großen Weite auslieferte, dieser gischt- und windgepeitschten oder sonnengeblendeten Kreuzfahrt auf hoher See – dieses Leben, das er letztlich niemals zu verraten oder aufzugeben bereit gewesen war. Deshalb hatte er durchgehalten, deshalb hatte er nicht fortgehen wollen, hatte er nicht verkaufen wollen, hatte er, ohne jemandem etwas zu sagen, diesem Menschen aus der Stadt geschrieben, um den Verkauf für ungültig erklären zu lassen. Sollte die Mutter das eines Tages erfahren, sie würde es ihm nie verzeihen. Gewiß, es gab diese Verspätung, die er nie aufholen konnte, diesen ermüdenden Wettlauf nach der Erntezeit, bei dem er nie hatte mithalten können, es gab die zur Hälfte verlorenen Ernten, den von Unwetter abgetragenen Erdboden, den man in Körben wieder hinauftragen mußte, die schroffen Abhänge, die man von morgens bis abends hinab- und wieder hinaufsteigen mußte, um das Heu einzuspeichern oder den Holzstall zu füllen, es gab die Traurigkeit der Sonne und die Einsamkeit, das Schweigen der Welt, die ungewisse Zukunft, es gab die Armut, diese Armut, die von der Geburt bis zum Tode im Haus weilte wie eine getreue Gefährtin, der man zuletzt mit Liebe begegnet, die Armut des Bodens, der Nahrung, der Kleidung, die Armut der Gesten und Worte, die Armut, die jeder haßte, entrüstet von sich wies. Armut – na und? Alle führt ihr dieses Wort im Munde. Als ob es nicht besser wäre, eine Zwiebel vor seiner eigenen Haustür zu essen und ein freier Mann zu sein, als sich im Gefängnis von Langusten zu ernähren. Denn erzählt mir ja nicht, daß diese Leute nicht im Gefängnis sitzen. Erzählt mir nicht, daß diese Leute glücklich sind. Es hilft ihnen nichts, daß sie sich anziehen wie die Grafen, im Auto herumfahren, ins Kino gehen, eine Menge ungewöhnliche Sachen machen. Sie sehen traurig aus, sind dauernd krank oder auf irgend jemand wütend. Sie geraten sich wegen jeder Kleinigkeit in die Haare, Kriege und Revolutionen gibt es, soviel du willst. Sieht man sie aneinandergeklebt auf den Straßen gehen, dann fragt man sich, wohin gehen sie, jedenfalls sieht es nicht so aus, als würde es ihnen Spaß machen, dorthin zu gehen, wo sie hingehen, und zu tun, was sie tun, und vielleicht ist das der Grund, warum sie sich schließlich in die Haare geraten. Sie bekämpfen sich, weil sie sich langweilen und wollen, daß man an ihrer Seite mitkämpft. Sollen sie sich doch allein bekämpfen, wenn ihnen danach zumute ist, interessieren sie sich denn sonst für uns? Im Sommer kann man welche hier sehen, sie gehen im Wald spazieren, lassen fettes Papier herumliegen, manchmal legen sie Feuer und sagen beim Anblick der Berge: wie schön! Ach, ist das schön! Was soll das heißen: Das ist schön? Die sagen irgendwas, einfach so, um zu zeigen, daß sie klug sind und uns was voraushaben. Und die schlagen die Wagentüren zu und bremsen, um Staub zu machen, und die fotografieren und auch die Kirche und das Pferd und den Brunnen und die Schafe und den Schafstall und den Schäfer und klettern über die Berge und schlafen im Zelt. Und nach zwei Tagen Regen packen die die Koffer und hauen ab, Tücher um den Hals, die Brille im Gesicht und Bücher unterm Arm, Spinner halt. Immer den Teufel auf den Fersen, ständig rennen sie hin und her, und Madame hat Migräne, und sie möchte lieber ans Meer hinunter, na, dann geht doch ans Meer, wenn ihr Sand fressen und euch wie die Sardinen rösten lassen, euch Krankheiten holen wollt ...

Er bemerkte, halb im Nebel versunken und unbeweglich am Rand des Auftriebspfades die Gestalt eines Schäfers in seinem schwarzen Umhang, der ihn wie eine kleine Tanne aussehen ließ. Der Schäfer wurde größer und entpuppte sich tatsächlich als Tanne. Es hieß umkehren. Es gab keine Tanne vor der Abzweigung nach Mazel-de-Mort. Durch den Nebel irregeleitet, hatte er sie wohl verpaßt, ohne es zu merken. Schließlich fand er den Pfad nach ungefähr hundert Metern. Weißschwänze flogen bei seinem Herannahen auf, sausten im Tiefflug dahin, um sich etwas weiter entfernt auf Steinen niederzulassen. Das Buchsbaumgehölz, vom Nebel durchnäßt, strömte einen bitteren Arzneigeruch aus.

Morgen würde er sicher mit der Bestellung des großen Ackers beginnen, einer Parzelle, die sich hoch oben an den Rand der Hochebene klammerte. Verloren im Himmel und den Wolken nahe, wurde sie von einer Bodenwelle emporgehoben, die ihn und das Pferd mit einem Schlag dem weiten Wind aussetzte. Eine tonhaltige Erde mit verhärteter Haut und staubigem Fleisch, klappernd vor Schieferplatten, die man von Generation zu Generation auf einem zentralen Stoß übereinanderschichtete, doch es kommen immer wieder neue an die Oberfläche, als durchfurche der Pflug ein riesiges Beinhaus und als seien es Knochen, über die man liefe. Der Roggen dort ist kurz, stellenweise dünn gesät, wo das Gestein ein kompaktes

Riff bildet und den Boden eben macht. Oft findet man dort Seesterne, Seeigel, Muschelspiralen, wie Münzen in den Kalkstein geprägt – wohl von urzeitlichen Meeren hinterlassen. Am anderen Ende des Feldes, zum Inneren der Hochebene hin, diente vor Zeiten ein alter *mastaba* den Hirten oder Jägern als Unterschlupf, die mit verkohlten Holzstücken ihre Namen auf die Steine geschrieben haben, bis hinauf zum Scheitel des Gewölbes, durch das Fetzen des Himmels hindurchscheinen. Einige dieser Inschriften gehen auf den Beginn des letzten Jahrhunderts zurück, auf die Zeit der napoleonischen Kriege. In der größten Hitze des Tages ißt man ein Stück Käse im kühlen Schatten dieses Gewölbes, den Rücken gegen die schweren, kalten Steinplatten gelehnt. Draußen verwischt das grelle, zitternde Licht den Horizont, bläut die Berge, stachelt die Insekten auf. Man wartet noch ein wenig und trinkt von Zeit zu Zeit einen Schluck sauren Wein, dann verstaut man die Flasche im Kühlen, unter Tüchern tief im Beutel, geht wieder hinaus in den zähflüssigen Glutofen, und von neuem wird man von den Furchen zum Gipfel des Bergrückens gezogen, im fliegensummenden Kielwasser der heftigen Gerüche, die das Pferd hinter sich läßt, dessen Flanken vor Schweiß glänzen und dem das Maul weiß von Schaum ist.

Plötzlich war aus einem entfernten Tal das Bellen von Hunden zu hören; ihre Stimmen klangen gierig und überschlugen sich wie beim Aufjagen des Wildes. Unmittelbar darauf knallten zwei Gewehrschüsse, deren Echo der Nebel verschluckte.

Der Pfad begann unmerklich abzufallen; kugelförmige Buchen streckten ihre niederen Zweige über das weiche Gras des Abhangs. Allmählich verlor der Nebel an Dichte. Stellenweise hatte er sich fast völlig aufgelöst, und es tat sich ein Streifen auf, in dem alles mit überraschender Klarheit und ungewöhnlicher Tiefe erschien. Dann verdichtete er sich wieder von neuem und verschluckte alles, ließ nur eine kleine Lichtung, in der die Sicht kaum mehr als ein paar Schritte betrug. Schließlich nahm das graue Einerlei eine gelbliche Färbung an, erhellte sich, und Reilhan spürte auf seinem schweißnassen Gesicht die laue Wärme der Sonne. Am Ende einer Wegkehre trat er aus dem Wald heraus, wo der Nebel sich langsam zurückzog und fand sich mitten in der Helligkeit.

Vor seinen Augen breitete sich im leicht verhangenen Morgenlicht ein weites Panorama ineinander verschachtelter, waldbedeckter Berge aus. Die nächstliegenden Berghänge warfen den Glanz der Schieferdächer zurück, die wie silbrige Fischschuppen in der Sonne schimmerten. Das noch nasse Granitmäuerchen am Rand des Pfades dampfte inmitten der Brennesseln, und da war kein einziges Grasbüschel, an dem nicht ein kleines Spinnennetz mit perlenden Tröpfchen gehangen wäre, in denen sich die schrägen Strahlen im Gegenlicht in allen Regenbogenfarben brachen.

Im unteren Wald, dessen Echo nun wieder weit trug, erschallten Gewehrschüsse aus der Ferne. Die Hunde, rasend vor Begierde, kläfften schrill und ohrenbetäubend.

Als Reilhan unterhalb einer großen, baumbestandenen Wiese die Dächer von Mazel-de-Mort erblickte, setzte er über die kleine Mauer und kürzte durch die Ginsterbüsche ab. Ihr durchdringender, beißender Geruch legte sich ihm auf die Brust. Vielleicht machte die erste Müdigkeit des Morgens, sein langer Marsch mit nüchternem Magen diesen Geruch so stark und so betäubend. Er blieb einen Augenblick schräg zum Hang stehen und wischte sich seine schweißnasse Stirn. Er legte sein Gewehr auf die Erde, und als er sich wieder aufrichtete, wurde ihm schwindlig. Kleine schwarze Punkte stoben vor seinen Augen in alle Richtungen auseinander. Er blickte verdutzt um sich, als sei er erstaunt, sich an diesem Ort zu befinden.

Langsam begannen die Ginsterbüsche in der Hitze zu brutzeln. Am Eingang des Hofes, auf einer grasbewachsenen Erdaufschüttung, standen vier oder fünf Wagen inmitten alter, mehr oder weniger heruntergekommener Landmaschinen, deren in den Himmel gerichtete Deichseln an Luftabwehrgeschütze denken ließen. Obendrein zog ein großer Vogel mit bedrohlich gebogenen Flügeln weite Kreise über den Dächern, an irgendeiner winzigen Beute interessiert. Würden die Deichseln vielleicht das Feuer auf ihn eröffnen? Als Reilhan sich bückte, um sein Gewehr aufzuheben, hatte er einen Augenblick das eigenartige, plötzlich befremdende Gefühl einer Verwirrung der Zeiten, einer sehr sonderbaren, fesselnden Mischung aus Jagdanständen und Kriegsmorgen, an denen Männer an rauhreif-weißen Wäldern entlang oder zwischen Rübenfeldern patrouillierten, die mit ihrem traurigen Schlamm wie geschaffen schienen für die Verheerungen des Krieges, für Bombentrichter und Leichengräben. So stark war sein Gefühl, so begierig war er, ihm nachzugehen, bis hin zu dem Glauben, er trage Militärkleidung, daß er sein Gewehr aufhob und die letzten dreihundert Meter, ohne es zu merken, im Laufschritt hinter sich brachte. Der Duft nach heißem Kaffee, der aus der angelehnten Küchentür wehte, vergrößerte seine Verwirrung noch. Als er in das niedere, schlecht erleuchtete Zimmer trat, wäre er nicht sonderlich erstaunt gewesen, wenn das Gewirr der Stimmen, das blecherne Geschepper der Kanister in den Beuteln, das harte, kurze Knacken der von den Jungen mit kriegerischer Lust betätigten Gewehrverschlüsse zu einer Patrouille gehört hätten, die sich an einem Wintermorgen des Jahres 1940 in den Ardennen für den Aufbruch zu den Vorposten rüstete. Das Ganze war umso seltsamer, als heute der 10. September und es auf den Tag genau zehn Jahre her war, daß dieses verwirrende Abenteuer, dessen Wie und Warum er nie richtig begriffen hatte, für ihn begonnen hatte – wie im übrigen für die meisten der heute morgen hier Versammelten. Nachdem er einige Hände geschüttelt und eine Tasse Kaffee getrunken hatte, schwand sein Eindruck allmählich, und zu seiner eigenen Überraschung empfand er so etwas wie Sehnsucht danach, erfaßte ihn vage Traurigkeit und leichter Verdruß bei dem Gedanken, daß ein Jagdtag unweigerlich in einem Bett enden würde – als wäre von einem wirklichen Krieg etwas viel Bedeutenderes zu erwarten, als könnte nichts das wunderbare Gefühl von Freiheit, Verantwortungslosigkeit, banger Erwartung, kurz von Ungewißheit ersetzen, das er im Zusammenfluß der Gegenwart mit dem rätselhaften Aufstieg der Erinnerungen gerade empfunden hatte.

„Wir haben nur noch auf dich gewartet", sagte Despuech, während er ihm die Hand auf die Schulter legte. „Los, gehen wir, der Tag wird hart."

„Ja, ja, der Tag wird hart", sagte Reilhan, während er sich mit etwas schweren Beinen erhob. Und erstaunt darüber, da zu sein, leicht benommen durch die Hitze des Herdes, den Geruch der Soßen und des Wildbrets, der die Luft verdickte, durch das Geräusch der Stühle, die zurückgeschoben wurden, und das Scharren der Füße, wiederholte er noch einmal mechanisch, mit einer Stimme, die ihm nicht so recht zu gehören schien:

„Ja, der Tag wird hart."

Als er zur Tür hinaus gehen wollte, hielt Despuech ihn am Arm zurück.

„Es ist wegen dem Pferd", sagte er, „ich muß dir etwas sagen, etwas Wichtiges für dich. Wir werden heute abend mal darüber reden."

„Aha", sagte Reilhan, „und warum nicht jetzt? Wenn es etwas Unangenehmes ist, dann will ich es lieber gleich wissen."

Despuech blies die Wangen auf und brach in schallendes Gelächter aus.

„Oh ja, etwas furchtbar Unangenehmes."

Er klopfte ihm auf die Schulter, immer noch laut lachend.

„Dieser Reilhan! Immer auf dem Mond, was? Und du glaubst wohl, den anderen geht's genauso? Na los, komm! Heute abend werden wir in aller Ruhe darüber reden." Und er schob ihn hinaus. Währenddessen veranstaltete die schwarze Marie, seine

Tochter, einen Höllenlärm mit ihrem Geschirr; sie schien wütend zu sein. Sie war eine kleine, magere, dunkelhäutige und mürrisch dreinblickende Frau, von der man jedoch sagte, sie arbeite wie ein Mann. Als alle hinausgegangen waren, schlug sie die Tür zu und kehrte schulterzuckend zu ihrem Herd zurück.

Die Männer kehrten erst am Nachmittag gegen ein Uhr zurück, in fast glühender Hitze, unter einer drückenden Sonne. Ein so reiner, ruhiger Himmel verhieß schöne Herbsttage; überall war das Trillern der Lerchen über den bestellten Feldern zu hören gewesen.

Sie hängten ihre Gewehre in den Ständer, schichteten das getötete Wild auf den Brotkasten und gingen hinaus, sich die Hände zu waschen in einem Trog, in dem sich eiskaltes Wasser sammelte, das hoch oben auf der Wiese inmitten eines Binsengestrüpps abgeleitet und in ausgehöhlten, bemoosten Lärchenstämmen bis zum Gehöft geführt wurde. Diese Quelle, die Sommer wie Winter nie versiegend sprudelte, war der ganze Stolz ihres Besitzers und weckte den Neid aller anderen in einer Region, wo man meist auf den Himmel angewiesen war, um die Zisternen zu füllen. Mit seinem Überlauf speiste das Wasser einen künstlichen Pfuhl, dessen lehmig-schlammige Ränder mit den tiefen Spuren der Schafe übersät waren. Und es gab noch genug, um das Gemüsebeet des Gärtchens zu bewässern, zwischen dessen Mauern aus runden Steinen helles Sonnenlicht lag. Blumen schmückten die ebenfalls von runden Granitsteinen eingefaßten Rabatten unter den Fenstern.

Für die Reilhans war dieser Hof so etwas wie ein irdisches Paradies und Despuech sein gütiger Gott. Es war offensichtlich, daß sie ohne seine Hilfe nicht einmal hätten überleben können. Und wenn Reilhan sich in Mazel-de-Mort befand, fühlte er sich jedes Mal unbeholfen wie ein gemeiner Bauer, der seinem Schloßherrn gegenübertritt. Kaum daß er es wagte, sich hinzusetzen, trotz der liebenswürdigen Aufgeräumtheit, mit der ihm sein Freund begegnete.

Die Männer traten nacheinander ein, zogen die Stühle zurück, setzten sich schweigend an den Tisch. Die Hunde schliefen bereits in den Ecken, besänftigt von der wohligen Kühle der Steinfliesen. Aus Senfgläsern trank man einen Pastis mit starkem Traubengeschmack. Ab und zu sprach jemand mit donnernder Stimme, als sei er von Schwerhörigen umgeben. Einige Gesichter, nach vorne gebeugt und von der Seite hell erleuchtet, erschienen wie mit einer Maske aus rotem Ton überzogen, über der – hervorgerufen durch die Mütze – ein Streifen bleicher Haut sichtbar war, deren durchsichtiges, ungesundes Weiß die Anstößigkeit verborgener Körperteile hatte, die den Blicken entzogen und von der Sonne unversehrt sind.

An ihren Herd gelehnt, die Arme verschränkt, musterte Marie Despuech die Anwesenden mit ausdruckslosem Gesicht und dem gefühllosen Gleichmut eines Viehverkäufers, während sie auf die Wünsche des Herrengeschlechts wartete, um ihren häuslichen Pflichten nachzukommen. Auf eine Kopfbewegung ihres Vaters hin ging sie auf eine Anrichte zu, auf der zwei große Wurstplatten bereitstanden. Sie stellte sie in die Mitte des Tisches, rückte Gläser und Flaschen mit heftigen Bewegungen beiseite, das Gesicht unverändert verschlossen, bediente alle mit mürrischer Beflissenheit, wobei sie beständig irgendeinen Ärger hinunterschlucken, irgendeinen geheimen Groll gegen die Anwesenden zu nähren schien. Dann begab sie sich wieder auf ihren Beobachterposten zurück, die Gäste entfalteten bedächtig ihre Servietten, öffneten mit der Spitze des Fingernagels ihre Messer und begannen vor ihren Tellern mit der Zeremonie.

Den größten Teil der Mahlzeit aßen sie schweigend, als zelebrierten sie ein Totenmahl. Überhaupt lag in ihrer Art, das Brot in kleine Würfel zu schneiden, jeden Bissen ohne Hast, beinahe ohne Appetit, so schien es, zu kauen, mit halbgeschlossenen Augen vorsichtig und respektvoll zu trinken, eine Art rituelle Feierlichkeit, die der Mahlzeit etwas Religiöses gab.

Gegen Ende indes, nachdem Wein und schwere Soßen das Ihre getan hatten, erhitzten sich die Gemüter, und hitziger wurden auch die Gespräche. Zunächst machten Jagdgeschichten die Runde, die allerdings wegen der Seltenheit des Wildes bald in politische Diskussionen ausarteten, und unverzüglich machte allseitiger Verdruß sich Luft, wurden Gesellschaft, Parteien und Gewerkschaften zur Hölle geschickt, war allerhöchster Schluß die platonische Zuflucht zur Tabula rasa, zu den klaren Standorten, dem Auskehren mit eisernem Besen, wie ein entfernter, verklingender Widerhall einst revolutionärer und heute lau gewordener Tugenden.

Despuech wandte sich an Reilhan, den er immer an seine Seite setzte:

„Machst du es nicht wie wir?"

Er zerteilte eine Scheibe Brot in seinem Teller und begoß die Stückchen aus einer Schöpfkelle mit dunkler, goldbrauner Soße. Am Ende einer Mahlzeit, vor dem Salat oder dem Ziegenkäse hatten viele diese Angewohnheit.

Reilhan schüttelte den Kopf. Diese Freßgelage, die sich in die Länge zogen, ermüdeten ihn immer etwas, und die zu fette Nahrung schlug sich ihm rasch auf den Magen. Er hatte kaum das Wildragout angerührt. Das Gewirr der Stimmen, der Rauch, das Knarren der Stühle, das bißchen Wein, das er getrunken hatte, wo er doch sonst nie trank, und dazu noch die von leichter Übelkeit begleitete Sattheit, die auf seiner Verdauung lastete, ließen ihn schließlich ganz benommen werden. Er hatte es eilig, hinauszugehen, zu laufen, tief die frische Luft einzuatmen.

Mit einem Mal erinnerte er sich an das Pferd, an die Worte, die Despuech ihm am Morgen im Augenblick des Aufbruchs gesagt hatte. Im Eifer des Gefechts hatte er einige Male nur flüchtig daran gedacht, hatte sich aus Furcht vor irgendeiner

Verwicklung gezwungen, dem Gedanken nicht weiter nachzugehen. Jetzt sah er sich heute abend schon allein nach Maheux zurückgehen, ohne Pferd, aus welchem Grund auch immer. Und morgen keine Kreuzfahrt über die weite Erde hinweg, kein Ziehen der Furchen, keine Erschütterung in den Armen, als wäre die Erde lebendig und begänne sich zu bewegen, keine gesunde Müdigkeit, die schöner ist als das schönste Bett, in das man sich am Abend fallen lassen konnte. Würde der große Acker dort oben unbestellt, leblos bleiben, sollten seine fahlen Stoppeln verwildern? Er dachte nicht einmal an die Ernten, an die Katastrophe, die es für ihn und die Seinen bedeuten würde, wenn er kein Tier zum Arbeiten hätte.

Dort oben ... Er sah, wie sie sich vor ihm ausbreitete und anstieg, diese in den Himmel vorgeschobene Erde mit dem kümmerlichen Schutz aus trockenen Steinen, er sah die lange, mächtige Welle, die sie den Wolken entgegenhob, die Erweiterung auf dem Gipfel des Bergrückens, wo man mit einem Schlag dem von weither kommenden Wind ausgeliefert war und einer größeren Freiheit, auf diesem offenen Gelände, wo die Landschaft den Blicken zu entfliehen begann gleich den weit ausholenden Bewegungen der Dünung, die der Ozean endlos vor den Kontinenten entrollt.

Nichts ließ ihn so sehr außer sich geraten wie diese Vorstellung, mit einer Gewalt, die sanft, unerschütterlich und betörend zugleich war. Während er versuchte, seinem Tischnachbarn zuzuhören, drängte sich ihm plötzlich mit seltsamer Eindringlichkeit die Frage auf, wie das Licht wohl in diesem Augenblick dort oben war, in welchem Winkel die Sonne auf den Abhang traf, wie weit vor seiner schwarzen Öffnung der Schatten des *mastaba* gewachsen war. Die Vorstellung, daß all das ohne ihn existierte, in der Einsamkeit, während er hier saß und sich den Bauch füllte, gab ihm einen eigenartigen, angstvollen Stich im Herzen, aus einer sonderbaren Liebe, die er sich nicht erklären konnte und die genauso verwirrend und heftig war wie die Anziehungskraft eines menschlichen Gesichts. Jedenfalls erschien ihm nichts wichtiger als das, was jetzt gerade dort oben vor sich ging, selbst wenn nichts geschah – oder vielleicht weil nichts geschah.

In diesem Augenblick wurde er gewahr, daß Despuech gerade von dem Pferd sprach. Das Bild des Feldes mit seinem einfachen Unterschlupf war so gegenwärtig in seiner Vorstellung, daß er sich wahrhaft anstrengen mußte, um zu den Gästen zurückzufinden und dem, was man ihm sagte, Aufmerksamkeit zu schenken.

„Kannst du das noch mal wiederholen“, sagte er, „ich hab nichts verstanden bei diesem Lärm.“

„Weiß Gott, du hörst nicht zu, wenn man mit dir spricht. Man fragt sich immer, woran du denkst. Ich sagte, daß die Marie ...“

Woran ich denke ... Warum denke ich denn so? Ich habe mein Lebtag lang nicht so gedacht. Jetzt wäre ich gerne dort oben, beim Pflügen mit dem Pferd, oder würde vor dem *mastaba* sitzen und warten – warten, daß die Dunkelheit hereinbricht.

Zum ersten Mal in seinem Leben ging ihm eine unsinnige Idee durch den Kopf: nicht nach Hause zurückzukehren und sich dort oben schlafen zu legen, unter dem Zirpen der Sterne und der Grillen. Eine Hand rüttelte ihn an der Schulter:

„Mehr hast du dazu nicht zu sagen?“

Despuech, hochrot, lächelte dümmlich. Es gelang ihm nicht, seine hellen Augen mit dem abirrenden Blick des leicht Betrunkenen fest auf ihn zu richten.

„Na so was“, sagte Reilhan, „so was ... Das ist ja vielleicht ein Ding ...“

Obwohl er nicht zugehört hatte, meinte er sich zu erinnern, daß sein Freund ihm das Pferd *für immer* geben wollte, als hätte er die Worte in sich aufgenommen, ohne zu verstehen. Das Pferd war ein Geschenk von Marie. Jetzt verstand er.

„Marie, hörst du, es ist Marie ... Weil Marie und Abel ... Na, dir muß man aber auch alles erklären! Verdammt nochmal, ich freu' mich vielleicht, wie man so sagt, es gibt doch noch schöne Augenblicke im Leben!"

Auf einen erzürnten Blick seiner Tochter hin senkte er die Stimme und näherte sich dem Ohr des Freundes:

„Wenn es dir nichts ausmacht, geben wir es ein andermal bekannt. Die Marie ist heute nicht gut aufgelegt."

Und er begann, sich Zukunftsplänen hinzugeben. Die Aussicht, seine Tochter zu verheiraten und die seligen Auswirkungen des Weines ließen ihn alles in rosigen Farben sehen. Er sprach davon, daß man eine traditionelle Gesellschaft wiederherstellen müßte, die jedoch auf gemeinsamen Interessen und Brüderlichkeit beruhen sollte; Egoismus, Dummheit und Vereinzelung der Menschen wären ja auch Schuld an unserer jetzigen Lage. Das Hochland hat sich Masche um Masche, Familie um Familie aufgelöst, und niemand hat auch nur den kleinen Finger gerührt, um diesen Skandal zu verhindern. Es geht nicht darum zu wissen, was in tausend Jahren geschehen wird, man muß sich um das kümmern, was jetzt geschieht. Sind wir denn glücklich? Hat unsere Arbeit einen Sinn, wenn wir nicht einmal in der Lage sind, die Zukunft unserer Kinder zu sichern? Wenn jeder für sich lebt, wird man blöde vor Arbeit, wälzt finstre Gedanken, die Jahre fliegen nur so dahin, und eines schönen Tages steht man dann allein da, und alles, was man getan hat, hat zu nichts geführt, hat nicht einmal ein sorgenfreies Leben ermöglicht. Am Ende ist man noch ärmer als am Anfang. Im Grunde hatten die patriarchalischen Sippen doch ihr Gutes. Man braucht sich nur um einen Tisch zu versammeln und gemeinsam einige Gläser zu leeren oder die Suppe über das Brot zu gießen, und schon findet man die alte Freude wieder. Gewöhnlich sitzt jedoch der Tod mit uns am Tisch; schließlich ist es einem gar nicht mehr bewußt, daß er es ist, für den man arbeitet. Für sich selbst leben heißt für seinen

Tod leben, aber so weit braucht man ja gar nicht zu denken. Man muß versuchen eine Lösung zu finden, um durchzuhalten. Mit Religion und Philosophie kann man sich später immer noch beschäftigen.

Sind die Kinder erst einmal verheiratet, warum das Land dann nicht gemeinsam bearbeiten, die Ernte teilen, ja, so was wie eine Kolchose eben! Die Arbeit wäre leichter, der Ertrag besser, man wäre glücklich.

„Das stimmt", sagte Reilhan, „man wäre glücklich."

Er versuchte, seine Aufmerksamkeit zu konzentrieren, aber er fühlte sich immer abwesender und versank mehr und mehr in seinen Gedanken, als ginge ihn das alles nichts an und als gäbe es viel Wichtigeres, viel Dringlicheres zu tun – aber was, hätte er nicht sagen können. Schlafen vielleicht ... Nein, das war leichter, berauschender als die Lust zu schlafen ... Er war müde, und zugleich drängte es ihn zu gehen. Eine ununterbrochene Kette von Gedanken bewegte sich wirr durcheinander in seinem Kopf, ihm alle gleich fremd und gleichgültig – und doch, was konnte es Wichtigeres für ihn geben als dieses Pferd, dieses Stück Land, die Zukunft des Hofes, etwas mehr Sicherheit für die Seinen? Hinter der tauben Ruhelosigkeit, die er empfand, dehnte sich jedoch eine sonderbare, mondhelle Stille aus, die ihn anzog und ihm schon jetzt ein wunderbares Gefühl von Ruhe gab. Ja, weggehen, unter einem weiten Himmel laufen, ein wenig Ordnung in seine Gedanken bringen, das war es, was er brauchte. Er stand unvermittelt auf.

„Ich muß gehen, der Mutter die Neuigkeit bringen", sagte er, „und es wird ja auch bald dunkel." In dem Stimmengewirr hörte er seine Stimme unangenehm dröhnen, als wären seine Ohren verstopft.

Es war sechs Uhr. Die Sonne hatte das Fenster verlassen, und im schon dunklen Innenhof war nur noch hoch oben die Mauer der Scheune erleuchtet. Das gleiche Licht wie dort oben, sagte er zu sich, und wieder spürte er die gleiche innere

Unruhe, wie ein unmerkliches, banges Ziehen.

„Du willst doch wohl jetzt nicht gehen“, sagte Despuech, „es gibt doch noch die Krapfen und den Schaumwein.“

„Ach so“, sagte Reilhan und setzte sich folgsam wieder hin.

Während ihr Vater den Schaumwein holte, trug Marie die Krapfen auf. Sie trat an ihn heran; ihr Gesichtsausdruck war ironisch und wütend zugleich. Rasch legte sie ihm die Hand auf den Arm.

„In den nächsten Tagen“, sagte sie, „werde ich die Mutter besuchen. Zum Reden.“

Und etwas später auf der Türschwelle, im Augenblick des Aufbruchs, Reilhan:

„Ich danke dir für das Pferd“, sagte er zu ihr, „die Mutter wird vielleicht überrascht sein!“ Und er küßte sie auf die Wangen, dreimal.

„Wir müssen uns auch küssen“, sagte Despuech und zog ihn zu sich heran.

„Wirklich“, sagte Marie, „er hätte Sie heute begleiten können, dieser Unmensch!“

„Du weißt doch, er mag keine Gesellschaft“, sagte Despuech, „du wirst ihn auch nicht ändern. Gib dich damit zufrieden, daß du ihn nun doch noch gekriegt hast.“

Festgebunden an der Stalltür stampfte das riesige Pferd mit den Hufen, als könnte es gleichfalls kaum erwarten, in der wohlriechenden Frische des Abends über die Wiesen zu laufen, deren feuchter Geruch bis zu ihnen floß. Reilhan ergriff das Halfter des Tieres, das sich schwerfällig hinter ihm in Bewegung setzte.

Auf der Höhe der Wiese angekommen, wandte er sich um, erstaunt, diesen ganzen Weg hinter sich gebracht zu haben. Der Hof war winzigklein. Als er, von einer Erdfalte verschluckt, ganz verschwunden war, fühlte er sich plötzlich von einer Last befreit, endlich allein mit dem grenzenlosen Himmel.

„Du“, sagte Marie zu ihrem Vater, als sie wieder zu ihren

Gästen zurückkehrten, „versuch jetzt deine Zunge im Zaum zu halten und sag ja nichts zu diesen Trunkenbolden.“

Seit Jahren behauptete sie, daß sie nicht heiraten wolle, doch waren alle der Überzeugung, daß bei ihrem Charakter wohl eher die Männer nichts von ihr wissen wollten.

Der Tag war rasch zur Neige gegangen. Der Wald, den er am Morgen in umgekehrter Richtung durchquert hatte, war bereits ganz dunkel. Als er jedoch weiter oben auf den offenen Hang hinaustrat, fand er die Klarheit des Himmels wieder, an dem im Westen ein Stern flimmerte. Hinter ihm knirschten die Steine des Weges und gerieten unter den Hufen des Pferdes ins Rollen. Außer diesem tonlosen, schwerfälligen Stampfen, das ihn auf seinem Weg begleitete, war kein Laut zu hören. Und doch war es die Stunde, da der Gesang der nächtlichen Insekten sich zu erheben begann, besonders an so lauen Abenden. Aber nichts war zu hören – nur das dumpfe Aufstoßen der Pferdehufe, die den Boden erzittern und Steine fortrollen ließen. Er spürte, wie der Schweiß ihm in den Nacken rann, seine Stirn näßte, sie beim Verdunsten erfrischte. Plötzlich blieb er stehen, in dem Glauben, er habe seine Jagdtasche bei Despuech vergessen. Aber nein, wo hatte er nur seinen Kopf? Sie hing schwer an seiner Seite, mit dem Wild gefüllt, das man ihm zugeteilt hatte, obwohl er selbst nur diesen Eichelhäher im Morgengrauen geschossen hatte. Einige Tage würden die Reilhans jetzt schlemmen können. Vor allem Abel. Joseph aß fast nichts. Joseph. Er versuchte an Joseph zu denken, doch seltsamerweise gelang es ihm nicht so recht, als weigerte sich das Bild des Nachkömmlings, in seinem Kopf zu erscheinen. Es war ein sehr sonderbares Gefühl, das Gefühl, jemand habe mit einem unauffälligen, doch entsetzlich wirkungsvollen Streich das Bild seines Sohnes endgültig aus seiner Erinnerung getilgt. Und selbst die Vorstellung, überhaupt Söhne zu haben, erschien ihm absurd.

So ging er eine ganze Weile, während ihm andere, ebenso eigenartige Gedanken durch den Kopf gingen. Er fühlte sich ganz verloren, so als hätte sein Bewußtsein sich unterwegs in der Person getäuscht und sei, ohne daß er es bemerkt hätte, in einen anderen Körper geschlüpft und hätte dabei seinen überflüssigen Inhalt zurückgelassen. Was bedeutete das, einen Sohn zu haben? Oder eine Frau zu haben? Man hat überhaupt nichts. Kleine weiße Punkte entflohen vor seinen Augen, entfernten sich von ihm mit der abnehmenden Geschwindigkeit von Leuchtspurkugeln.

Auf der Höhe der Steigung verschnaufte er einen Augenblick; sein Herz klopfte wie wild nach dem steilen Aufstieg. Unten in seinem Gesicht bewegte sich sein mit klebrigem, bitterem Speichel gefüllter Mund ganz von selbst, als wäre er ein Ding mit eigenständigem Leben. In diesem Augenblick stolperte das Pferd über einen Baumstumpf. Er drehte sich um, um nachzuschauen. Weiß Gott, ein seltsames Tier. Sein Kopf ähnelte einem Geigenkasten. Dieses Pferd gehört mir, sagte er zu sich, aber auch diese Vorstellung war ohne jede Gestalt. Er hatte das Gefühl, eine auswendig gelernte Lektion herzusagen, von der er nichts verstanden hatte. Mit der Halsstarrigkeit eines Betrunkenen kam er immer wieder darauf zurück, überlegte hin und her, vergeblich, die Worte entglitten ihm, schienen vor der Anstrengung seines Verstandes zu fliehen, der sich verständnislos im Leeren drehte.

Plötzlich, als sei er mit einem Mal ernüchtert, glaubte er die Augen zu öffnen und erblickte vor sich eine große, öde Fläche, die er nicht sogleich erkannte. Einen Augenblick lang wurde er von Panik ergriffen. Er versuchte seine Gedanken zusammenzubringen, diesem schwindelerregenden Fall aus seiner vertrauten Welt Einhalt zu gebieten. Wahrscheinlich hatte er sich verirrt, weil sein Geist durch all die eigenartigen Erscheinungen getrübt war, und hatte den Viehpfad verlassen, ohne es überhaupt zu merken. Er erinnerte sich, daß er auf der Höhe des Abhangs einen Augenblick innegehalten hatte, um etwas Atem zu schöpfen, danach, nichts mehr, ein schwarzes Loch. Er mußte sich wohl unwillkürlich wieder in Bewegung gesetzt haben. „Was mach' ich denn hier", fragte er sich, „wohin bin ich überhaupt gelaufen, wo will ich denn hin?" Allmählich verflog jetzt seine Angst. Vor allem schreckte ihn, daß er da war, an diesem unbekannten Ort, der friedlich erhellt wurde vom Licht des aufsteigenden Mondes. Alles um ihn war still; der schwache, fast laue Wind bewegte die Gräser um ihn herum in liebkosenden Wellen. In einiger Entfernung erhob sich im leicht phosphoreszierenden Licht der Nacht der endlose Teppich eines Stoppelfeldes. Kein Baum, kein Strauch – nichts als die Bewegung der in den Himmel vorgeschobenen Erde, wie eine große, glatte Welle, über die die Dunkelheit hinwegglitt.

Er stand reglos, lauschte dem nächtlichen Frieden, der allmählich von ihm Besitz ergriff und ihm gab, was er dunkel den ganzen Tag gewünscht hatte: an nichts denken, sich von aller Mühsal ausruhen, frei von Plänen sein, sich in dieser träumerischen Klarheit treiben lassen wie ein Boot auf einem ruhigen See.

Nun ordnete sich unmerklich etwas in seinem Kopf, und die Umgebung gewann wieder ihr vertrautes Aussehen zurück, die grauen Stoppeln ihren gewohnten Platz am Rand der Hochebene, die Landschaft ihre unsichtbaren Tiefen. Und in dem Augenblick, als er ihn wiedererkannte, war ihm, als erinnerte er sich an den Weg, den er zurückgelegt hatte und der ihn unwillkürlich zum großen Acker geführt hatte. „Es ist soweit, ich bin da – und was mach' ich nun?" Aber es war nicht besonders wichtig, irgend etwas zu tun. Er machte einige Schritte vorwärts und hörte das Knistern der ersten Halme unter seinen Füßen; sein Kopf war leicht wie ein leerer Kokon. Er spürte einen entfernten Schmerz, der da irgendwo hämmerte, doch war er schwer zu lokalisieren. Nur eines beunruhigte ihn noch:

dieses Geräusch, das fortwährend in seinen Ohren sirrte, wie das Summen einer Hochspannungsleitung.

Eine kindische Idee ging ihm durch den Kopf, auf das Pferd zu steigen und sich zum höchsten Punkt des Bergrückens tragen zu lassen, um von dort oben die Weite des Landes zu entdecken. Er drehte sich um. Das Pferd war nicht mehr da. Ihn packte eine leichte, kindliche Angst, die er mit der Unbekümmertheit eines kleinen Jungen rasch wieder zerstreute. Mama, sagte er zu sich, was werd ich abkriegen! Er bewegte sich weiter vorwärts in der Mitte des Feldes. Die Grillen verstummten bei seinem Vorbeigehen; er hörte nur noch dieses beständige, elektrische Sirren. Rechts vor ihm, am Ende des Stoppelfeldes, tat sich im grauen Nebel der Steine eine schwarze, ovale Öffnung auf: der *mastaba.* Wie einfach doch alles war! Warum hatte er bloß nicht eher daran gedacht? Daß ein halbes Jahrhundert nötig war, um dahin zu kommen – oder besser gesagt, dahin zurückzukommen!

Er fühlte sich sehr schwach, von leichter Übelkeit ergriffen. Seine durch die Müdigkeit gefühllos gewordenen Beine trugen ihn, ohne daß er etwas dafür zu tun meinte. Das Gestell ist geschwächt, sagte er sich, und einen Augenblick hatte er das Gefühl, daß dieser erschöpfte Körper ihm nicht mehr gehörte, daß seine unverschrten Teile in die höchste Spitze eines Gebäudes geflohen waren, das gerade im Begriff war, zusammenzubrechen. Als er den *mastaba* erreichte, lehnte er sich gegen die Mauer, winkelte die Beine an, fand den Boden unter sich mit einem unaussprechlichen Wohlgefühl. „Na ja, das ist gar nicht so schlecht", sagte er mit lauter Stimme und einem kleinen, unsicheren Lachen tief in der Kehle. „Wirklich, was für eine komische Geschichte!" Ein verschwommenes Schuldgefühl, so, als würde er die Schule schwänzen, brachte eine leichte Trübung in seinen Seelenfrieden, aber er zuckte die Schultern, und mit dieser einfachen Bewegung warf er allen unnützen Ballast ab wie ein Flieger, der der Schwerkraft entfliehen will.

Die Nacht, mit blauem Staub gepudert, atmete wie ein fast unbewegtes Meer. Ihr lauer Atem, der den Duft der pflanzengewürzten Erde in sich trug, berührte sein Gesicht mit ruhiger, mütterlicher Zärtlichkeit. Wo der Mond den Himmel nicht erhellte, blinkten die Sterne, die hier und da aufgeleuchtet waren wie die Lichter einer Stadt, wenn die Dunkelheit hereinbricht.

Vor ihm entfaltete das Stoppelfeld seine weite, ansteigende Fläche, ließ unwiderstehlich an Aufbruch denken, an die Möglichkeit, die Erde für eine Reise ohne Ende zu verlassen – für jene riesige, pulsierende Stadt jenseits der Jahrhunderte. Warten, an diesem Ort, für immer, aber auf was? Vielleicht auf den Aufbruch, der zu diesem langgezogenen, geologischen Rückgrat erstarrt war, das wie geschaffen schien, etwas aufzunehmen oder von sich zu stoßen, gleich der gespannten Erstarrung einer Rampe oder eines Sprungbretts.

Langsam ließ das tiefe Pfeifen in seinen Ohren nach. Seitdem er auf dem Boden saß, erschienen ihm seine Gedanken klarer und leichter, wie befreit von einer bedrückenden Last. Sie streiften ihn kaum und ließen ihn angenehm unbeschwert. Es waren auch Erinnerungen aus der jüngsten Vergangenheit darunter, doch sobald er sie zu fassen versuchte, verflüchtigten sie sich wie vom Wind fortgetragene Blütenblätter. Andere Gesichter waren ausgelöscht worden, wie das Josephs kurz vorher; es war unmöglich, sie wiedererstehen zu lassen. Alles, was er in den letzten Jahren, bis heute, erlebt hatte, erschien ihm fern, verschwommen, ungeheuer unwirklich. Was für ein langer Weg! Er hatte das Gefühl, die Seinen vor einer Ewigkeit verlassen zu haben. Schon waren sie Fremde geworden. Sie hatten sich eingereiht in die lange Reihe der Gesichter, die er im Lauf seines Lebens einmal kurz erblickt hatte und über denen sich nun unterschiedslos das trübe Wasser der Erinnerung schloß. Als wären sie tot seit langer Zeit. Jetzt berührte er den Grund des Meeres; er war an sein Ziel gelangt. Es gab nichts und niemanden mehr zu erwarten. Die weite, sich hoch über ihm öffnende, so gastfreundliche Nacht, der ruhige Mond, dessen graue Flecken ein Gesicht bildeten, das traurig auf die Erde blickte, die phosphoreszierenden Weiten, die weißen Steine wurden zum unwandelbaren Dekor seines Lebens, als hätte er diesen Ort niemals verlassen.

Und hatte er ihn denn jemals verlassen? Er war wirklich verwirrt. Wie unwichtig war doch diese ganze Aufregung des Lebens oder Überlebens! Der Beweis: Es war fast nichts mehr davon da. Flüchtig tauchten vor seinen Augen die frühen Nebelmorgen an der Mosel auf, wo die Soldaten im Hof eines verlassenen Bauernhofes Öl in Kanistern verbrannten, die sie der Länge nach in zwei Hälften zerschnitten hatten; der Krieg, die Panzerwagen, der Zusammenbruch; seine Rückkehr, das mit Enttäuschung gemischte Glücksgefühl, das man empfindet, wenn man das, was man einst hinter sich gelassen hat, wiederfindet und es nicht den gleichen Weg gegangen ist, den man es in Gedanken hat nehmen lassen; die seltsame Freude, die Erde Stunden um Stunden, Furche um Furche aufzureißen, für einen Gewinn, der nicht in der Ernte bestand. Vor allem jedoch die Stille. Fünfzig Jahre Stille hinter all diesen Gesten und Grimassen. Und heute das Bewußtsein dieser Stille. Aber warum, mein Gott, warum?

Unvermittelt richtete er seinen Oberkörper auf und stützte die Ellbogen gegen die Mauer des *mastaba*. Eine Erinnerung hatte sich ihm plötzlich mit aller Gewalt aufgedrängt, der Gedanke an seine Mutter, die Getreide mähte mit ihrer kleinen Sichel, dort vor ihm, einige Schritte vom *mastaba* entfernt. „Mama!“ rief er laut. Etwas unter der Nase störte ihn, ein dünner, lauwarmer Faden, den er mit dem Handrücken fortwischte. Er sah sich wieder dort sitzen, an dieselbe Mauer gelehnt, am Eingang des *mastaba*. Er mußte drei oder vier Jahre alt sein, vielleicht auch fünf. Es war Ende August, da Mutter mähte. Ich sah den Krähen zu, die krächzend über den turmförmigen Felsen hoch über dem Talkessel kreisten. Ich war ungeheuer ... wie soll ich sagen? Was für ein seltsamer Augenblick! Sonderbar glücklich – aber nein, es war kein Gefühl, auch keine Erinnerung, es war etwas anderes – es war so schönes Wetter an diesem Tag! Dieses tiefe Blau, die Felswände, ein Krähenschwarm und Mutter, gebeugt inmitten der Ähren, genau das war hinter fünfzig Jahren Gesten und Grimassen, daraus war diese Stille gemacht. Nein, nein, das ist keine Erinnerung. Es war ja da, es war immer noch da, wie ein unvollendeter Anfang, ein nicht keimendes Korn, ein nicht gehaltenes Versprechen ... Und jetzt der Tod. Sterben, wo es irgendwann einmal DAS gegeben hatte.

Mit einem Mal spürte er eine regelrechte innere Blendung, das Gefühl, als ginge in einem dunklen Zimmer ein grelles Licht an und erleuchtete nackte Wände, eine nackte Decke, einen nackten Boden: ein leeres Zimmer. Es war sein eigener Kopf, der leer war. Immer leichter und immer leerer. Und dieses blendende Licht erhellte nichts. Man kehrte nach fünfzig Jahren zu seinem Ausgangspunkt zurück, um ein leeres Zimmer vorzufinden. Ein halbes Jahrhundert Leere, nichts drinnen, nichts draußen, nichts überall, aber zu Beginn, zusammengekrümmt wie ein kleines Grasbüschel in der Wüste, ein kleiner Junge, der gegen diese Mauer gelehnt saß und den Krähen zusah, die über den Felswänden schwebten. Als hätte er die Wirklichkeit der Welt nur einige Sekunden lang erblickt. An der Biegung einer Ackerfurche glaubte er sie manchmal unter dem Eindruck der Müdigkeit wiederzufinden. Doch das Leben hatte sich auf ihn gelegt wie eine Zementplatte, die ein Grab verschließt.

Er wollte das Bein anwinkeln, aber es gehorchte ihm nicht mehr. Der lauwarme Faden, der aus seiner Nase rann und seinen Mund erreichte, hatte einen salzigen Geschmack. Aber es gelang ihm nicht mehr, den Arm zu bewegen und die Hand zu seinem Gesicht zu führen. Das Summen in seinen Ohren hatte aufgehört. Er glitt in eine friedliche Teilnahmslosigkeit, die ihm wohltat wie einem verletzten Tier ein Zufluchtsort. Er wiederholte sich noch einmal, daß er sterben werde, doch interessierte es ihn viel mehr, der kleinen, unversehrten und unauslöschlichen Spur zu folgen, die zu diesem geheimnisvollen Paradies führte.

Das Verlangen, es wiederzufinden, packte ihn mit einer solchen Heftigkeit, daß seine letzten Kräfte ihn in die Höhe fahren ließen, als wollte er sich diesem Versinken des Körpers und des Bewußtseins entreißen. Einen Augenblick zogen wie im Rausch Bilder einer grausamen Schönheit in rascher Folge an ihm vorbei. Der violette Wind des Augustabends trieb die qualvoll köstlichen Düfte der Erde in sein Gesicht. Sie sind da, sie sind immer noch da, sagte er sich. Auch die uralte Sonne war da, mit ihren goldenen Peitschen, die bittere Frische des unter der Nase zerriebenen Lavendels. Die Verbindung, die geheimnisvolle und unbegreifliche Verbindung mit all diesen Dingen. Das war es also, was er hier gesucht hatte. Es war sein erster Lebenstag, und mit friedlicher Genügsamkeit rollte er sich wieder in ihm zusammen, um sich im embryonalen Dämmerschlaf zu verlieren.

In dem Augenblick, als ihm sein Leben als ein kleines, komisches, bedrohliches und lächerliches Ding erschien, aus dem jeder Begriff von Zeit und Raum geschwunden war – wobei er noch nicht einmal sicher war, es jemals gelebt, diesen Ort jemals verlassen zu haben oder auch nur der unbezwingbaren Faszination entgangen zu sein, die dieser stets auf ihn ausgeübt hatte – in diesem Augenblick fühlte er sich um das ganze entsetzliche Gewicht des Daseins erleichtert.

Langsam fiel er zur Seite, ein Auge geschlossen, das andere weit aufgerissen. Ein schwarzer Strahl floß aus seiner Nase und glänzte im Mondlicht. Sein Mund schnappte noch ein wenig nach Luft, öffnete und schloß sich wie das Maul eines Frosches an der Oberfläche eines Teichs, wenn ein Gewitter heraufzieht.

Am nächsten Morgen wurde Despuech in der ersten Dämmerung durch ein dumpfes Stampfen aus dem Schlaf gerissen, das den Boden unter seinem Fenster erzittern ließ; da er Schnauben hörte, erhob er sich. Es war das Pferd; das Halfter schleifte zwischen seinen Beinen; offensichtlich war das Tier ausgerissen. Doch konnte es nicht von sehr weit her gekommen sein, da es den Weg zu seinem Stall ganz allein zurückgefunden hatte. Kaum weiter als vom Viehpfad, sagte er sich, nun gut, du weißt, was zu tun ist. Er nahm seinen Hund mit.

„Was ist passiert, was ist denn das schon wieder für eine Geschichte?“, fragte seine Tochter, als er eine Stunde später müde und besorgt heimkehrte. Sie hatte das Pferd im Stall gesehen.

„Woher soll ich das wissen? Ich werde nach St. Julien hinuntergehen. Mach mir eine Tasse Kaffee heiß.“

Die Stühle der Gäste standen noch um den Tisch herum. Unwillkürlich fiel sein Blick auf den Platz, den Reilhan am Vorabend an seiner Seite eingenommen hatte. Er war irgendwie komisch, dachte er bei sich. Er trank seinen Kaffee und begab sich nach St. Julien, wo er seinen Wagen ließ. Der Fußmarsch nach Maheux erschien ihm sehr lang; es war kaum neun Uhr, doch die Sonne brannte bereits. Man hätte sich mitten in den Hundstagen glauben können. Er konnte sich nicht erinnern, daß es im September jemals so heiß gewesen war. Die große Hitze ließ unangenehme Gedanken in ihm aufkommen. Er konnte es kaum erwarten, die Tür dort oben aufzustoßen und seinen Freund vorzufinden, wie er gerade in aller Ruhe frühstückte: „Na, du kannst einem ja vielleicht eine

Heidenangst einjagen." Aber da war das Pferd, ein unüberwindbares Hindernis, das diese Hoffnung zunichte machte, und er stellte sich eine ganz andere Szene vor: „Wie, er ist nicht bei Ihnen? Wir dachten, er hätte bei Ihnen übernachtet" usw. ... Vielleicht ist er ja ganz einfach dort oben eingeschlafen, sagte er sich, während sein Blick über die Wälder schweifte, die sich zwischen Maheux und Mazel-de-Mort erstreckten. Und während des letzten Kilometers schien ihm diese Vermutung den schlimmsten Einwänden zu trotzen, selbst dem des Pferdes; sie machte ihm wieder etwas Mut. Immerhin war das ein Argument, das den Schock würde dämpfen können. Als er auf der Höhe des winzigen Friedhofs war, konnte er nicht umhin, einen Blick auf die brennesselüberwucherten Gräber zu werfen. Ihr verlassener und in seinem ganzen Zerfall harmloser Anblick tröstete ihn. Er hatte das Gefühl, daß nichts auf der Welt diese Brennesseln aus ihrer Heimstatt vertreiben könnte. Allerdings konnte er sich sehr wohl jemanden vorstellen, der sie mit Spatenstichen vertrieb. „Ich fange an zu spinnen" sagte er laut vor sich hin.

Vor dem Hof war nicht eine Katze zu sehen. Alles war still, friedlich – empörend friedlich.

Er ist da, sagte er sich, er ist hinter dieser Tür und trinkt seinen Kaffee. Als er eintrat, überkam ihn ein kurzes Zögern, als ob das Schicksal, wenn er kehrtmachte, nach Hause zurückging, den Sorglosen und Gleichgültigen ihm gegenüber spielte, wieder in seine gewohnte Ordnung zurückkehren würde – oder besser, sie nie verlassen hätte – als könnte man in die Vergangenheit eingreifen, als ob diese Tür öffnen hieße, etwas nicht wieder Gutzumachendes zu tun, an eine Folge kleiner, belangloser Vorfälle seit dem Vorabend anzuknüpfen, plötzlich mit einem Würfelwurf das Ganze in die Katastrophe gleiten zu lassen. Dann sprang er ins kalte Wasser.

„Guten Tag, alle miteinander!" rief er, während er den Kopf zur Tür hineinstreckte. Obwohl er sich bemüht hatte, in einem

Ton zu sprechen, der keinen Zweifel an der Gelassenheit seines Gemütszustandes und der Freundlichkeit seiner Absichten ließ, hatte er das Gefühl, viel zu laut gerufen und sich mit jedem Wort verraten zu haben. Er mußte sich erheblich anstrengen, um einen ungezwungenen Gesichtsausdruck zu bewahren. Die Mutter war allein in der Küche; sie putzte Salat aus wilden Endivien.

Despuech machte zwei oder drei Schritte vorwärts. Sein Wunsch, Reilhan an diesem Tisch sitzend vorzufinden, war so stark gewesen, daß seine Abwesenheit das Zimmer mit einer schrecklichen Gewißheit erfüllte.

Er ist tot, dachte er, nicht nötig, Geschichten zu erzählen. Er ist gestern abend gestorben, irgendwo auf der Hochebene, zwischen zu Hause und hier.

Die Mutter ließ langsam das Messer in den Salat sinken. Er betrachtete sie ernst, beinahe ohne Nachsicht. Sie spürte in diesem Blick das Gewicht eines schrecklichen Mitleids.

Die Suchaktionen begannen gleich gegen Ende des Vormittags.

Unterdessen fanden sich die Frauen der Umgebung in der Küche zusammen, wo sie, eine optimistischer als die andere, sich lauthals durch die sonderbarsten Vermutungen abzulenken versuchten. Einige versicherten, an eben diesem Morgen habe man zu ganz früher Stunde einen Mann in der Nähe des Aigoual umherirren sehen. Vielleicht hatte der Schweigsame das Gedächtnis verloren und sich in diesen undurchdringlichen Wäldern verirrt – schließlich hatte er ja schon immer einen recht sonderbaren Charakter gehabt. Andere glaubten hingegen, er sei von Dieben oder Zigeunern überfallen worden, die ihn seiner Kleider beraubt und an irgendeinen Busch gefesselt hätten. Noch andere sprachen von urplötzlicher Leidenschaft und vorsätzlichem Verschwinden. Wer weiß, ob er nicht in aller Ruhe nach Amerika segelte, während sie hier wehklagte? Man hatte ja schon viel Unglaublicheres erlebt. Familienväter mit musterhaftem Lebenswandel bis in die Fünfzig hinein, und eines schönen Tages werden sie toll wie die Böcke und lassen alles stehen und liegen für den erstbesten Weiberunterrock. Ja, ja, es trifft immer die Stillsten ...

Doch je mehr die Stunden verrannen und der Abend nahte, umso mehr erschöpfte sich die Phantasie, versiegte im bloßen Warten, das jede der Frauen nun tief in ihrem Herzen schwerer und bedrückender empfand. Und so breitete sich in einer Art instinktiver und ansteckender Niedergeschlagenheit bald Schweigen aus, unterbrochen nur von Seufzern, kurzem Schnüffeln, Stühleknarren, das niemand zu brechen wagte und das auf dem Haus lastete, als wollte es den Einzug des Unglücks vorbereiten.

Erst nach drei Tagen Suche wurde der Leichnam entdeckt. Wer hätte auch vermuten können, daß er zum Sterben ausgerechnet dort oben hingegangen war, so weit von zu Hause, so weit von allem? Beinahe zufällig war man schließlich auf ihn gestoßen.

Es war sehr heiß gewesen. Nach drei ganzen Tagen, die er der Sonne ausgesetzt war, verströmte er jetzt einen entsetzlichen Geruch.

Man brachte ihn auf einer Bahre nach Hause; der Kopf war in einen Sack gehüllt.

Der Zug hielt vor der Tür. Als Marie den Sack sah, warf sie ihrem Vater einen fragenden Blick zu.

„Die Krähen", sagte Despuech halblaut. „Sie sollen alle in der Küche bleiben. Sie darf ihn nicht sehen."

Einige, die auf der Türschwelle warteten, kehrten rasch in das Haus zurück.

Um in das Zimmer hinaufzukommen, mußte man die Küche durchqueren. Als die Mutter die Schuhe der Männer knarren hörte, die schwer an ihrer entsetzlichen Last zu tragen hatten, wollte sie aus dem Sessel aufstehen, auf dem zwei Frauen sie zurückzuhalten versuchten. Ein fürchterliches Gedränge entstand. „Haltet ihn, haltet ihn!" keuchte einer der Männer. Die Treppe war so steil, daß der Körper auf der Bahre ins Rutschen kam. Ein Stuhl fiel um; inmitten der keuchenden Atemgeräusche, des Füßescharrens und Kleiderraschelns machte das ein furchtbares Getöse. Es war, als würde man mit dem Toten kämpfen oder sogar mit dem Tod selbst. Dieser stumme Kampf hatte etwas Unheimliches, das die

Nerven der Versammelten bis zum Zerreißen spannte.

Nelkengeruch breitete sich im Zimmer aus. Um den Gestank zu bekämpfen, hatte eine Frau es für gut befunden, Parfüm auf den Boden zu gießen. In Verbindung mit solchen Bildern erschien der Geruch abscheulich und machte den anderen nur noch heimtückischer. Diese Mischung aus toten Blumen und verwestem Fleisch war derart übelkeiterregend, daß eine junge Frau hinausging, um sich zu übergeben. Joseph folgte ihr auf den Fersen, kurz davor, sich ebenfalls zu übergeben. Mehr als alles andere fürchtete er, daß man ihn zwingen würde, seinen Vater ein letztes Mal zu sehen. „Bei dieser Hitze", flüsterte jemand, „müßte man ihn sofort in den Sarg legen." Einen Augenblick blieb er draußen sitzen, den Kopf zwischen den Händen, niedergeschmettert durch die grausame Wirklichkeit des Todes, angesichts deren die Wirklichkeit des Lebens zufällig und unwirklich erschien. In wenigen Sekunden hatte er sein Vertrauen in alles verloren. Er betrachtete voll Abscheu seine Hände. Das also war der Tod – ein Bruch fein ausgewogener Gleichgewichte, der einen lebendigen Körper mit einem Male anderen Gesetzen als den seinen unterwarf, der eine artbedingte Verbundenheit zerstörte, verriet und Feindseligkeit entstehen ließ zwischen dem toten Körper eines Menschen und denen, die ihn geliebt hatten. Er war dieser unbegreifliche Fall, die nicht weniger unbegreifliche Gefahr, der Kampf gegen einen unsichtbaren, allmächtigen Feind; war dieser Geruch, der einen Sinn auf den Plan rief, der wachsamer als alle anderen Sinne war, ein Geruch, dessen schreckliche Erhabenheit bis in den Ekel hinein zu spüren war – als hätte man mit etwas Aufmerksamkeit nicht nur abstoßende physisch-chemische Veränderungen in ihm wahrnehmen können, sondern eine feierliche, grundlegende Verwandlung, einen dunklen Verzicht auf das Fortbestehen.

Während der stumme Kampf im ersten Stockwerk weiterging und die Deckenbalken nacheinander langsam knarren ließ, bewegte die Mutter, die Hände vor das Gesicht geschlagen, den Oberkörper in einer Art schrecklicher Pendelbewegung vor und zurück. Ihren Schmerz in diesem Hin und Her zu wiegen, gab ihr die Illusion, ihn zu mildern und gewisse Bilder aus ihrem Kopf zu verjagen. Plötzlich hielt sie inne und gab der Entsetzlichkeit dieser Bilder nach, die sich ihr mit einer Heftigkeit und Genauigkeit aufzwangen, als hätte eine unfehlbare Eingebung sie all das erkennen lassen, was man ihr zu verbergen versucht hatte. Der Schrecken siegte über ihren Schmerz, ja, schien ihn sogar zu entstellen, denn er ließ den Verstorbenen nun zum Gegenstand unerträglicher Abscheu werden. In dieser schauerlichen, stinkenden Sache, die man gerade in ein Laken wickelte und auf ein Bett breitete, hatte sich ein gewaltsamer Austausch vollzogen, den der Verstand noch nicht gelten zu lassen und das Vergessen noch nicht zu mildern vermochte. Mit diesem entstellten Leichnam, der gewiß schon von Würmern wimmelte, verließ der Feind seine gewohnte Höhle und thronte nun voll Anmaßung im Haus der Lebenden, wo er seine anstößigen Attribute im hellsten Tageslicht ausbreitete.

Schließlich entrang sich ihr ein Klagen, tierhaft und gleichmäßig, unterbrochen nur von kurzen, in die Luft gesprochenen Sätzen, in denen der praktische Sinn der Hausfrau die Oberhand gewann – „Macht das Fenster im Zimmer zu, wegen der Fliegen, der Kaffee ist hinten im Schrank links, man muß ihm den alten schwarzen Anzug anziehen, die Tiere haben seit gestern kein Futter bekommen ...“ ein Kontrapunkt, der ihren Totengesang leicht parodistisch und einstudiert erscheinen ließ, wie unabhängig von dem Drama und beinahe professionell in seiner Regelmäßigkeit.

„Wenn sie weiter so schreit“, sagte eine junge Frau, „bekomme ich noch einen Nervenzusammenbruch.“

Sie hielt sich die Ohren zu und ging nach draußen, um dort weiterzuweinen. Sie war nicht aus der Gegend.

Die Dunkelheit brach herein, als der Doktor kam, um den Totenschein auszustellen.

„Eine schmutzige Arbeit erwartet sie da“, sagte Despuech, als er ihn zum Zimmer begleitete. Schon im Flur war der Geruch unerträglich.

„Was hat er bloß dort oben verloren? Konnte er denn nicht in seinem Bett abkratzen, wie alle anderen?“

Er näherte sich dem Leichnam, ein Taschentuch vor der Nase. Etwas Ähnliches hatte er noch nicht gesehen. Es war grauenvoll.

„Ekelhaft“, sagte er halblaut. Jenseits des Ekels war Verachtung und jenseits der Verachtung schreckliche Gleichgültigkeit, in einer Zehntelsekunde drei Stufen des Begreifens.

Abgesehen von den Rißwunden, die das Gesicht entstellten, jedoch allein nicht ausgereicht hätten, den Tod herbeizuführen, trug der Körper keinerlei Zeichen von Gewalt. Im übrigen waren all diese Risse *post mortem* beigebracht worden. An den Nasenlöchern entdeckte er indes Spuren von Blut. Spontane Epistaxis, sagte er sich, aber nicht reichlich genug, um ihm das Leben zu retten. Gehirnschlag. Vermutliche Ursache: erhöhter Blutdruck – das war der Gipfel, denn er aß nichts als Kastanien – oder Pulsadergeschwulst mit wahrscheinlicher, dem Schlaganfall vorangehender Bewußtseinstrübung, Orientierungsversagen, vorübergehender Amnäsie, womöglich Delirium, Lähmung, Herzstillstand ... Er muß den Verstand verloren haben, und dann hat er sich auf den höchsten Ast seines Baumes begeben, um dort in aller Ruhe zu sterben.

Er begoß den Körper reichlich mit Formol, auch das Bett und den Fußboden des Zimmers. Er ging hinunter, sich die Hände zu waschen und trank einen Schluck Schnaps. Aller Augen waren leicht furchtsam auf ihn gerichtet. Er nahm Despuech und Abel beiseite.

„Ihr hättet ihn niemals in dieses Zimmer bringen dürfen. Aber jetzt ist es nun mal geschehen. Daß ihr mir ja alles desinfiziert und den Strohsack verbrennt. Vor der Einsargung darf niemand ins Zimmer. Darum werde ich mich morgen früh kümmern. Du kommst mit mir", sagte er an Joseph gewandt, „heute nacht wirst du bei mir schlafen."

Der ließ sich das nicht zweimal sagen. Jeden Augenblick glaubte er zu hören, wie der entstellte Leichnam seines Vaters sich erhob und die Treppenstufen unter dieser Scheußlichkeit knarrten. Entsetzliche Verfolgungsjagden spielten sich in seiner Vorstellung ab. Eine Nacht unter dem gleichen Dach mit diesem Ding zu verbringen, das da oben auf dem Bett ausgestreckt lag, wäre über seine Kräfte gegangen.

In Florac, beim Doktor, in einem unbekannten, schmucken Zimmer schlief er in einem Zug durch, traumlos. Erschütterung und Müdigkeit, zudem noch die fremde Umgebung, ließen ihn sogar so gut wie nie in seinem Leben schlafen. Vor den Fenstern hingen rosafarbene Vorhänge. Sie sahen aus wie zwei kleine, fein herausgeputzte Mädchen. Wie weit entfernt war doch hier der Tod, zwischen all diesen Büchern und Teppichen, diesen Kupferstichen, dieser Ordnung und Sauberkeit und diesen kleinen Mädchen. Die Familie, das ist der Tod.

Die Beerdigung war auf den frühen Nachmittag festgesetzt. Am Vormittag stiegen sie wieder hinauf. Immer noch herrschte das gleiche schöne und für die Jahreszeit sehr heiße Wetter. Der Doktor mußte alle zehn Meter stehenbleiben, um auf Joseph zu warten, der kläglich inmitten der Steine vor sich hin humpelte. Ab und zu wurde er ungeduldig: „Los, los, Beeilung!" und er ging weiter, den Sommer, die Sonne, die Medizin verfluchend. Er war wie in Schweiß gebadet. Alles, was um diesen Leichnam herum geschehen würde, verstimmte ihn schon jetzt in höchstem Maße.

In der grottenähnlichen Küche tranken einige Frauen schweigend Kaffee mit der Hausherrin, für die der Tod ihres Ehemannes nunmehr eine feststehende Tatsache zu sein schien.

Als sie ihren Nachkömmling eintreten sah, streckte sie ihm die Arme entgegen und drückte ihn mit geschlossenen Augen an sich. Das Schlimmste ist vorbei, sagte sich der Doktor, jetzt haben wir den Zeitpunkt, wo die Hauptbetroffene *keine Tränen mehr hat.* Sie muß nun ihre Welt mit neuen Augen sehen. Wie alle großen Katastrophen frischt auch der Tod die alten Farben der Welt wieder auf und verleiht den Dingen so etwas wie eine neue Jugend. Niemand entgeht diesem sonderbaren Phänomen. Was ihn ebenfalls ärgerte, waren diese Umarmungen, die sich allein dem *Anlaß* verdankten und deren theatralische Seite ihn besonders unangenehm berührte. Was den Geruch betraf, nun, mein Gott, das war zu ertragen, dank des Formols zweifellos und auch des Thymians, den eine Frau von Zeit zu Zeit auf dem Herd verkrümelte. Dennoch mußte man bar jeder Phantasie sein, wie alle diese Frauen, um hinter dem pharmazeutischen Geruch des Formols und dem schon etwas verdächtigeren des Thymians nicht einen schrecklichen Wildbretgeruch wahrzunehmen, der beiden eine ganz andere Bedeutung verlieh.

Das Unangenehmste stand jedoch immer noch aus. Der Sarg war nämlich noch nicht eingetroffen. Ein alter Tischler, der sich jetzt nach St. Julien zurückgezogen hatte, war mit der Anfertigung beauftragt worden und sollte ihn auf seinem Karren heraufbringen. Da ist vielleicht der Wurm drin, sagte sich der Doktor, den dieser geschmacklose Scherz in bessere Laune versetzte. Er zog seine Uhr heraus.

„Schon elf Uhr", brachte er zwischen den Zähnen hervor, „man müßte vielleicht einmal nachschauen gehen, was los ist."

Er hatte keine Lust, noch länger die Anwesenheit dieser schweigsamen, schwarzgekleideten, Kaffee trinkenden Frauen zu ertragen, die mit entwaffnender Gelassenheit auf den Sarg warteten, während der *liebe Verstorbene* dabei war, sich über ihren Köpfen aufzulösen. Er hatte den Eindruck, daß sie ihren eigenen Sarg mit der gleichen Gelassenheit erwartet hätten.

Und diese Gelassenheit – wie überhaupt alle volkstümlichen Trauerbräuche – erschien ihm äußerst zweideutig, beunruhigend und beredter als die spektakulärsten Revolten des Geistes angesichts des Todes. „Machen wir eine Empörung daraus ..." – das hatte kaum Gewicht angesichts dieses friedlichen, fleischlichen Einverständnisses, das man hinter dem Schmerz dieser einfachen Menschen erriet und das eine dunkle Verbindung mit dem Tod erahnen ließ, weit jenseits sämtlicher Forderungen der Kultur und aller Bestrebungen des Christentums.

Er ging hinaus und wandte seine Schritte zum Friedhof. Seit geraumer Zeit waren die Schläge einer Hacke zu hören. Unwillkürlich ließ das Ohr sich täuschen durch dieses regelmäßige, frohe Geräusch, das so gar nicht mit einem traurigen Geschäft in Verbindung zu bringen war und die Stille nur störte, um sie mit der unvergleichlichen Friedlichkeit der Gartenarbeiten und ländlichen Vormittage zu füllen.

Bis auf weniges war dieses traurige Geschäft beendet. Bis zum Bauch in der Erde stehend – wie jeder gute Totengräber, der etwas auf sich hält – bemühte sich Abel, den Boden des Lochs, das er in der frühen Morgenkühle gegraben hatte, einzuebnen. Er schien in seinem Element, nichts mehr als ein Bursche, der sein Gemüse pflanzt oder sich sein Haus baut. Eine Flasche sauren Weins war in der Höhe seines Kopfes in den Boden gepflanzt und verlieh dem Ganzen eine Art theatralische, etwas konventionelle Einfalt. Einzig sonderbar erschien sein Aufzug. In der Zwischenzeit hatte er sich anscheinend im Hinblick auf die Zeremonie umgezogen. Er trug jetzt schwarze Schuhe mit hohen Schäften, eine schwarze Hose, die ihm zu eng war und seine Knöchel sehen ließ, ein weißes Hemd mit abgewetztem Kragen und natürlich eine schwarze Krawatte. Er hatte die Ärmel seines Hemdes hochgekrempelt; es klebte schweißdurchtränkt an seinem Rücken; die Jacke seines Anzugs hing an der Pforte des Friedhofs. Er hatte etwas von einem Jungvermählten und zugleich etwas von einem Henker. Oder mit seinem mexikanischen Banditenbart etwas von einem zum Tode Verurteilten, den man aus lauter Sadismus sein eigenes Grab schaufeln läßt.

Jetzt gab er dem Ganzen gerade den letzten Schliff. Er hatte zwischen den alten Gräbern so wenig Raum für das seines Vaters gefunden, daß seine Hacke mehrere Male auf einen Schädel getroffen war oder Knochen ans Tageslicht befördert hatte, und ständig kamen weitere zum Vorschein. Er hörte mit dem Hacken auf, um das Stück eines Vorfahren aufzuheben und es auf einen Haufen in eine Ecke des Grabes zu werfen. Als er den Doktor erblickte, setzte er seine Hacke ab und drehte sich eine Zigarette mit seinen Möbelpackerhänden. Eine Art blutiges Lächeln entblößte sein Zahnfleisch, das einem alten Mann zu gehören schien.

„Da ist er nicht so allein", sagte er augenzwinkernd, während er mit einer kurzen Kinnbewegung auf die Knochen wies.

Der Doktor antwortete nichts und begnügte sich mit einem Kopfnicken, wie zum Zeichen der Zustimmung. Dieser offensichtlichen Tatsache gab es nichts hinzuzufügen. Zum ersten Mal bemerkte er, daß Abel leicht stotterte. Der Beginn jedes Satzes war langsam, zögernd, und der Rest sprudelte in heftiger, gleichsam wütender Geschwindigkeit in einem Zug heraus. Vielleicht ist er ja wirklich die ganze Zeit wütend, ich wüte nur zu gern, gegen wen oder gegen was, vor allem, wenn er selbst es nicht weiß.

„Genug gegraben für heute", sagte er zu ihm, „du müßtest mal diesem Tischler Beine machen. Wenn du willst, gehe ich mit."

Sie trafen den Mann auf halbem Wege, vor seinen Karren gespannt, auf dem der Sarg festgezurrt war. Er war am Ende seiner Kräfte.

„Gut, daß Sie kommen", sagte er, „ich hab' geglaubt, ich würde es nie schaffen. Heben Sie das mal an: Das ist Eiche, der Rest eines Schlafzimmers."

Er strich zärtlich über den Sarg.

„Das letzte Mal, als ich so einen Sarg gemacht habe, das war für einen Fleischer aus Vébron, ein riesiger Kerl, ein großer Esser und Biertrinker."

„Ich folge Ihnen", sagte der Doktor boshaft.

„Immerhin hatte ich seine Maße genommen. Nun gut, als ich den Deckel schließen will, drückt da der Tote mit seinen Schultern und seinem Bauch dagegen. Während der Nacht hatte er sich noch vergrößert!"

„Aufgeblasen", sagte der Doktor.

„Nun ja, aufgeblasen, wenn Sie wollen. Um den Deckel zu schließen, mußte ich mich draufsetzen und die ganze Familie mit mir, weil ich zu leicht war, als würden wir einen Koffer zumachen!"

„Das muß ein ergötzlicher Anblick gewesen sein", erwiderte der Doktor zartfühlend.

„Der Alte wird dir da keine Schwierigkeiten machen", sagte Abel, „es gibt nicht mehr viel in deinen Kasten hineinzustopfen."

Er stellte sich davor, ergriff die Stangen des Karrens, und der Leichenzug setzte sich in Bewegung.

„Seit dieser Geschichte", sagte der Mann, „rechne ich immer größer, vor allem im Sommer" – er begleitete den Sommer mit einer ausholenden Bewegung vor seinem Bauch, als beschriebe er einen Fettleibigen oder eine schwangere Frau – „das erspart mir Überraschungen."

„Eine ausgezeichnete Maßnahme", seufzte der Doktor, während er sich die Stirn abwischte.

Man hörte das Krächzen der Krähen. Er hob die Augen und erblickte sie hoch über den Felswänden, wo sie sich im Kreis treiben ließen. Der Himmel war von beständigem Blau; Wälder, Felsen, Geröll, alles strömte vor Licht, selbst die mit rötlich-gelbem Gras überzogenen Abhänge, die wie Feuerstein glänzten. Mit einem Mal erschien ihm die Umgebung fremd und verschwamm vor seinen Augen – die Anstrengung zweifellos oder der Mangel an Schlaf. Zerstreut hörte er den makabren Gedankenflügen zu, denen sich der Mann an seiner Seite weiter hingab, mit wahrhaft professionellem Genuß, so schien es, zumal Särge offenbar sehr viel mehr Geld einbrachten als die Anfertigung von Türen oder Fenstern. Das alles war mit einem Mal sehr abstrakt geworden. Wirklich erschien ihm nur dieser Krähenschwarm, der eingetaucht war in das reine Blau eines Sommermorgens. Und selbst der Vorfall, der sich etwas später ereignete, als der Karren infolge des engen Pfades auf der Höhe eines steil abfallenden, farnkrautbewachsenen Abhangs mitsamt seiner Last umstürzte und Abel und der Alte unter großem Aufwand an Flüchen hinuntersteigen mußten, um den Sarg zu holen, hinterließ eher ein Gefühl von Unwirklichkeit in ihm, das noch verstärkt wurde durch den mehr als ungewöhnlichen Anblick dieses Sarges, der mit höchster Geschwindigkeit den Abhang hinuntersauste, wobei die Farne heftig vor ihm auseinanderwichen, bis dieser Todesschlitten mit einem dumpfen Aufprall – natürlich hatte ihn das sofort an Baudelaire denken lassen – gegen den Stamm einer Buche stieß, die den Schlag, an allen Zweigen zitternd, einsteckte. Der Sargmann dagegen war buchstäblich niedergeschmettert angesichts der Schäden, die sein Werk erlitten hatte, besonders der Deckel, der seiner ganzen Länge nach gespalten war. Traurig hatte er ihn von allen Seiten betrachtet, hatte die Spuren der Aufschläge, die Schrammen an den Seitenbrettern mit einem Ausdruck des Leidens begutachtet, das nicht hätte schlimmer sein können, wenn es sich um seine eigene Haut gehandelt hätte: „30 mm dicke Eiche! Im Trockenen seit fünf Jahren! Wenn das kein Unglück ist ...!“ Vor allem der gespaltene Deckel lag ihm schwer auf dem Gemüt. Er schien ihn in seinem empfindlichsten Punkt getroffen zu haben. Er sprach sogar davon, nach St. Julien zurückzugehen und einen neuen „zum gleichen Preis“ anzufertigen. „Das nächste Mal“, hatte Abel gebrüllt, „werden wir jedenfalls ohne Sarg auskommen!"

Der Pastor hatte seinen Einzug gegen ein Uhr am Nachmittag gehalten. Aber wie zum Teufel heißt er? So etwas wie Herr Barthélemy[12], was für einen Pastor immerhin ganz schön nobel ist. Vor der Tür hatte er den Regenschirm zugeklappt, mit dem er sich während des Aufstiegs vor der Sonne geschützt hatte. Als er den Fliegenvorhang beiseite schob, war hinter ihm das laute Gesirr der Insekten zu hören, die in der Sonne wie in siedendheißem Öl brieten. Er machte eine entschuldigende Geste wegen des Regenschirms und halblaut an den Doktor und zwei oder drei Personen gewandt, die nicht zur Familie gehörten: „Das Tal von Josaphat könnte nicht schlimmer sein, was für eine schreckliche Hitze ..."

Beim Anblick des Pastors hatte die Mutter wieder zu weinen begonnen. Seit dem Vorabend, ohne neue Besuche, hatte sie Zeit gehabt, sich an ihren Schmerz zu gewöhnen. Doch die Ankunft des Pastors warf sie um Wochen, wenn nicht um Monate zurück, als wäre ihr Mann in eben diesem Augenblick erneut gestorben. Menschen, die uns teuer sind, müßten in Gegenwart aller Personen sterben, die wir kennen, damit wir ihren Tod nicht jedes Mal durchleiden müssen, wenn wir jemandem begegnen, der sie gekannt hat und den wir seit ihrem Tod nicht mehr gesehen haben. „Herr Pastor, Herr Pastor, oh! Herr Pastor!" „Welche eine schreckliche Prüfung, Madame, die Gott Ihnen da sendet ..." Sie war ein wenig verwirrt durch die gewissenhafte, tonlose Stimme, die vermutlich nach Minze oder Akazienpastillen roch, und er, über sie gebeugt, die Hände gekreuzt, mit glänzenden, gepflegten Fingernägeln, hüllte sie ein in seine seidenweiche, künstliche Stimme, die noch hinzugewann durch den Glanz der Brille, der Fingernägel, der untadeligen Zähe, der Schuhe und selbst der mit winzigkleinen, diskreten Tröpfchen beperlten Stirn. Dann und wann richtete er sich auf, um einen Blick in die Runde zu werfen, aus dem sogleich die Freundlichkeit schwand – den Blick eines Mannes, der sich leicht belästigt fühlte durch drei Viertelstunden Fußmarsch in der Sonne auf einem steilen Pfad und gewiß auch durch den Geruch nach ranzigem Lack, der ihn bei seiner Ankunft empfangen hatte und den der heißgewordene Sarg im Zimmer verströmte. Ein Geruch, so hatte der Doktor festgestellt, der sonderbarerweise an den entsetzlichen Geruch erinnerte, der sich dort oben hinter der Tür gesammelt hatte.

Die Tochter von Despuech, von dem er wußte, daß ihn eine Zirrhose über kurz oder lang ins Grab bringen würde, wenn er nicht mit dem Trinken aufhörte, hatte Gläser aus dem Schrank geholt und mit wütender Energie geputzt, bevor sie sie auf den Tisch stellte; eine kleine Frau, schwarz und flink wie eine Ameise, die den Eindruck erweckte, als ginge sie in diesem Haus wie in ihrem eigenen einher. Während die Ameise eine Mischung aus Wasser und kaltem Kaffee in die Gläser goß, überhäufte Herr Barthélemy die Witwe weiter mit seinen metaphysischen Tröstungen, mit der gleichen sanften, vertraulichen Stimme, als erzählte er ihr Unanständigkeiten oder schämte sich, gewisse Dinge mit lauter Stimme vor allen anderen zu erklären. Die meisten Leute erscheinen immer verlegen, wenn man ihnen vom Reich Gottes zu erzählen beginnt. Es geht ihnen im irdischen schon schlecht genug, so daß sie sich nicht auch noch die mehr oder weniger verschwommenen Betrachtungen über die ungewissen Belohnungen anhören wollen, von denen es heißt, daß sie auf der anderen Seite des Grabes ihrer harren. Das ist vermutlich der Grund, warum es Gottesdienern widerstrebt, ihr Gerede an Orten anzubringen, die nicht dafür bestimmt sind und wo sie Gefahr laufen, verhöhnt oder gelyncht zu werden, wenn sie ihre Räubermärchen erzählen.

Dann war langes Schweigen entstanden, in dem das Ohr ganz allmählich, wie ein Auge, das sich an die Dunkelheit gewöhnt, wieder das Konzert der Insekten wahrnahm, das durch den Fliegenvorhang ein wenig gedämpft wurde. Niemand rührte sich. Man hätte schworen können, die hier Versammelten warteten auf irgend etwas oder irgend jemanden, jedenfalls hatten sie keinen Grund, so dazusitzen, ohne sich zu bewegen und zu sprechen, den Blick starr auf den Boden oder ins Leere gerichtet. Es war wohl ihre Art, ein letztes Zwiegespräch mit dem Verstorbenen zu führen, sein Andenken heraufzubeschwören, indem sie ihm einige Schweigeminuten gewährten. Diese reglose Stille war so beeindruckend, daß selbst Herr Barthélemy sich nicht mehr zu rühren oder das kleinste Wort auszusprechen wagte, als würde die Gegenwart des Todes, die in dieser außergewöhnlichen Stille spürbar geworden war, seine geistliche Autorität vorübergehend zunichte machen. Er hielt seine Bibel in den in Bauchhöhe gekreuzten Händen und schaute auf den Boden, wie alle um ihn. Schließlich war Despuech langsam aufgestanden, und alle hatten an seinen schrecklich glatten Gesichtszügen erkannt, daß der Augenblick gekommen war. Die anderen hatten sich ebenfalls einer nach dem anderen erhoben, und Herr Barthélemy, der seine Autorität wiedergefunden zu haben schien, hatte der Witwe seine beiden Hände auf die Schultern gelegt, als wollte er ihr durch ein hypnotisches Fluidum die Kraft seiner Gewißheiten und das unfehlbare Selbstvertrauen übermitteln, das seine Person bis in ihre tadellose Kleidung, den Glanz der Brille, die Falte der Hose und den zarten Tau, der die Stirn befeuchtete, ausstrahlte. „Allein das Leid vermag unserem Leben den Sinn zu geben, den selbst das Glück ihm nicht zu geben vermöchte ..." Abel Reilhan und der Tischler aus St. Julien waren mit Despuech hinausgegangen, und der Doktor war ihnen unaufgefordert auf dem Fuß gefolgt. „Wir werden Sie brauchen können", hatte der Sargbauer gesagt, als sie die Treppe hinaufstiegen. Mit seiner umgehängten Werkzeugtasche glich er einem harmlosen Klempner, der den verstopften Abfluß eines Waschbekkens reinigen will. Genau in dem Augenblick, als er das Zimmer betrat, hatte der Doktor eine Art plötzliche Eingebung. Er hatte sich gefragt, ob dieser Leichnam, der dabei war, sich in diesem feuchten, pharmazeutischen Gestank aufzulösen, in seiner ganzen unerbittlichen Wirklichkeit nicht besser war als all die geistigen Verirrungen, die aus der Ablehnung dieser Wirklichkeit entstanden, so unerträglich sie auch sein mochte. Diesen Weg bis zum Ende gehen, hatte er bei sich gedacht, doch dann hatte sich wieder alles verdunkelt, und er spürte, wie sehr die geringste Anstrengung des Bewußtseins es sogleich auf sehr ausgetretene Pfade zurückkehren läßt.

Er hatte den Sprung des Deckels unbedingt kitten wollen, das verlangte seine berufliche Ehre, und außerdem „war das nicht schicklich für den Toten". Natürlich war man gezwungen gewesen, die Fensterläden etwas zu öffnen, um ein wenig Tageslicht hineinzulassen, damit der Alte bequem kitten konnte. Hatte man auch, was den Geruch betraf, dabei gewonnen, da die Luft etwas weniger stickig geworden war, so waren da andererseits gewisse Dinge – obgleich der Körper in ein Laken gehüllt war –, deren Anblick man sich lieber erspart hätte: die braunen Flecken beispielsweise auf der Matratze und der Kopfrolle, die man nun im Licht erkennen oder zumindest doch erahnen konnte, denn von diesen Flecken einmal abgesehen gab es im Grunde nicht viel zu sehen. Doch konnte die Phantasie ungeheuer angeregt werden durch diese Form, die da unter einem Laken ausgebreitet lag, „vor Wichtigkeit aufgeblasen", wie fast alle Leichname, denen der häßliche Zersetzungsvorgang eine zeitlang so etwas wie kaiserliche Aufgeblasenheit verleiht. Als die Reparatur des Deckels beendet war, hatte man den Sarg auf zwei Stühlen nah an das Bett gerückt, so daß man den Körper direkt hineingleiten lassen konnte, indem man einfach das Laken ein wenig anhob. Eine Frage der Hygiene. Was das Wechseln seiner Kleider betraf, so war gar nicht daran zu denken, obwohl seine Frau diesen Wunsch geäußert hatte. Der Verwesungsprozeß, obgleich durch das Formol etwas verlangsamt, war schon zu sehr fortgeschritten. Schließlich war der Körper mit einem weichen Aufprall in den Sarg gefallen. Und genau in diesem Augenblick hatte man gehört, wie unten die Küchentür geöffnet wurde und der Lärm streitender Stimmen im Treppenhaus widerhallte. Besonders laut hob sich von dem Gewirr die Stimme des Pastors ab, eine weibliche, kreischend, unkenntliche Stimme, die gar nicht zu seiner Goldrandbrille, der berufsmäßigen Selbstbeherrschung und den priesterlichen Tugenden passen wollte, für deren Unfehlbarkeit dieses Instrument einzustehen schien. „Frau Reilhan, ich bitte Sie! Frau Reilhan, das können Sie doch nicht machen! Frau Reilhan, das ziemt sich nicht ... Sie hatten mir doch versprochen ..." Um sie am Vorbeigehen zu hindern, hatte er sich anscheinend mit gekreuzten Armen in die Mitte des Flures gestellt und versucht, sie zur Vernunft zu bringen mit diesem aufgeregten Hennengegacker, das in ihm, dem Diener von Macht und Herrlichkeit, eine alte, essigsaure und für Nervenkrisen anfällige Jungfer zum Vorschein kommen ließ. Die Witwe hatte sich indes durch diese Manöver nicht beeindrucken lassen und sich rasch von den Armen Herrn Barthélemys befreit, dessen Brille in diesem Gerangel zu Boden gefallen war. Was sie wollte, war der Einsargung beiwohnen, und nichts in der Welt hätte sie von dieser fixen Idee abbringen können. Man lebt nicht ungestraft ein drittel Jahrhundert lang neben einem Menschen. Auch wenn es nicht so gut gegangen ist, so bleibt doch immer etwas. Oben hatten die anderen in Vorahnung dessen, was geschehen würde, in aller Eile den Sarg geschlossen, doch als sie dann im Zimmer war, schwarz und verhutzelt, als wären nach dreißig Jahren Zwangsarbeit drei Tage und drei Nächte Schmerz genug gewesen, sie mit einem Male schrumpfen zu lassen, hatte sie sie gezwungen, den Deckel hochzuheben, damit sie ein letztes Mal die sterbliche Hülle ihres Leidensgefährten sehen konnte. Natürlich wäre es nicht zu diesem Zwischenfall gekommen – noch zu seinen Folgen –, wenn der alte Kauz nicht in seiner Besessenheit die Schließung des Sarges verzögert hätte, weil er aus lauter Furcht, er könnte einen schlechten Eindruck auf etwaige Kunden machen, unbedingt diesen Sprung abdichten wollte. Die sieben oder acht Personen, die in der Küche warteten, waren ebenfalls heraufgekommen, desgleichen Herr Barthélemy und, halb tot vor Angst, der junge Hinkefuß. Die gleiche tiefe Stille wie soeben. Und draußen das große Insektenkonzert: Millionen von Flügeldecken, die den unheilvollen Sieg des Sommers verkündeten – auf weiten, ausgedörrten Flächen wie auf den Hochebenen Äthiopiens, Schwerter, Zangen, Sägemesser, Mahlkiefer, Kriegsmaschinen, gnadenlose Kämpfe zwischen Hummer-Rittern, Völkermorde zum Ruhm eines minotaurischen Gottes. Herr Barthélemy, ein wenig erschöpft durch diesen Handstreich im Treppenhaus und in seinem Prestige erschüttert, schien mit einem Mal um Jahre gealtert. Er hatte seine Brille abgenommen, um sie zu säubern, und man sah nur noch seine kurzsichtigen, klein gewordenen Augen, deren Lider zerknittert und leicht gerötet waren. Ohne das Attribut seiner Autorität sah er nackt aus, mutlos und verletzlich: eine Auster ohne ihre Schale. Schließlich hatte der Doktor die Witwe beim Arm genommen: „Jetzt ist es genug", und die beiden Burschen angewiesen, die Kiste zuzumachen. Als der Alte sich anschickte, die Schrauben einzubohren, hatte sich die Witwe zu ihm gebeugt und ihm etwas ins Ohr geflüstert. Der Alte war etwas aus der Fassung geraten und hatte sie mit einem sonderbaren Gesichtsausdruck angeschaut. Sie hatte ihm nochmals leise etwas ins Ohr gesagt, daraufhin hatte er mit dem Kopf genickt und gesagt: „Gut, einverstanden, wir werden es versuchen." Er hatte die Schrauben eine nach der anderen wieder herausgezogen. Die Leute hielten den Atem an und warfen sich verständnislose Blicke zu. Sie fragten sich, was geschehen würde und ob die Witwe nicht plötzlich verrückt geworden sei. Nein, sie wollte einfach nur das Laken wiederhaben, und vor den schreckerstarrten Anwesenden hatte der Alte sich ihrem Wunsch gefügt. Zum Glück war das Unterfangen dadurch erleichtert worden, daß das Laken sich nahezu ganz auf den Körper gerollt hatte, als man diesen in den Sarg hatte fallen lassen. Der Alte hatte lediglich daran ziehen müssen, während er den Deckel anhob. Sie hatte es ihm sogleich aus der Hand genommen, wie man es mit schmutziger Wäsche tut, die herumliegt, wenn unerwartet ein Besucher eintritt, und es zusammengeknüllt unter das Bett gestopft. Herr Barthélemy hatte sein Taschentuch hervorgezogen und hielt es diskret vor den unteren Teil seines Gesichts; andere taten es ihm gleich. Man mußte schon einiges vertragen können, um nicht sämtliche Eingeweide von sich zu geben. Der Doktor, der in der Nähe des Fensters stand, hatte mechanisch die Neigung eines mit grauen Schuppen bedeckten Daches betrachtet, die unter dem schweren, matten Licht des Nachmittags glänzten. Er hatte an die verlassenen Straßen dieser kleinen, zwischen hohen Abhängen eingeschlossenen Bergsiedlungen gedacht, wo er seit zwanzig Jahren seine Patienten aufsuchte, ohne dort jemals etwas von dem anzutreffen, was er in seiner Amateurphilosophensprache „Freiheit" nannte – jenen zähen Willen, alles abzulehnen, alles beständig in Frage zu stellen und mit dieser Weigerung zu leben, ohne sie indessen in irgendein geistiges oder metaphysisches Gewand zu kleiden.

Den leeren, in Hitze getauchten Hof vor Augen, dachte er an die armseligen Gehöfte, die zu dieser Stunde genauso leer und still waren wie dieses hier, an die verfallenen Häuser, wo das Leben faulig wurde wie das Wasser in den Zisternen, wo zur Rechten des Todes der Überdruß thronte und zu seiner Linken die Nutzlosigkeit, die Unwirklichkeit, die er seltsamerweise immer stärker empfand, je älter er wurde. Die faszinierende, dunkle Unwirklichkeit dieser Berghänge und Hochebenen, dieser tausendjährigen Felswände, dieses unbelebten Ödlandes, dem Horden von Kosakenpferden und der Widerschein hoch aufschlagender Flammen vielleicht einen unzerstörbaren Sinn hätte verleihen können. Die tragische Unwirklichkeit des Lebens dieser Männer und Frauen, die zu Komplizen ihres eigenen Todes wurden. Er stellte sich die Geburten vor, den schweren Mittagsschlaf, die verborgenen sexuellen Beziehungen zwischen Menschen, die der Natur nicht – oder nur schlecht – zu entrinnen vermochten und gerade nur das Überleben der Gattung sicherten, das Alter und die Agonien in diesen großen Todesbetten tief in dunklen, kellerfeuchten Zimmern. Die empörende Unwirklichkeit dieser heute kraftlos gewordenen Religion, dieses Lippenbekenntnisses, das meist nur noch im Munde geführt wurde, um berechtigter Empörung gegenüber siegreichen politischen oder religiösen Mehrheiten Ausdruck zu verleihen – demographische Untersuchungen beweisen es. Die tiefe Unwirklichkeit, die in der Tragik dieses Landes liegt, die verwirrende, künstliche Unwirklichkeit seiner malerisch-gefälligen Seite – niemals hatte ihn die Einfachheit dieses Landes an traditionelles lyrisches Gepränge denken lassen, sondern an eine dunkle Verbindung mit der Erde. Allein der Anblick dieser schweren Mauern, ihre mehr engen als tiefen Öffnungen, ihre ganze Gleichgültigkeit der Landschaft gegenüber, oder die blinde Wachsamkeit, die diese Gebäude auf ihr lasten ließen, afrikanischen Schlammbauten ähnlich, die mit ihren unzähligen kleinen Löchern an Wabennester riesiger Insekten denken lassen, ließ spüren, wie sehr die Bewohner dieser Berge kaum freier waren, den dunklen Schicksalsläufen der Welt und ihren Gesetzen kaum mehr entronnen als die ewigen Insekten, die gerade dabei waren, die Einsamkeit mit ihrem Geprassel in Brand zu setzen. All dieses Leben gehorchte den gleichen, grausamen Gesetzen, wurde von der gleichen Schwerkraft angezogen. Die Illusion der Gesten, Worte, Kleider – von Zeremonien wie dieser –

hatte in seinen Augen niemals ganz den unerbittlichen Plan dahinter verschleiern können, der diese großen Insekten mit ihren traurigen Gesichtern lenkte, die sich in ihrer schwarzen Kleidung mit der ewigen Schwärze dieser Berge verschmelzen zu wollen schienen. Auf den Champs-Elysées in Paris oder vor den Wolkenkratzern in New-York, selbst in den heiligen Stätten des katholischen Glaubens – und das trotz der riesigen Käferflügel der Offizianten – mochte übersteigerte Künstlichkeit den schönen Schein waren. Doch hier, wo Künstlichkeit und Zweckfreiheit durch „die Macht der Verhältnisse" ein so geringer Spielraum bemessen ist – aus leicht bestimmbaren, wirtschaftlichen, historischen, klimatischen Gründen –, schien die blinde Notwendigkeit der Welt, ihre Dumpfheit, ihre Erstarrung, die unbegreifbare Zwangsläufigkeit ihrer Gesetze viel schwerer und unmittelbarer auf dem Leben der Menschen zu lasten, ihre Handlungen zu bestimmen, ihr Schweigen zu beherrschen, in der strengen Kargheit ihrer Lebensumstände zu triumphieren – bis hinein in diese hohen, katafalkartigen Betten, die weit mehr von Todeskämpfen zeugten als von Zärtlichkeiten. Der Tod war überall gegenwärtig, doch nicht in jener phantastischen, mythischen Gestalt, der bewußt eingegrenzten, konzentrierten und eben dadurch gänzlich kontrollierten Form, die ihm die Sonnenzivilisationen so gut zu geben wissen, sondern in verschwommener, nicht greifbarer Gestalt, einer giftigen Ausdünstung gleich, die von den Bewohnern eines Hauses nicht mehr wahrgenommen wird. Das bedrückende Unbehagen, das ihn seit jeher angesichts dieser eiskalten Zimmer, dieser dunklen, in den Fels gehauenen Küchen befallen hatte, wo das Leben mehr verrann, als daß es gelebt wurde, angesichts dieser blinden Höfe, über deren baufällige Mauern hinweg der Blick gefangen blieb durch die senkrecht aufsteigenden Hänge der Berge, die genauso unwandelbar waren wie das Schicksal, schien durch etwas sehr viel Tiefergehendes, Bedrohlicheres hervorgerufen als durch den gewöhnlichen

Eindruck von Unbequemlichkeit, Not und Einsamkeit, der dabei entstehen konnte.

Jung noch und obschon aus der Gegend gebürtig – die er nur für die Dauer seiner Studien und des Krieges verlassen hatte – hatte er dasselbe, verschwommene Gefühl oft gehabt, wenn er in die abweisenden, unwirschen Haushalte kam und ermessen konnte, wie gering der Raum ist, der Menschen in die Lage versetzt, gegen das Beschwerliche und Tragische ihres Lebens zu kämpfen, der das Tier in ihnen vergessen läßt, der sie in die Welt stellt als etwas, das nicht auf bloße objektive Gesetze reduziert werden kann. Er war wie besessen von der Art ihrer Gedanken, ihrer Pläne, ihrer eigenen fixen Idee, so sehr, daß er es bisweilen nicht lassen konnte, ihnen gewisse Fragen zu stellen, die man in Gegenden, wo rein materielle Sorgen vorherrschen, niemals stellen kann, ohne verdächtig, launisch oder etwas verrückt zu erscheinen. Und die Antworten, die er in den meisten Fällen erhielt, ließen eine Gleichgültigkeit erkennen, waren von einer Plattheit, die ihn empörten und sehr beunruhigten. Sie deuteten weniger darauf hin, daß diesen Menschen das Bewußtsein für die Unsicherheit der menschlichen Existenz fehlte – was vollkommen verständlich gewesen wäre, waren sie doch genug geplagt durch die handfesten Schwierigkeiten ihres eigenen Lebens –, sondern eher auf eine Art Passivität, die nichts mit Resignation zu tun hatte. Es war eine bereitwillige und – gewissermaßen – äußerst vorteilhafte Unterwerfung unter die konventionellsten, dürftigsten, ja schäbigsten Beweggründe der kleinbürgerlichen, rationalistischen, kurzsichtigen westlichen Welt, deren starke Seite nicht gerade das Metaphysische ist. Was jedoch in Paris oder Bordeaux, wo er sein Medizinstudium absolviert hatte, täuschen oder den trügerischen Schein wahren konnte, hatte bei diesen Hungerleidern, denen die Requisiten der Ehrbarkeit und gesellschaftlichen Anerkennung fehlten, nur um so schrecklichere Folgen. Bürgersöhne sprangen mit den Knochen ihrer Vorfahren nicht so um wie Abel Reilhan es soeben mit so viel Ungeniertheit getan hatte, noch taten ihre Witwen ein Gleiches mit beschmutzten Leichentüchern. In diesen Familien, wo zwei und zwei unerbittlich vier sind, selbst angesichts eines Toten, ging man eher ungeniert mit Testamenten um – aber das lief auf genau dasselbe hinaus.

Sicher, es gab Dinge, die man nicht sah: zweifelhafte, unerklärliche Selbstmorde, Originale, deren Originalität darin bestand, fünfundsiebzig Jahre lang kein Wort zu sprechen, doch wie konnte man wissen, was sich hinter diesem Schweigen verbarg? Nichts womöglich oder aber lächerliche, traurige Unzufriedenheiten. Er versuchte sich einzureden, daß diese Männer und Frauen etwas in sich trugen, von dessen Vorhandensein sie selbst nichts wußten.

In den fünfundzwanzig Jahren, in denen er diese Bergbauern nun leben und sterben sah und in denen er schließlich begriffen hatte, daß sie, um zu überleben, nachahmen mußten, was am Fortschritt am meisten zu verabscheuen war, und deshalb verleugnen mußten, was an ihren Traditionen am meisten zu bewundern war, war er zu dem Schluß gekommen, daß der Unterschied zwischen dem Tumult der großen Städte und der Stille dieser verlassenen Hochebenen nicht so groß war, wie man hätte meinen können. Es gab nur einen Unterschied der Dichte, nicht der Qualität. Hier wie in New York zog das Tier in die gleiche Richtung. Eine im Morgengrauen aufgenommene Photographie der Riesenstadt zeigt die gleiche Leere, die gleiche blinde, insektenhafte Wachsamkeit, als wäre die Erde nur von Automaten bevölkert. Und als er die Elektrifizierung des Landes erlebte, hatte er insgeheim die sträfliche Lust verspürt, so etwas zu denken wie: Auch ihr habt also die Gelegenheit verpaßt ... Angesichts der Ungerechtigkeit und des Elends war eine solche Haltung eine üble Sache, und daher haßte er an der Profitgesellschaft am allermeisten nicht so sehr die Ungerechtigkeiten, die sie hervorbrachte, als die Tatsache, daß sie jede Handlung und jeden Gedanken, die nicht auf ihre Beseitigung zielten, womöglich sogar für immer verdächtig gemacht hatte.

Aber da waren nicht nur die Menschen ...

Da war dieses Land trümmerförmiger Steine, hoher keltischer Einöden, Schluchten und prähistorischer Landschaften, wo das Ohr unwillkürlich auf ein gräßliches Geheul gefaßt war, da war das harte Klima mit seinen Extremen, die vom Winter verdüsterten, tiefen Täler, die zur Stunde brennend heißen Erdflächen – und nicht zuletzt diese armselig-regen Marktflecken mit ihrer einzigen Straße, wo heruntergekommene Fassaden einander in der Totenstille der langen Nachmittage betrachteten. Die von den Schwalben verdreckten, abgeblätterten Gesimsstreifen beherrschten die Erinnerung an die Jahre seiner Schulzeit. Selbst in den Stunden, in denen Betriebsamkeit auf der Straße herrschte, bewahrte ihr gezackter Vorsprung eine zeitlose Gelassenheit, ein friedliches Gleiten der Ewigkeit über die Zeiten hinweg, das ihn faszinierte. Auf all diesen Gehöften und Weilern lastete die gleiche mineralische Beklemmung. Wie der Tod trat auch der unsterbliche Fels überall zutage, bis in die Mauern hinein, wölbte hier den gestampften Erdboden, stützte da einen Kamin ab, schwer, massiv, feindselig ... Die enge Verbindung der Menschen mit dieser elementaren Welt, die aus dem ersten Erdenalter aufgetaucht zu sein schien, übte in jungen Jahren einen morbiden Zauber auf ihn aus. Es bestand eine solche Unvereinbarkeit zwischen dem menschlichen Geist und diesem bitteren Einbruch einer Materie im Rohzustand, ein solcher Widerspruch zwischen den vergänglichen, unsicheren Gesetzen, denen dieser unterlag, und den unwandelbaren Eigenschaften jener, daß diese enge Verbindung ihm schließlich Empörung und Angst eingeflößt hatte, trotz seiner Liebe für dieses Stück verlassenen Planeten, wie er das Hochland nannte. Es war die unglückliche, zweideutige Liebe des Opfers für das, was es zugrunde richtet, dachte er manchmal scherzhaft bei sich. Und im Lauf der Jahre hatte sich das alles in einer einzigen, fixen Idee kristallisiert, konzentriert. So wie er in jungen Jahren bisweilen am Tag aus einem Traum aufzuwachen glaubte, plötzlich vom Gedanken an den Tod und den häßlichen Bildern ergriffen, die er in ihm auftauchen ließ, als gäbe es etwas in ihm, das diese Wirklichkeit unannehmbar – und völlig *unwirklich* – machte, so empfand er nun zuweilen ein schwindelerregendes Gefühl von Unwirklichkeit angesichts des Lebens und der Welt, die dem Geist um so unbegreiflicher und unannehmbarer waren, als die Wissenschaft sich ihrer Erklärung annahm – aber das mache man mal Dummköpfen klar! Als wäre er in ein Abenteuer verwickelt, das ihn nichts anging, und als gäbe es angesichts seiner Zufälligkeit und Ungewißheit – es bestand ja durchaus kein Grund, daß die Dinge, „das alles" nicht auch hätten anders sein können als sie waren – etwas Unwandelbares in ihm (und allen Menschen aber ...), das nichts zu schaffen hatte mit dem Leben und der Welt und dem Tod, ihrer allerhöchsten Gewißheit, etwas, das sich dem widersetzte, was unwandelbar war an der Welt, am Leben und am Tod, sich dem widersetzte, was im Menschen unausweichlich den blinden Gesetzen der Welt folgt: Abnutzung, Ermüdung, Begrenztheit, Verfall, Tod. Wie oft hatte er nicht in seinem Spiegel, hinter dieser von Falten eroberten Maske, die gleiche Aufmerksamkeit ertappt, die nun seit bald fünfzig Jahren auf der Lauer lag und ebenfalls nichts zu tun hatte mit dieser verfallenen Maske, als wären Zeit und Erfahrung ohne jeden Einfluß geblieben! Das war es, was der unwirklichen Wirklichkeit der Welt gegenüberstand: dieses Streben nach intellektueller oder metaphysischer Wirklichkeit, das verzweifelt in diesem unwirklichen, vergänglichen Körper kämpfte wie ein Mensch, der in einem brennenden Haus eingeschlossen ist. Traum, Illusion? Das war nicht von Bedeutung ... Es war da, in jedem Menschen, er hätte es schwören können, als Fähigkeit oder Wirklichkeit, je nachdem, ob im Leben das „Wie" stärker war oder das „Warum“. Mit Sicherheit hätte auch er sich durch den Schein trügen lassen, wenn er seinen Beruf in Paris ausgeübt hätte, dort, wo der Traum der Menschen sich in den Steinen und den Institutionen fortsetzt. Doch hier, angesichts dieser mineralischen Einsamkeit, dieser von Menschenhand errichteten Behausungen, die ihr keine Behaglichkeit entgegensetzten, sondern nur ihre Feindseligkeit widerspiegelten, angesichts des rudimentären Lebens, das sie bargen, als würden diese Menschen nur dem blinden Antrieb gehorchen, den ihre Vorfahren einst vor hunderttausend Jahren erhalten hatten, gehörte der Sieg dieser dramatischen Unwirklichkeit, deren Folgen er soeben unter all diesen Männern und Frauen, die ihm plötzlich das Gefühl gaben, sie spielten eine recht sonderbare Komödie um einen verwesten Leichnam herum, mit aller Heftigkeit gespürt hatte. Da war in rätselhafter Weise etwas in ihm ausgelöst worden und hatte an den privilegierten Zeugen appelliert, für den das Verhalten dieser Menschen und die Form ihrer Körper nicht weniger seltsam waren als dieser absurde Leichnam, um den herum sie sich aufgeregt zu schaffen machten.

Traum oder Illusion, diese ... „Wirklichkeit des Geistes“ hatte im Grunde ebenfalls etwas sehr Ungewöhnliches und Verwirrendes ...

Er zündete sich eine Zigarette an. Viel zu viel geraucht heute abend, um so schlimmer für sein Herz. So mir nichts dir nichts an sein Herz zu denken, nachdem er so lange Zeit tief in bedeutsame Gedanken versunken gewesen war, wirkte sich stets gleich auf ihn aus. Er verspürte keine Angst, sondern Überraschung. So war es immer. Wenn der Körper nicht genoß oder litt, dann suchte der sich selbst und seinen eigenen Gesetzmäßigkeiten überlassene Geist sehr bald das Weite und vergaß sein Gefährt. Nicht ohne Erstaunen fand er jetzt dessen Räderwerk wieder mit allem, was dazu gehörte. Eigentlich war ich schon erstaunt, als ich noch kurze Hosen trug. Erstaunt von der Welt, erstaunt, da zu sein. Das einzige, was mich in jener Zeit nicht in Erstaunen versetzte, war gerade diese Fähigkeit des Staunens, als wäre sie das einzig Unanfechtbare und meine notwendige Rechtfertigung. Seitdem war leider nichts mehr so einfach, und diese Fähigkeit zu staunen, zu verweigern, alles in Frage zu stellen, erschien zuweilen ebenso absonderlich und unwirklich wie das, was sie in Frage stellte. Und stellte man sie wiederum in Frage, so verschlänge sie wohl sich selbst, als sei sie nur da, um ihre eigene Verneinung hervorzubringen. Ebensogut hätte man sich in einem jener Irrgärten befinden können, in denen man beständig um die gleichen Orte kreist, oder ein Eichhörnchen sein, das sich an seinem Laufrad in einem verbissenen Rennen erschöpft, ohne sich je von der Stelle zu bewegen.

Doch wie leicht hatte das, was man gewöhnlich das Leben nannte, das letzte Wort ... Wie leicht fanden sich die Dinge wieder an ihrem gewohnten Platz, erhielten wieder ihr notwendiges, überzeugendes Aussehen – wie diese Felsen, die den Marktflecken beherrschten und an riesige Termitenhügel erinnerten, über denen er jetzt von der Terrasse seines Hauses aus den Tag zur Neige gehen sah. Wie seine Frau, die dabei war, den Tisch für das Abendessen zu decken. An der Oberfläche der Dinge leben – das war es, was die friedlichen Gesten dieser Frau verhießen, die in der Dämmerung hin und her ging.

Er warf seine Zigarette in die Dunkelheit des Gartens, in dem die Septemberrosen dufteten. Der glänzende Punkt beschrieb eine lange Krümmung und blieb dann mitten auf dem Kiesweg liegen. Der Duft der Rosen, die Glut der Asche riefen vergangene Frühlingszeiten in ihm herauf, gesellten vergangene Rosen zu denen, die jetzt ihren Duft ausatmeten und bläuliche Leuchtkäfer im feuchten Gras um sich scharten. Das tote Kind im Erwachsenen, von dem vielleicht nur noch diese eine leidenschaftliche Frage bleibt: All das kann doch nicht umsonst gewesen sein, weder das Leid noch das Glück ... Darin liegt eine entsetzliche Wirklichkeit, und sie gründet sich auf ihre sämtlichen Verneinungen: Zeit, Alter, Tod. Eine unerträgliche Situation. Aber vielleicht liegt das Schicksal der Menschen gerade darin, daß es keine unerträgliche Situation gibt, an die sie sich nicht gewöhnen könnten. An der Oberfläche der Dinge leben ... Doch wie überall, wo eine Lampe entzündet wurde, erfüllten die jahrhundertealten Gesten dieser Hausfrau den Raum mit einer heftigen Ahnung von Glück – weit mehr als mit dem Glück selbst. Denn nichts auf der Welt ist unschuldig. Welch furchtbare Abwesenheit wird am Ende der Preis unserer Erfahrung sein – der entsetzlich ansteckenden Erinnerung? Alles ist mindestens schon einmal dagewesen. Wie denn an der Oberfläche der Dinge leben, wenn das Leben uns doch jeden Augenblick zwingt, uns auf die Suche nach einem verlorenen Geheimnis zu begeben?

Daher zweifellos seine ausgeprägte Vorliebe für kleine Kosakenpferde, für Invasionen vom Mars, für katastrophenreiche Zeiten, in denen die Menschen wie durch ein Wunder wieder zu Kindern werden. Seine schönste Erinnerung waren die Wintermorgen auf dem deutschen Bauernhof, wo er als Kriegsgefangener den Mist zu karren hatte. Die Hölle des Krieges, gewiß. Und die Hölle des Friedens? Davon spricht niemand, heuchlerische Nationen! Nur ein stürmischer Friede vermag uns davor zu bewahren, ganz langsam abzusterben. Oder aber wir schaffen all das heilsame Unglück ab und machen es wie der Tor im Märchen, der an dem Ast sägt, auf dem er sitzt. Grotesk.

„Grotesk"?

Sie hatte in der Bewegung innegehalten, mit der sie gerade den Salat wenden wollte, dessen anregender Knoblauchgeruch bis zu ihm drang. Der ganz andere Süden blühte auf in dieser etwas pöbelhaften, pikanten, irgendwie ironischen Würze. Welche Wirklichkeit in der Unwirklichkeit!

„Dieses Theater. Dieses ganze Theater um einen Leichnam herum. Du kannst dir das nicht vorstellen. Zwanzig Kilometer von hier. Man glaubt zu träumen."

Er hatte noch die Geste dieser Frau vor Augen, wie sie das befleckte Laken zusammenknäulte und unter das Bett stopfte. Diese hartnäckige Behauptung des Lebens angesichts des Todes ... Diese Geste, die so gut zu den Gewalthandlungen paßte, die das Leben seit Jahrmillionen beging, zu dieser blinden, gewaltigen Entschlossenheit, welche die Entwicklung der Arten sicherte, dieses absurde Fortdauern auf der Erde ... und hinauslief auf dieses Insektengeprassel draußen oder auf die Geste der Frau an einem Septembernachmittag, in einem christlichen Sterbezimmer.

„Diese Engstirnigkeit bei den einfachen Leuten, verstehst du, diese Fähigkeit, fast augenblicklich wieder zu vergessen ... Das Mißverhältnis zwischen diesem Toten – für den die Sonnenkugel hätte explodieren müssen, wie Shakespeare es gewollt hätte – und ... und diesem Laken, das man ihm fortnahm ... Diese Verneinung des Lebens, weit mehr als seine Bejahung, durch die geringe Bedeutung, die seine Unterbrechung für fast alle diese Leute zu haben schien, auch für mich vielleicht ... Diese Geste zerstörte den Bedauernswerten weit mehr als der Verwesungsvorgang ... Ich weiß doch mehr als jeder andere, daß ein Toter nichts ist, doch wer könnte schon eine so reine, theoretische Objektivität für sich beanspruchen? Mit dieser Geste hat die Frau den Tod ihres Mannes – den sie liebte! – bestätigt."

Ähnlich empfand er, wenn eine zweite Geburt in einem dieser zahllosen Haushalte gewünscht oder erwartet wurde und er den Vater oder die Mutter über das erste Kind sagen hörte: „Man kann ja nie wissen, was geschieht!", als beabsichtige man, seinen Wagen durch einen neuen zu ersetzen! Die Gründe, die ihn empörten, waren weit weniger offensichtlich als die Derbheit dieser Leute. So als hätte man ihn rücksichtslos betrogen oder verletzt.

Vor allem betrogen ... So war er in der Zeit seiner religiösen „Pubertät" – er war katholisch geboren – zuweilen aus dem Schlaf aufgeschreckt, so heftig von einer Idee erfaßt, als hätte ihn jemand an der Schulter gerüttelt, um ihn aus dem Schlaf zu reißen. Ein einziger Kinderleichnam in Asien – oder in Afrika oder im Neolithikum – machte die Wahrscheinlichkeit eines göttlichen Schöpfungsplanes, in dem der Mensch eine besondere Stellung einnahm und jedes seiner Haare gezählt war, von Grund auf zunichte ... Es ging nicht gerade um Haare in der Weltgeschichte, sondern um Milliarden Leichname von Geschöpfen, denen weder Zufall noch Vorsehung ermöglicht hatten, ein Bewußtsein zu erlangen, die nicht die Zeit gehabt hatten, Menschen zu werden, aber doch Menschen waren. Grund genug für das Gefühl eines gigantischen Betruges durch einen Gott, der, hätte es ihn gegeben, nichts als ein launischer Spieler gewesen wäre. Seine Schöpfung wäre, frei nach Nietzsche, nichts als eine Summe aus Schmerz und Unlogik, die allen Wert des Werdens mindern würde.

Der Zufall, allein der dumme Zufall konnte Schuld sein am geringen Wert, den das menschliche Bewußtsein, das menschliche Leben hatten, einem Wert, der ja nicht einmal in den Augen der Menschen selbst sehr hoch war.

Was ihn heute besonders erstaunt hatte, war dieses sonderbare Gefühl von Unwirklichkeit, das er sich selbst so schlecht erklären konnte, als wäre er von einem anderen Planeten herabgestiegen, wo die Dinge anders gewesen wären, und könnte sich nur noch dunkel daran erinnern.

„Was mich beeindruckt hat, ist die Ungezwungenheit, mit der diese Leute einen der Ihren zu Grabe tragen ... Alles war so peinlich! Niemand murrte ... Dieser Holzfäller im Sonntagsstaat ... Ich hatte das Gefühl eines gewaltigen Mißverständnisses ... Eine Art unnötige Farce. Ich habe unwillkürlich von Theater gesprochen. Wenn einer von ihnen auf die Idee gekommen wäre, etwas ... etwas völlig Absurdes zu tun – in den Sarg zu pinkeln oder seinem Nachbarn ein Ohr abzureißen, um es zu essen – hätte mich das kaum mehr verwundert ..."

Er sah diesen Holzfäller im Sonntagsstaat vor sich, wie er die Überreste seiner Vorfahren in eine Ecke des Grabes schichtete, das er zuvor ausgehoben hatte – „da ist er nicht so allein" –, den verrückt gewordenen Sarg, der inmitten der Farne hinuntersegelte – Buñuel hätte es nicht besser machen können –, die symbolische Brille dieses bis zu den Fingernägeln auf Hochglanz polierten Pastors, der überdies noch Herr Barthélemy hieß, seine entfernte, meckernde Stimme, die das Konzert der Insekten unter freiem Himmel begleitete: „Oh Tod, wo ist dein Stachel, oh Hölle, wo ist dein Sieg?", diese Worte, die fortgetragen wurden von der mit feierlichen Gerüchen angefüllten Hitze, Abel Reilhan, der das Grab zuschüttete und dann einen Schieferziegel aus dem Dach eines alten Schuppens riß, mit einem Schraubenzieher die Initialien des Verstorbenen und die Daten seiner Geburt und seines Todes einritzte und ihn mit einem Hieb des Absatzes am Kopf des Grabes in den Boden pflanzte – rätselhafte Identität, die da ausgeliefert wurde den Brennesseln, der Sonne, dem Regen ...

„Ich habe mich gefragt, was wir mit all dem zu schaffen haben, Tod, Leben – ich fiel wie vom Mond. Ein paar Stunden lang habe ich alles vergessen. Es war, als würde ich die Dinge zum ersten Mal sehen. Sie waren weder tragisch, noch komisch – sie waren einfach unbegreiflich."

Es war nicht das erste Mal, daß ihm so etwas widerfuhr, denn zuweilen fand er Spaß daran, selber dieses Phänomen auszulösen. So versuchte er manchmal, jenseits von Erinnerung und angenommenen Gewohnheiten den ursprünglichen, unbegreiflichen Anblick eines Dinges wiederzufinden – wie alle großen Verbannten, die von der quälenden Suche nach verlorengegangenen Empfindungen besessen sind. Aber in diesem Fall war es unfreiwillig geschehen und hatte die Heftigkeit einer Offenbarung gehabt.

„Es hat mich unterwegs gepackt, wie ein Schwindel, und es hat sich erst wieder gelegt, als ich mich zum Fenster beugte und mechanisch das Dach musterte, das in diesem Licht wie mit Blei übergossen schien ... Und kurz zuvor war diese Sache mit dem Laken gewesen ... So etwas wie ein geistiger Kollaps, weißt du, vielleicht durch Überanstrengung, mangelnden Schlaf oder ich weiß nicht was."

Am meisten beunruhigte ihn jetzt, daß ihn dieses Gefühl von Unwirklichkeit, dieser Schwindel letztlich gegenüber seinesgleichen ebenso erfaßt hatte wie gegenüber diesem von Krähen zerhackten Leichnam, daß nicht so sehr der Tod es war, angesichts dessen er sich wie ein Fremder gefühlt hatte, als das Leben – das Leben hier auf dieser Erde. Eine Verkettung unvorhersehbarer Umstände, die diese unabänderliche Ungeheuerlichkeit hervorgebracht hatte, ihn selbst, das Bewußtsein seiner eigenen Existenz, den erdrückenden, unwiderlegbaren Beweis, den diese Existenz ihm auferlegte, sich selbst auferlegte, der nicht hätte sein müssen und doch war – unwiderruflich.

„Warum siehst du mich so an?"

Die Ellbogen aufgestützt, ein Büschel Salat zwischen zwei Gabeln über ihrem Teller haltend, schaute sie ihn mit der belustigten Besorgtheit einer fünfundvierzigjährigen Frau an, für die das Gesicht des Gesprächspartners ein zweiter, unerbitterlicher Spiegel ist. Doch dieses Mal hatte er sie mit etwas zu viel Nachdruck angesehen – mit einem jener erschreckenden Blicke, der in den Augen des Gegenübers nach etwas anderem forscht – als hätte er sie in dem Wissen angeblickt, sie sei an Krebs erkrankt.

Er senkte die Augen, entfaltete langsam die Serviette, lächelte schließlich.

„Ich dachte", sagte er, „an unsere letzten Ferien vor dem Krieg. Oktober in Venedig. Die Nebelmorgen auf der Lagune, die letzten Touristen, Engländer natürlich. Ich bin in einem Alter, wo man Konventionen braucht. Zehn Jahre schon und dann der Krieg ... Glaubst du, es gibt immer noch diese herrlich altmodischen Orchester?"

Venedig ... Es war ihm in den Sinn gekommen wie soeben sein Herz. Er war erst einmal verwirrt, unsicher. Italien – das war wie eine sanfte Welle in ihm, die erstaunt war, einfach da zu sein.

Zwei Wochen später fuhren sie nach Venedig. Es gab viele Amerikaner und wenig Nebel. Vom Lido aus sah man die Stadt aus der Ferne. Der Doktor beobachtete mit seinem Fernglas die Wasservögel.

Bei der Rückkehr erfuhr er, daß der junge Reilhan in die Dienste des Pastors getreten war, als Sekretär oder etwas in der Art.

In der ersten Zeit kam Joseph jeden Sonnabend zu seiner Mutter herauf. Er nahm den Bus gegen elf Uhr, und nach den drei Viertelstunden Fußmarsch traf er gerade rechtzeitig zu Hause ein, um sich zum Essen an den Tisch zu setzen.

Jetzt, da sie Witwe war, er in Florac und Abel – immer noch unverheiratet – von morgens bis abends in den Wäldern war, wenn er nicht überhaupt die ganze Nacht fortblieb und in irgendeiner Waldarbeiterhütte übernachtete, da ihm die herbstlichen Holzfällerarbeiten kaum eine Atempause ließen, war sie im Handumdrehen so gut wie allein zurückgeblieben, und der einzige Trost in der Leere ihrer Tage waren die wenigen Stunden, die er jede Woche mit ihr verbrachte.

Bei Wind und Regen bezog sie Stellung am unteren Ende des Pfades, um die Ankunft des Bergbusses abzupassen, lauschte auf die Geräusche der Straße, jeden Augenblick durch das Tosen des Baches irregeführt, war bis in die kleinste Nervenfaser gespannt, sobald sie den Bus zwei- oder dreihundert Meter vor der Haltestelle hinter der Kurve hervorkommen sah, mit seinem Motorgeräusch und seiner zögernden Geschwindigkeit, so daß es immer schien, als würde diese alte Mühle sich nicht vorwärtsbewegen und könne sich niemals entschließen, ihr Tempo zu verlangsamen – sie hielt nur nach Bedarf. Angstvoll suchte sie mit den Blicken die Fenster ab, bis sie ihn entdeckt hatte. Dann drehte sie sich plötzlich um, als hätte sie das Interesse verloren, schlug mit den Händen die beiden Enden ihres Tuches über der Brust zusammen und begann, den Pfad ganz allein wieder hinaufzusteigen, halb aus Beherrschung, halb aus einem unerklärlichen, vagen

Groll heraus, den sie sich als eine Art Luxus gestattete, sobald sie seiner Ankunft sicher war – als wollte sie ihm in erster Linie begreiflich machen, wie sehr ihr seine Abwesenheit zu schaffen machte. Doch während sie sich – und ihm – diese kleine Wiedersehenskomödie vorspielte, spürte sie, als sei sie ihrem eigenen Spiel aufgesessen, ein Gefühl wie Überdruß oder Erschöpfung in sich aufsteigen, das sie erkalten ließ. Seit seinem Weggang lebte sie nur noch für diese Minute, zählte die Tage, wenn nicht die Stunden bis dahin, und wenn diese Minute dann kam, wandelte sich die Freude, mit ihm zusammenzusein, fast augenblicklich in eine unerklärliche Enttäuschung, eine eigenartige Unfähigkeit, seine Gegenwart zu genießen, als wäre die Mühe einer ganzen Woche des Wartens von nun an unweigerlich mit der Enttäuschung verbunden, ihn wieder fortgehen zu sehen. Sie schien nicht mehr genug Leben in sich zu haben, um auch nur die geringste Illusion zu nähren.

Oben angekommen, hockte sie sich vor der Tür auf den Boden, um den Schlüssel unter einem Stein hervorzufingern, einen riesigen Schlüssel, obwohl es in diesen alten Gemäuern nichts zu stehlen gibt – er dachte an den winzigen Sicherheitsschlüssel, den der Herr Pastor an einer kleinen, ungeheuer vielsagenden Kette bei sich trug. „Du könntest ihn genausogut an der Tür stecken lassen“, sagte er eines Tages heftig zu ihr – und öffnete schließlich die Tür. Die Gerüche, die ihm entgegenströmten, kamen ihm vor dem Hintergrund der behüteten Atmosphäre, in der er die ganze Woche lebte, mit einem Mal bedrohlich, ja abstoßend vor. Es waren die tierischen Gerüche von Menschen, die mit Tieren lebten, wenn nicht sogar wie die Tiere, wenn er da so an seinen Bruder dachte. Diese Küchen, die nach Stall rochen, mochten sie auch noch so sauber sein ..., diese Kleider, die der Rauch des Buchenholzes mit jenem Geruch nach Wildbalg und Jauche durchsetzt hatte, dem man überall begegnete. Jetzt, da er ein Badezimmer benutzte, schaute er seine Mutter verstohlen an und fragte sich etwas beunruhigt, wie sie sich wohl waschen mochte.

„Setz dich, setz dich ..., gib mir deine Tasche ..."

Sie lief geschäftig hin und her, glaubte, in diesen Gesten, die sich einer langen Komplizenschaft verdankten, ihre Freude unversehrt wiederzufinden, deckte den Tisch, trug ihm bis zum Überdruß zu essen auf. In seinem vollgehäuften Teller breitete sich, anstößig wie die gelbe Fettschicht, in der unterschiedslos alle Gerichte schwammen, im hellsten Tageslicht die ganze Armut aus mit ihrem Gefolge dummer Vorurteile, armseliger Entschädigungen und haarsträubend-ergreifender Einfältigkeiten. Er wußte sehr wohl, daß sie ihr Letztes hergab für diese einzige Mahlzeit in der Woche, über deren Zusammenstellung sie sich lange Zeit Gedanken gemacht haben mußte. Er hatte das Gefühl, ein Stück von ihr selbst hinunterzuschlingen, nicht nur, weil sie sich weiterhin für ihn einschränkte und ihm womöglich alle ihre Ersparnisse opferte, sondern auch aufgrund des offenkundigen Zusammenhangs zwischen ihrer Unbeholfenheit, ihrer bäuerlichen Zurückhaltung und all dem, was sie, so ahnte er, in einfältigem Glauben dieser überreichlichen Nahrung anvertraute.

„Aber das kann ich doch nicht alles essen!"

Sie machte eine Handbewegung, als wenn sie sagen wollte: „Leute wie du brauchen ihren Teller nicht leer zu essen." Reglos vor ihrem Herd stehend, von dem sie nach dreißig Jahren gemeinsamen Lebens einige Charakterzüge übernommen zu haben schien, wenn nicht sogar das bißchen Energie, über das sie noch verfügte, sah sie ihm beim Essen zu, hörte, wie er von seinem neuen Leben erzählte, fühlte sich trotz ihrer sonderbaren inneren Gleichgültigkeit bald unwillkürlich in Bann gezogen. Nach Durchquerung dieser allwöchentlichen Wüste trank sie seine Worte geradezu, unverändert hin- und hergerissen zwischen bedingungsloser Hingabe und einem geheimen Widerwillen diesen ebenso vergeblichen wie ärgerlichen geistigen Überspanntheiten gegenüber, die zudem noch mit einem empörenden Desinteresse an irdischen Reichtümern verbunden zu sein schienen, welche ihren Vertretern auf der anderen Seite aber offenbar einfach in den Schoß fielen ... Ein recht monströses Rätsel für ihren Ameisenkopf. Plötzlich hielt er im Eifer seiner geschwätzigen Erregung bestürzt inne und sagte mit vollem Mund:

„Und du, ißt du nichts?"

„Ich hab' schon, ich hab' schon, komm, iß weiter ..."

Sie würde noch Zeit genug zum Essen haben, wenn er wieder fort wäre.

Wenn das Wetter sich verschlechterte, blieb er bisweilen über Nacht und kehrte erst am nächsten Morgen wieder nach Florac zurück, so daß er seine Arbeit gerade eine halbe Stunde vor Beginn des Gottesdienstes wieder antrat. Unter anderem gehörte es zu seinen Aufgaben, an den Sonntagen die Glocke zu läuten und die Kirche auszufegen. Seiner Mutter erzählte er jedoch lieber von der Korrespondenz, von den kleinen Ordnungs- und Schreibarbeiten, für die der Pastor ihn auszubilden wünschte. Herr Barthélemy, gebildet und leidenschaftlich an Lokalgeschichte interessiert, widmete seine freien Stunden dem Studium historischer Gestalten des Landes, die sich im Kampf mit der Waffe oder durch ihren Einfluß während der Religionskriege hervorgetan hatten. Von Zeit zu Zeit veröffentlichte er die eine oder andere sachkenntliche Monographie, die ihm die Wertschätzung der Gebildeten einbrachte und die er der Öffentlichkeit nicht ungern auf kleinen Abendgesellschaften vorstellte, bei denen die beste Gesellschaft des Departements anwesend war. Zur Zeit war er mit einem umfangreicheren Werk über das „Sakrale Theater in den Cevennen" beschäftigt, das in diesen Kreisen, denen das Weiterleben einer heroischen Vergangenheit am Herzen lag und wo das Gewicht seiner Quellen sowie die Klarheit seiner Ausführungen ihm schon so manche Wertschätzung verschafft hatten, mit großem Interesse erwartet wurde. Sein Altruismus tat ein übriges, ihm alle Sympathien zu gewinnen, vor allem der Opfergeist, den er nun gerade ein weiteres Mal unter Beweis gestellt hatte, als er diesen jungen Krüppel bei sich aufnahm, dessen Familie vom Unglück heimgesucht war und für dessen Versorgung er weder Zeit noch Mühe scheute. Wenn für ihn auch nicht zur Debatte stand, daß sein Schützling jemals nach einer Aufgabe trachten könnte, die seinen schwachen Fähigkeiten unerreichbar war, so hatte er sich doch vorgenommen, einen ausgezeichneten Sekretär aus ihm zu machen. Er würde seine Ausbildung vervollständigen und sein Wissen erweitern. Später würde es nicht an protestantischen Buchhandlungen mangeln, in denen man ihn stets unterbringen könnte. Was konnte ein kleiner Bergbauernsohn ohne Bildung Besseres erhoffen?

Der Herbst entfaltete jetzt seine ganze Pracht. Die Verwandlung der Wälder begann stets auf den Höhen der Berge, wo flammende Farbenbündel mitten im Grün emporschossen, die Abhänge aufhellten und rasch den leuchtenden Brand des Waldes in Gang setzten.

Ruhige Tage, ohne Sorge vor dem nächsten Tag, prall wie reife Früchte; ein reiner, faltenloser Himmel, Rauchschwaden, die aus den noch dicht belaubten Wäldern aufstiegen, wo dumpfe Axtschläge und das sanfte Krachen fallender Bäume zu hören waren; schwirrende Gräser und Brennesselbüsche entlang von Mauern wie ein Rebenholzfeuer. In diesen geschützten Nestern kosteten die letzten Insekten die allerkleinsten Reste des Sommers aus, die dieser auf seinem Rückzug hinterlassen hatte – vereinzelte Feuerherde, zurückgebliebene Spuren auf dem Weg eines Brandes, die weiterschwelen bis zu den ersten herbstlichen Regenfällen.

Die Mauern mit ihrer glänzenden Feuchtigkeit im Schatten – dessen Frische eine Kälte ausströmte, die von weiter herkam als dieser Schatten – dampften in der Sonne und flimmerten mit all ihren Glimmerfacetten. Die Innenhöfe mit ihrem Durcheinander von allerlei Werkzeug, das an den Mauerwänden hing oder in den Ecken vor sich hin rostete, von nicht mehr benutzten, halb unter Mist begrabenen Karren, von Baumstämmen, die darauf warteten, zugeschnitten zu werden, blinkten in der reingewaschenen Luft der Morgenstunden, die jeden Gegenstand in überdeutlicher Präsenz und naiver Klarheit erscheinen ließ. Federvieh und Haustiere fügten sich dem Rhythmus der Zeit, bewegten sich im Zeitlupentempo inmitten dieser handwerklichen Unordnung mit dem Wohlgeschmack der Bilder aus dem Stundenbuch. Es war wie eine Vorbereitung – man wußte nicht, auf was, vielleicht auf das unmerkliche Vergehen der Farben und Körper – auf den Einzug mittelalterlicher Winter, Winter der flämischen Tiefebene oder des keltischen Ödlands, als gelte es, einen langdauernden Sieg der Mäßigung, der Geduld und des Alters über die Tollheit des Frühlings oder die verschwenderische Liebe des Sommers zu erringen.

Die ersten Nebel kletterten rasch höher, stiegen aus den Tälern empor, einem Abendhimmel entgegen, der sich von Mal zu Mal röter färbte. Jetzt verloren auch die Gärten des Tales ihre Blätter mit der verzweifelten Eleganz und Würde der letzten Aristokraten. Die geschlossenen Gittertore und heruntergelassenen Jalousien der Ferienhäuser trugen Zeichen einer frischen Trauer, schienen Zeugen eines pathetischen Todeskampfes gewesen zu sein. Hinter der wunderbaren Bestürztheit der Parks mit ihren verfaulenden Rosenbeeten und goldbedeckten Alleen konnte sich nichts anderes verbergen als das vorzeitige Hinscheiden einer jungen, überaus schönen Frau, die, eines zweideutigen Todes gestorben, ihre Nägel in einem letzten Zucken wie in höchster Lust in ein Laken krallte. In einer Ecke stellte ein entlaubter Kakibaum in exotischer Erstarrung trotzig seine roten Früchte zur Schau, die fast alle schon verfault waren, aber dennoch märchenhaft wirkten in dieser allgemeinen Trostlosigkeit.

Jeden Morgen, bevor er seine Kranken besuchen ging, verschaffte sich der Doktor etwas Bewegung, indem er die Kieswege seines Gartens harkte und mit geröteten Backen, klammen Händen, tropfender Nase das welke Laub verbrannte. Fast unsichtbar verlor sich der Rauch im trüben, kalten Himmel, an dem die Sonne die Nebel noch nicht vertrieben hatte. Eine einsame Gießkanne hinter einer Bank verlieh dem hinteren Teil des Gartens etwas Klösterliches, Melancholisches – die Melancholie des Fin de Siecle. Der Ort ähnelte dem Garten des Kollegiums Saint Stanislas in N., dem der Doktor in den Jahren um 1908 als Interner angehört hatte. Da haben wir's, sagte er sich, wo und wie die Barbarei des Sommers – die Barbarei des Lebens – zu Ende geht: in dieser kraftlosen Kahlheit, wo ein fröstelndes Bewußtsein entsteht – ein englisches, wie er gern präzisierte –, das sich zu allen Raffinessen der Egozentrik und der Scham verdammt sieht, bevor es von einer Bühne abtritt, wo das Stück bisweilen von zweifelhaftem Geschmack war.

Abel Reilhan hatte seine Holzeinschläge fast beendet. Man war bereits im Dezember. Bald würde der leere Wald widerhallen wie ein Ballsaal, aus dem man die Schmuckgirlanden wieder entfernt hatte, um ihn dann für den ganzen Winter zu schließen.

Da die schlechte Jahreszeit ihn drängte, geschah es immer öfter, daß er, um seine Arbeit voranzubringen, die Nacht an Ort und Stelle in einer der Holzhütten verbrachte, die von den Waldarbeitern nach dem Abbruch eines Lagers oder beim ersten Schnee verlassen werden. Bei Tagesanbruch, wenn die schmutzigen Scheiben des kleinen Fensters in der Dunkelheit fahl zu werden begannen, warf er seine Decken zurück, verließ die knarrende Bettstatt, entfachte das Feuer in einem alten, kaputten, gußeisernen Ofen, auf dem er die Suppe heiß machte, die ihm seine Mutter für mehrere Tage bereitet hatte, stieß die Tür auf, atmete die belebende Kälte der Morgendämmerung ein, während er sich die erste Zigarette drehte. Im Halbschatten der Lichtung boten die abgeästeten Buchenstämme eine erfreuliche Ordnung, eine Art Sicherheit angesichts des immer etwas beunruhigenden Geheimnisses des schweigsamen Waldes. Es war die Stunde, in der sich noch kein Lüftchen regte. Er setzte sich auf die Holzstufe der Schwelle, schlang seine Suppe mit kleinen, geräuschvollen Schlucken hinunter, mit krummem Rücken, seine Jägermütze bis über die Ohren gezogen, um den Hals einen Wollschal. Jedes Mal wieder überraschte ihn die Geschwindigkeit, mit der diese farblose Welt sich erhellte, sich die Schatten aus ihr zurückzogen und dem Licht Platz machten, dessen verschiedene Helligkeitsgrade schwer zu unterscheiden waren. Die ersten Windstöße, die den Rauch des Ofens herunterdrückten, kündigten regelmäßig das Aufgehen der Sonne an. Er nahm seine Axt, begab sich zum Einschlag, und sobald das waagrecht einfallende, eisigrote Licht die Berggipfel in Brand setzte, nahm er sich langsam, während seine vom Schlaf und von der Nachtkälte noch starren Muskeln allmählich warm wurden, den ersten Baum kurz über dem Erdboden vor. Splintholz spritzte heraus und übersäte jede Bißwunde, die der Stahl dem Baum zufügte. So arbeitete er bis gegen Mittag ohne Unterbrechung, unempfindlich gegenüber der Müdigkeit, fast ohne Anstrengung, in der Trunkenheit der unaufhörlichen Bewegungen seiner Arme, deren Rhythmus dem Pochen seines Blutes zu folgen schien – ohne zu merken, wie die Zeit verging, ohne zu wissen, wie spät es war, blind für alles, was ihn umgab, als hätte er sich selbst verloren in dieser endlosen Folge gewaltiger Schläge, die das Gerippe des Baumes erschütterten und den Boden unter seinen Füßen erzittern ließen. Wenn die Sonne den höchsten Punkt ihrer Bahn erreichte, spürte er, wie sein leerer Magen nach seiner kargen Kost verlangte, wie ein von ihm unabhängiges Tier. Die regelmäßigen Bewegungen der Axt übertrugen auf seine Arme bald eine unersättliche Raserei, die gebieterischer Besitz von ihm ergriff als der Hunger. Er richtete sich auf, wischte über sein schweißnasses Gesicht, den Rücken zur Sonne gewandt, achtete zum ersten Mal an diesem Tag auf die Geräusche der anderen, im Wald verlorenen Lager, die in der Stunde der Ruhepause nun allmählich schwächer wurden. Hier und da stiegen in der Ferne blaue Rauchschwaden aus dem Wald empor, zerteilten sich an seiner Oberfläche in weiche, völlig reglose Nebelwolken. Irgendwo waren die Schläge einer hartnäckigen Axt unter dem Blätterdach zu hören, dessen Echo die Geräusche schwer lokalisierbar machte, hörte man eine „Homélite“ wie ein altes Moped knattern, dessen Fahrer versucht, durch ruckartiges Gasgeben Geländebuckel zu erklimmen. Einige Bäume fielen noch mit dem Geräusch zerreißenden Stoffes, auf das ein dumpfer Aufprall folgte. Dann senkte sich Stille über den ruhigen Wald, als sei mitten im Kampfgetümmel eine seltsame Feuerpause eingetreten. Stimmen, mitunter auch Gesänge, gaben diesem Frieden eine glückliche Unbekümmertheit, ließen an Stämme denken, die ihre Waffen niedergelegt haben, um beim Herannahen der großen Kälte ihren häuslichen Verrichtungen nachzugehen. Abel, der gegen den beinahe menschlichen Rücken eines Felsens gelehnt saß, umgeben von welkem Laub und trockenen Holzspänen, denen der Geruch von Tee und Pilzen entströmte, genoß die laue Wärme der Sonne, während er seine Suppe und das eingetunkte Brot verdaute. So döste er vor sich hin, bis der Wald wieder zu neuem Leben erwachte. Manchmal beobachtete er eine reglose Eidechse, die sich wie er an den Felsen drückte und diesen letzten Sonnenstrahlen ihre eiskalte Haut darbot, die sich kaum vom Felsen hinter ihr unterschied, glückselig wie er und gleichgültig allem gegenüber, was außerhalb ihres Selbsterhaltungstriebes lag. Ein Schatten glitt vorbei. Der Mann hob den Kopf und sah einer Wolke zu, die über den Himmel zog. Dann machte er sich, wie von einer plötzlichen Eingebung ergriffen, wieder an die Arbeit bis zum Einbruch der Dunkelheit, als hätte eine vorbeiziehende Wolke genügt, eine dunkle Abenteuerlust in ihm auszulösen, die instinktiv mit der Lust an Anstrengung und Bewegung verbunden war.

Der Einbruch der Dunkelheit war die Tageszeit, die er vielleicht am meisten liebte. Waren die Stämme aufgestapelt, bereit zum Abtransport, den von nun an das Pferd besorgen würde, das ihm sein zukünftiger Schwiegervater geschenkt hatte – das bedeutete Zeitgewinn, weniger unnötige Anstrengung, kein Holzschlitten mehr, den man hinaufziehen oder zurückhalten mußte, keine Ladung mehr, die die Abhänge hinuntersauste –, räumte er seine Arbeitswerkzeuge auf, stopfte den Ofen voll – die Nächte waren eiskalt – bastelte da etwas, besserte hier etwas aus, empfand trotz der abendlichen Erschöpfung das gleiche Gefühl von Fülle und Sicherheit wie in der Morgendämmerung. So hatte er es tagtäglich vor sechs oder sieben Jahren empfunden, als die Ereignisse ihn zwangen, das Weite zu suchen und allein dort oben in der verlassenen Schäferei zu leben, wo er tun und lassen konnte, was er wollte, wo ihn niemand in seinen Gewohnheiten störte oder in seinen Bedürfnissen behinderte. Hier war es das gleiche. Er war frei und glücklich wie ein König. Es gab keine Diskussionen, er mußte keine Rechenschaft ablegen, er konnte spucken und rülpsen, wenn ihm danach zumute war – er fühlte sich einfach wohl! Kurz vor Einbruch der Dunkelheit nahm er die alte Flinte seines Vaters, die ihn überall hin begleitete, und ging in den Wald, um eine Drossel, eine Amsel oder irgendeinen anderen, still auf einem Zweig sitzenden Vogel mit einem überraschenden Schuß zu erledigen, denn etwas anderes als ein nahes und unbewegliches Ziel vermochte diese Büchse kaum zu erreichen. Der Fußmarsch in der Abenddämmerung verschärfte seine Jagdinstinkte und seine Lust, sich auf die Lauer zu legen. Am Ausgang des Waldes, vor einer verschwommenen, grauen Ödfläche, hockte er sich im Schutz eines Ginsterbusches nieder, blickte forschend in den Himmel, wo sich tintenschwarz noch das Gewirr der hohen Äste abzeichnete, auf denen eine Beute deutlich sichtbar gewesen wäre. Im tiefen Meeresblau des Abendhimmels begannen die kleinen, fließenden Punkte der Sterne durch die Bäume hindurch zu flimmern. Jetzt erst gelangte das Rauschen des Baches an sein Ohr, als hätte es lange Zeit gebraucht, um diese Stille zu durchqueren, und wurde noch lauter mit der Dunkelheit. Aus der Ferne kam bisweilen das keuchende Geräusch eines Motors herüber, plötzlich verschluckt durch die Berghöhen, wenn das Fahrzeug in einer Kurve war. Auch das Bellen eines Hundes war zu hören, in noch weiterer Ferne, dort, wo sich auf der Hochebene die Höfe verloren und sicher gerade ein Jäger nach Hause kam.

Das Hundegebell, das Kälte und nächtliche Dunkelheit noch ferner erscheinen ließen, erfüllte sein untätiges Warten auf ein ungewisses Wild mit einer geheimnisvollen Sanftheit, die aus der Tiefe der Kindheit herzukommen schien. Er lauschte, spürte plötzlich, wie die Kälte um ihn herum vom Boden aufstieg, unfähig, irgendetwas an dieser seltsamen und angenehmen Befangenheit zu begreifen, die ihn jedesmal befiel, wenn er einen Hund bei Einbruch der Dunkelheit so bellen hörte.

Dann kehrte er in seine Hütte zurück – im übrigen stets ohne eine Beute –, zündete eine Kerze an, aß in der lauen Wärme des Ofens ein Stück Brot und Käse zu Abend, die Ellbogen auf die Schenkel gestützt, den Kopf zwischen die Schultern gezogen, eine Haltung, die seine Erschöpfung nachdenklich erscheinen ließ. Nach der letzten Zigarette des Tages, die er vor dem Ofen rauchte, während er den Wald atmen und das Feuer seufzen hörte, rollte er sich in eine Decke und fiel augenblicklich in einen Schlaf, der ebenso ohne jedes Leben war wie der Tod.

Mitunter erhob sich in der Nacht ein milder, böiger Wind, ließ die leichten Wände der Hütte knarren und die Äste einer Buche gegen das Wellblechdach kratzen. Aus dem Schlaf gerissen durch dieses abgehackte Geschabe, stand er auf, um einen Blick hinauszuwerfen, unwillkürlich angelockt durch das schwere Takelwerkgeräusch, das der Nacht, die ihre Anker gelichtet hatte, die Weite und Erhabenheit der hohen See gab. Beim Öffnen der Tür schlug ihm wie ein Gischtschwall an der Luke eines Schiffes der feuchte Geruch aus der Tiefe des Waldes entgegen, den der klebrige Wind beim Herannahen des Regens mit sich brachte.

In diesen Nächten glich der Himmel einer riesigen Baustelle, auf der die Wolken kamen und gingen. Sie stürmten von Süden her gegen die Berge an, wälzten sich in Fetzen vor den Mond, der selber in diesem schweigsamen Zug gegen den Strom zu schwimmen schien und rasch von einer Himmelsöffnung zur anderen glitt, die schwarz waren wie das tiefe Wasser eines Sees. Diese Flut brachte den Berghöhen mehrere Tage, manchmal ganze Wochen Regen und beschleunigten den Einbruch des Winters weit mehr als trockene Kälte, die oftmals bis zum Jahresende schönes Wetter verhieß.

Er arbeitete nicht ungern in dieser Welt aufgeweichter Blätter und Nebelschwaden, welche die Sicht um ihn im Umkreis weniger Meter auspolsterten. Es war nicht der große Regen des Frühjahrs oder des beginnenden Herbstes, der die Wildbäche über die Ufer treten läßt, die Abhänge auswäscht, die Wege beschädigt, waagerecht gegen die Mauern peitscht, gegen die Scheiben trommelt, die ganze Landschaft untergehen läßt und selbst die Unerschrockensten vor ihren Feuern festnagelt. Es war eher ein allmähliches, luftiges Durchdringen des Waldes durch einen Nieselregen, der kaum dichter als der Nebel war und den er nicht ungern einatmete, während der Baum über ihm bei jedem Axthieb einen plötzlichen Schauer im Umkreis seiner Zweige niedergehen ließ. Er nutzte diese Regenabende, an denen die Dunkelheit schneller hereinbrach, um nach Maheux hinunterzugehen und seinen Mundvorrat für die Woche aufzufüllen. Trotz des relativen Komforts, den er dort vorfand, waren ihm diese Abstecher in das gleichsam zivilisierte Leben jedes Mal unangenehm. Und ungeachtet der Überredungsversuche seiner Mutter zog er am nächsten Tag in allerfrühester Stunde in seine Wälder zurück, beladen mit einem Brot, einigen Stück Käse, frischer Suppe und saurem Wein, atmete gierig die kalte Luft der weiten Landschaft, als wäre sein Atem zu kurz gewesen, um eine einzige Nacht in einem normalen Haus zu verbringen.

„Oh, er ist kein schlechter Junge“, sagte seine Mutter zu irgendeiner Bekannten, die sie unterwegs getroffen hatte, als sie sich auf ihren Posten begab, um auf Joseph zu warten, und die sich nach ihrem ersten Sohn erkundigte, da sie wußte, daß sie Witwe und ihr Jüngster in Florac war – „aber er ist wie sein armer Vater. Nie weiß man, was er denkt, ob er sich freut oder nicht ... Selbst als er klein war, war das nicht anders. Immer in den Wäldern, wie ein Wilder ... Stellen Sie sich vor, er ist mehrere Male aus der Schule weggelaufen, aber sein Vater hat es nie erfahren. Er hatte ja eh schon genug Sorgen. Er war so stark und grob, daß die Lehrerin Angst vor ihm hatte. Auch die anderen hatten Angst vor ihm, dabei hat er keiner Fliege je etwas zuleide getan. Aber er mußte einfach immer über alle Wege und durch die Wälder laufen, das war das einzige, was ihn interessierte, und das ist auch mit der Zeit nicht besser geworden. Wenn er da ist, spricht er kein Wort bei Tisch, kein Guten Tag, kein Gute Nacht. Es ist einfach so, daß ich gar nicht weiß, ob ich noch einen Sohn habe. Das einzige, was für ihn zählt, ist der Wald, mehr darf man von ihm nicht erwarten. Er muß sich austoben, sich bewegen, er kann nicht still an einem Ort bleiben. Er würde alle Bäume hier in der Umgebung fällen, wenn man ihn nur gewähren ließe."

„Und seine Heirat?"

„Ach, seine Heirat ... Reden wir lieber nicht davon. Ich kenn' da eine, die wohl ganz schön lange warten wird ... Und wenn er wenigstens noch die Religion hätte, wie sein armer Vater, der sich in dreißig Jahren nicht ein einziges Mal zu mir an den Tisch gesetzt hat, ohne das Gebet zu sprechen. Und wissen Sie, wenn er zum Sterben dort oben hinauf gegangen ist, dann sicher, weil er glaubte, daß er Gott da näher sein würde ..."

Was nun den christlichen Tod anlangt ...

Eines Morgens, als er die Augen öffnete, bemerkte er verblüfft, daß der Tag ohne ihn angebrochen war und das wohl schon seit mehreren Stunden, nach dem hellen Licht zu urteilen, das die Fensterscheiben in die Hütte hereinließen. Überhaupt herrschte eine ungewöhnliche Helle, die ein weißliches Flimmern vor seinen Augen entstehen ließ. Er verharrte unschlüssig in seinem Bett, ganz benommen von dem sonderbaren Wohlgefühl, das der Schlaf in ihm hinterlassen hatte und das noch gesteigert wurde durch eine besondere Stille, die er nicht stören wollte. Die harte, dumpfe Kälte der Luft brachte seinen Atem mehr als gewöhnlich zum Dampfen. Es sah aus, als sei sogar die Oberseite der Decke gefroren, sie war steif wie feuchte Kleider, die von einer eiskalten Nacht überrascht werden. Nachdem er lange der unter seiner Decke versteckten Wärme nachgefühlt hatte, entschloß er sich schließlich zum Aufstehen. Er brauchte mehrere Anläufe, um mit der Tür die Schneewulst zurückzustoßen, die hinter ihr weich wie Werg knirschte. Obgleich der Himmel bedeckt war, brachte das blendende Weiß überall auf der Erde seine Augen zum Blinzeln. Wie gebannt durch den Anblick atmete er die funkelnde Kälte ein, die das Blut in Wallung bringt und das Gesicht verbrennt, ohne im mindesten daran zu denken, die Tür zu schließen oder seine Überjacke anzuziehen. So weit das Auge reichte, entfalteten Wälder und Berge ein Weiß ohne jede Abtönung oder Schattierung, vor dem jeder Baum einen übernatürlichen, märchenhaften Zauber ausstrahlte – mehr als alle anderen die schwarzen Tannenbäume. Mit ihren pyramidenförmig angeordneten und unter ihren Schneekissen sich biegenden Zweigen, die der Blick unwiderstehlich mit Kerzen und buntem Schmuck behängte, schienen sie einem Weihnachtsmärchen entstiegen zu sein.

Nach einiger Zeit schloß er die Tür wieder, machte zum letzten Mal in der Jahreszeit Feuer im Ofen, frühstückte, rauchte eine Zigarette, fühlte sich beinahe wie ein Müßiggänger durch die späte Stunde und die veränderte Umgebung, die ihn schon heute zwang, den Einschlag zu beenden, das Lager abzubrechen und nach Hause zurückzukehren. Während er die Decken faltete und seine Sachen zusammensuchte, hielt er von Zeit zu Zeit inne, um einen Blick durch das vereiste Fenster oder die angelehnte Tür zu werfen, als hätte er noch nicht so recht begriffen, was dieser Wechsel der Jahreszeit für ihn bedeutete, und müßte immer wieder darauf zurückkommen, um sich endgültig Gewißheit zu verschaffen. Bevor er ging, holte er einige Reisigbündel ins Trockene, für den – sehr unwahrscheinlichen – Fall, daß er im Winter einmal gezwungen sein würde, die Nacht hier zu verbringen. Und außerdem schien die Hütte mit dem hinter dem Ofen aufgeschichteten Reisig nicht so leer ...

Mit dem ersten Schnee begannen Josephs Besuche bei seiner Mutter seltener zu werden. Er brachte es einfach nicht fertig, jeden Sonnabend dort hinaufzusteigen und nach einer Stunde Fußmarsch im Schlamm, in Schneeverwehungen oder eisigem Wind die Atmosphäre der Armut wiederzufinden mit ihrem ordnungsgemäßen Geruch nach Suppe und Waschlauge, ihrem Ritual, ihren entnervenden Schäbigkeiten. Und am allerwenigsten konnte er ihre unverbesserliche Denkweise ertragen, von der sich nicht einmal die freimachen können, die der Armut entronnen sind – als würden sie sich nach ihrem Schmutz zurücksehnen!

Als Ausgleich für seine Abwesenheit schrieb er ihr recht oft, sprach in seinen Briefen von dem durch den Straßenzustand beeinträchtigten Busverkehr, machte – außer der Kälte, dem Schlamm, den Schneeverwehungen des Pfades und der Steifheit, zu der der Winter sein Bein verurteilte – den Zeitverlust und die Erschöpfung geltend, die mit dem Fortschritt seiner Arbeit nicht zu vereinbaren waren. Hinter diesem unwiderlegbaren Argument verbargen sich allerdings Beweggründe, die weit weniger leicht einzugestehen waren, denn nicht nur die Nachteile des Winters ließen seine familiären Pflichten zur lästigen Bürde werden. Der Mangel an Bequemlichkeit, der Schlamm auf dem Weg, der Geruch und die Gesten des schmutzigen Geizes, das eiskalte Zimmer, in dem er schlief – all das mochte ja noch angehen. Er hätte sich in einer Art bitterer, verzweifelter Treue damit abfinden können, so wie ihn auch – aus der Ferne – das Leben seiner Mutter rührte. Doch jetzt machte ihn diese Denkweise allmählich ernsthaft wütend. Der kindliche Rausch, seine Mutter in Erstaunen zu versetzen, war bald verflogen. Es hieß ja jemanden beeindrucken, von dem er kaum mehr erwarten konnte als nervtötenden Respekt vor handfesten Ergebnissen und geheime Verachtung der Mittel, die sie erforderten, zumal die wirklichen Zwecke außerhalb der Vorstellungswelt der armen Frau lagen. Mit krankhaftem Frohlocken versuchte er sich auszumalen, wie sie sich seine Arbeit beim Pastor vorstellte. Obwohl er es sich zu einer boshaften Pflicht gemacht hatte, die immaterielle Seite seiner Tätigkeit besonders zu betonen, war er nach wie vor der Überzeugung, daß sie im Grunde ihres Herzens glaubte, er würde Kisten zunageln, Holz sägen und es den Höheren Mächten überlassen, hoch über ihm ihren Überspanntheiten zu frönen, während er ihnen gegenüber die spöttische Unbewegtheit eines Bühnenarbeiters an den Tag legte, der aus seinem Winkel heraus die Gluckser und Grimassen der Schauspieler beobachtet.

Dieses ungeheure Mißverhältnis zwischen dem, was seine Mutter für ihn wünschte, was sie ihr ganzes Leben lang für sich selbst gewünscht hatte und von dem sie glaubte, daß auch er es wünschte, und dem, was wirklich war, nämlich eine bange Entdeckung der Welt, eine wachsende Verwirrung angesichts ihrer Ungewißheiten und Widersprüche, hatte es ihm bald unerträglich gemacht, zu lange in ihrer Gegenwart auszuharren, besonders dort oben, an Ort und Stelle, in ihrer Höhle, wo sie mit der schamlosen Unbekümmertheit derer, die uns erzogen haben, Daseins- und Denkweisen zur Schau stellte, deren Dummheit ihr in einer anderen Umwelt oder Umgebung vielleicht bewußt geworden wäre oder die Instinkt oder Vorsicht ihr zu verbergen geraten hätten. Jetzt, da er in einem wohlsituierten, bürgerlichen Milieu lebte, das diese Banalitäten nicht kannte, das ihre verhängnisvollen Auswirkungen nicht begriff oder sie gar – das hatte er erkannt – trotz der Religion oder vielleicht wegen der Religion mit einer gewissen Geringschätzung betrachtete, wurden sie ihm umso heftiger bewußt, wenn er bei sich zu Hause aufkreuzte und auf einmal aus der Welt abstrakter Wirklichkeiten in die Welt allerschmutzigster tyrannischer Zwänge eintrat. Er war weder weit noch lange genug in die Welt des Wohlstands, der geistigen Freiheit und der Lässigkeit, die sie verleiht, vorgedrungen, um in ihr eine subtilere und weit verabscheuungswürdigere Gewöhnlichkeit entdecken zu können.

Im Augenblick beschäftigte ihn vor allem die Angst, sein ganzes Leben lang die unauslöschlichen, unwandelbaren Spuren seiner armseligen Herkunft mit sich herumtragen zu müssen, ein kleiner, armer Emporkömmling zu sein, der es aus Nächstenliebe und eigener Kraft geschafft hatte, jedoch immer nach Armut riechen würde, dem eines Tages Reaktionen eines Armen entfahren würden, die noch schrecklicher sind, wenn das Glück erst einmal gemacht ist. Ehemalige Bauern, die es im Handel zu etwas gebracht hatten oder Nutzen aus dem Krieg zu ziehen wußten und denen man es anmerkt, daß zwei oder drei Generationen nötig sein würden, um, wenn der Käse auf den Tisch kommt, die Lust verschwinden zu lassen, den Teller aus Limoger Porzellan einfach umzudrehen, um ihn zu essen. So machten es die Seinen, und er zitterte davor, es ihnen gleich zu tun.

Die Mutter selbst hatte, da sie befürchtete, der katastrophale Zustand des Weges könnte den seines Beines verschlimmern, sein Fernbleiben ermutigt und ihm zu Tode betrübt geraten, den Winter, die Schneeschmelze und die Festigung seiner Position abzuwarten, um ihr dann wieder an den Sonnabenden da oben Gesellschaft zu leisten. Das hatte sich der Bursche natürlich nicht zweimal sagen lassen. Sie sah ihn nur noch alle zwei Wochen, dann alle drei und bald alle vier, und er war umso bereitwilliger, ihr widerstandslos die Nacht und einen Teil des Sonntagvormittags zu gewähren, als es galt, das vorherige Ausbleiben wieder etwas wettzumachen, wenn nicht sogar sie im voraus für die unzähligen Male zu entschädigen, die er ihr für die Zukunft vorbehielt. Das Ende des Winters kam, die schöneren Tage kehrten zurück. Er nicht. Nun war die Sache zur festen Gewohnheit geworden.

Was seinen Bruder betraf, so sah er ihn fast nie. Ob zu Hause oder in Florac, stets tat er sein Möglichstes, um ihm aus dem Weg zu gehen. Es war eine wahre Qual, ihn leben zu sehen, mehr als zehn Minuten mit ihm zu verbringen, eine Qual der Gedanke, man könnte sie zusammen auf der Straße sehen. Was macht die Natur uns doch für Geschenke! Und wo läßt sie uns nicht überall auftauchen! Hatte es jemals etwas Gemeinsames zwischen ihnen gegeben? Die Kindheit mit ihren vergänglichen Bündnissen und ihrer trügerischen Verbundenheit lag weit zurück. Die Erkenntnisse, die ihr früher oder später folgen, werden sehr bald zu Abrechnungen. Seit seinem Unfall und sogar schon lange davor war soviel Wasser den Tarn hinuntergeflossen, daß sie Fremde füreinander geworden waren. Freilich durfte dieser unergründliche Klotz nicht sich selber fremd sein, wie ein Tier, denn sonst läge ja in diesen Worten ein demütigender Vergleich für ihn. Man müßte wissen, was wohl in diesem Kopf vorging. Ging da überhaupt irgendetwas vor? Hat ein Eber die Möglichkeit, einmal im Leben sich selbst gegenüberzustehen? Er existiert nicht, sagte er sich, aufs höchste bestürzt, doch was ihn bestürzte, hatte nicht so sehr mit der Person seines Bruders zu tun. Es war allgemeiner und viel verschwommener. Eine Beunruhigung, die noch frisch war. Wenn er sich ihm näherte, um ihn auf die Wange zu küssen, und der andere ihm seinen Totengräberatem ins Gesicht blies, mit dem Geruch von Wild, kaltem Tabakrauch, starkem Rotwein und scharfem Teer – es war immer Buchenteer, der nach Kuhstall roch –, empfand er nicht so sehr Ekel als Wut. Eine dumpfe, ohnmächtige Wut, die ihm während des Essens oder der Abendstunden, zu denen der Zufall sie zusammengeführt hatte, wie ein Rausch zu Kopf stieg und die er, so gut er konnte, zu erleichtern suchte, indem er sich noch mehr in sie hineinsteigerte, sein Opfer beobachtete, seine Art, sich eine Zigarette zu drehen mit weit offen stehendem Mund, weil die Prozedur peinliche Genauigkeit verlangte, die zitternde Zunge zwischen der glänzenden Nacktheit des Zahnfleisches, dessen blasses, feuchtes Rosa die Verletzbarkeit einer besprungenen Ziege hatte; diese ewige Mütze, die auf seinen geschwollenen, violetten Ohren saß, die zerknittert waren wie die Flughaut einer Fledermaus; seine vom Zement rissigen Maurerpranken, die hart waren wie dieser und so massig, daß man kein Leben in ihnen pulsieren, keine Wärme in ihnen zirkulieren spürte und den Eindruck hatte, die verwitterte Hand einer Statue zu ergreifen. Und mit gleichsam wollüstigem Schrecken lauschte er der asthmatischen Atmung, die noch erschwert wurde durch eine Vielzahl kleiner, zusätzlicher Pfeifgeräusche, die seinen verteerten Bronchien entfuhren. Dann und wann spuckte das Tier beachtliche schwarze Klumpen ins Feuer, die der Wut seines Bruders neue Nahrung gaben, ihm sogar etwas Klarheit brachten. Es war auch die Wut, daß nichts diese kosmische, mineralische Einfalt würde erschüttern können.

Da Joseph ihn im Sägewerk wußte, hatte er es während des ganzen Winters so eingerichtet, daß er nie zu einer Stunde aus dem Haus ging, in der die Gefahr einer unverhofften Begegnung bestand. Er hatte nur eine Angst, nämlich bei einer zufälligen Begegnung auf einmal die Stimme des Hünen hinter sich dröhnen zu hören: „He, Joseph! Was machst'n da?" Und dann würde er, Joseph, ebenfalls mit lauter Stimme und in jenem Kauderwelsch reden, mit dem man sich an Greise, kleine Kinder und geistig Zurückgebliebene wendet. Fünf Minuten Alptraum, während denen er eine jämmerliche, aufreibende Unterhaltung ertragen, nach außen hin Gelassenheit zeigen mußte, in der er seine sämtlichen Kräfte aufbot, um seine Aufmerksamkeit zu konzentrieren und sich dem Bild anzugleichen, das der andere von ihm haben mußte – ohne überhaupt zu wissen, wie es beschaffen war –, aus Furcht, sich verurteilt oder lächerlich vorzukommen in den Augen eines Holzfällers, der keine dreihundert Wörter kannte! Mehrmals schon war er in der Öffentlichkeit gezwungen gewesen, sich dieser erschöpfenden Übung hinzugeben. Diese kurzen Treffen, die eine erhebliche Anspannung von ihm forderten, stellten seine Nerven auf eine harte Probe, warfen ihn einige Stunden zu Boden. Niedergeschmettert – in jeder Hinsicht – ging er aus ihnen hervor, als hätte die akrobatische Verrenkung, die er seinem Geist aufzwingen mußte, einen großen Aufwand an Muskelkraft erfordert. Gedemütigt und niedergeschlagen ging er wieder an die Arbeit, mit fahrigen Gesten und einer Erregung in der Stimme, die gewöhnlich nicht zu ihm gehörte – Nachwehen der Akrobatenstücke und neue Zwänge, die ihn übergangslos sein zivilisiertes Äußeres wiederfinden ließen, das noch kaum natürlicher als das andere war.

Auf seinem Bett ausgestreckt, wo er seine Kräfte zurückgewann, versuchte er, sich das Verhalten seines Meisters und Vorbilds in einem solchen Fall vorzustellen. Doch zu seiner Verzweiflung kam er zu dem Schluß, daß seine Überlegung gar nicht richtig sei, denn weder Herr Barthélemy noch irgendeine andere, auch nur etwas wohlerzogene Person sah sich der Gefahr ausgesetzt, mit einem solchen Bruder geschlagen zu sein. Für den Rest des Tages versank er in einem Abgrund von Verzweiflung. Er studierte sein Gesicht im Spiegel, betrachtete eingehend die Narbe an seiner Lippe, sog den Geruch seiner Haut ein, der durchdringend war wie bei allen Rothaarigen, haßte sich. Er setzte sich an die Arbeit, schrieb, kopierte und haßte seine Schrift. Las. Begriff nicht, was er las, und haßte sich durch das Buch. Schloß sich in der Kirche ein und polierte wütend die Bänke, um sich zu bestrafen und von seinem Haß zu erlösen. Diese sklavische Arbeit war die einzige, deren er würdig war. Eine ganze Nacht Schlaf war nötig, damit er wieder etwas Hoffnung für die Zukunft schöpfen konnte. Und nötig waren auch vier Jahreszeiten mehr zwischen ihm und den Seinen – mitsamt dem Fernbleiben, das diese Zeit angenehmer machte – um jene häßlichen Wunden vernarben zu lassen.

Gegen Ostern des folgenden Jahres – Joseph hatte große Fortschritte im Vokabular und in der Schlankheit gemacht – nahm Herr Barthélemy, der etwas vorhatte, ihn überraschend auf eine zweiwöchige Reise in die Schweiz mit, wo er einige ausgewanderte Verwandte besaß, die reich geworden waren durch den Handel mit Schokolade und frommen Büchern, den sie in geziemendem Wechsel führten.

Nach zweimaligem Umsteigen nahmen sie einen Schienenbus von teuflischer Geschwindigkeit, der Spanien in einigen Stunden mit der Schweiz verband. Als sie die Grenze passierten, stellte Joseph, der zum ersten Mal in seinem Leben eine Reise machte, bei sich fest, daß die Bäume, die Wolken, die Straßen, die Häuser, die am Schienenstrang vorbeiflogen, etwas Schweizerisches hatten. Schweizer Kühe weideten auf Schweizer Gras, während sie den Zug beim Vorbeifahren betrachteten. Sogar die Sonne hier strahlte etwas Schweizerisches aus. Ihre rote Scheibe tauchte hinter den mit Kristallzucker und Sahne überzogenen Berggipfeln mit gleichsam musterhafter Gutmütigkeit auf, als wäre sie von den Höheren Mächten der Schweiz annektiert worden. Es sah aus, als würde auch Herr Barthélemy sich verwandeln, in neuem Glanz erstrahlen: Schweizer Glanz. Als sie aus dem Zug stiegen, ein Taxi nahmen, die Hotelhalle betraten, die fast so groß war wie die des Bahnhofs, erkannte Joseph verblüfft, daß Herr Barthélemy nicht französisch war, sondern schweizerisch, und ihm schien, als bestünde zwischen dem geschäftigen Luxus dieser Stadt, der übernatürlichen Sauberkeit ihrer Straßen und der Person seines Herrn eine geheimnisvolle Verwandtschaft. Zu seiner Bewunderung für ihn kam nun noch respektvolle Ratlosigkeit. Joseph fragte sich, ob nicht auch Er, Gott, Schweizer sei.

An den Vormittagen, nach einem prachtvollen Frühstück, Tagungen, Arbeiten. Der Pastor machte sich Notizen, die ihm sein Faktotum dann abschrieb und ordnete. Die Nachmittage waren Einkäufen, Besuchen, weltlichen Dingen vorbehalten. Die Brille von Herrn Barthélemy sprühte tausend Feuer; er selbst strahlte. Währenddessen wurde Joseph zusehends unscheinbarer. Diese Betätigungen und Treffen, diese ganze Geschäftigkeit gaben ihm das Gefühl, kaum mehr als ein Strohhalm zu wiegen. Nicht angesichts der Alpen fühlte er sich unscheinbar, sondern inmitten all dieser Geschäfte, Hotels, Banken, Autos, deren harmonisches Funktionieren seine Vorstellungskraft einfach überstieg. All diese Reichtümer demütigten ihn, zumal er sich nicht die unermeßliche Zahl der Wundertaten vorzustellen vermochte, die im Lauf der Jahrhunderte erforderlich gewesen waren, um derartige Ergebnisse zu erzielen.

Eines Nachmittags betraten sie eine Art Drugstore, der mit seinen Photographien arabischer Dörfer und Palmen in den Schaufenstern etwas von einem Reisebüro hatte und wo selbst die Stille ein Werk der Technik zu sein schien, der man dieses Luxuslaboratorium verdankte.

Inmitten der Kunden – sie schienen von außergewöhnlichem, würdevollem Ernst – bewegten sich junge Frauen, deren Äußeres mit der gleichen Sorgfalt gestaltet war wie die Umgebung. Ihre blaßblaue Uniform und ihr freches Käppi ließen an Stewardessen denken – oder an eine Heilsarmee, der Coco Chanel alle naive Schüchternheit genommen hatte. Tatsächlich waren sie Himmelsstewardessen, und dieses Reisebüro war gewissermaßen für die Große Reise zuständig. Die religiöse Buchhandlung, in die der Pastor Joseph unvorsichtigerweise mitgenommen hatte, gehörte einem seiner Vettern, dessen Riesengewinne aus dem Schokoladenhandel sich kraft seiner mystischen Anwandlungen im heiligen Werk und in erbaulicher Literatur geläutert hatten, wie eine Rose, die inmitten von Unrat wächst.

Er war ein Mann von erstaunlicher, feierlicher Länge, mit entsprechendem Gesicht, den breiten, flachen Fingernägeln der unersättlichen Körpertypen, riesigen Hautflächen, die zu ernähren waren, glatt und ausdruckslos wie die Tugend, der sie entstammten. Diese epidermische Reglosigkeit ließ ein großes Gefühl von Feierlichkeit entstehen. Was er auch sagte, stets sah er aus, als verkünde er die traurige Botschaft.

„Mein Vetter und ich haben etwas zu besprechen", sagte nach einer Weile Herr Barthélemy zu Joseph. „Schau also einmal, ob du diese Bücher findest."

Er übergab ihm eine Liste unauffindbarer oder vergriffener Werke, und die beiden Männer schlossen sich in einer Art amerikanischem Maklerbüro ein, um dort in aller Ruhe zu konspirieren.

Joseph blieb allein zurück unter all diesen milchigen Schweizerinnen, von denen man sich nicht vorstellen konnte, daß sie ein Verdauungssystem nach Art der Französinnen besaßen. Ihre runden, hinreißend runden Waden von köstlicher Fleischlichkeit in ihren Seidenstrümpfen, ihre krauslockigen Nacken, ihre bombastischen Lippen versetzten seine sämtlichen Sinne in Aufruhr. Er wußte nicht mehr, wo er seine Augen lassen sollte, so schön waren sie und so sehr waren sie es von Kopf bis Fuß. Seine Fingerspitzen zitterten wie bei einem Weißweintrinker. Beständig zog er sein Taschentuch hervor und tat, als würde er sich schneuzen, weil er sich seiner Hasenscharte schämte und das Zittern verbergen wollte. Die fleischige Blonde, die ihn bediente, hielt ihm ab und zu ein Buch entgegen, mit einem zärtlichen Gesichtsausdruck, als befände sich in dem Buch ein Briefchen mit der Bitte um ein Rendezvous oder der Schlüssel zu ihrem Zimmer. Joseph fühlte sich durchbohrt. Er hatte das Gefühl, daß er mit einem Schlag in Flammen stehen oder explodieren würde, wenn seine entwöhnte Haut mit der der jungen Helvetierin in Berührung käme, die sich vor seinen Augen im elektrischen Rascheln verborgener Seidenstoffe bewegte. Als das Einsammeln der Bücher beendet war – sie entsprach entfernt den auf der Liste angeführten, doch verehrte er sie schon jetzt aufgrund ihrer Herkunft –, nahm sie ihm den Stoß aus den Händen. Er spürte ihre Finger auf den seinen. Das hatte eine Wirkung, als würde sich eine Hochspannungsleitung entladen, und wenn er nicht Feuer fing, dann sicher nicht, weil sein Herz und seine Lenden nicht in Flammen gestanden wären.

„Wenn Sie mir bitte folgen wollen, Monsieur ..."

Bis zum Gipfel des Mont-Blanc! Und wenn er sie auf dem Rücken tragen müßte!

Er folgte ihr auf den Fersen, vor sich den paradiesischen Anblick ihres Ganges, atmete die leiseste Spur ihres Geruches ein, wie ein Jagdhund, der in Bann geschlagen ist durch den Wildgeruch des Hasen. Er stellte sich das Privatleben des jungen Mädchens vor, sah sie, unter dem Einfluß des Teppichbodens und der intimen Beleuchtung ihres Arbeitsplatzes, im Luxus leben, unbedeutende Personen ignorieren, eine Armee von Tigern abblitzen lassen, ihre Ohnmachten einem jungen, zynischen, allem enthobenen und von Geburt blasierten Ungeheuer gewähren.

Als die Bücherlese beendet war, wandte sie sich sogleich von ihm ab und schenkte einem neuen Kunden ihre köstliche Aufmerksamkeit. Das Leben versickerte in ihm wie Wasser im Sand. Entfernt von dieser Quelle vertrocknete alles. Er dachte ernsthaft daran, auf seinen Geburtshof zurückzukehren und dort weit weg von den Grausamkeiten der Zivilisation zu sterben.

„Wie findest du diese Buchhandlung?", fragte der Pastor, als sie diesen Ort der Wonnen und Qualen verließen.

Joseph gab mit versagender Stimme einen unartikulierten Laut von sich, als hätte ihn eine allgemeine Schwäche befallen.

„Ich wußte, daß es dir gefallen würde", sagte der Pastor, indem er Josephs Seufzer seinen Neigungen entsprechend deutete. Und mit ungezwungenem Gesichtsausdruck:

„Wenn alles gut geht bis dahin, wirst du hier vielleicht ein mehrwöchiges Praktikum im Oktober machen."

Das Geräusch, das der Pastor als Antwort erhielt, war dem anderen zum Verwechseln ähnlich, doch hätte ein aufmerksameres Ohr erkannt, daß es das genaue Gegenstück des ersten war, als hätte sich mit dem Blut, das bei dieser entzückenden Aussicht wieder in die Adern des Erwählten zurückgeströmt war, dieser beredte Kommentar einfach umgekehrt.

Es wurde eine schreckliche Nacht. Am nächsten Tag würden sie nach Frankreich zurückkehren. Immer wenn er an die runden Waden dachte, an die Hüften, die Brust und das ganze schwellende Fleisch, das darunter atmete, lösten diese Bilder ganze Wellen eines herrlichen Giftes in ihm aus. Sein Blut, seine Nerven verbreiteten die Lust und ihr köstliches Leid im ganzen Körper. Beim Stand seiner sexuellen Entwicklung – traurige einsame Ergüsse – war er nicht in der Lage, sich irgendetwas Genaues im Zusammenhang mit dem jungen Mädchen vorzustellen. Er hatte ganz einfach Lust, sie aufzuessen.

Jedes Mal, wenn er dachte: Ich werde einige Zeit unter diesen Mädchen verbringen, verspürte er in seinem Bett genau das, was er gespürt hätte, wenn man ihn mit einem Schlag ins Leere gestoßen hätte, ein heftiges, angstvolles Zucken, ein Wegsacken des Magens im Fallen, einen inneren Krampf, der genau in der Mitte lag zwischen dem Gefühl verdrehter Eingeweide beim Lampenfieber und dem innigen, zweideutigen – ungesunden – Kribbeln, das die Schlammwogen des Genusses ankündigt.

Auf einmal spürte er so etwas wie einen eiskalten Lufthauch auf seinen übererregten Nerven, der seine Begeisterung dämpfte. Es war das „wenn alles gut geht bis dahin" des Pastors, der seiner Hoffnung und seinem Ungestüm eine gewaltige kalte Dusche versetzte. Jetzt war April. Er zählte an seinen Fingern ab. Noch sechs Monate bis zum Eintritt ins Paradies. Sechs Monate, um sich eine männliche Autorität zuzulegen, endgültig das Wohlwollen Herrn Barthélemys zu erringen. Er würde doppelt so rasch arbeiten müssen, sich nicht mit unnötigen Dingen belasten dürfen, sich von einigen Zwängen befreien müssen, die ganz und gar unvereinbar waren mit diesen neuen Verbindungen oder der plötzlichen Wende, die sein Leben genommen hatte. Sein Bruder. Seine Mutter. Vor allem sein Bruder. Sich vorzustellen, wie er mit seinen derben Schuhen und seinem lächerlichen Landseraufzug in diesem irdischen Jerusalem aufkreuzte, in diesem Schmuckkästchen – mit was für Schmuckstücken gefüllt!" – „Was machst'n da, Joseph?" – der kalte Schweiß brach ihm aus bei diesem Gedanken. Was würde er ihnen da unten bei seiner Rückkehr sagen? Erst einmal nichts. Es war besser zu schweigen, das Geheimnis zu bewahren. Der Triumph würde später ausbrechen, mit der Heftigkeit eines Skandals. Freilich würde es ihm in den Fingerspitzen kribbeln, würde er Lust haben, etwas zu erzählen, das in irgendeinem nahen oder entfernten Zusammenhang mit IHR stünde, Wilhelm Tell, Jean-Jacques Rousseau, Nestlé-Milch – all das würde ihn schützen, wäre wie Sauerstoff für ihn in diesem verhaßten familiären Milieu, das so entwürdigend ist, wenn man verliebt ist und um sich herum nur Rasen und Rosen braucht. Erster Willensakt: diese Kindereien überwinden. In sich selbst würde er während dieser sechs Monate Kraft, Mut und Willensstärke schöpfen, in sich nur würde er ihren Duft atmen – ihrer aller Duft, den Duft dieser Stadt und den Duft der Schweiz, denn all das gehörte zusammen – mit dem noch verfeinerten Genuß dessen, der einen Schatz gefunden hat und ihn ganz für sich allein behält, Beweis der Charakterstärke, Unterpfand des Erfolgs.

Er warf sich in seinem Bett hin und her, schlug um sich vor lauter Ungeduld, als könnte dies die Dinge vorantreiben. Dann und wann spitzte er die Ohren, meinte, Schritte im Hotelflur zu hören. Nichts sprach dagegen, daß eine Verkäuferin aus der Buchhandlung, eine blonde – die Seine –, braune, rothaarige oder andere in Kenntnis seiner Adresse und seiner morgigen Abreise aus der Schweiz einfach so, mitten in der Nacht, unter irgendeinem Vorwand bei ihm auftauchen könnte ... Oh Gott der Himmlischen Heerscharen! Es mußte einfach gutgehen! Es würde gutgehen ... Er beruhigte sich. Also wirklich, diese Mädchen ... Sie gehörten einer anderen Rasse an, strahlten Gesundheit, Jugend aus. Bestimmt alterten die Leute hier nicht. Sie waren unsterblich, wie in Amerika. Man konnte sich auch nicht vorstellen, daß diese als Mädchen verkleideten Wunder Pipi machen ... Nur die Armut riecht schlecht, geht auf's Klo, wird alt. Oh, sich in diesem göttlichen Körper baden, in ihn hineinkuscheln, ihn verschlingen oder von ihm verschlungen werden ... Und heftiger noch begann das Ganze wieder von vorn ...

Wieder ergoß sich die erste Hitze über die Dörfer und Marktflecken, sanft und weich am Morgen, wenn man beim Durchqueren des Gartens nicht das Gefühl hatte, das Bett verlassen zu haben und die Jugend spürte, die der grenzenlose, der ganzen Welt und allen Verheißungen sich öffnende Himmel im Blut pochen ließ – trübe und sinnliche Hitze im falschen Sommer des Nachmittags, deprimierend sogar, als verhieße der heiße, scharfe Geruch des asphaltierten Bürgersteigs, den man vom Fenster aus einatmete, ein Abenteuer, das von vorneherein Einsamkeit und vergebliches Warten versprach. Welche Verheißung erwarten von diesen abgestorbenen Marktflecken, diesen schweigsamen Bergen? Welches Abenteuer erhoffen in der stickigen, summenden Nachmittagshitze, wenn alle Fensterläden geschlossen sind, erschöpft im Halbschatten hockend wie eine alte Gefangene, in der Phantasie die Gesten, das Gestammel, den heiseren Atem der Liebe, mit der bitteren, unwiderruflichen Gewißheit, daß nichts auf der Welt ihren Aufwand und ihre Enttäuschungen aufwiegt, schon gar nicht die hochmütige Gefühllosigkeit des Denkens oder der Erfahrung. Das gespitzte Ohr lauscht auf das Geräusch der Schritte, die näherkommen und sich wieder entfernen. Wird jemals irgend jemand stehen bleiben? Aber wie haben sie es bloß angestellt zusammenzukommen, sich in einem Bett wiederzufinden, diese leichenbitteren Ehepaare des Hochlands – mit dem obszönen Puritanismus der Waldensergegend. Geboren, um zu sterben, geboren, um zu verfaulen. Und in der Zeit ohne Zärtlichkeit, in der du dem Tod nahe bist, gibt es Leute, die sich am anderen Ende der Welt wie die Tollen lieben!

Im Umkreis dieser kleinen Siedlung mit ihren bleiglasierten Dächern unter dem senkrechten Licht blieb der Blick an keinem einzigen Streifen Grün hängen, an keinem einzigen neuen Baum oder dem winzigsten frischen, schimmernden Gras. Es gab nichts als die gelbe Kahlheit der Berghänge, den abgezehrten Wald, den Schrott der unbewohnten Büsche in diesem ärgerlichen Land, das mehr Zeit als alle anderen brauchte, um den Frühling zu finden und ihn zu spät pflückte, wie eine überreife Frucht, so sehr ließen Armut und rauhes Klima es selbst hinter den Jahreszeiten hinterherhinken.

In der vorzeitigen Hitze erinnerten die Berge mit ihren grindigen, abgeforsteten oder auch nur kahl scheinenden Kuppen an den trockenen Schmutz riesiger Abraumhalden und die Teppiche aus gelbem, zertretenem Gras an ein häßliches Industriegebiet mit seinem unbebauten Gelände, Kohleaufschüttungen, besiedelten Tälern und schmutzigen Wassern. Alles verstärkte noch den Eindruck erbärmlicher, auf unmittelbaren Nutzen ausgerichteter Armut: die Ansammlung der Strommasten mit ihrem anarchischen Geflecht, das die Landschaft ernüchterte, Gehöfte und Weiler infizierte, ihre Fassaden verrußte; die riesigen Teertonnen am Straßenrand, welche die Rasenböschungen mit gefurchten Pfützen verschmutzten; die Kieshaufen auf den Erdaufschüttungen der Parkplätze, die Straßenbaumaschinen, die wie Well'sche Dreifüße von einer vernichtenden Epidemie zur Reglosigkeit versteinert waren, oder deren von Ölflecken gekennzeichnete Standorte. All das Gütezeichen der Regionen, die der werktätigen Willkür des Straßenbauamtes ausgeliefert sind, das ein Land lebenslang in einen Bauplatz verwandelt, ganz zu schweigen von den mit Rostschutzmittel behandelten Balkonrohren, die man einfach so gelassen hat, oder, schlimmer noch, diesen Blechdächern, die genauso kläglich und jämmerlich sind wie ein Mann in Unterhosen es auf der Straße wäre. Und wie diese Boule-Spieler in Pantoffeln es waren, sie und ihr schlampiger, verpißter

Akzent, dessen falsche Gutmütigkeit die Feigheit, Kleinkariertheit und den Egoismus dahinter nicht verbergen konnte ... Sie und ihr Geruch nach Anis und Zigarettenstummeln ... Sie und ihre schnurrbärtigen Alten, die in Pantoffeln auf den Markt schlurfen mit ihrer ewigen Wachstuchtasche am Handgelenk und dem Portemonnaie in der Hand – warum eigentlich nicht eure Nachttöpfe? – wie zwei untrennbar verbundene Organe, auf die sich das Prinzip ihres Lebens beschränken würde. Was ihre Kleinen angeht, die herausgeputzt sind mit Namen, die nach Mottenpulver, straffen Haarknoten, dreilagigen schwarzen Röcken und wanzenflacher Brust stinken: Thérèse, Marthe, Elise, kleine fünfjährige Greisinnen mit dürren Waden, engstehenden Augen und lippenlosen Mündern, blutarm durch Vetternehen, mit ihrer kleinen, ins Ohr gebohrten Perle, die ihnen das Aussehen einer jungen Toten gibt, so erwecken sie falsche Hoffnungen, bis sie zwanzig sind – und auch das nur, wenn man sie nicht anrührt –, und altern nach zwei Kindern um ein Vierteljahrhundert. Ihr Frühling hat nicht lange gedauert. In dieser Zeit hätte man sie sehen müssen, wie sie im Laufschritt die Straßen überquerten, den Kopf mit Lockenwicklern gespickt, den Schenkel sichtbar im Spalt des Morgenmantels, mit jenem schmutzigen Lachen, das schon immer das Geschlecht mit seinen niederen Zwängen verband, es ihnen unterwarf. Oh verkümmerte, verbrauchte, kropfige, zahnlückige Rasse! Wie er sie jetzt haßte, der Rotschopf von Maheux!

Die Schweiz mit ihrem Erste-Klasse-Panorama, ihren Reklameseen, ihren Fremdenverkehrsbergen, ihren kleinen, aseptischen Nutten, obsiegte rasch über diese heruntergekommene, gegerbte, geschwärzte Provinz, die er nach zwei Wochen Abwesenheit nur mit Mühe wiedererkannte. Erst nach geraumer Zeit fand sie zu ihren normalen Dimensionen zurück. Vorerst erschien ihm alles winzig, fadenscheinig, schäbig. Was man hier für Berge hielt, war nichts als eine schlichte Ansammlung von Hügeln, die eine stets am selben Ort verbrachte Kindheit ins Übermäßige hatten wachsen lassen. Die vollklimatisierten Gebäude der Neuen Welt werden die Wälder der Alten, das Geheimnis der Kindheit und der Armut aus seinem Gedächtnis löschen.

Ein Karren rollt durch die Straße, auf der anderen Seite des Gartens, knarrt wie der Totenkarren. Nicht eine lebendige Katze in diesem kleinen Marktflecken in der hintersten Provinz, den die Stunde der Mittagsruhe zwischen zwei steil abfallenden Berghängen zermalmt. Dann und wann hört man die Stahlscheibe einer Säge aufheulen und die Maivögel, die mit kratzenden Geräuschen auf der Dachrinne gleich über dem Fenster hin- und herhüpfen, ohne einen Schrei. In der Ferne löst sich plötzlich eine Garbe spitzer Schreie vor den Schultoren zur Pausenzeit und verweht in alle Richtungen. Ein Glokkenturm – Rathaus, Gymnasium, Kirche? – gibt drei Schläge von sich – drei lange, trauerschwere Schläge in großen Abständen, resigniert wie die tote Zeit, die sie messen oder festhalten, von Tal zu Tal, von Ort zu Ort die gleichen unwandelbaren Schläge, reglos wie eine Totenglocke, ohnmächtig auch sie angesichts des dumpfen, langsamen Debakels, das sie mit sich reißt und das alles dem Sog der Zerstörung überläßt. Drei Schläge ewiger Ruhe, widerwärtiger Friedhofsruhe, die irgendwo im Haus, gewiß im Arbeitszimmer, wie eine Herausforderung nervös von einer kleinen, kristallklaren, lebhaften, geschäftigen, wachsamen Pendeluhr aufgegriffen werden: Herrn Barthélemy persönlich. Drei kleine, rasche, kurze Schläge, welche scheinbar die Dinge in die Hand genommen hatten und entschlossen zu sein schienen, sie, komme was wolle, im Eiltempo zuende zu führen, ohne sich etwas vormachen zu lassen. Drei kleine Schläge, welche die menschlichen Angelegenheiten lenken, beruhigend und beschränkt, wie alle auf Leichtgläubigkeit fußenden Unternehmen, die sich übernehmen und erfolgreich sind. Und bevor wieder endgültige Stille eintritt, vor der diese ganze kristallene, dumme Vitalität lächerlich erscheint, läßt die Glocke erneut ihre drei langsamen, zeitlosen Schläge ertönen, als seien sie verbunden mit den unsterblichen Felsen und der Kräuselung der hohen, quartäralten Einöden, wo das Zeitalter der Pendeluhren sich einst nach einigen Millimetern Erosion bemessen lassen wird.

Am Gartentor wurde geläutet. Auf einmal schien der Zauber zu verfliegen, als würde dieser klare, dünne Ton wieder den Vorhang vor dem unumgänglichen Theater des täglichen Lebens hochgehen lassen. „Die alten Schachteln", dachte Joseph Reilhan.

Mehrmals in der Woche empfing Frau Barthélemy die Damen aus der Pfarrei, um mit ihnen Kirchweihfeste und Wohltätigkeitsbasare zu organisieren. Kurze Zeit darauf wurde an die Tür seines Zimmers geklopft. Es war Frau Barthélemy; ihr Gesicht hatte einen geheimnisvollen Ausdruck.

„Sie werden verlangt, Joseph" – in der ersten Zeit nannte sie ihn stets nur Joseph-Samuel, eine für sie noch ärgerlichere Kombination als sein gewöhnlicher Vorname, mit dem er sich schließlich abgefunden hatte. Und mit vertraulicher Stimme und hochgezogenen Augenbrauen, als wollte sie ihm etwas Erstaunliches, Schmachvolles mitteilen: „Es ist Ihr Bruder ..." Und als sie Josephs mit einem Mal verdrossenes Gesicht sah: „Nein, nein, beruhigen Sie sich, es scheint nichts Ernstes zu sein ..." Dann nahm ihr Gesicht den Ausdruck verständnisvollen Mitgefühls an. „Ich wußte nicht, daß Ihr Bruder so ..., nun ja, so viel älter ist als Sie."

„Er ist erst dreißig Jahre alt", sagte Joseph, „aber, wissen Sie, dreißig Jahre in den Wäldern ..."

„Dreißig Jahre dort, lieber Gott", dachte Frau Barthélemy, „diese Hirten sind wahre Wölfe." Joseph folgte ihr wütend auf den Fersen. Wo kommt denn der jetzt her, das fehlte gerade noch ...

Abel füllte den ganzen hinteren Teil des Flures, herausstaffiert, vierschrötig, behaart und, ein Wunder, seine mit einem Mal winzige Mütze in seinen ziegelgroßen Händen. Joseph biß die Zähne zusammen. Er wartete auf das unweigerliche „He, Joseph, was machst'n da?“, schon bereit, diesem Trottel eine saftige Abfuhr zu erteilen. Aber plötzlich fiel ihm ein, daß er seine Mutter seit mindestens vier Monaten nicht mehr gesehen hatte und ihm dies erst einmal das Recht nahm, seinen Bruder anzubrüllen, besonders in Gegenwart von Frau Barthélemy.

„Was ist passiert“, sagte er, während er seine Wange symbolisch drei mal an die Abels drückte. Er hatte das Gefühl, ein Reibeisen zu berühren.

Der Riese schaute ihn an, bewegte den Kopf von unten nach oben und gab ein „ah, ah ...“ von sich , als hätte Joseph irgendeine Missetat begangen und als schickte er sich an, ihm eine Tracht Prügel zu verabreichen.

„Also was, ah, ah ...“, sagte Joseph gereizt, „was soll das heißen ...“

„Ich lasse Sie allein“, sagte Frau Barthélemy mit höflichem Mitgefühl. „Setzen Sie sich doch mit Ihrem Bruder in den kleinen Salon.“

„Willst du ...“, sagte Joseph, mit einer Kopfbewegung auf die Tür des Salons deutend, ohne sich jedoch von der Stelle zu rühren. Frau Barthélemy entschloß sich zu gehen. „Ah, ah ...“, sagte Abel, fortwährend mit dem Kopf nickend, seine Augen fest auf die seines Bruders gerichtet, wie ein Taubstummer, der ein schreckliches Geheimnis besitzt.

„Also gut“, sagte Joseph mit übernatürlicher Beherrschung, seinem Schicksal ergeben, „wir werden uns in dieses Zimmer setzen, und du wirst mir in Ruhe alles erklären.“

Er hatte gerade beschlossen, daß er mit seinem Bruder wie mit einem kleinen Kind reden würde, und das erfüllte ihn mit eigentümlicher Gelassenheit.

Abel folgte ihm mit eingezogenem Kopf, als ginge er unter

einer zu niedrigen Decke hindurch, während er seine Mütze mit einer raschen, mechanischen Bewegung in den Händen knetete. Joseph trat zur Seite, um ihn vorgehen zu lassen, schloß die Tür hinter sich und lehnte sich dagegen:

„Erst einmal, wie geht es Mama", sagte er taktvoll. Er hielt die Arme hinter dem Rücken und umfaßte den kupfernen Türgriff mit den Händen, bewegte ihn leicht hin und her, als wollte er wieder hinausgehen und als sei ihrer beider Gegenwart in diesem Zimmer nur von sehr kurzer Dauer, rein zufällig, ja sogar völlig unwirklich.

Die „ahs" gingen heftiger noch wieder von vorne los, ebenso das Kneten der Mütze, die Joseph mit nachdenklichem Gesicht betrachtete, während er spürte, wie seine Gereiztheit im Galopptempo zurückkehrte und er gleichzeitig fasziniert war von der Geschwindigkeit, mit der diese großen, plumpen Hände die Kopfbedeckung kreisen ließen. Nach einiger Zeit hielt er es nicht mehr aus.

„Hör auf damit, ich bitte dich, mir dreht sich der Magen um. Und sag was!"

Mit wundersamem Gehorsam stopfte Abel seine Mütze in eine Tasche und entschloß sich, Platz zu nehmen. Gleichzeitig fand er die Sprache wieder.

„Eben", sagte er, „es ist wegen der Mutter ..." Er breitete die Hände aus zum Zeichen der Ohnmacht.

„Ich hoffe, sie ist nicht krank", sagte Joseph, der seinerseits mit dem Befummeln des Türgriffs beschäftigt war, wie sein Bruder soeben mit seiner Mütze. „Ich werde sie in den nächsten Tagen besuchen. Ich habe viel Arbeit gehabt, und dann ..." – plötzlich verspürte er Lust, zu einem gewaltigen Schlag auszuholen, den Gegner zu vernichten, ein für allemal Schluß zu machen mit diesen unerträglichen Abhängigkeiten und Vertraulichkeiten – „ich kann es dir genauso gut schon jetzt sagen – aber vor allem kein Wort zu Mama, ja? – nun, ich werde fortgehen."

Er ließ den Türgriff los und begann langsam hin- und herzugehen, als würde diese wichtige Nachricht seine Anwesenheit hier vorübergehend rechtfertigen.

„Ja, verstehst du, die Schweiz, das ist schon was ganz anderes ... Ich werde mich um eine religiöse Buchhandlung kümmern, bis ich die Examen mache ..."

Er blieb stehen, lustlos plötzlich, mit seinen Erklärungen und halben Lügen vor jemandem fortzufahren, der davon kaum beeindruckt schien und seine Augen immer noch starr und mit dem gleichen stumpfsinnigen Ausdruck auf die seinen gerichtet hielt.

„Nun gut, du weißt genug. Also, was wolltest du mir sagen? Und wiederhol mir nicht dauernd dieses ah, ah ..."

Ich bin absolut sicher, daß er nichts von dem verstanden hat, was ich ihm gesagt habe. Er betrachtete ihn wie einen Gegenstand. Man mußte sich eben damit abfinden. Es würde ihm nie gelingen, diesen Unwissenden in Erstaunen zu versetzen. Und doch liegt der wahre Erfolg in der Rache, darin, vor allem denen zu imponieren, die uns gekannt haben, als wir gar nichts waren.

„Hm", sagte Abel, weit von all diesen Problemen entfernt, „hm ..." Er schlug sich mit der geschlossenen Faust gegen die Stirn, schnalzte mit der Zunge, öffnete den Mund und wartete noch einen Augenblick, bevor er rief: „Das dreht sich nicht mehr da drinnen", als gäbe es einen unüberbrückbaren Abgrund zwischen seinen Gesten und seinem Denken.

„Du brauchst nicht so zu schreien, ich bin nicht taub ..."

In genau gleicher Reihenfolge schlug Abel sich erneut gegen die Stirn, schnalzte mit der Zunge, öffnete den Mund und dieses Mal etwas leiser: „Das dreht sich nicht mehr da drinnen ..."

Joseph, der trotz seiner Ungeduld wie hypnotisiert war von der geheimnisvollen Art, in der das Denken bei diesem zurückgebliebenen Wesen funktionierte, reagierte nicht sofort auf diese Nachricht, als hätte er sich dem geistigen Tempo seines Bruders angepaßt. Wenn Bäume denken, sagte er sich gleichmütig, dann muß sich das in dieser Weise abspielen.

„Warum, was macht sie?“

Was sie machte? Oh je! Eines Abends hatte es angefangen. Als er nach Hause kam, hatte er sie vor dem Herd sitzend vorgefunden, als sei sie taub. „Heda, Mutter ...“ – er war aufgestanden, um das Drama besser darstellen zu können, und rüttelte Joseph an der Schulter – „was ist los ...“ Schweigen. Rührte sich nicht, antwortete nicht, ein Stück Holz. Hatte sie geschüttelt – schüttelte Joseph. „Na, was denn, was denn ...“ Nach einiger Zeit hatte sie schließlich die Sprache wiedergefunden und, die Hände auf dem Kopf, gesagt: „Weiß nich ...“ An diesem Abend hatte sie ihre Suppe gegessen wie gewöhnlich, und dann, wumms! Während sie sich sonst immer als letzte hinlegte, war sie ohne ein Wort ins Bett gegangen, hatte alles stehen und liegen lassen, ihren Löffel mitten auf dem Teller, ohne den Tisch abzuräumen oder irgendwas. Am nächsten Morgen war der Tag kaum angebrochen und sie schon in der Küche, damit beschäftigt, ihm seinen Korb zu richten, als wäre nichts geschehen.

„Und sie hat dir nichts gesagt?“

„Nix, nix!“

Er hatte sie gefragt, ob alles in Ordnung sei. Da hatte sie ihm vielleicht einen Blick zugeworfen! Er hatte nicht weiter nachgefragt. Aber jetzt war es nicht mehr wie vorher.

Im Eifer des Gefechts begann er wieder zu brüllen, schüttelte seinen Bruder und ahmte das Geschehen nach, wie alle einfachen Leute, die ihr Vertrauen nicht in Worte setzen.

„Stundenlang, verstehst du, sitzt sie da, ohne etwas zu sagen, schaut ins Feuer oder ins Leere ...“

Und wenn man in diesem Augenblick das Wort an sie richtete, immer der gleiche böse Blick, als habe man ihr das Hemd gestohlen!

„Wir werden einfach den Doktor holen", unterbrach Joseph ihn plötzlich, wie man es mit einem kleinen Kind macht, von dem man eine nicht wieder gut zu machende Dummheit oder irgendeine schreckliche Wahrheit erwartet. „Ich werde natürlich den Besuch bezahlen ..."

Aber das war ja nicht alles! Manchmal verschwand sie. Unmöglich herauszufinden, wo sie hinging. Oder sie blieb draußen, hockte sich auf den Boden und amüsierte sich damit, kleine Türme aus Stein zu bauen, sie mit Stroh zu füllen und anzuzünden, kann man sich das vorstellen ...

„Gut, gut, abgemacht", sagte Joseph, der spürte, wie seine Erregung wuchs. „Ich werde kommen" – er öffnete die Tür. „Morgen. Ich werde morgen kommen. Sag ihr, daß ich morgen kommen werde."

Er begleitete ihn bis zum Gartentor, während er den lieben Gott bat, nicht gerade in diesem Augenblick die wohltätigen Damen erscheinen zu lassen. Abel schien es nicht eilig zu haben. Er hatte sich mitten auf den Bürgersteig gepflanzt und drehte sich eine Zigarette, um das Vergnügen noch zu verlängern.

Joseph warf einen nervösen Blick in die Runde.

„Also gut, bis morgen, ich muß jetzt arbeiten. Und vergiß vor allem nicht: kein Wort über die Schweiz!"

Er schloß das Gartentor und wandte sich um. Auf der Höhe der Außentreppe angekommen, drehte er sich noch einmal kurz um. Der andere stand immer noch da, vor dem Gartentor – höchstens zehn Meter entfernt. Mit heraushängender Zigarette, Schnurrbart auf Halbmast, reglos und zerlumpt wie eine Vogelscheuche, schaute er stumpfsinnig in Richtung der Treppe. Die stiere Leere seiner Gesichtszüge zeigte die Tiefe seiner geistigen Konzentration. Man konnte um einiges wetten, daß er damit beschäftigt war, die rätselhaften Erklärungen seines Bruders im Kopf herumzuwälzen. Seine rätselhaften oder verblüffenden Erklärungen – die Zigarette war noch nicht einmal angezündet.

Ein Ölfleck oder Walddreck bewegte sich langsam auf seiner Stirn. Es mußte ein Schatten sein, da es sich bewegte.

„Auf was wartet er denn bloß“, murmelte Joseph zwischen seinen Zähnen.

Seine Gereiztheit hatte einem unerklärlichen Unbehagen Platz gemacht. Er betrachtete dieses düstere, undurchdringliche Gesicht mit einer Art Bestürzung, als sähe er es zum ersten Mal. Hinter Abel, auf der anderen Straßenseite, Häuser, unbewohnt und flach wie eine Theaterkulisse, abgestorben zu dieser trüben Tageszeit, wo der Himmel wie ein trockener Sandstrand ist, auf dem ein ermattetes Licht sich zu sterben anschickt. Wo alles verlassen ist, still, Hochebenen, Dörfer, Gehöfte – Menschen. Eine trostlose Gewißheit ohne jeden Sinn.

Er schüttelte sich, drehte sich um und tauchte hinein ins Haus, froh über die verhältnismäßige Kühle und Dunkelheit, die er in der Diele vorfand.

Letztendlich, sagte er sich beinahe mechanisch, hat Gott vielleicht seine Gründe. Noch nie war es ihm so mühsam erschienen, diese Treppe hinaufzusteigen.

In seinem Zimmer, wo ihn sein mit Büchern und Papierkram überhäufter Schreibtisch erwartete, fühle er sich plötzlich müde, von vielen Dingen angewidert, selbst von der Schweiz, unwirklich wie sie war. Nachdem er sich mit einem Blick durchs Fenster vergewissert hatte, daß dieses Greuel endlich fortgegangen war – fort in seine vorsintflutlichen Wälder – ließ er sich auf sein Bett fallen und zündete sich eine Zigarette an. Er rauchte nämlich seit seiner Reise in die Schweiz. Er rauchte heimlich und mit einem Genuß, der nicht hätte verruchter sein können, wenn er unanständige Bücher durchgeblättert hätte.

Es war nicht so sehr der Geschmack des Tabaks, der ihm gefiel, als das ganze Drumherum, das er veranstaltete, indem er die Gesten und stereotypen Haltungen der sex- und alkoholbesessenen Schurken aus der Kriminalliteratur nachäffte, unter deren Abschaum er gerade seine ersten geheimen Schritte tat, – um sich für all das zu rächen, was er nicht war und was er hätte sein wollen.

Er klopfte mit dem Zigarettenende auf seinen Daumennagel, vorgeblich, um den Tabak festzudrücken. Hatte er sie angezündet, dann ließ er sie aus dem Mundwinkel herabhängen und schloß die Augen, wie ein Lump. War sie zuende geraucht, schnippte er den Stummel durch das Fenster. Er bildete sich ein, daß ihn diese ganze Komödie männlicher machte und daß ein köstlicher, unsichtbarer, weiblicher Zeuge, der ihn in der Einsamkeit seines Zimmers beobachtet hätte – man fragt sich, wie und vor allem in welcher Absicht –, sich bestimmt hätte fesseln lassen durch diese unwiderstehliche Lässigkeit, wie sie nur großen Schürzenjägern eigen ist.

Heute hatte die befreiende Zigarette jedoch einen unangenehmen Geschmack. Sie schmeckte nur nach Tabak. Die Hände im Nacken verschränkt, ließ er sie ganz von allein zwischen seinen Lippen abbrennen, bis die Asche ihm auf den Hals fiel. Er richtete sich auf, wie benommen, glaubte, gehört zu haben, daß man in genau dem Augenblick an seine Zimmertür klopfte, als er das kleine Brennen auf der Haut gespürt hatte. Nein, es war niemand ... Wer außer seinem Bruder hätte ihn denn auch besuchen sollen! Er fiel wieder zurück in die dämmrige Schläfrigkeit des Nachmittags, in deren trüben Gewässern sich giftige Gedanken treiben ließen, um einem betäubten, hilflosen Bewußtsein aufzulauern, wie Reptilien, die ihre Löcher verlassen, wenn die Vögel schlafen.

Es war das erste Mal, daß er aus dem Bus stieg, ohne daß sie ihn erwartete, schwarz, schmächtig – die Angst in Person. Er war halb erleichtert, halb beunruhigt, vor sich den einsamen Pfad, der ihm das Gefühl gab, seine Mutter sei tot, so sehr war ihr Bild mit seiner Ankunft verbunden, mit diesem aufgeschütteten Damm, an dem die Farnkräuter hinaufkletterten, mit dem großen Kastanienbaum, unter den sie sich gewöhnlich unterstellte, wenn es regnete. Er stieg hinauf, seine Jacke unter dem Arm, eine Flasche Kölnisch Wasser in der Hand, wieder einmal erstaunt darüber, wie sehr seine Reise, die Abwesenheit, der Ortswechsel die Landschaft hatten schrumpfen lassen. Wie kümmerlich waren diese Berge doch, die ihm vor kurzem noch wie der Himalaya erschienen waren, verglichen mit denen, die er in der Ferne in der Schweiz erblickt hatte ... Das knochige Rückgrat, die abgezehrten, kaum bewaldeten Hänge, ihre engen Horizonte – sie waren ältlich, verbraucht, armselig, von ihren Seitenterrassen domestiziert, von Stollen durchlöchert, eine südländische Vorstadtzone, der entschieden jedes Format abging.

Als der Hof in Sicht kam, blieb er einen Augenblick stehen, um Atem zu schöpfen. Wie hatte sich in einigen Monaten doch alles verändert! Wenn man die Dinge wiederfindet, sieht man sie auf einmal, als hätte man sie nie gesehen. Das dauert nicht sehr lange, aber lange genug, um sie zu entdecken, wie sie sind, begrenzt plötzlich und abgewertet durch hochmütige, unerbittliche Rivalitäten. Niemals zuvor hatte die ganze Anordnung der Gebäude einen solchen Eindruck von Verfall, Verlassenheit und Traurigkeit in ihm hervorgerufen. Rissige Mauern, graue

Fensterläden, vom Regen gewellt und von der Sonne gebleicht, die man seit hundertfünfzig Jahren nicht mehr angestrichen hatte. Etwas weiter entfernt hing sogar einer halb aus den Angeln gerissen, wirkte düster ... Die eingefallenen Dächer verloren ihre Schuppen wie ein totes Tier. Und dann dieses unbeschreibliche Durcheinander im Hof, den nicht eine einzige Blume aufhellte, sondern ein Haufen Abfälle in einen Müllplatz verwandelte, da man es nicht für nötig befunden hatte, sie zu vergraben oder weiter entfernt wegzuwerfen. Ein Laken hing aus einem Fenster, zerrissen. Überall Dornen und Brennnesseln, heimtückisch, haarig, bauschuttfressend – raubgierige, aaswitternde Pflanzen, wie angelockt durch zukünftige Ruinen.

Das Ganze wirkte wie eine Mischung aus unbebautem Gelände und Elendsquartieren, unsauber, verrufen, kaum anständiger als die Schlupfwinkel, in denen Zigeuner und Landstreicher hausen. Und rund herum der königliche Gleichmut der Natur: das Blau des Himmels, von blendender Reinheit, unschuldig an diesem ganzen Elend, schuldig einer giftigen Hoffnung – als wäre die Erde für die meisten Menschen ein Gefängnis und als könnte man nur darin leben, wenn der Geist woanders ist –, die milde Temperatur, die Klarheit der reglosen Luft, die das Blau des jungen Grüns durchscheinen ließ – ein Schauder sprießenden Grüns, noch ein wenig blaß und zerknittert, klebrig wie dicker Saft ... Königreich, dessen Spur sich verlor und das nur noch in Form einer nutzlosen, konventionellen Kulisse vorhanden war.

Dieser Verfall, dessen Beschleunigung weit mehr in seiner Phantasie als in Wirklichkeit existierte, war für ihn nichts weiter als die Fortsetzung eines angeborenen, seelischen Sprunges. Er traf auf einen entfernten, verzweifelten Widerhall in ihm, der indes nicht so bitter war, wie er geglaubt hätte ... eben weil er verzweifelt war.

Jaulend kam der Hund herbeigelaufen, auch er kahl, mit schmutzigen Augenwinkeln, unterwürfig, erbärmlich. Seine ganze Bastardkindheit kroch da schwanzwedelnd zu seinen Füßen, Sklaventier, das seinem Herrn dankbar war, daß er es nicht windelweich prügelte.

Er war kurz davor, umzukehren. Er war nicht hier heute morgen, um sich in den Fußangeln der Treue – ebensogut konnte man sagen, des Verzichts – zu verfangen, noch um den Grund seiner Unzulänglichkeit oder seines Pessimismus zu erkennen oder gar zu seiner Sache zu machen.

Doch die gemeine Willfährigkeit gewann die Oberhand. Er hockte sich nieder, streichelte, mit zusammengeschnürter Kehle, das Tier, das verrückt war vor lauter Dankbarkeit. „Du wenigstens brauchst niemand zu sein, brauchst nicht diesen Mistbauern zu imponieren oder junge Schweizerinnen aufs Kreuz zu legen." Er durchquerte den Hof, begleitet von den Sprüngen und dem sorglosen, beinahe schmerzlichen Gekläff des Hundes. Aber wie war es möglich, daß dieses ganze Spektakel nicht seine Mutter auf die Türschwelle lockte? Lag sie um elf Uhr morgens noch im Bett?

Er trat ins Haus, aufrichtig beunruhigt. Trotz des schönen Wetters oder vielleicht deswegen war das Zimmer dunkel, feucht, roch nach erloschenem Kamin, kalter Asche. Es brannte nicht einmal Feuer im Herd, der Düsterheit verbreitete, als wäre zwangsläufig mit ihm auch das Leben dieser Magd erloschen, die schließlich eins geworden war mit ihrem alten, gußeisernen Tyrannen. Er hörte, wie die Deckenbalken leicht knarrten. Eine Katze hätte kaum mehr Geräusch verursacht. Er stieg hinauf, rief nach ihr, um sie nicht zu überraschen. Schließlich erschien sie im Treppenhaus, kam ihm auf der Treppe entgegen, vorsichtig, Stufe für Stufe, vermittelte weniger den Eindruck von Schwäche als von großer Zerbrechlichkeit, die all ihre Bewegungen verlangsamte. Es schien, als würde die geringste Erschütterung sie wie Glas zerbrechen lassen.

„Ach, du bist es ..."

Sie empfing ihn mit einem Gleichmut, als hätten sie sich

erst am Vortag getrennt. Ihre Stimme klang etwas nachlässig.

Er küßte sie auf die Wangen, etwas aus der Fassung gebracht. Das Kleid, das Tuch, das ihre Schultern umhüllte, schienen unmittelbar auf den Knochen aufzuliegen. Sie trippelte vor ihm her, öffnete die Tür, warf einen Blick hinaus.

„Es ist recht kalt hier ... Machst du kein Feuer?"

Sie schloß die Tür; etwas schien ihr gegen den Strich zu gehen.

„Siehst du denn nicht, daß er unter dem Tisch ist?"

Sie suchte den Hund.

„Feuer ... Ach weißt du, für mich ganz allein ... Ich mache es am Abend an. Aber wenn du nun da bist ..."

Sie machte sich zu schaffen, zerbrach einige kleine Holzscheite, zerknüllte eine alte Zeitung.

„Hat Abel dir gesagt, daß ich heute kommen würde?"

„Ah ja ... Er hat es mir gesagt ..."

Sie nickte mit dem Kopf und schien darüber nachzudenken.

„Und hast du meine Karten bekommen?"

„Ja, ja ... Sie sind hübsch ..."

Sie lächelte.

Die Postkarten waren auf dem Kaminsims aufgereiht: Genf, die Fontäne, Thonon, Evian ... Beruhigende Bilder einer geordneten Welt, deren entfernte Sicherheit zu spüren war – eine Kostprobe der geheimen Höheren Mächte.

Etwas Rauch entstieg dem Gitterrost des Herdes; sie öffnete das Türchen, damit das Feuer besser ziehen konnte. Der Geruch des Feuers und die morgendliche, sonnenbeschienene Friedlichkeit – das Knistern des trockenen, brennenden Holzes war kaum zu hören – setzten einen Augenblick lang den Lauf der Dinge und der Zeit außer Kraft. Ihn ergriff ein starkes Wohlbehagen, ein Gefühl von Leichtigkeit – als hätte er das Leben an seiner frischen Quelle wiedergefunden, wo es noch nicht von der tödlichen Krankheit der Menschen befallen war.

Während sie in ihrem Feuer herumstocherte, schaute er zum Fenster hinaus, erstaunt über diesen Anblick wunderbaren, übernatürlichen Friedens, der sich in ihm fortsetzte, wagte nicht, zu sehr zu denken oder eine falsche Bewegung zu machen, aus Furcht, diesen sanften Zauber zu zerstören.

Im Grunde waren diese Gefühle ebenso lächerlich wie schmerzlich, als stünde man das ganze Leben neben der wirklichen Welt, neben dem Leben, neben der Schönheit und der Wahrheit, wäre für die Welt verloren, für das alles verloren und könnte niemals wieder ganz eintauchen in die ursprüngliche Unschuld – und doch streifte man sie ganz leicht in Augenblikken wie diesen. An der Schwelle des Königreichs, an den Grenzen der verbotenen Welt, unglücklicher Zeuge, niemals darin. Er dachte an seinen Unfall, an sein vorheriges Leben, wo solche Augenblicke gang und gäbe gewesen waren. Immer gab es dieses Sandkorn, das alles über den Haufen warf, die *Strafe*, und sogleich war alles verdorben. Abel, vielleicht ... Er seufzte:

„Da, damit du die Kokette spielen kannst ..."

Er hielt ihr die Flasche Kölnisch Wasser entgegen. Sie nahm sie ihm aus der Hand und drückte sie gegen die Brust.

„Willst du nicht daran riechen?"

Er beobachtete sie, auf das kleinste Zeichen lauernd, das ihr plötzlich wieder dieses fremde Gesicht geben würde, das sie ihm würde fremd erscheinen lassen. Sie sah einfach bekümmert, nachlässig aus.

„Oh, wenn du es ausgesucht hast, muß es ja gut riechen ..."

Ihre Blicke kreuzten sich, oder vielmehr, er versuchte, im Blick seiner Mutter so etwas wie Einverständnis auszumachen, ein Zeichen stummen Verstehens, das eine Antwort gewesen wäre auf die Frage, die er in seinen Blick legte. Du mußt dir doch den Grund denken können, aus dem ich heute morgen hier bin. Sag etwas oder gib mir zu verstehen, daß du verstehst ... Aber in ihren vom Alter klein gewordenen Augen, die in ihrem Faltennest in falschen Tränen schwammen, wie bei bestimmten Tieren, deren Augen ständig feucht sind, lag nichts als eine schreckliche Fröhlichkeit, auf die sein eigener Blick keinen Einfluß mehr haben würde. Das Schweigen schob sich zwischen sie, dicht, beunruhigend, greifbar wie eine undurchlässige Wand, über die hinweg keine Verständigung möglich war.

„Nun gut, ist das alles, was du mir zu erzählen hast? Freust du dich denn wenigstens, mich zu sehen?"

Sie nickte, wieder ohne zu antworten. Ihr kindliches Lächeln, leicht grausam im Gesicht einer alten Frau, löste sich langsam auf, und an seine Stelle trat jener bekümmerte Ausdruck, der nun scheinbar ihr natürlicher geworden war. Sie hielt noch immer die Flasche gegen die Brust gedrückt. Er nahm sie ihr sanft aus der Hand und stellte sie auf den Tisch. Dann strich er ihr mechanisch übers Haar, als streichelte er einen Hund. Von dieser Geste nutzloser Sanftheit wurde ihm übel. Schließlich hockte er sich vor ihr nieder.

„Sag mal, weißt du überhaupt, wer ich bin?"

Auf einen möglichen Umschwung gefaßt, tat er, als würde er die Sache von der lustigen Seite nehmen.

„Du bist Joseph", antwortete sie ernst.

Er richtete sich wieder auf und warf ihr einen langen, nachdenklichen Blick zu, den sie nicht zu bemerken schien. Es wäre ihm lieber gewesen, sie hätte überhaupt nicht geantwortet oder nicht in dieser Weise. Unbeteiligt, weit entfernt, mit einem winzigen Gedanken beschäftigt, der langsam an ihrem Hirn zehrte, saß sie da vor ihm, anwesend-abwesend, tot wie eine Tote, eine leichte kleine Tierpuppe, in der das Leben immer unauffälliger wurde, deren Haut immer dünner und deren Knochen immer zarter wurden, hohl wie die Knochen eines Vogels. Und deren Bewußtsein immer flacher wurde.

Mit einem Mal kam ihm der Gedanke, daß sie genauso sterben würde, wie sie geboren worden war, wie sie gelebt hatte: für nichts und wieder nichts. Ihm war, als hätte er sich mit einem Schulterzucken von einer lästigen Bürde befreit. Er nahm sie bei den Schultern, zwei kleinen Nüssen in seinen nicht gerade großen Händen, und sagte langsam und vorsichtig:

„Während du das Essen machst, werde ich mich draußen etwas umsehen, ja? Einverstanden ..."

Er gab ihr einen Klaps und ging hinaus.

Kurz hinter dem Dreschplatz stieß er auf zwei oder drei Spuren von Asche inmitten verrußter Steine, an der gleichen Stelle, wo er sich einst, von Angst und Langeweile erdrückt, mit diesem idiotischen, traurigen Spiel amüsiert hatte. Die Türme, die sie zu bauen versucht hatte, waren zusammengefallen, das Gras in ihnen war verbrannt, außer in einem, der kein Feuer gefangen hatte. Das Ganze war erbärmlich vor lauter Ungeschick und Plumpheit. Es hatte sogar etwas von der monströsen Unförmigkeit der Arbeiten zurückgebliebener Kinder oder Geisteskranker. Wenn es noch eines Beweises bedurfte ...

Unter Aufbietung all seiner Kräfte zerstörte er den Turm mit einem Fußtritt und machte sich in einer Wolke aus Asche über die verkohlten Ruinen der anderen her. „Ein Schwein." Er setzte sich in die Sonne, auf eine kleine Mauer, die einen ehemaligen Gemüsegarten umgab, und betrachtete, den Kopf in die Hände gestützt, das Amphitheater der vom Schnee geröteten Abhänge, wo der späte Frühling hier und da grüne Flekken hinzusetzen begann. Weiter oben ließen die Felswände die rotbraunen Absonderungen der Hochebene durch ihre Öffnungen abfließen. Und noch weiter oben krönte eine schwarze Borte die Kämme, geheimnisvolle Gegenwart vor dem Himmel – der Wald, die Tannen. Die plötzliche Wut, die Anstrengung ließen sein Herz bis zum Hals schlagen. Sich selbst vor Augen, betrachtete er sich kalt.

„Ein Schwein. Ich bin nichts als ein Schwein."

Wie ein altes verlassenes Boot, das zwischen zwei Wassern versinkt oder sich von der Kaimauer löst und ins Ungewisse treibt, hatte sie sich schließlich langsam von diesem Gefängnis gelöst, das auch ihr Grab sein würde. Weder verrückt noch gesund, hin- und herlavierend in jener grauenvollen Region, wo Wahrheit und Wahn sich mischen. Dreißig Jahre enttäuschten Wartens, Leidens, zerstörter Hoffnungen, mit dieser riesigen Mauerwand von morgens bis abends vor Augen, die genauso unerbittlich war wie der Tod. Was er jetzt auch tun mochte, es war zu spät, niemand konnte mehr helfen.

„Und für nichts und wieder nichts!"

Er ballte die Fäuste, ergriffen von einem neuen, unbekannten, bitteren Zorn, der belebend war wie die großen heidnischen Winde, die im Frühjahr über die Hochebene jagen.

Er verbrachte den Nachmittag mit ihr, nachdem er beschlossen hatte, erst am nächsten oder übernächsten Tag nach Florac zurückzukehren. Herr und Frau Barthélemy würden das schon verstehen und sich keine Sorgen machen.

Sobald er seinen Teller *bajana* leer gegessen hatte – sie hatte ihre Portion stehend und ganz allein gekaut, bevor sie ihm auftrug, wie es die Tradition der Geschlechtertrennung verlangte, die ihr mittlerweile ins Blut übergegangen war –, warf er sich in ein umfangreiches Werk der Rettung.

Als erstes machte er Türen und Fenster weit auf, damit wenigstens Luft und Sonne in dieses Haus eindringen und die Grabesstimmung auffrischen konnten, die wie ein bleierner Mantel auf den Schultern lag. Am liebsten hätte er dieses Bauwerk Stein für Stein abgetragen und es weiter entfernt mit einer neuen Seele wieder aufgebaut. Anstelle dieser Ideallösung begnügte er sich damit, Ordnung zu schaffen, machte sauber, harkte den im Hof verstreuten Schmutz zusammen, verbrannte die unter den Fenstern angehäuften Abfälle, dazu nicht wenig unnützes Strandgut, das die Bude verstopfte. Im Zimmer seiner Mutter fand er, eingezwängt zwischen Wand und Schrank, die Matratze, auf welcher der Leichnam seines Vaters gelegen hatte.

Sie war das erste, was er verbrannte. Er kippte sie aus einem der hinteren Fenster des Hauses, und nachdem er diese Scheußlichkeit in einige Entfernung gezerrt hatte, zündete er sie an. Unerschütterlich schaute er zu, wie sie in Flammen aufging. Er trug noch anderen alten Plunder zusammen, der dem Scheiterhaufen neue Nahrung gab. Heftige Befriedigung erfüllte ihn, während er zusah, wie die roten Flammen Gegenstände fraßen und zu Asche werden ließen, die so lange Zeit Komplizen des Elends, unerträglicher Zwänge und Schicksalsergebenheit gewesen waren.

Und nicht nur die Häuser hätten radikale Hygienemaßnahmen erfordert. Seine Verbrennungswut schien unstillbar. Hätte er sämtliche Gebäude in Brand setzen können, wäre sein Glück gewissermaßen vollkommen gewesen. Er hatte ja schon immer einen sonderbaren und recht morbiden Geschmack am Feuer, an Bränden gehabt – und sei es auch nur an Bränden im Kleinformat. Man verbrennt eben, was man kann.

Zunächst hatte er befürchtet, diese ganze Ausmisterei würde die arme Frau völlig in Angst und Schrecken versetzen, sie, die den Tick hatte, auch noch den kleinsten Bindfaden aufzubewahren. Aber sie ließ ihn gewähren, ohne zu protestieren, und machte sogar Anstalten, mit Hand anzulegen.

„Nein, nein, das ist heute dein Tag ..."

Er setzte sie draußen in einen alten Korbsessel, den er auf dem Dachboden aufgestöbert hatte, das Strickzeug in der Hand, den Hund daneben angebunden, so daß sie ihn nicht überall zu suchen brauchte. Offensichtlich war dieses klägliche Tier für sie zu einer tyrannischen Manie geworden.

„Na, dann wollen wir mal ein bißchen den Frühling ins Haus lassen."

Von Zeit zu Zeit unterbrach er seine Arbeit, um ein paar Worte an sie zu richten oder von einem Fenster einen Blick auf sie zu werfen. In ihre Strickarbeit vertieft, erschien sie ruhig und gelassen und rührte sich den ganzen Nachmittag nicht aus ihrem Sessel fort. In einer für Strickerinnen typischen Bewegung hob sie die Arbeit in regelmäßigen Abständen etwas in die Höhe, um den Wollfaden locker zu machen, spreizte die Ellbogen und blickte gleichzeitig über ihre Brillengläser hinweg, um sich mechanisch der Anwesenheit des Hundes zu versichern. Außerhalb dieser engen Bewußtseinsgrenze war ihr vermutlich nicht recht klar, was um sie herum geschah. Und im Grunde war es auch nicht schlimmer so.

Abel kehrte bei Einbruch der Dunkelheit zurück. Auch er schien die Heldentaten an Ordnung und Sauberkeit nicht zu bemerken, die Joseph in seiner Abwesenheit vollbracht hatte. Oberhalb des Hofes, in einer Höhlung inmitten der Felsen, verlosch allmählich das Feuer aus den Abfällen, und mit der Feuchtigkeit des Abends begann der Rauch weiß zu werden.

Er aß sogleich seine Suppe und legte sich schlafen. Zwar hatte er versucht, bei seinem Eintritt mit einem langen Pflanzenfresserblick das Gesicht seines Bruders zu erforschen, um darin klar und deutlich die Situation ablesen zu können, doch Joseph, erbost darüber, daß dieser Tölpel keinen einzigen Blick für all das gehabt hatte, was er in so kurzer Zeit zuwege gebracht hatte, hatte einen versteinerten Gesichtsausdruck bewahrt.

Am nächsten Morgen wachte Joseph sehr früh auf, etwas gerädert, doch mit sich selbst zufrieden. Die blaue Morgendämmerung sickerte durch das Fenster. Er öffnete die Fensterläden einen Spalt, spürte im Gesicht die köstliche Frische des von häuslichen Ausdünstungen freien Grüns, die seine entwöhnte Nase mit gesteigerter Empfänglichkeit einsog. Am stärksten war der Geruch des Heus. Er schien ihm die verschwundene, grenzenlose Weite der Wiesen zurückzugeben, auf denen es getrocknet war. Zu diesem sanften Geruch und der heftigen Anwandlung von Hoffnung, die mit ihm verbunden war, kam noch ein verschwommenes, eigenartiges Gefühl, von dem er nicht so recht wußte, ob es etwas Anwesendes oder etwas Abwesendes war. Es war ungreifbar, und doch machte es die Luft frischer, heller und leichter zum Atmen. Und dann fiel ihm ein, daß Sonntag war, und er fühlte sich ganz seltsam.

Während er den von Dornen und Unrat gesäuberten Hof betrachtete, stellte er mit angenehmer Überraschung fest, daß die Summe der kleinen Anstrengungen, die dafür erforderlich gewesen waren, ihm das Ergebnis zunächst verborgen hatte. Jetzt konnte er es mit einem Mal in seinem ganzen Umfang ermessen.

Zum zweiten Mal seit gestern erfüllte ihn eine Welle von Wohlbehagen, und er blieb still, aus dem Fenster gelehnt, betrachtete diesen Hof, der sauberer war, als er ihn bei seiner Ankunft vorgefunden hatte, und die Gäßchen zwischen den Nebengebäuden, die er vom Unkraut befreit hatte, genoß das Ergebnis seiner Arbeit und lauschte dem Gefühl der Fülle, das angesichts dieser kleinen, friedlichen, morgendlichen Welt in ihm keimte, die er gastlicher gemacht hatte.

Sie war schon recht merkwürdig, diese einzigartige Übereinstimmung der Sinne und der Welt, die bisweilen – sehr selten – aus geheimnisvollen Gründen und zufälligem Zusammentreffen wieder zustande kam. Die entzückten Sinne stillten ihren Durst an dieser wundertätigen Quelle, die nach langen Zeiten innerer Trockenheit nur wenige Sekunden lang zu fließen bereit war, wie erfrischende Oasen, die immer seltener werden mit der Zeit. Kränkelnden Menschen gleich, die beständig auf Zeichen der Heilung oder des bitteren Endes lauern und Meister in der Kunst geworden sind, ihre körperlichen Erscheinungen als Todesdrohung oder Glücksversprechen auszudeuten, hatte er schließlich herausgefunden, daß dieses Phänomen mit der Tiefe und Dauer seines Schlafes verbunden zu sein schien. Es äußerte sich in einem Gefühl körperloser Leichtigkeit, und zugleich erschien alles, was ihn umgab, in ergreifender Anschaulichkeit. Die Kulissen erhielten wieder ihre ursprüngliche Tiefe zurück. Einen Augenblick lang atmete Adam, im Osten Edens, die Luft des verbotenen Landes seiner Geburt.

Ohne abzuwarten, bis der Zauber von selbst verflog, unterbrach er seine Betrachtungen, zog sich an, ging hinunter, bereit zu glauben, daß die kleinste körperliche oder geistige Tat des Vormittags unter dem Zeichen der erlösenden Verwandlung stehen würde. Ein weiteres klinisches Zeichen dieses Phänomens: ein leicht wahnhafter Optimismus. Wie ein Mensch im Zustand der Trunkenheit räumte das Bewußtsein, erstaunt, von seiner gewohnten Starre befreit zu sein, alle Verstimmungen aus dem Wege, versüßte sämtliche bitteren Pillen, gestattete sich den Luxus, den schlimmsten Katastrophen mit orientalischer Gelassenheit ins Auge zu blicken. Seine Mutter würde von ihrer Mattheit genesen, er würde sich verpflichten, sie öfter zu besuchen, sie mit auf die Reise nehmen, ihr Geld geben, auf seine Kosten diese Ruine reparieren lassen, seine Ferien hier verbringen usw. usw. ...

Gott im Himmel, und alles ist gut auf Erden.

Es war sechs Uhr. Seine Mutter war vielleicht noch nicht geheilt, aber sie schlief noch. Bald fand sich Abel bei ihm in der Küche ein. Joseph entschloß sich, sogleich zur Tat zu schreiten und seinem Bruder mit größter Nachsicht zu begegnen. Sie frühstückten, einander gegenübersitzend.

Ruhig begann Joseph, seinem älteren Bruder auseinanderzusetzen, was er von diesem anormalen Verhalten hielt und welche Vorkehrungen es zu treffen galt.

„Meiner Meinung nach ist es nicht sehr ernst. Eine schlechte Zeit, die wieder vorbeigehen wird. In diesem Alter haben die Frauen die meisten Probleme. Es ist wohl das Blut ... Doktor Stéphan ist bis zum Ende der Woche nicht da, und seinen Vertreter kommen zu lassen, der Mama nicht kennt ... Er aber wird in jedem Fall kommen."

Abel hörte zu; das war alles, was er tun konnte. Was ihn

nicht daran hinderte, dieses Selbstgespräch kontrapunktisch mit einem Konzert aus Schnalzen und Gluckser zu begleiten, die er von sich gab, während er wahre Schaufeln von Kastanien im Tempo einer mit Volldampf die Kohle verschlingenden Lokomotive in sich hineinstopfte.

Joseph, der spürte, wie wieder eine Art dumpfe Neugier für diese phänomenale Unbekümmertheit in ihm aufstieg, und befürchtete, seine guten Vorsätze könnten vorzeitig ihren Geist aufgeben, packte rasch den Arm seines Bruders über den Tisch hinweg:

„Hör mir gut zu: Was sie jetzt braucht, ist, daß man sie zerstreut, ihr Gesellschaft leistet, mit ihr spricht, sie nicht mehr so lange allein läßt. Ich gebe zu, es war nicht richtig, daß ich in dieser ganzen Zeit nicht gekommen bin. Aber was willst du, man tut nicht immer nur, was man will. Von nun an werde ich öfter kommen, das versprech' ich dir. Ich bin ganz sicher, daß alles wieder in Ordnung kommen wird. Sie wird wieder normal, du wirst sehen ..."

Er schwieg einen Augenblick. Man hörte, wie der Boden im benachbarten Stall erzitterte. Das Pferd wehrte sich gegen die Fliegen.

„Und ... und ... und-die-Schweiz?" brüllte auf einmal Abel. Joseph fuhr zusammen.

Na so was, das hat er also gut verstanden, dieser Schuft, und obendrein erinnert er sich auch noch daran, dachte er, wie vom Donner gerührt.

„Schrei nicht so laut, du wirst sie aufwecken ... Nun, die Schweiz, erst einmal ist das erst in vier oder fünf Monaten, und ich denke, daß sie bis dahin geheilt sein wird, wenn sie überhaupt wirklich krank ist. Und dann wird sich ja vielleicht in dieser Zeit etwas ändern in diesem Haus, oder?"

Joseph warf ihm einen koketten Blick zu, der schon auf hundert Meter Entfernung erkennbar war.

„Schon möglich ...", gab Abel phlegmatisch von sich.

Unglaublich. Heute morgen versteht er alles, was ich ihm sage, und ohne viel Worte, dachte Joseph.

„A propos, wie geht es denn der Marie?"

Abel, der begonnen hatte, eine Zigarette zu drehen, schnalzte mit der Zunge:

„Es geht, es geht ..."

„Und wann wird die Hochzeit sein?"

„Im ... im ... im Oktober. N... N... Nach der Ernte. Man braucht Geld, um zu heiraten."

„Das wird doch sicher lustiger sein für dich. Das ist doch kein Leben, so allein, den ganzen Tag ..."

Er stand auf, durchquerte das Zimmer, öffnete die Tür. Wie schön war die Welt heute morgen. Er hatte wahrhaftig das Gefühl, neu geboren zu werden, nur noch durch die leichte Existenz der Dinge zu leben, kein eigenes Leben mehr zu haben, ganz dem dargeboten zu sein, was er betrachtete. Krähen kreisten langsam hoch über den Felswänden, wie versprengte Überbleibsel an der Oberfläche eines Strudels. Abel stellte sich in die Tür und rauchte dort seine Zigarette.

„Das wird ein schöner Tag", sagte Joseph.

Abel nickte, spuckte zu Boden und zertrat seinen Auswurf mit dem Fuß.

„Komm, ich zeig' dir, was ich gestern alles gemacht habe."

Er nahm ihn am Arm und zog ihn mit sich fort. Die beiden Brüder gingen um die Nebengebäude herum. Das am Vorabend geschnittene, taubenetzte Gras roch bereits nach Heu. Am unteren Ende der gras- und ginsterbewachsenen Abhänge säumte ein leichtes Nebelband das Bett des Baches. Der Talkessel war noch in Schatten getaucht. Sie kehrten zum Hof zurück.

„Ich weiß wohl, daß du nicht die Zeit hast, dich um all das zu kümmern. Wenn du willst, können wir heute die Ställe und den Holzschuppen sauber machen. Das muß nur so von Ungeziefer wimmeln darunter ... Wenn du die Reisigbündel gesehen hättest, die ich aus dem Kamin herausgezogen habe ... Schaben liefen nach allen Seiten weg, und Ratten hatten darin genistet ... Ich hab' alles zusammen mit dem Unrat verbrannt ..."

Sie begannen mit den Ställen und arbeiteten ohne Unterbrechung bis zum Mittag. Sie hatten die drei Ziegen draußen angebunden; gleichmütig knabberten sie am Efeu der Mauer, drehten dann und wann die Köpfe in ihre Richtung und zeigten ihren undurchdringlichen Krakenblick.

Die Mutter war gegen neun Uhr aufgestanden. Sie hatte vorsichtig die Fensterläden ihres Zimmers angelehnt, und kurze Zeit später hatte man gehört, wie sie in der Feuerstelle ihres Herdes herumkratzte. Ein gutes Zeichen, hatte Joseph gedacht, für den ihre Gesundheit eng vom Funktionieren dieses Werkzeugs abhängig war.

In der Mitte des Dreschplatzes häuften sie Heu und verfaultes Stroh zusammen, dazu alte verschimmelte Jutesäcke und alles, was ihnen an Altem und Nutzlosem noch in die Hände fiel. Als sie den Haufen angezündet hatten, entstieg ihm ein gelber Rauch, dick wie Sahne. Gierig betrachtete Joseph die schweren Spiralen, die sich bauschten und langsam in die ruhige Luft emporstiegen. Beinahe hatte er Lust, die ganze Woche hier zu verbringen. Es gab in diesem Haus noch so vieles zu tun, zu säubern, zu reparieren. Ihm kam auch ein kleiner Satz in den Sinn, der ihm aufgefallen war, als er die „Reise in die Cévennen auf Eselsrücken" des köstlichen Stevenson gelesen hatte: „... denn wer hätte sich bei einer Gegenwart so voller Anforderungen um die Zukunft gesorgt?" Ihm schien, als würde die Zeit seit gestern nicht mehr vergehen, als wäre sie gezähmt worden von diesen häuslichen Arbeiten und würde ihn nun reglos umgeben wie das friedliche Wasser eines Sees. „Ich könnte den Barthélemys ausrichten lassen, daß ich meine kranke Mutter nicht allein lassen kann, solange der Arzt sie noch nicht gesehen hat ..."

Bevor er zu Tisch ging, wusch er seinen nackten Oberkörper draußen mit kaltem Wasser. Die Sonne brannte bereits sehr heiß.

Es war Mittag. Jetzt standen die Schatten reglos unter dem beinahe senkrechten Licht, und als das Essen beendet war, konnte man schon ihre unmerkliche Fluchtbewegung in die andere Richtung erahnen.

Die Mutter strickte vor der Tür, in ihrem alten Korbsessel, mit den gleichen Bewegungen wie am Vortag, doch Joseph hatte nun das Aufräumen des Hauses beendet, er verausgabte seine Kräfte nicht mehr, indem er alten Plunder aussortierte, schmutziges Zeug verbrannte, ständig, in eine Staubwolke gehüllt, zwischen Keller und Boden hin- und herlief. Er hatte sich auf eine Treppenstufe vor die Tür gesetzt und schaute vor sich hin, ohne etwas zu denken. Abel war nicht zu hören; vermutlich döste er auf seinem Stuhl. Matt und ölig glitt das Licht über das gegenüberliegende Dach.

Er erhob sich unvermittelt und ging in die Küche.

„Ich werde bald gehen", sagte er. „Es gibt einen Bus gegen halb drei.

Abel rülpste. Flinke Fliegen huschten über seine Hände.

„Wenn etwas nicht in Ordnung ist, benachrichtigst du mich natürlich. Ich werde am Wochenende mit Doktor Stéphan heraufkommen. Dann werden wir endgültig wissen, woran wir sind."

Er ging wieder hinaus, seine Jacke unter dem Arm, küßte seine Mutter, und während er mit den Fingerspitzen leicht ihr Haar berührte:

„Jeden Sonnabend, du und ich, ja? Wie früher ... Versprich mir, brav zu sein ..."

Sie lachte und machte sich nach einem verstohlenen Blick in Richtung des Hundes wieder an ihre Strickarbeit.

Abel begleitete seinen Bruder bis zur Höhe des kleinen Friedhofs. Seit dem Tod Reilhans war Joseph kein einziges Mal dort gewesen. Er ging einen Augenblick hinein. Unkraut hatte die Schieferplatte, auf der Abel die Initialen seines Vaters geritzt hatte, fast völlig überwuchert. Große Weinbergschnecken hatten hier ihr Zuhause gefunden. Die Brennesseln, die kräftiger waren als je zuvor, führten in aller Ruhe ihr häusliches Dasein über den Toten, nährten sich von ihrer Zersetzung, ohne sich etwas dabei zu denken. Er ging wieder hinaus, schloß die bescheidene, knarrende Pforte hinter sich. Mit zusammengekniffenen Augen, den Blick auf seinen Bruder gerichtet, schien er nachzudenken.

„Du gehst nie in die Kirche, was ... Du sagst nie die Gebete, die Vater uns beigebracht hat. Ich wette, du hast seit Jahren keine Bibel mehr aufgeschlagen."

Er senkte die Augen, zeichnete mit der Spitze seines Schuhs einen Kreisbogen in den Staub.

„Womöglich glaubst du gar nicht an Gott?"

Zunächst einmal sah Abel völlig verdutzt aus. Dann lächelte er leicht ironisch. Er öffnete den Mund und zeigte sein nacktes – schrecklich verwundbares – Zahnfleisch.

„Das, das ist ... das ist ... das ist nicht meine Angelegenheit. Das ist ... das ist deine ..."

„Und das Loch", sagte Joseph mit verhaltener Wut, „das macht dir nichts aus, da reinzugehen, ins Loch?"

„Das Loch ... Was für ein Loch?"

Mit dem Daumen, ohne sich umzudrehen, zeigte Joseph auf die hinter ihm aufgereihten Gräber.

„In das da, mein Alter, in das Loch da voller Würmer, wo du Erde fressen wirst und die Würmer dich fressen werden. Denkst du manchmal daran? Aufgefressen, zernagt, aufgelöst ... Nichts mehr, null, ein Nichts ... in Luft aufgelöst ..."

Er sprach mit dumpfer, hastiger Stimme.

„Als hätte es dich nie gegeben. Wie diese Ameise da, siehst du" – mit einem Hieb des Absatzes zertrat er das Tier – „aus! Adieu Wälder und Kastanien. Adieu alles, was dir Spaß macht. Hopp! Ins Loch, verstehst du, ins Loch, wie ein Hund, wie ein blöder Hammel. Scheiße. Du bist nichts als Scheiße, wie ich, wie alle, wenn es nichts anderes gibt ..."

Er versetzte dem fassungslosen, stumpfsinnigen, perplex dreinblickenden Riesen einen Rippenstoß, wich langsam vor ihm zurück und machte sich auf den Weg. Er drehte sich ein letztes Mal um, bevor der Weg abschüssig wurde, gezwungen, laut zu schreien wegen der Entfernung.

„Du bist zu blöd, um zu begreifen, häh? Aber denk mal darüber nach: Scheiße. Das Loch – A-a!"

Er ballte die Fäuste, voll haßerfüllten Neides, daß so viel Unschuld das Privileg der allermeisten war.

„A-a, A-a, A-a!"

Vor lauter Wut von einem Schluckauf geschüttelt, Verzweiflung im Herzen, verschwand er, eingehüllt von der dreifachen Beschimpfung.

Er war zu unglücklich, zu angewidert, um direkt zum Pastor zurückzukehren. Er beendete den Tag, besiegelte diese vermeintliche Hinrichtung auf der Terrasse eines Cafés, wo er Bier in Flaschen trank und nach dem Schenkelspalt der jungen Mädchen schielte, die ihm gegenüber saßen.

Am Abend fand ein Ball unter den Platanen statt. Er streifte im Halbdunkel umher, machte eine Bekanntschaft und brachte es bis ins Bett. Es war das erste Mal – die Schweiz hatte vorerst nur Annäherungen ermöglicht. Er fühlte sich ganz seltsam. Leicht. Wie geheilt. Die Kleine hatte herrliche Schenkel und ein dummes Gesicht. Er wagte nicht, sie zu fragen, ob es immer so sei beim ersten Mal. Jetzt hatte er seine Berufung gefunden.

Der Sperber

Er, der nicht gewartet hatte, bis die Zeit und alles, was sie mit sich bringt, ihn lehrten, daß der höchste Grad der Weisheit darin besteht, Träume zu haben, die groß genug sind, damit man sie nicht aus den Augen verliert, während man sie verfolgt.

Faulkner (Sartoris)

Letztlich gedenkt der Mensch, drei Viertel seines Lebens mit Leiden zu verbringen und sich im vierten Viertel auszuruhen. Und meist stirbt er vor Elend, ohne zu wissen, wie weit er ist in seinem Plan!

Rimbaud (Brief vom 6. Januar 1886)

Der Wind hatte den Fensterladen geöffnet, der wahrscheinlich nicht richtig festgemacht worden war. Ein blaues, milchig schimmerndes Licht erfüllt mit einem Mal das Zimmer.

Fröstelnd unter ihren Decken zusammengerollt, suchte sie instinktiv die Sicherheit einer anderen Wärme, streckte die Hand zwischen den Laken aus, fand neben sich jedoch nur einen leeren, kalten Platz. Wo war er bloß wieder zu solcher Stunde? Sie richtete sich auf, befragte mit gespitzten Ohren das Schweigen des Hauses und die unruhige Nacht, die es umgab, doch hörte sie nur ihr eigenes Herz dumpf in der Brust schlagen.

Sobald der Frühling kam, war Abel wie eines jener Tiere, die der Winterschlaf zur Zeit der Kälte, der stillen weißen Tage und von Eis eingemauerten Nächte allzu lange unter der Erde festgehalten hat. Bei den ersten Lebenszeichen, die das Frühjahr ihnen gibt, können sie nicht mehr stillhalten, geschweige denn auch nur einen Augenblick Schlaf in ihrem Bau verlieren, während draußen eine Welt mit neuen Bäumen und Blättern, freien Wassern und gelüftetem Himmel klar macht für die große Überfahrt.

Plötzlich war das Zimmer in Dunkelheit getaucht, und nur das senkrechte Rechteck des Fensters blieb hell. Eine Wolke hatte den Mond verdeckt und die Nacht mit einem Mal ausgelöscht. Wenn es doch nur regnen würde ... Sie stand auf, schlüpfte in ihre Pantoffeln, einen Morgenmantel und ging zum Fenster.

Die Nacht war hell, windig und voller Bewegungen. Am schwarzglänzenden Himmel jagte eine einzelne Wolke von Norden nach Süden, wie ein kleines Tier, das von der Herde fortgelaufen ist und nun blindlings seinem eigenen Ziel entgegeneilt. Bei diesem auf Nord stehenden Wetter würde man noch lange auf Regen warten müssen; seit zwei Monaten war kein Tropfen Wasser gefallen. Am Grund der hohltönenden Zisternen saugten die Pumpen die Leere an. Die Zeitungen sprachen von einer noch nie dagewesenen Frühjahrsdürre. Das wird lustig werden ...

Ihr Herz tat einen Sprung. Etwas hatte sich bewegt dort oben, über ihrem Kopf. Sie war nicht gern allein in diesem großen Haus, besonders nachts, wenn es überall knarrte und voll ungewöhnlicher Geräusche war – allein mit dieser alten Verrückten, die in ihren schlaflosen Nächten mit ihren Wahnbildern kämpfte.

Sie verließ das Zimmer, tastete sich den Flur entlang, bis sie den kalten Luftstrom im Gesicht spürte, der von der Treppe kam. Unten war alles still; Stille auch oben. Sie hat sich wohl in ihrem Stroh bewegt, sagte sie sich. So leise wie möglich kletterte sie die Müllertreppe hinauf, die zur Mansarde führte, und stellte mit Schrecken fest, daß sie vergessen hatte, die Tür abzuschließen! Rasch öffnete sie diese einen Spalt, durchforschte den Halbschatten des Dachbodens, der von einer ladenlosen Luke schwach erhellt wurde. Auf dem Strohlager glaubte sie die dunkle Form des Kopfes zu erkennen, der unter der Decke hervorragte; ihre Schwiegermutter schlief, sie atmete auf. Als ihre Augen sich jedoch an die Dunkelheit gewöhnt hatten, erschien ihr die Form verdächtig, ebenso die völlige Stille des Lagers. Mit ausgestreckten Händen warf sie sich nach vorn, fürchtete überdies, die Feindin könnte wie eine große Spinne in einer Ecke im Hinterhalt liegen und unvermutet über sie herfallen. Es war niemand da! Niemand auf dem Lager, der Dachboden leer, in höchster Eile stieg sie wieder hinab.

Auch in der Küche niemand. Wo waren sie denn bloß, alle

beide? Sie spürte Angst in sich aufsteigen und zündete die Petroleumlampe an. Der Türriegel war offen, das Gewehr fehlte an seinem Platz am Balken, ebenso die Überjacke am Kleiderhaken. Abel hatte sich wohl diese außergewöhnliche Mondhelle zunutze gemacht und sich auf die Lauer gelegt. Die Mutter, ihren nächtlichen Dämonen ausgeliefert, war wieder einmal auf und davon, um etwas anzustellen. Sie hätte sich ohrfeigen können, daß sie diese Tür offengelassen hatte! Hoffentlich hatte diese Teufelin nicht die Streichhölzer aufgestöbert, das war ihre Marotte. Das Stroh, mitten in der Nacht und dann dieser Wind ... Nein, die Streichhölzer waren noch an ihrem Platz, in einer Blechdose ganz hinten im Schrank. Wo mochte diese Verrückte jetzt umherirren?

Sie ging hinaus. Man brauchte keine Lampe, um zu sehen. Es war so hell, daß man die Zeitung hätte lesen können. Die Nacht war von scharfer, trockener Kälte, eine silbrige Aprilnacht, übersät mit flimmernden Sternen. Sie zog die Aufschläge ihres Morgenmantels am Hals zusammen und rief:

„Mutter, Mutter, wo sind Sie?"

Der Wind verschluckte ihre Stimme, im Schuppen antwortete ihr der Hund mit klagender Stimme. Sie band ihn los: „Such, such ..."

Das Tier brauchte nicht lange, bis es die alte Frau auf der anderen Seite des Dreschplatzes entdeckt hatte, wo sie gegen die kleine Mauer gehockt saß wie eine indianische Mumie – hart, vereist, mit starren, weit geöffneten Augen, wie tot.

„Was macht sie denn da! Wenn das kein Unglück ist, so etwas mitanzusehen! Mitten in der Nacht aus dem Bett zu müssen, wenn man es so schön da hatte ..."

Schimpfend ließ sie ihr die Hände unter die Achselhöhlen gleiten und zog sie in die Höhe, beeindruckt von der Leichtigkeit dieses Weidenkäfigs, in dem wie durch ein Wunder noch das Leben schlug.

Sie machte ihr eine Tasse Milch heiß, brachte sie ins Bett im ersten Stock, in ihrem alten Zimmer, aus dem ihre Sudeleien sie verbannt hatten. Einmal war keinmal. Wenn sie heute nacht durch einen Kälteschlag abkratzen würde, dann sollte sie es wenigstens in ihrem eigenen Bett tun.

Sie legte sich wieder hin, bis auf die Knochen durchfroren, und fand erst im Morgengrauen in den Schlaf zurück, von ähnlichen Gedanken heimgesucht, wie sie ihre Schwiegermutter einst unaufhörlich geplagt hatten.

Mit ihr würde man so etwas jedoch nicht machen. Mittelalter, Quellwasser, Wäschewaschen im Bach, Holzfeuer – dieses ganze entwürdigende, groteske und erschöpfende Affentheater war von nun an gut für die Pariser. War das Hochland im Begriff, zum Zweitwohnsitz Frankreichs zu werden, zu seinem Sauerstoffreservoir, zu seiner Rückkehr zu den Ursprüngen, um nicht zu sagen zu seinem altsteinzeitlichen Reservat, so träumten die Eingeborenen nur noch von Leuchtstoffröhren und Resopal.

Und schließlich würde ihr Vater nicht ewig leben. Er hatte ihnen vorgeschlagen, zu ihm zu ziehen, doch Reilhan hatte nichts davon wissen wollen. Eines schönen Tages, nach seinem Tod, würde man Maheux verscheuern oder den Dornen überlassen, wenn niemand es wollte, man würde die Äcker behalten und sich nach Mazel-de-Mort zurückziehen, wo man wieder die Schafzucht aufnehmen könnte, wo es Weideland gab, einen Hühnerstall, einen Obstgarten, guten Boden.

Und Wasser.

Als sie gegen acht Uhr aufstand, war sie erst einmal gezwungen, Laken und Matratze zu säubern, auf denen ihre Schwiegermutter sich vergessen hatte. Doch womöglich war das kein „Vergessen", denn überall hatte sie etwas verschmiert, wie zum Vergnügen, wie um sich zu rächen. Obgleich die Schuldige sicher unempfänglich für derlei war, verschonte Marie sie nicht mit ihren Vorhaltungen und ihrem Gezeter.

„Ich bin sicher, daß Sie es mit Absicht getan haben, böse Frau! Und da es so ist, werden Sie den Dachboden nicht mehr verlassen. Sie können Ihren Dreck in Ihrem Strohlager machen, wenn Sie lustig dazu sind ..."

Sie ließ sie sogleich in ihre Höhle hinaufsteigen. Kurze Zeit später brachte sie ihr den Brei aus in Ziegenmilch zerquetschten Kastanien. Die Alte schlief oder tat, als schliefe sie. Während sie den Napf zu Boden stellte, beugte sie sich über sie. Von dem Geruch wurde ihr plötzlich übel:

„Na los, richten Sie sich auf und versuchen Sie jetzt, vernünftig zu sein."

Als sie versuchte, ihren Oberkörper nach vorn zu ziehen, entspannte die Alte sich mit der Geschwindigkeit einer Schlange und biß sie heftig in den Arm.

„Miststück!"

Sie versetzte ihr einen harten Stoß, ihr Kopf fiel auf die Kante einer alten Truhe, die an das Strohlager angrenzte, und verursachte ein recht häßliches Geräusch wie von einer zerbrechenden Nußschale. Erstarrt, verrückt vor Schreck, im Glauben, sie getötet zu haben, rannte Marie davon, schlug die Tür zu, nahm im Eiltempo die Leiter, die Treppe und stürzte aus dem Haus, um sich von dem Schrecken zu erholen.

Was für eine Geschichte! Wie würde sie heute abend ihrem Ehemann gegenübertreten? Würde es ihr gelingen, einen natürlichen Gesichtsausdruck zu wahren? Sie, eine Mörderin! Sie sah sich bereits zwischen zwei Gendarmen. Der Skandal, die Schande ..., womöglich Gefängnis. Und alles wegen einer alten, tollwütigen Verrückten, der sie seit Monaten als Dienstmädchen diente! Worauf hatte sie sich da bloß eingelassen!

Sie lief hin und her, rang die Hände vor lauter Unruhe und wagte nicht, ins Haus zurückzukehren. Gegen Ende des Vormittags ließ sie sich jedoch von dem Gemurre umstimmen, das sie zu hören glaubte, und als sie auf der Treppe die Ohren spitzte, hörte sie tatsächlich die Tote, die wie gewohnt vor sich hin brummelte. Da gaben ihre Nerven nach, sie ließ sich auf einen Stuhl fallen und begann zu weinen. Sie konnte nicht verhindern, daß ihre Tränen lange verschleppten Kummer neu belebten und darum nur noch bitterer wurden.

Ihre Hochzeit. Niemand war dabei gewesen, als wäre es eine Schande, nach dreißig zu heiraten. Nach zwei verstohlen gestammelten „Ja“ hatte es als einzige Festlichkeit einen Pfefferminzsirup im Bistro in St. Julien d'Arpaon gegeben und einen Schweinebraten bei ihr, in Mazel-de-Mort – mit einer Schwiegermutter, die schon halb in ihren Wolken war, ihrem Vater, den seine Schonkost genauso unterminierte wie das, was ihn dazu gezwungen hatte, und einem jungen, weit entfernten, abwesenden Schwager, der kaum an die Speisen rührte. Und das Komischste war, daß sie schwanger war, sie, fast schon eine alte Jungfer, ausgetrocknet wie ein Reisigbündel und dennoch geschwängert wie jene frischen, fleischigen, ungewitzten Mädchen, die ihren dicken Bauch in der Kirche unter weißen Schleiern verbargen. Vor einiger Zeit hatte er sie im Krämerladen in St. Julien getroffen, hatte ein von der Sonne völlig ausgebleichtes Tuch ergriffen, das zwischen Wundertüten und billigen Parfümflaschen im Schaufenster lag, und es ihr mit Gewalt in den Einkaufskorb gestopft: „Ja, ja, komm, mach ... mach ... mach keine Geschichten ...“

Eine Woche später hatte er ihr, ebenfalls mit Gewalt, den Lohn seines Geschenkes entrissen. Als sie ihre Ziegen hütete auf einem mit Gras bewachsenen Weg, der nach Weißdorn roch und zur Hingabe einlud, hatte er sie überrascht und genommen. Eine unbestimmte Neugier, die sich sofort erschöpft hatte, und vor allem das Verlangen, sich für unzählige Demütigungen zu rächen, hatten sie bewogen, sich nicht zu wehren. Eine Ziegenhirtin, der man hinter der Hecke die Röcke schürzte, das kam nicht gerade alle Tage vor in diesem Land geschlossener Schenkel ... Sie hatten ins Schwarze getroffen, wie alle Anfänger. Daher einen Monat später: Heiraten. Man würde mit den Zeiten schummeln. Ein Kind kann ohne weiteres ein oder zwei Monate zu früh zur Welt kommen.

Unglücklicherweise kam es allen Ernstes zu früh zur Welt und starb nach drei Tagen. Das war im letzten Jahr gewesen. Man begrub es in Kopfhöhe seines Großvaters, eine kleine Mumie, kaum größer als ein gehäutetes Kaninchen. Anstelle eines Trostes hatte der Doktor ihr erklärt, daß sie keine mehr haben könne. Zu alt, zu verknöchert, wie die tauben Stoppeln des Hochplateaus, auf denen seit Wochen kein Regen mehr niederging.

Die Herbststürme hatten die Schwellung des lächerlichen Grabes geglättet und mit ihm ihren hastigen Schmerz, als wären ihre Heirat und ihre kurze Mutterschaft nur eine Einbildung ohne jede Folge gewesen.

Am Abend, als er, das Bein hinterherziehend, heimkehrte, teilte sie ihm mit – und in ihrer Art zu sprechen lag so etwas wie Herausforderung –, daß die Quelle fast nicht mehr floß. Kaum mehr als ein Rinnsal, an dem die Wespen nippten und die Schmetterlinge umherflatterten wie in den schlimmsten Stunden der Hundstage. Immerhin war es ihr noch gelungen, den größten Teil zu gewinnen, indem sie das Holzrohr, in dem das Quellwasser abfloß, tiefer in den Abhang drückte. Doch für einen elenden Eimer Wasser zwei Stunden Wartezeit und Nägelkauen! Wenn es wenigstens ein bedecktes Becken gäbe, in dem sich das Wasser sammeln kann, wie in Mazel-de-Mort ...

„Was haben sie sich bloß gedacht, deine Vorfahren?"

Mürrisch blieb er die Antwort schuldig. Sie zuckte die Schultern, entschlossen, ihn zu schikanieren.

„Hast du wenigstens was geschossen?"

Wütend warf er sein Gewehr auf den Tisch.

„Nix! Gibt nix!"

Zwar gab es die Hasen des Plateaus, die ihre Sprünge unter dem Mond machten und ihn mitten in der Nacht aus dem Bett holten, aber mit dieser Flinte wurde jede Beute zur Chimäre.

Im Herbst, wenn er an seinen Holzschlägen arbeitete und die Tiefen des Waldes ihm das Echo der Jagdpartien zurückwarfen, setzte er seine Axt ab und spitzte die Ohren, voll Wut und Neid, gebannt durch das nervöse Knacken, das ihm wie ein Privileg der modernen Waffen erschien. Ach! hätte er ein Gewehr wie das seines Schwiegervaters besessen, so ein herrliches „Robuste" mit zwei gebläuten Stahlläufen, Kaliber sechzehn, licht und stark wie der Blitz, dann hätte man so manches Fest in Maheux gefeiert!

Sie schob das Gewehr beiseite, stellte die Suppenschüssel an seine Stelle, rührte die ewige Mischung aus Milch und Kastanien um und servierte ihm seine Portion.

„Dann wirst du dich vorerst mit *bajana* begnügen müssen, mein armer Reilhan, wie dein Vater und dein Großvater ... Aber du wirst zugeben, daß eine hohe Strafe riskieren, um mit leerem Beutel nach Hause zu kommen ... Wenn du nun zufällig eines Tages auf einen dieser Forstbeamten stößt ..."

Er begann zu brüllen und schlug mit der Faust auf den Tisch.

Die Adern an seinem Hals schwollen an und wurden in so häßlicher Weise dunkel, daß sie es vorzog zu schweigen und für den Rest des Abends klein beizugeben. Obgleich er sie niemals geschlagen hatte, war sie stets auf der Hut. Diese Gewalt, die in den meisten Männern auf der Lauer lag wie ein sprungbereites Tier, machte ihr Angst. Instinktiv wußte sie diesen plötzlichen Blutwallungen mit der erprobten Ruhe eines Dienstmädchens zu begegnen.

Am nächsten Morgen war es noch grau, als Reilhan zur Quelle hinunterstieg.

Ungefähr einen Kilometer vom Hof entfernt, auf halbem Wege zum Bach gelegen, war sie der neuralgische Punkt von Maheux, sein Puls, beinahe sein Daseinsgrund. Hierher führte man die Tiere zur Tränke, früher, als die Quellen reichlich flossen – zumindest, wenn man der dunklen, verschönernden Erinnerung an die Vergangenheit glauben will. Es scheint jedenfalls, daß die Frauen ihre Wäsche dort wuschen, daß man im Sommer sich selbst dort wusch und seinen Körper mit Seifenkraut abrieb. In einem mehrere Meter langen Trog aus klebrig-grünem Holz, der jetzt völlig verfault und mit den Gräsern verwachsen ist, sammelte sich das Wasser, über das Wasserinsekten auf der Flucht vor Libellen im Zickzackkurs hinwegschossen. An lauen Abenden gab es immer einen Laubfrosch, der den Käuzen des Waldes antwortete, und ihre hin- und herfliegenden Rufe verrieten die zahlreichen Korridore der Nacht. Seitdem sich die Reserven des Berges jedoch im Lauf der Jahre erschöpft zu haben schienen – sofern das Gedächtnis nicht trog, denn seine Wassermenge blieb spärlich selbst zur Zeit der Regenfälle und wurde ungewiß, sobald die schönen Tage kamen –, trat da nur noch eines dieser launischen, zeitweilig versiegenden Felsgepinkel aus, das die Jäger hier *„fon de chin"*[13] nennen, gerade soviel, um Schlangen anzulocken und den Krug zu füllen, wenn die Zisterne leer ist.

Wie dem auch sei, wenn das Wetter sich nicht bald änderte, würde sie bald überhaupt nichts mehr füllen. Abel tauschte den Eimer, den die Schwarze am Vorabend unter das Rohr gestellt hatte, gegen eine von ihm mitgebrachte Gießkanne aus und ging weiter bis zum Bach, dessen stilles Bett sich wie ein weißes Skelett durch die Bäume hindurch schlängelte. Die sinkenden Wasser hatten die klebrige Ablagerung, die das Felsgestein der Flüsse überzieht, in der Sonne bleichen lassen. Vertiefungen, mit modrigem Wasser gefüllt, das sich wohl aus unterirdischen Zuflüssen speiste, verströmten hier und da einen brackigen Geruch nach Blumenvase und pflanzlicher Zersetzung.

Er hatte zwar große Sommer erlebt, mit flammender Hitze, staubig und ausgeglüht wie Kalk, wo man unter freiem Himmel schlafen mußte, da die Luft in den Zimmern zum Ersticken war, wo von Mai bis zu den Oktoberstürmen die verschrumpelten Blätter kläglich an den Zweigen hingen. Gleichwohl konnte er sich nicht erinnern, daß der Bach schon so früh in der Jahreszeit trocken gewesen wäre. Nachdenklich stieg er wieder zur Quelle hinauf. Die Morgensonne rötete die Front der Wälder; am reinen Blau des Himmels nicht die geringste Bewegung, nichts, was auch nur auf eine Verheißung von Regen hindeutete.

Beim Vorbeigehen blieb er stehen, um den gefüllten Eimer zu nehmen, und warf einen Blick in die Gießkanne, die er kurz zuvor an seine Stelle gesetzt hatte. Kaum drei oder vier Liter hatte der Behälter in ungefähr zwanzig Minuten aufgefangen.

Wenn es in den nächsten Tagen nicht einen schönen Guß gäbe, würde man das Wasser in St. Julien holen gehen müssen. Acht Kilometer hin und zurück mit einem 50-Kilo-Faß in einer schwankenden Schubkarre – gar nicht zu reden vom höhnischen Grinsen all dieser Arschlöcher hinter ihren Fenstern. Er ballte die Fäuste.

Die ganze Nacht fühlte Marie, wie er sich in seinem Bett drehte und wendete wie ein Pfannkuchen. Beim ersten Tageslicht war er schon auf den Beinen und stöberte unten im Schuppen herum. Sie stand auf und sah vom Fenster aus, wie er mit allen möglichen Werkzeugen beladen zur Quelle hinunterstieg. Ein leichter Nebel machte die Steine ölig und kündigte große Hitze an. Als sie etwa in der Mitte des Vormittags mit ihrem Eimer hinunterging, hörte sie von weitem die Hakkenschläge in der klar gewordenen Luft.

Er war im Begriff, ein recht großes Becken zu graben, ähnlich denen, die mit Lehm abgedichtet werden und in denen Regenwasser gesammelt wird, um den Schafen als Tränke zu dienen.

Verblüfft betrachtete sie das Loch. Bildete er sich ein, sie würde mit einem Wasser voller Kaulquappen ihre Suppe bereiten oder ihre Wäsche waschen?

„Und den Beton, verdammt noch mal, womit soll ich den gießen?"

Mit hängenden Schultern, wie enttäuscht, kehrte sie zum Haus zurück.

Halb im Boden versunken, zeigten die Überreste des Troges den idealen Ort für die Grube an. So würde die obere Höhe des Bassins ohne jeden Zweifel auf gleicher Höhe der Quelle liegen, die etwa zehn Meter entfernt war.

Mit Spatenstichen hieb er das wurmstichige, verschimmelte Holz heraus. Die Bretterstücke lösten sich aus ihrem Futteral toter Gräser und torfiger Wurzeln mit dem angenehmen Geräusch zerreißenden Stoffes. Bis zu einer Tiefe von einem Meter war die Erde sandig und knirschend, etwas feucht, leicht zu graben. Dann traf die Hacke mit einem dumpfen Klang auf den Felsen, aber die Ader war nicht kompakt. Es waren große, im Sand versunkene Blöcke aus blauem Granit, zwischen die die Brechstange mühelos eindringen konnte. War ein Block freigelegt, umfaßte er ihn mit bloßen Händen, hob ihn mit einer langsamen, unwiderstehlichen Anstrengung des Kreuzes in die Höhe und setzte ihn am Rand der Ausschachtung ab.

Dann und wann kam die Schwarze und warf einen Blick auf das Werk. Einen Augenblick lang schaute sie ihm wortlos, mit verschlossenem, völlig ausdruckslosem Gesicht bei der Arbeit zu, dann ging sie wieder, ohne geruht zu haben, auch nur ein Sterbenswörtchen von sich zu geben.

Sein Schwiegervater zeigte sich gesprächiger, wenn er kam. Er war jetzt ein müder Mann geworden, der beim Laufen kleine Schritte machte und immer etwas keuchte.

„Du bist ein As", sagte er zu seinem Schwiegersohn. „Schade, daß deine Bude nicht in gleicher Höhe wie das Becken ist, sonst hättest du das Wasser hinführen können, wie die Alten es bei mir gemacht haben."

Während er die abgemagerte Silhouette betrachtete, die dunkelgelben Augenringe, die tiefen Augenhöhlen, dachte Reilhan: Schade, daß du nicht so aussiehst, als ob du alt werden würdest. Und dabei spürte er mit ruhigem Stolz eine unbesiegbare Kraft in seinen Adern pulsieren.

Gegen Mitte Mai hörte man zwei- oder dreimal Gewitter in der Ferne grollen. Sie trödelten in den Niederungen des Westens herum, in der Gegend des Aubrac, von Rodez, Albi. Doch das entschieden auf schön stehende Wetter machte sie mundtot, bevor sie die Zeit zum Reifen gehabt hatten, und man sah ihre großen, schieferblauen Gebirge langsam hinter dem Horizont zusammenbrechen. Der Morgenhimmel klebte sein unwandelbares Blau an die Fensterscheiben.

Reilhan hatte bald Geschmack an dieser Erdarbeit gefunden. Seine Arme fanden beinahe den gleichen Rhythmus wieder wie im Wald, als er bei jedem Schlag gespürt hatte, wie der Baum bis in die Spitze hinein erzitterte.

Früh am Morgen war er am Werk. Die Schläge der Hacke klangen hell in der klaren Luft. Trotz der recht frühen Stunde begann der Himmel schon weiß zu werden, und die glühende Scheibe der Sonne zitterte wie ein See aus flüssigem Metall, über dessen unruhige Oberfläche ölige Schauer laufen, grausam und unerbittlich.

In der Mitte des Tages, wenn er die Arbeit unterbrach, um ein paar Kastanien zu kauen und einen ordentlichen Schluck sauren Wein zu trinken, von dem sein Schwiegervater ihm ab und zu eine Korbflasche schenkte, stieg bisweilen ein milchiger Schleier langsam von Süden oder Westen empor und bedeckte wie ein weißer Hornhautfleck die riesige Pupille des Himmels, der sich verschleierte und das Aussehen von Milchglas annahm, das noch blendender war als die Sonne. Dann verstummte alles im Talkessel, kein Insekt sirrte mehr, nicht der kleinste Vogel rührte sich, nur das spärliche Getröpfel der Quelle in den Behälter war noch zu hören. Mitunter, wenn er die Augen hob, erblickte Reilhan einen Bussard oder einen Sperber, der mit eigenartiger Langsamkeit auf einem hohen Luftwirbel kreiste, feierlich und bedrohlich zugleich. Langsam legte er seine Hakke aus der Hand, hob seine Flinte auf, die im Gras lag, zielte lange. Die feucht-heiße Luft verschluckte fast augenblicklich den fetten Knall, der von den Berghängen kaum hörbar zurückgeworfen wurde. Doch der Raubvogel schien sich kaum zu stören an den Schüssen, die auf ihn abgegeben wurden, und änderte jedes Mal nur langsam, verächtlich seine Bahn, als hätte das Schwarzpulver, das Reilhan in diesem alten umgebauten Chassepotgewehr verwendete, nicht Kraft genug, die Kugeln in solche Höhen pfeifen zu lassen. Man konnte seinen kleinen, spitz zulaufenden, beweglichen Kriegsvogelkopf genau erkennen. Er schien unabhängig vom Rest des Körpers und von der Flügelspanne zu sein, war diesem Rumpf aufgesetzt wie der Kopf eines Beobachters dem Rumpf eines Segelflugzeugs. „Sauerei", brüllte Reilhan und warf das Gewehr ins Gras, sein vorsintflutliches Alter und diesen Vogel verfluchend, der mit anmaßender Ruhe fortfuhr, seine perfekten Kreise zu beschreiben, dort oben, in bald schwindelerregender Höhe.

Die eigentliche Grube war in zehn Tagen fertiggestellt. Mit ihren sechs Metern Länge, drei Metern Breite und ebensolcher Tiefe würde sie für ein ausreichendes Wasserreservoir sorgen und die Zisterne in den Dürreperioden ersetzen können. Unverzüglich machte er sich an die Verschalung der Wände, maß, sägte, paßte an, nagelte mehrere Tage lang. Dazu verwendete er Bretter, die sein Vater vor vielleicht dreißig oder vierzig Jahren beiseite gelegt hatte, um den Fußboden eines seitdem zugesperrten Zimmers zu erneuern, ein Plan, der niemals durchgeführt worden war, wie alle Pläne seines Vaters. Der hatte eines schönen Tages begonnen, nicht weit von der Bruchbude entfernt einen Brunnen zu graben, da er glaubte, dort Wasser zu finden, einfach so, auf gut Glück sozusagen, weil er im Traum einen Brunnen an dieser Stelle gesehen hatte. Natürlich hatte er das Ganze nach einigen Tagen wieder aufgegeben, um sich wie gehabt in seine Bibel zu vertiefen, und man hatte das Loch mit Abfällen aufgefüllt. Ein andermal, als er, Abel, noch klein war und sein Bruder noch in der Wiege lag, hatte man nach zwei oder drei Tagen sehr heftiger Stürme mitten in der Nacht ein entsetzliches Getöse gehört. Halb verrückt vor Schreck, seinen kleinen Bruder in den Armen, der, ebenfalls aus dem Schlaf hochgeschreckt, zum Ersticken brüllte, war er in das Zimmer seiner Mutter gestürzt. Die Wand eines Zimmers, die sich an die Bergseite lehnte, war unter dem Druck einer wahren Schlammflut zusammengebrochen, die sich dahinter angesammelt hatte; zum Glück schlief niemand in diesem Zimmer. Das Bett war halb unter Steinen und Schutt begraben. Man mußte die Trümmer und den Schlamm, der alles unter sich begrub, mit Schaufel und Schubkarre hinausschaffen. Bis zum Wiederaufbau der Wand hängte man eine alte Decke vor die riesige Höhlung. Sie war heute noch dort, am Boden von einer Reihe Backsteinen festgehalten. Das Gebälk war ebenfalls baufällig. Man erneuerte es ebensowenig wie den Fußboden des zugesperrten Zimmers. Da man jedoch nun mal ein Dach über dem Kopf brauchte, entschloß man sich, es abzustützen. Das Flickwerk hielt so lange, bis die Holzwürmer, die hauptsächlichen Mieter des Hauses, mit ihm fertig wurden. Doch das sollte kein Hindernis sein. Man stützte die Abstützung ab und so weiter, bis das Gerüst größer war als das, was es stützte, und schließlich unter seinem eigenen Gewicht zusammenbrach. Seitdem der Berg in das Haus eingedrungen war, hatten die Kinder furchtbare Alpträume. Die Mutter – jene, welche im Augenblick da oben im Stroh um sich schlug und sich wie ein Kaninchen beschmutzte, das man gerade betäubt hat – begleitete sie am Abend in ihr Zimmer, und die Kerze, die sie in ihrer Hand hielt, während sie die Flamme mit der anderen Hand schützte, warf seltsame, bewegliche Formen an die Wände, die an die Decke sprangen oder überstürzt in den hinteren Teil des Zimmers flohen, in das sie hinter ihr eintraten. Lagen sie dann mit angezogenen Beinen unter den vor Feuchtigkeit schweren Decken mit dem Geruch nach verschimmeltem Strohsack, zogen Mutter und Kerze sich zurück, ließen die beiden Bruderherzen schreckerstarrt auf die nächtliche Stille lauschen, in der Furcht von einer endgültigen Lawine, die sie für immer begraben würde. Über ihrem Bett hing – einziger Luxus des Hauses, den Schlaf der Eltern bewachend und die Wünsche der Kinder mäßigend – einer jener Gebetssprüche, die in vielen hugenottischen Bauernfamilien ewige Wahrheiten verkünden: „Der Herr ist mein Hirte, nichts wird mir mangeln." „Hast du deinen Bruder erkannt, hast du deinen Herrn erkannt." „Selig seid Ihr Armen, denn Euer ist das Königreich Gottes." Und so weiter.

Ihr Spruch lehrte: „Kauft Euch, Ihr Kinder Adams, mit den vergänglichen Dingen, die nicht Euer sind, was Euer ist und nicht vergeht."

Das war wohl der Grund, warum in diesem Haus nichts repariert wurde.

Bald kam Juni; die Arbeit ging ihrem Ende zu. Nur noch der Beton war zu gießen. Am Himmel weiterhin keine Spur von Gewitter. Jeden Tag nahm er gegen Mittag die gleiche glasige, bleifarbene Tönung an, doch die herrlichen Nächte gaben ihm sein Wasser zurück, wenn man so sagen kann. Die reingewaschene Morgenhelle roch nach Heu. Eine überströmende Sonne, leicht speckig durch die Reglosigkeit der Luft, überschwemmte den Talkessel und erhitzte die seine, bis jener weiße Fleck vom Westen her aufstieg wie ein riesiges totes Augenlid, aus dem ein fahles, lebloses Licht fiel, das die Insekten verstummen ließ und der Erde die düstere, leere Erwartung erkaltender Gestirne verlieh.

Oft verstärkte das langsame Kreisen eines Sperbers in diesem trüben Wasser die allgemeine Erstarrung um sein sonderbares Gewicht. Der Schuß fiel, dumpf und weich, wie ein handgreiflicher Beweis seiner Unfähigkeit, Bleikugeln oder überhaupt irgend etwas Gefährliches irgendwohin zu befördern. Der Vogel schien sie nicht einmal zu bemerken, wenn sie in seiner Nähe vorbeiflogen. Unerschütterlich verfolgte er seinen kreisförmigen Gleitflug an diesem prähistorischen Himmel und spähte mit seinem kleinen, beweglichen Kopf nach den Bewegungen einer möglichen Beute.

Scharfkantig und beunruhigend schwarz hob sich die Silhouette des Raubvogels, der sich von aufsteigenden Luftschichten tragen ließ, vom fahlen Himmel ab. Alles verstummte, als spürten die Tiere bis hin zum kleinsten Insekt die hoch über dem bestürzten Schweigen des Talkessels schwebende, verborgene Drohung, welche die Hühnerhöfe in Aufregung versetzt und dem ländlichen Aberglauben Nahrung gibt. Der Mann, leicht behext von dieser perfekten, fast reglosen Zielscheibe, die ihn zu verhöhnen schien, verfolgte noch einen Augenblick mit den Augen die langsamen Bewegungen des Sperbers – wahrscheinlich ein Männchen, seiner geringen Größe nach zu urteilen. Unmerklich trugen ihn seine Kreise über ein anderes Revier. Reilhan kam wieder zu sich, senkte die Augen, betrachtete wie betäubt den Bauplatz und die um ihn herum verstreuten Bretter. Die Unterbrechung ließ ihn vorübergehend untätig, leer. Er umrundete mit schleppenden Schritten die Grube, ging, kam, hob irgendein Werkzeug vom Boden auf, zögerte. Zwei- oder dreimal schaute er noch in die Richtung, wo der Gegenstand seines Verlangens verschwunden war, oben, am Ende dieses verlassenen, endlosen Strandes, bevor er sich entschließen konnte, wieder an die Arbeit zu gehen. Er drehte sich eine Zigarette, sog gierig den Rauch ein, und sogleich war ihm, als fände er seinen gewohnten Schwung wieder.

Mitunter gelang es ihm, eine Krähe zu töten oder eine Elster. Er gab sie seiner Frau, damit diese sie in die Brühe tat. Sie fügte sich, ohne ihm ihren Abscheu zu verhehlen. Nicht für alles Gold der Welt hätte sie dieses Gebräu angerührt. Während er die Brühe mit großen Schlucken hinunterschlang, beobachtete sie ihn voll Entsetzen. Man hatte ihr immer gesagt, daß Krähen vor allem auf Aas versessen seien, und sie konnte nicht umhin, an ihren Schwiegervater zu denken und sein von Schnabelhieben zerfetztes Gesicht.

Eines Abends, als er vom Tisch aufstand, um schlafen zu gehen, erklärte er:

„Ich bin fertig mit meiner Ver... Verschalung. Morgen werde ich den Zement kaufen."

Dann beugte er sich über sie und gab ihr einen kleinen Puff:

„Na komm, du kriegst dein Wasser schon, soviel du willst!"

Sie wartete, bis er aus dem Zimmer war, und murmelte vor sich hin: „Ja, einen Kilometer entfernt ... Mein armer Reilhan ..."

Das Gemurre über ihrem Kopf erinnerte sie an die Existenz der Verrückten, die nach ihrer Suppe verlangte oder nach Gott weiß was. Heftig schüttete sie zwei Kellen *bajana* in einen Napf und brachte ihn ihr hinauf, um ihre Ruhe zu haben. Diese kranken Tierlaute, die den ganzen Tag im Haus herumspukten, würden über kurz oder lang auch sie verrückt werden lassen.

Der Kauf des Zements verzehrte fast ihre gesamten Ersparnisse. Viel war das allerdings nicht, nicht einmal 20000 Francs. Als die Säcke und Eisenstangen bezahlt waren, blieb noch ein 5000-Francs-Schein übrig, den die Schwarze rasch verschwinden ließ. Im Notfall würde sie kaum auf die Hilfe ihres Vaters zählen können, der seit seiner Krankheit selbst in Schwierigkeiten war und sich gezwungen gesehen hatte, sein Land in Halbpacht zu geben.

„Wenn dein Mann nur nicht so starrköpfig wäre! Hier würden wir gut zurechtkommen, wenn wir gemeinsam leben. Die Kosten wären geringer, du weißt das sehr gut. Und dann ist das doch auch kein Leben für dich in diesem Loch da hinten. Da kann er machen, was er will ... Wirklich, ich verstehe nicht, was ihn da zurückhält ..."

Der alte Mann ging zum Fenster und schaute forschend zum Himmel in Richtung Maheux, als könnte er dort die Antwort finden. Dann wandte er sich zu seiner Tochter um und sagte kopfnickend: „Meine arme Marie ..." Und bevor sie wieder ging, ließ er ihr verstohlen einen Hundert-Francs-Schein in die Hand gleiten.

Am Abend, wieder zu Hause, beobachtete sie ihren Ehemann heimlich, wie er am Ende der Mahlzeit mit seinen großen, zementbesprenkelten Händen eine völlig krumme Zigarette formte, die ihr Stroh verlor, und seine Zungenspitze diese schwierige Prozedur vor lauter Wohlbehagen mit einer ganzen Reihe kleiner, begehrlicher Zitterbewegungen begleitete. Auch sie hätte gern gewußt, was ihn hier zurückhielt. Seine Freiheit, die völlige Einsamkeit, die so günstig ist für kleine Manien, was denn nun eigentlich? Mit einem Reilhan, da soll sich einer auskennen ...

Und doch wäre keine zehn Kilometer von hier, hinter diesen steilen Bergen, alles einfacher gewesen. Das ganze Leben, das hier vor Augen – war das nicht Grund genug, verrückt zu werden? Diese riesigen Berghänge verursachten ihr Übelkeit, und sie verstand, daß die Vernunft ihrer Schwiegermutter dieser Umgebung und dieser Isolierung nicht hatte standhalten können. Wer weiß, wie und wann das bei ihr begonnen hat, sagte sie sich, während sie die erdrückende Mauer betrachtete. Ihr war, als sei ihr ganzes Leben, von der Geburt bis zum Tod, unerbittlich auf diesen gelblichen Abhang beschränkt, und unüberwindlicher Abscheu erfaßte sie vor ihm.

Seit drei oder vier Tagen, seit das Becken fertig war, verbrachte Reilhan seine Zeit damit, herumzubasteln, verstopfte hier ein Loch, verkittete da den klappernden Rahmen eines Fensters, aber man merkte, daß er nicht mit dem Herzen dabei war und es vor allem aus Langeweile tat und um die Zementreste zu verwenden. Sie fand, daß seine Laune sich plötzlich verdüstert hatte. Wenn sie ihn so von morgens bis abends wie einen kranken Hund umherstreifen sah, untätig trotz Hacke und Spachtel in seiner Hand, dann sehnte sie den Augenblick herbei, an dem er wieder in seine Wälder zurückkehren würde.

Von Zeit zu Zeit stürzte er wie ein Verrückter ins Haus, riß die an einem Balken hängende und stets geladene Waffe herunter: „Du wirst mich noch umbringen, eines schönen Tages!" – „Aber wenn ich dir doch sage, daß der Hahn nicht gespannt ist!" – und der Schuß ging los unter den Fenstern. Diese Aufregung, die er jedes Mal an den Tag legte, wenn er einen Beutevogel über dem Haus kreisen sah, verwirrte Marie und schien ihr völlig grundlos.

„Was ist los mit dir? Man könnte meinen, du hast einen Wolf im Schafstall gesehen! Du hast doch kein Geflügel im Hühnerhof, soviel ich weiß ... Wozu dein Pulver verschwenden? Laß doch diesen Vogel in Ruhe."

Mitten auf dem Dreschplatz, sein Gewehr in der Hand, verfolgte er den kleinen Raubvogel mit den Augen, kehrte dann wortlos in die Küche zurück und lud die Waffe neu. Sein Gesicht hatte einen seltsamen, etwas verwirrten Ausdruck. Aber vom Schießen auf Sperber würde der Speiseschrank sich nicht füllen. Und auch nicht dadurch, daß er Becken aushob oder die Löcher in den Mauern verstopfte. Nach einer Woche Bastelei oder Schießübungen auf den Sperber hielt sie es nicht mehr aus, und eines Tages, als er mit seiner noch rauchenden Waffe in der Hand heimkehrte, sagte sie:

„Wenn du bis zur Ernte nicht etwas unternimmst, werden wir es nicht schaffen. Dein Zement hat unsere Ersparnisse wie Butter schmelzen lassen."

Sie setzte sich ihm gegenüber und faßte sich ein Herz: „Ich wollte dich nicht belästigen, aber ... Du mußt eine Arbeit annehmen, Reilhan. Ich sag' dir das nicht gerne ... Wenn du nicht bald ein bißchen Geld heimbringst ..."

Mit offenem Mund, das Gewehr auf den Knien, schaute er sie aufmerksam an, mit einem Ausdruck, als verstünde er nicht so recht, was sie ihm sagte. Sie wurde ungeduldig:

„Ja, kapierst du denn nicht? Wir haben kein Geld mehr, nichts mehr, verstehst du, keinen Sous. Wenn mein Vater mir nicht ab und zu einen Schein geben würde oder zwei ... Dieses Jahr – kein einziger Pilz! Kastanien, immerfort Kastanien und wieder Kastanien, hast du nicht genug davon? Und wenn die Ernte schlecht ist? Und wenn einer von uns beiden krank wird? Wenn deiner Mutter etwas passiert, haben wir noch nicht einmal Geld, um den Sarg zu bezahlen!"

Ihre Stimme begann zu versagen – vor allzu lange zurückgehaltener Angst. Sie stand auf und begann, nervös im Zimmer auf- und abzugehen.

„Schon seit Monaten habe ich diesen Augenblick kommen

sehen. Andere, die es weit besser haben als wir, haben es nicht geschafft und sind fortgezogen. Da!, erst letzte Woche, die Rouvières, aus der Nähe von Cassagnas. Er ist zu den Gendarmen gegangen. Er ist so alt wie du, du bist auch nicht dümmer als er ..."

Reilhan stand auf und hängte das Gewehr an den Balken. Seine Hände zitterten.

„Es tut mir leid, dir das sagen zu müssen, aber ich kann nicht anders ... Nach der Ernte werden wir weitersehen, aber jetzt mußt du erst einmal eine Arbeit finden, sonst wirst du dir nicht einmal mehr deinen Tabak und Pulver für die Sperber kaufen können ... Ich habe gerade noch genug, um Petroleum zu kaufen, das Nußöl ist alle, und uns bleibt weder Zucker noch Kaffee ... Und ich, und ich ..."

Sie ließ sich auf einen Stuhl fallen und begann zu weinen, das Gesicht in den Händen vergraben. Sie sprach weiter, mit wütender Stimme, von kleinen Schluchzern unterbrochen:

„Hast du denn nicht die Schnauze voll, seit fünfzehn oder zwanzig Jahren, wo du dich für nichts und wieder nichts abrakkerst? Und dein Vater ist daran gestorben, und deine Mutter ist daran verrückt geworden, nur dein Bruder hat begriffen. Ich habe dich dein Becken bauen lassen, ohne etwas zu sagen, aber glaubst du vielleicht, daß es lustig für mich ist, das Wasser einen Kilometer von hier zu holen? Ich kann nicht mehr, Reilhan, ich kann nicht mehr! Und dann ganz allein den ganzen Tag mit dieser Verrückten da oben ... Und mein Vater, der krank ist und auch ganz allein in Mazel-de-Mort, wo wir doch so gut da leben könnten, Hühner halten, Gemüse anbauen, Eier und Milchprodukte verkaufen könnten ... Was willst du denn hier? Nicht mal eine Blume, nicht mal ein Petersilienbeet! Nichts als dieser Berghang da gegenüber ... Ich werde noch genauso verrückt, wenn wir diesen verfluchten Ort nicht verlassen!"

Als sie die Augen hob, war niemand mehr im Zimmer. Sie lief zur Tür.

„Reilhan!“

Er sprang mit großen Schritten zur Quelle hinunter, sein Gewehr umgehängt.

„Reilhan! Komm zurück! Hör mir zu!“

Doch er verschwand hinter einer Erdfalte.

In der Nacht kam er nicht nach Hause. Die Sorge ließ ihr keine Ruhe. Zu welcher Dummheit wäre er fähig, nach allem, was sie ihm gesagt hatte? Sich einfach so zu verziehen, ohne ein Wort ... Schließlich hörte sie gegen Morgen, wie die Tür geöffnet wurde, und als sie hinunterging, fand sie auf dem Küchentisch einen noch weichen, lauwarmen Hasen, dessen Kopf halb abgerissen war. Er mußte ihn aus allernächster Nähe geschossen haben.

Er fand Arbeit in der Nähe von Marvéjols, bei einem Freund seines Schwiegervaters, dessen Sohn gerade zum Militärdienst einberufen worden war, und der dringend jemanden brauchte, der beim Aufsammeln der Birnen half. Außer Unterkunft und Verpflegung erhielt er fünfhundert Francs pro Tag. Das war der schiere Reichtum drei Wochen lang, solange die Obsternte dauerte. Überstunden vermehrten den Notgroschen noch etwas, und er brachte genau 11500 Francs nach Hause, genug, die „Büchse zum Donnern zu bringen". Er hatte nur etwas für das Pulver und seinen Tabak ausgegeben. Das würde der Schwarzen für einige Zeit das Maul stopfen. Wenn nicht heftige Stürme das Korn vorher zu Boden drückten, würde die Ernte nicht so schlecht sein, wie man bei einer solchen Dürre befürchten konnte. Waren Feldarbeiten und Aussaaten beendet, dann würde – und das war in seinem Kopf durch einen weißen Stein gekennzeichnet – die Zeit des Holzungsrechts und der hohen Einschläge kommen. Etwa dreißig Hektar Buchenwald, dazu noch die ungefähr zehn Hektar des Gemeindewaldes würden etwas mehr Geld in die Blechdose bringen und den Holzstall für den Winter füllen.

Ein großer dunkler Punkt in seinem Programm: die starken Schneemonate, die ihn in das Sägewerk schickten. Aber man mußte nun mal leben. Seinen Lebensunterhalt von anderen zu erbetteln ... Auf dem Rückweg spuckte er in die Richtung von Mazel-de-Mort. Eier, Gemüse, Milchprodukte ... Er würde schon zurechtkommen ...

„Du bist es ..."

Sie kam ihm entgegen, hielt ihm die Wange hin, drei mal.

Da er sie seit drei Wochen nicht mehr gesehen hatte, erschien ihm ihr Aussehen auf einmal seltsam, als hätten ihre Gesichtszüge seine Abwesenheit genutzt, um sich zu verändern, schärfer zu werden, anzuschwellen, was ihren Augen einen Ausdruck tierisch-spitzbübischer Fröhlichkeit gab.

Er warf das Geld auf den Tisch. Er hatte nur einen 1000-Francs-Schein für sich behalten.

„Da siehst du“, sagte er, „du hast dir Sorgen gemacht für nix!“

Sie preßte die Lippen zusammen und legte seufzend das Geld in die Blechdose. Er erkundigte sich nach dem, was noch von seiner Mutter blieb, oben im Hängeboden.

„Sie ißt fast nichts mehr“, sagte sie, „und sie ist tollwütig! Jedes Mal, wenn ich ihr einen Teller *bajana* hinaufbringe, versucht sie, mich zu beißen. Aber das ist egal, jetzt, wo du da bist, wirst du ihr das Essen hinaufbringen. Ich kann diesen Geruch nicht mehr ertragen ...“

Schweigend nahmen sie ihr Abendessen ein, einen Tomatensalat – natürlich kamen die Tomaten aus Mazel-de-Mort, wohin sie während seiner Abwesenheit zwei- oder dreimal gegangen war, einfach um die Zeit zu vertreiben. Er versuchte, sie zum Reden zu bringen, um sicher zu sein, daß er die Situation wieder im Griff hatte, doch Schweigen breitete sich zwischen ihnen aus, insektenknisternd, trocken wie Zunder trotz der kühlen Dunkelheit der Küche, als könnte es beim geringsten Funken in Flammen aufgehen – draußen, wo der Talkessel nur noch ein großer entflammter Wirbel war, und innerhalb der Mauern, wo die drohenden, tiefen Sondenschläge der Wanduhr das Geprassel der in heißem Öl siedenden Insekten hinter dem Fliegenvorhang übertönten.

Er schenkte sich zu trinken ein und mußte zweimal ansetzen, um den Krug in die Höhe zu heben.

Verblüfft sah er Sand in sein Glas fließen.

Marie, sehr bleich, schaute ihn an.

„Was ist denn das", knurrte er zwischen den Zähnen, ohne über eine einzige Silbe zu stolpern. Bei ihm war es die Erregung, die ihn am Stottern hinderte.

Eine riesige Wut ballte sich im Zimmer zusammen, wie eine elektrische Ladung. Langsam erhoben sich beide. Eine Gabel fiel zu Boden und machte einen entsetzlichen Krach, als sollte danach alles in die Luft fliegen.

„Das ist deine Quelle, Reilhan."

Seine Lippen zuckten, sein Hals schwoll an, und an den Schläfen traten die Adern hervor. Er machte den Mund weit auf, um den Sturzbach von Wut und Enttäuschung herauszuspucken, der ihn erstickte, doch mit tonloser Stimme hieß sie ihn schweigen.

„Sei ruhig. Setz dich und hör mir zu. Danach kannst du dann machen, was du willst."

Trotz allem zitterte ihre Stimme doch ein wenig. Und mehr als die kraftlose Stimme dämpfte dieses Zittern seinen Zorn, die Anstrengung, die sie vollbringen mußte, um Ruhe zu bewahren und vor ihm nicht in Tränen auszubrechen. Denn ihm war sehr wohl klar, daß er sie in solchen Momenten in Angst und Schrecken versetzte. Aber warum nur diese unnötige Provokation? Worüber beklagte sie sich denn schon wieder?

„Seit einer Woche fließt die Quelle nicht mehr. Sand ist alles, was ich gefunden habe."

„Das Becken", sagte er mit tonloser Stimme.

„In deinem Becken hat das wenige Wasser, das da war, Geschmack angenommen" – das stimmte, denn man hätte es sich zumindest einmal füllen lassen und dann leeren müssen – „seit einer Woche gehe ich jeden Abend nach St. Julien hinunter mit der Schubkarre und einer Korbflasche. Ich mußte meine Ziegen nach Mazel-de-Mort bringen und dein Pferd auch."

Die nur vom Zirpen der Insekten unterbrochene Stille strömte ins Zimmer herein. Die Sondenschläge der alten Mechanik schienen die Spannung zwischen ihnen noch zu erhöhen und sie mitten ins Herz zu treffen. Als sie zu schlucken versuchte, entfuhr Marie ein kleiner Gluckser.

„So, mein armer Reilhan, mehr hab' ich dir bei deiner Rückkehr nicht anzubieten."

Wie betäubt, den Kopf leer, blieb er einen Augenblick lang sitzen, ohne ein Wort zu sagen. Schließlich stand er auf und griff beim Hinausgehen mechanisch nach dem Gewehr.

„Wo gehst du hin bei dieser Hitze?"

Ohne eine Antwort tauchte er in den Glutofen ein.

Der beißende Geruch der Ginsterbüsche trieb ihm drükkende Luftschwaden ins Gesicht. Der Himmel war wie ein kochender Quecksilbersee. Der Horizont, den die zitternde Luft wie über einem Dampfkessel verzerrte, löste sich auf in der klebrigen Luft. Es war nicht einmal mehr die Linie zu erkennen, die ihn vom Himmel trennte. Zwischen den Hängen des Talkessels war die Hitze so groß, daß er das Gefühl hatte, sich in einem zähflüssigen Pflanzensirup vorwärtszubewegen. Seine Ohren waren wie mit Watte zugestopft. Ab und zu strömte das Insektengeprassel herbei wie ein riesiger Funkenwirbel über einer Kohleglut.

Kein Insekt mehr um die Quelle herum, nicht das geringste Lebenszeichen, nur noch eine weiße, skeletthafte, verlassene, tote Schale.

Er streckte die Hand aus, um nach dem Sand zu tasten, den die Schwarze ihm zum Trinken serviert hatte, aber er zog sie hastig wieder zurück, als hätte ein Tier ihn gebissen. Er war trocken, glühendheiß, zur Weißglut erhitzt! „Gottverdammte Scheiße noch mal!"

Von einer ohnmächtigen Wut gepackt, gab er den Gewehrschuß in die Luft ab, einen flachen, vergeblichen Furz im gewaltigen Gebrüll der Hitze, gegen diesen Himmel voll Zorn und Verneinung, der ihm Wasser und Brot aus dem Mund nahm in dem Maße, wie er sie ihm entriß. Doch der Himmel war leer und dachte nicht daran, sich zu öffnen – nicht einmal ein Sperber, den er zum Opfer der Mordlust hätte machen können, die in seinen Ohren hämmerte. Mit einem Fußtritt brach er das Holzrohr der Quelle dicht am Abhang glatt durch: „Miststück! Scheißmiststück!“ Alle Ersparnisse und der Schweiß des letzten Jahres für nichts und wieder nichts! Diese ganze Sklavenarbeit, um bei seiner Rückkehr ein leeres Becken und eine versiegte Quelle vorzufinden! Diese Weigerung der Dinge, sich zu geben. Diese Weigerung der Erde, sich hinzugeben, ihren Reichtum, ihr Bestes zu geben! Dieser böse Wille, der in den Gegenständen steckte, in der ganzen Welt, und er betrachtete haßerfüllt seine Waffe, die nicht einmal mächtig genug knallte, um das Himmelsgewölbe zu erschüttern. Diese Überraschungen, verdammte Scheiße noch mal, die einem jeden Augenblick auflauern, diese Fallen, dieses Unglück, diese Enttäuschungen, niemals ein Geschenk der Vorsehung, nicht die geringste Gnade des Himmels, nicht einmal ein ganz kleines Gewitter, um seine Zisterne zu füllen! Oh Allmächtiger, wenn Du doch nur herabstiegest!

Verstört, schweißtriefend wie ein Kampfstier, wandte er sich um auf der Suche nach einem Gegenstand, an dem er seine Wut stillen könnte. Seine Augen fielen auf eine verkümmerte Buche, die etwas weiter entfernt ganz allein mitten auf dem Hang stand, erschreckt, bereit zu fliehen.

Er stürzte auf sie zu; der Baum schien sich bei seinem Herannahen zusammenzuducken. Er umfaßte den Stamm und brachte mit einer unwiderstehlichen Drehung die Wurzeln zum Krachen. Das weiche, tiefe Krachen belohnte seine furchtbare Anstrengung mit einer Welle von Lust, der sofort die Erleichterung folgte.

Er kam die ganze Nacht nicht nach Hause zurück. Marie sagte sich, daß er wohl seine Wut abkühlte, indem er durch die Wälder streifte und wilderte. Wenn er nur nicht auf einen Waldhüter getroffen ist! Sie stellte sich alle möglichen Gewalttätigkeiten vor, doch gegen Morgen schlief sie schließlich aus Erschöpfung ein.

Vor dem Grau der Morgendämmerung begannen sich gerade erst die Kreuze und Herzen an den Fensterläden der Häuser von St. Julien abzuzeichnen, als die Anwohner der Gemeindestraße, die das Dorf mit der Fernstraße verband, in ihrem Halbschlaf ein dumpfes, knarrendes Rollen hörten, das langsam unter ihren Fenstern vorbeizog, um dann einen Augenblick später in umgekehrter Richtung den Kies des Weges gedämpfter knirschen zu lassen als vorher. Wer da schob, schien einiges auf dem Herzen zu haben. Er brummte unaufhörlich vor sich hin, mit tiefer Stimme, wie ein Betrunkener.

Und doch hatte er nichts als Wasser getrunken, einen kräftigen Schluck soeben, der ihm die Beine etwas weich hatte werden lassen. Er hatte sogar die verlassene Stunde genutzt, um sich am Springbrunnen ein wenig Wasser ins Gesicht zu werfen, während sein Faß sich füllte. So konnte er etwas von der Tagesration einsparen. Soviel für die Küche, soviel für die Toilette der Schwarzen, soviel für dies, soviel für das – er mußte sich abrackern für dieses Mistwasser! Die drei Viertelstunden Abstieg mit dem leeren Faß mochten ja noch angehen, um aber wieder hinaufzukommen mit einer Last, die durch die Steigung noch schwerer wurde, mußte er sich weit über eine Stunde ganz schön ins Zeug legen, ganz zu schweigen von den Erschütterungen, die Steine und Löcher des Weges seinen Armen mitteilten, so daß er, wenn er oben angekommen war, die Handgriffe des Schubkarrens bis in die Schulterblätter spürte. Er kannte das schon vom letzten Monat her, als er die Zementsäcke hinaufgekarrt hatte. Das würde ihn nun jeden Morgen erwarten, solange nicht ein schönes Gewitter die Zisterne wieder füllte und die Quelle wieder sprudeln lassen würde. Verdammt! Solange dieser Scheißhimmel sich nicht mit Wolken bedecken würde!

Wäre der Himmel auch nur im mindesten empfindlich gewesen, hätte der Blick, den er ihm zuwarf, ihn von einem Ende zum anderen zerreißen müssen. Doch dieser Scheißhimmel, an dem die Sterne spärlicher zu werden begannen, bewahrte seine empörend heitere Klarheit.

An dieser ganzen Geschichte war er ja selber nicht unschuldig. Hätte er die gleichen Vorkehrungen getroffen wie die Alten, dann wäre die Zisterne jetzt noch halb gefüllt. Zur Zeit seines Vaters, da wurde das Wasser nicht einfach so zum Vergnügen weggekippt, er erinnerte sich sogar, daß der Alte es vor dem Krieg Krug für Krug verteilte und den Schlüssel des Vorhängeschlosses, das den Pumpenschwengel blockierte, ständig an der Uhrkette bei sich trug. Überhaupt hielt man zu jener Zeit auf den meisten Höfen, wo es kein fließendes Wasser gab, die Zisterne verschlossen, und niemand fand das ungewöhnlich. Heute handeln die Frauen nur noch nach ihrem eigenen Willen, und das ist das Ergebnis. Und zu allem Überfluß nun auch noch diese verdammte Hure einer Quelle, die mitten im Sommer versiegte. Das war in dreißig Jahren nicht einmal passiert, aber gerade ihm mußte es passieren. Gottverdammte Scheiße noch mal! Doch, einmal: 1928. Ein Sommer, der in seinem Kopf einen großen schwarzen Sonnenfleck hinterlassen hatte. Eine teuflische Hitze, die Erde hart wie Zement, die

Wege und Sträucher gipsgepudert, die Zikaden, die verrückt wurden und nach Sonnenuntergang weiter sangen. Er war erst sieben, aber man schickte ihn zum Wasserdienst nach St. Julien wie alle anderen. Damals holte man es in Korbflaschen, die alle unterschiedlich groß waren und die seine Mutter *damesjeannes* nannte. „Du hast Scheiße gesagt? Wasserdienst in St. Julien! Du hast Arschloch gesagt? Holzdienst in Ferrières! Das nächste Mal wirst du versuchen zu sprechen wie sich gehört, das werd' ich dir noch beibringen!" Man nahm den kleinen Bruder in der Schubkarre sitzend mit hinunter – in dieser natürlich, denn wie hätte man wohl genug Geld beiseitelegen sollen, um eine neue zu kaufen? Ach nein, er irrte sich ... Der Bruder konnte gar nicht in der Schubkarre sitzen, weil er 1928 noch nicht geboren war. Aber am Ende gerät alles durcheinander.

Ihm schien, als würden seine Gedanken sich bei jeder Radumdrehung der Schubkarre wie ein Bindfaden entrollen. War die Spule leer, begann er damit, die Wasserrationen für den täglichen Verbrauch zu verteilen: soviel für die Küche, soviel für die Toilette der Schwarzen, soviel für dies, soviel für das. Er war von seinen Berechnungen derart in Anspruch genommen, daß er nicht merkte, daß er mit lauter Stimme sprach. „Da wird dir wohl nicht viel übrigbleiben, um deinen Rasen zu begießen", witzelte eine Stimme im graublauen Licht der Morgendämmerung, als er mit seiner Schubkarre die Brücke über die Mimente überquerte.

Es war Deleuze, einer der Gemeindebriefträger, der von der Brücke aus sein Glück mit einem roten Wurm versuchte, bevor er um sieben Uhr seinen Dienst antrat. Reilhan hatte die Deichsel losgelassen, überrascht und verlegen. Die beiden Männer tauschten einige Belanglosigkeiten aus. Violette Libellen flatterten auf dem Wasser umher, aus dem dann und wann die jagenden Forellen mit ihren anmaßenden Peitschenhieben brachen.

Reilhan holte seinen Tabak heraus, drehte eine Zigarette, befeuchtete das Papier.

„Dir ist die Dürre scheißegal" – er sog an der Zigarette, bevor er sie anzündete – „du wohnst ja am Wasser!"

In der Morgendämmerung, die zusehends Farben annahm, sah man von hier aus die Gemüsebeete des Gärtchens, eingerahmt vom zarten, mit gelben Stämmen durchsetzten Grün der Weiden, die es vor dem Wind schützten. Ein Esparsettefeld trennte es vom Häuschen des Briefträgers; vergitterte Kaninchenkäfige lehnten sich an den angrenzenden Schuppen. Diese ganze eßbare Üppigkeit, die das Grün mit Wohlgeruch erfüllte und jetzt gerade friedlich und wohlgeordnet im ersten Morgenlicht entstand, war faszinierend für einen Mann aus der Einöde, der gezwungen war, sein Wasser mit der Schubkarre zu transportieren, während andere einen Fluß hatten, der unter ihrem Bett vorbeifloß!

„Auch du wohnst am Wasser", sagte der Briefträger mit Kennermiene, während er tat, als würde er aufmerksam seinen von den Forellen abgefressenen Angelhaken betrachten.

„Häh", entfuhr es Reilhan.

Und der Briefträger, mit betont wiederholender und bemühter Stimme:

„Ich sage dir: Auch du wohnst am Wasser."

Reilhan starrte Deleuze an, der sichtlich zufrieden war, seine kleine Wirkung erzielt zu haben.

„Willst du mich veräppeln?"

„Ich veräppele niemanden. Du weißt doch, daß mein Vater Angestellter im Rathaus von Florac war."

„Ja und?"

„Er war derjenige, der sich mit dem Grundbuch befaßt hat. Eines Tages ist er auf deinen Hof gestoßen, als er die Nummer einer Parzelle suchte. Maheux stand da im Register. Tal von Maheux. Oberhalb von deinem Hof stand ein anderes Wort auf der Karte. Weißt du, wie der Berg dort heißt!"

Der Briefträger warf seine Angelleine ins Wasser zurück. Man hörte das kleine flüssige „platsch“.

„Er heißt Aiqualette. Das kommt wohl aus dem Lateinischen, wie Aigoual, und heißt ‚aquatisch‘.“

„Akwatisch?“

„Ja, aquatisch, da, wo Wasser ist. Im übrigen muß deine Quelle sich ja wohl aus Grundwasser speisen. Die Alten wußten schon, was sie sagten. Wenn sie diesen Berg Aiqualette genannte haben, dann nicht ohne Grund. Unter deinem Hof ist alles voll Wasser, da bin ich sicher. Du brauchst es nur zu holen.“

Aiqualette. Alles voll Wasser unter dem Hof. Es holen. Reilhan betrachtete die Gemüsereihen, die ihn aus der Ferne zu verhöhnen schienen.

Sein Kopf füllte sich mit Blumen und grünem Gras. Blitzartig sah er so etwas wie eine Oase vor sich, ähnlich der in der alten bebilderten Bibel seines Vaters, die er als Kind durchblättert hatte.

„Wenn ich du wäre, wüßte ich, was ich tun würde, anstatt mich damit umzubringen, mein Wasser herumzuschleppen. Ich würde es oberhalb des Hauses aus der Erde holen und es bis zu mir nach Hause führen. Kinderleicht.“

„Und wenn die Quelle nicht mehr fließt?“

„Eben, die Quelle ist eine Sache, der Berg eine andere. Auch wenn alles trocken ist, gibt es immer Wasser da drunter, stell dir vor. Der Beweis ist, daß der Bach in Combebelle, wo Granit ist, niemals ausgetrocknet ist. Schau ihn dir an von hier aus: Er tritt da zwischen den Pappeln aus, dort hinten, siehst du? Alles, was zur Westseite liegt, ist Kalk, ein richtiger Schweizer Käse. Genau gegenüber, in die Ostseite hinein mußt du graben. Im Granit kannst du sicher sein, was zu finden. Sofort. Übrigens füllen sich alle alten verlassenen Bergstollen früher oder später.“

Reilhan erinnerte sich, daß er tatsächlich, als er im Jugendlager in Villemagne gewesen war, tief im Glückstal einen alten, völlig unter Wasser stehenden Stollen entdeckt hatte, mit einem ölverschmierten Betonsockel, an dem die Schraubenmuttern der Seilwinde rosteten. Ein umgestürzter Förderwagen inmitten der Ginsterbüsche verstärkte noch das Unbehagen, das dieser Ort bei allen erweckte, als hätten seine ehemaligen Benutzer ihn in größter Eile geräumt. Tatsächlich flößte diese gähnende Öffnung, die bis an den Rand mit schwarzem, eisigem Wasser gefüllt war, eine Art unüberwindliche Abscheu ein. Man stellte sich geheimnisvolle Tiefen da unten vor, eine ganze unterirdische Welt, die einer Ewigkeit aus regloser, flüssiger Finsternis und Kälte ausgeliefert war. Was diesen Stollen umgab, war der unheilvolle Zauber des verbotenen Ortes. Man fühlte sich gegen seinen Willen von ihm angezogen; die Männer, die in diese Gegend zum Holzfällen geschickt wurden, fanden sich früher oder später immer an der Öffnung des Stollens wieder, versuchten, mit den Blicken den blaugrünen Abgrund zu erforschen, wo selbst das Licht trotz des völlig klaren Wassers nur mit Widerwillen einzudringen schien.

Er erinnerte sich auch an den Brunnen, den sein Vater zu graben begonnen hatte, rasch wieder entmutigt, wie gewohnt.

„Und du glaubst, daß das Grundwasser tief ist?"

„Ich bin kein Hellseher und auch kein Rutengänger, aber ich kann dir sagen, wenn ich da oben wohnen würde, dann würde Wasser schon seit langem in meine Bude fließen."

Wasser in Maheux. Die Worte hatten etwas Magisches. Diese Möglichkeit gehörte schon seit so langen Zeiten in das Reich der Utopien, um nicht zu sagen der unvorstellbaren Wunder – die man genausowenig ernst nimmt wie die Entdeckung eines Schatzes oder das große Los in der staatlichen Lotterie –, daß ihre phantasierten Vorzüge ihren tatsächlichen Nutzen bei weitem übertrafen. Daß Wasser aus einem Wasserhahn fließen kann, ohne daß man sparsam damit umgehen mußte, fließendes, frisches, lebendiges Wasser und nicht dieses tote, dunkle und schwere Wasser der Zisternen, schien ebenso unglaublich wie einen Toten wieder zum Leben zu erwecken. So unglaublich, daß der Riese seinem Gesprächspartner ungeniert ins Gesicht starrte, seine Augen unaufhörlich darin hin- und herwandern ließ, um die geringste Spur von Arglist, den winzigsten verdächtigen Ausdruck zu entdecken, aber nein, nichts war falsch, er sah völlig überzeugt aus: „Mitten auf einem Wasserreservoir vor Durst zu krepieren, das ist unerhört! Ich an deiner Stelle würde keine Minute zögern. Was riskierst du denn schon?"

Vom Rathaus in St. Julien schlug es sechs Uhr. Nach einem letzten begehrlichen Blick auf die Gemüsereihen des Briefträgers griff Reilhan nach den Deichseln seiner Schubkarre, und die beiden Männer trennten sich.

„Wenn du das Wasser gefunden hast, kannst du mich ja zu einem schönen Festmahl einladen", rief Deleuze ihm von weitem hinterher.

Die ersten Autos fuhren jetzt auf der Straße.

Während Reilhan sein Faß vor sich herschob, spürte er so etwas wie ein seltsames, sanftes Zusammenziehen in seinem Innern, und ihm war, als sei seine Last leichter als soeben, bevor er an der Brücke Halt gemacht hatte. Er dachte an die Gemüsebeete. Aber da war noch etwas anderes. Was genau, hätte er nicht sagen können. So etwas wie ein unmerkliches Ziehen im Bauch, ein wenig wie das erregte Kitzeln, das die näherrückenden Ferien und der Aufbruch zu den großen Waldabenteuern als Kind in ihm verursacht hatten. Wie dem auch sei, diese eigenartige Fiebrigkeit ließ ihn so sehr das Gefühl von Raum und Zeit verlieren, daß er sich verdutzt am Ende der Steigung und somit beinahe am Ziel wiederfand, ohne auf den Weg geachtet zu haben, den er wie durch einen Zauber zurückgelegt hatte.

Graue, orangerote Lichtströme brachen hier und da aus dem Himmel hervor, als die glutfarbene Sonne, trotz ihrer niedrigen Höhe schon brennend heiß, langsam der Asche des

Horizonts entstieg, wie ein riesiger, von der Erde hervorgebrachter Planet, der noch die rötliche Hitze des Urfeuers in sich trug. Allein schon diese Ascheablagerungen, die den Horizont jeden Tag etwas mehr verschmutzten, ließen ungeheure Mengen angehäufter Hitze ahnen, bereit, auf der endlosen, gelblichen Fläche der Hochebene alles in rote Glut zu tauchen.

Krähen flogen vorbei, lässig und liederlich, ließen sich nieder auf den alten Kastanienbäumen oberhalb des Hofes. Reilhan reckte den Hals: kein Sperber in Sicht. Seit seinem Weggang nach Marvéjols hatte er keine Gelegenheit mehr gehabt, an diese Dummheiten zu denken, mit einem schlechten Gewehr auf eine unerreichbare Zielscheibe zu schießen. Jetzt hatte er andere Sorgen. Eine schwere Aufgabe erwartete ihn tief in diesem Talkessel, von der er vorerst niemandem etwas erzählen würde. Aiqualette. Fließendes Wasser. Obst, Gemüse, Eier, Tiere.

Er genoß schon im voraus den Erfolg seiner stolzen Einsamkeit.

Als sie ihn kommen hörte, trat sie auf die Türschwelle hinaus. Sie hatte rote Augen und dunkle Ringe wie jemand, der nicht geschlafen oder vielleicht geweint hat.

„Du hättest mir vorher sagen können, daß du zum Schlafen nicht nach Hause kommen würdest ...“

Sie hielt bestürzt inne:

„Aber du bist ja völlig in Schweiß gebadet, mein Armer! Geh dich umziehen, oder du wirst dir den Tod holen ... Dieser Hof wird dich noch umbringen und mich dazu!“

Er stellte die Schubkarre auf dem Boden ab, ließ sie ungerührt sprechen, hob dann die Hand mit einer Bewegung, die ihr nicht recht vertraut war:

„Wenn es mir Spaß macht, mich umzubringen, dann ist das meine Sache ...“

Er hob das Faß in die Höhe und stellte es in die Küche in eine kühle Ecke auf zwei nebeneinander gestellte Stühle. Dann richtete er sich auf, puterrot und mit durch die Anstrengung abgehackter Stimme:

„Hauptsache, dir fehlt nichts, und du hast dein Faß frisches Wasser jeden Morgen ...“

Entgeistert blickte sie hinter ihm her. Noch 11500 Francs, um die Zeit bis zur Ernte zu überbrücken, und fünfzig Liter Wasser pro Tag für den Unterhalt des Hauses, und er besaß die Frechheit zu erklären, daß es ihr an nichts fehlte! Was auf der Welt würde nur fertig werden mit dieser grotesken Halsstarrigkeit, mit diesen Illusionen?

Sie setzte sich an den Tisch und begann, Erbsen zu enthülsen – von ihr zu Hause natürlich! –, verwirrt durch die ungewohnte Ruhe, die er gezeigt hatte. Welche neue Verrücktheit verbarg sich hinter seinem Verhalten? In was für ein seltsames Unternehmen würde er sich wieder einmal stürzen? Jetzt hatte sie Angst vor ihm. Nicht so sehr vor Schlägen, harten Worten oder etwas in der Art. Seine Gewalttätigkeit war allzu lärmend, um gewisse Grenzen zu überschreiten, und sie zweifelte nicht, daß es einen dunklen Ehrenkodex in ihm gab, der diese überschießende Gewalt auf ein sehr persönliches Spektakel begrenzte. Nein, es war viel schlimmer. Sie hatte Angst, er könnte verrückt werden.

Achtundvierzig Stunden später, zu Beginn des Vormittags, erschütterte eine dumpfe Explosion den Boden und hallte zwischen den Bergwänden des Talkessels wider. Es war Reilhan, der sich an seiner ersten Sprengladung versuchte.

„Was hast du denn mit diesem ganzen Pulver vor?"

Die alte Tabakwarenhändlerin in Ferrières, die den Bewohnern der Gegend seit einem halben Jahrhundert auch Patronen oder das Nötige zum Selbermachen verkaufte und Zigaretten und Tabak zwanglos in ihrem Küchenschrank präsentierte, musterte ihn durch ihre kleinen, runden, glänzenden Brillengläser, fassungslos darüber, daß er ihr mit einem Schlag ihren gesamten Pulvervorrat abkaufte. Zwei Bartfäden, die wie die Barben eines Welses in ihren Mundwinkeln hingen, gaben dem leicht pausbäckigen, eher gelblichen Gesicht etwas Asiatisches und Krämerhaftes, das die Lausbuben einst auf den langjährigen Verkauf des „Chinesenzwirns" zurückführten.

Ohne Antwort zählte Reilhan zweitausendfünfhundert Francs auf das Wachstuch des Tisches, die er gerade in dieser Nacht aus der Reserve stibitzt hatte. Fünfundzwanzig Säcke Schwarzpulver von je einem Pfund – genug, um dem Fels eine Zeitlang die Kanten zu schleifen. Bei einem halben Pfund pro Explosion ergab das also etwa fünfzig Sprengladungen und war sehr viel billiger als Dynamit, das zwar wirksamer war, aber viel Geld kostete, wozu noch der Preis der Zündschnur gekommen wäre. Diese Lösung war unerschwinglich für ihn, wohingegen beim Pulver ein einfaches, zu Korkenzieherlocken geringeltes Stück Papier als Lunte diente. Man mußte natürlich etwas rennen, aber das ging sehr gut, er hatte es gleich am Morgen mit den Pulverresten ausprobiert, die Sperber und Krähen ihm gelassen hatten. Eine etwas dumpfe, langsame und vom Lärm her enttäuschende Explosion, eine Rauchwolke, die in der Luft trieb und nach Salpeter stank, ein alter Geruch nach Schlachtfeld und aufgewühlter Erde, der noch einen Augenblick um den zerklüfteten Felsen schwebte, dessen frische Bruchstellen an ein stummes, schreckliches, unsagbares Leiden denken ließ. Spitzhacke und Brechstange würden kaum zur Ruhe kommen in dem Buchengehölz dort oben, fünf- oder sechshundert Meter über Maheux, wo die bemoosten, zarten Unterseiten der Bäume verborgene Frische verrieten – jedenfalls mußten sie aus irgendeiner Quelle schöpfen, die ihre Geschmeidigkeit erhielt. Abgesehen vom Wasserdienst, der ihn jeden Morgen zwei Stunden kosten würde – doch das war der Preis des Sieges – würde er sich zumindest bis zur Ernte voll und ganz dieser Aufgabe widmen können, die ihn jetzt schon aufwühlte, wie er selbst es bald mit dem Berg tun würde.

Als er der Tabakhändlerin den Rücken kehren wollte, fiel ihm ein, daß er fast keinen Tabak mehr hatte und er legte noch einmal drei Francs auf den fliegenbedeckten Tisch. Er steckte den Grauen ein und öffnete, seinen mit Pulver vollgestopften Beutel auf der Schulter, die Tür, wo ihn sofort die Hitze wie in einem Backofen einhüllte.

„Willst du deine Ader ganz für dich allein behalten?"

Spöttisch, Verkörperung der trockenen, krämerhaften, geschlechtslosen Armseligkeit, kam sie mit kleinen Schritten hinter ihm her, um die Tür zu schließen. Er tat, als hörte er nicht, drehte sich langsam um sich selbst wie ein schwer beladenes Boot und tauchte ein in die blendende Klebrigkeit des Nachmittags.

Der Auftriebspfad begann etwa hundert Meter vom Weiler entfernt. Bis auf die Knochen von den Herden abgetrampelt, verliefen seine kalkigen, mit Schafsmist übersäten Schulterblätter von einem Ende des Hochplateaus zum anderen. Er klapperte und klang unter den Füßen wie zerbrochenes Porzellan.

Dieser grünliche Fleck, der weit vor ihm gegen die Ostseite der Hochebene floß und bis auf halbe Höhe eine ausgedehnte Erosionsfalte überzog, das war die Aiqualette.

Jetzt, da dieser Name in ihm war, fühlte er sich erfüllt wie ein Mann vom Namen der Frau, die ihm nicht mehr aus dem Sinn geht. Allein der Name ließ an paradiesische Stelzvögel denken, die mit aufgeplusterten Federn am Rand der Sümpfe ihre Kriegstänze vollführen, auf dünnen Beinen, zerbrechlich wie gesponnenes Glas. Jedes Mal, wenn er daran dachte, hüpfte und flatterte es in seinem Kopf von vielfarbenem Flügelschlagen.

Er blieb stehen, um sich eine Zigarette zu drehen, stellte seinen Beutel in den Schatten eines Wacholderbaums, bevor er das Feuerzeug rieb. Vorsicht, das Pulver! Etwas weiter links, gleich unterhalb der Felswände und beinahe auf gleicher Höhe wie der Viehpfad, überzog ein gelbes Viereck das Hochplateau wie ein Flicken: der große Acker, dessen junges Korn nun schon dreimal über die schauerliche Erinnerung gewachsen war, die auf ihm lastete. Hier und da waren die Kahlstellen der unterirdischen Gerölladern zu sehen, magerer Boden, knochig wie der Brustkorb eines abgezehrten, ausgehungerten, orientalischen Tieres, dessen fadenscheiniges Fell immerhin drei Personen überleben und leben ließ.

Dort war es gewesen, wo er diesen riesengroßen Hasen geschossen hatte im letzten Monat. In dieser Nacht, als er in dem *mastaba* auf der Lauer lag, vor dem sein Vater gestorben war, hatte er seinen Mißmut entladen, indem er das Tier aus allernächster Nähe erschoß. Patsch! Ein glatter Schuß. Auf der Stelle tot!

Zur Rechten der fast kahle, öde, planetarische Mont Lozère, der den größten Teil des Hochplateaus vom Norden trennte, wie ein riesiger Damm, dessen erdhafte Einzelheiten zur Stunde von der Hitze ausgelöscht waren. Nicht ganz so hoch und etwas näher streckte der Bougès sein rundes, behaartes Rückgrat mit dem schwarzen Kamm der Tannenbäume hoch über Pont-de-Montvert an seinem Nordhang und über die hohlen Gebeine von St. Julien, die sich an den Fuß seines Südhanges drängten. Vom Gipfel des Aigoual, hinter dessen granitischer Bastion jetzt der heitere, besiegte Süden im Knistern der Zikaden flammt, bis zum Gipfel des Lozère, dessen riesige Geröllströme den Horizont bleichen wie kranker, fiebriger Schnee, flimmerten und verdörrten fünfzig Kilometer Himmel, Hochebenen, brennend heiße Wälder im staubigen Licht. Im Osten, wo der etwas dunklere Himmel die Lavendelfelder des Contadour widerzuspiegeln schien, stieg eine schwarze Rauchwolke aus den in Flammen stehenden *Garrigues*[14] empor.

Dieser ferne, dem Horizont zugeneigte Rauch, der vage an die Zeit der Bombardierungen über der Rhône denken ließ, verlieh der Landschaft jene Hintergrundrolle, die historische Ereignisse ihr oft für kurze Zeit zuwiesen. So als verriete dieser Rauch auf einmal das wahre Wesen dieser gewöhnlich von keiner Zeit berührten Szenerie und als gäbe er plötzlich das Signal zu einer unbegreiflichen Hast.

Er stand sehr früh auf, zwischen drei und vier Uhr in der Nacht, so daß der Wasserdienst getan war und das Faß an seinem Platz stand, bevor die Hitze und seine Frau alles erschwerten. Bei seiner Rückkehr versuchte er, so wenig Lärm wie möglich zu machen, stärkte sich nach dieser Anstrengung, die ihm die Beine etwas weich hatte werden lassen, mit einer Schale kalter Milch, knabberte ein paar Kastanien und begab sich zur Aiqualette.

Die waagrecht einfallende Sonne füllte das Unterholz mit rotem Licht, das noch nicht heiß genug war, um den Tau zu trocknen, der die Pflanzen näßte. Er durchquerte große, reglos stehende, nachtkalte Geruchstümpel, in denen sich noch das nächtliche Gesicht der Dinge spiegelte. Wenn er zur Baustelle gelangte, fand er sich mit einem Mal im grellen Licht, das den Schweiß des Aufstiegs an seinen Schulterblättern erwärmte. Während er seine erste Zigarette dreht, betrachtete er mit ruhiger Zufriedenheit die Fortschritte des Vortags, jedes Mal von neuem überrascht, sie größer vorzufinden als erwartet. Die frisch dem Bauch des Berges entrissene Erde mit ihrem Geröll erfüllte ihn mit eigenartiger Befriedigung, als handelte es sich um eine wirkliche, in Geld umsetzbare Ernte und nicht nur um das eingebildete Ergebnis einer vielleicht unnützen Arbeit. Doch über Zweckmäßigkeit und Gelingen seines Unternehmens dachte er nur nach, wenn es ihn körperlich nicht in Anspruch nahm. Manchmal im Augenblick des Einschlafens, wenn er in den Schlaf hinüberglitt und sich einer unbekannten, feindseligen Wirklichkeit gegenübersah, die alles lächerlich und vergeblich zu machen schien.

Schaufel und Spitzhacke waren recht bald auf ein ziemlich kompaktes Granitfundament gestoßen, das er mit der Brechstange angehen mußte. Das Pulver ließ er jedoch nur in äußerster Not sprechen. Meist genügte es, die Stange etwa zehn Zentimeter hineinzutreiben und dann am anderen Ende Druck auszuüben, um den Block zu lösen, der mit dumpfem Geräusch an den Fuß des kleinen Erdberges rollte. War der Block zu schwer, zu tief verwurzelt und widerstand, dann entschloß er sich zum Gebrauch des Pulvers und verwendete für die Zündschnur nur das streng Notwendige, auch wenn er bis zu den ersten, etwa zehn Meter entfernten Bäumen rennen mußte, um sich in Deckung zu bringen.

Bisweilen kam es vor, daß das Zündmittel versagte, wenn es nicht ausreichend abgedichtet war. Wenn er dann das Unternehmen wieder von vorne begann, erging er sich in Verwünschungen gegen den Himmel, der sich ebenso wenig öffnete, um seinen Zorn über ihn ergehen zu lassen wie er ihn zu anderen Zeiten mit seinen Wohltaten überhäufte. In diesen Augenblicken schaute er unwillkürlich in Richtung der Felswände, als suchte er ein gewichtigeres Opfer für seinen Zorn, und zog über ihrem Kamm zufällig ein Sperber oder ein anderer Raubvogel seine Kreise am wolkenlosen Himmel, schwand sein Zorn augenblicklich, seine Verwünschungen erstarben auf den Lippen, die alte Besessenheit ergriff ihn wieder. Er legte sein Werkzeug aus der Hand und ging auf eine Buche zu, wo sein Gewehr hing, ohne dabei die lebendige Zielscheibe aus den Augen zu lassen, die ihn verhexte und ihn einige Augenblicke lang alles vergessen ließ.

Er stützte das Rohr auf einen Zweig, zielte lange, genoß diese Minute, in der er seine Beute am Ende der Waffe hielt und die Illusion hatte, eine geheimnisvolle Macht über sie zu besitzen. Schließlich ging der Schuß los, nichtssagend, armselig, zerstörte den Zauber augenblicklich, ließ ihn jedes Mal erbärmlich und untätig zurück, bis seine Augen wieder auf die Baustelle und die Öffnung fielen, die sich gegen den Berg abzuzeichnen begann. Nachdem er das alte Chassepotgewehr neu geladen hatte, kehrte er zu seiner Arbeit zurück, leer und mit schleppenden Schritten, bis er wieder Geschmack daran fand. Meist suchte er sich diese Augenblicke der Unentschlossenheit aus, um eine Pause zu machen, langsam eine Zigarette zu drehen, riß ein Streichholz an oder rieb mit der Handfläche das Rädchen das Feuerzeugs, zündete an der gleichen Flamme seine Zigarette und die Zündschnur an, die den morgendlichen Frieden durch eine dumpfe, langsame Explosion erschütterte, deren staubiger Rauch träge den Abhang hinunterkroch und einen gelblichen Schleier vor die Sonne legte, durch den ein sonnenfinsteres Licht fiel.

Gegen Mittag, wenn Wellen einer dichten, buttergelben Hitze die riesige Senke des Talkessels bis zum Rand füllten und Gräsern und aufgewühlter Erde trockene, heftige Gerüche entlockten, legte er die Waffen nieder. Er setzte sich unter eine Buche, zog seine Feldflasche heraus, trank einen Schluck noch recht frischen Wassers, knabberte ein paar Kastanien, ein Stück harten, alkalischen Käse, verschlang sein Essen und mit den Augen zugleich die vor ihm angehäufte Erde und das Geröll, deren Umfang in einer Art negativem Ausgleich zu schrumpfen schien, je mehr seine Erschöpfung wuchs. Bevor er wieder an die Arbeit ging, hielt er bis zwei Uhr einen Mittagsschlaf.

Meist riß ihn die brennende Sonne im Gesicht plötzlich aus dem Schlaf. Mitunter brauchte er einige Zeit, um sich wiederzufinden, weil er noch im Halbschlaf war oder die wandernde Sonne die Landschaft durch ihr Licht so verändert hatte, daß sie ihm auf einmal fremd erschien. Mit weit offenem Mund, hängenden Armen und Schultern schaute er verständnislos auf die Ausschachtung, wie sie dalag im hellen Licht, das der nackte Fels grell zurückstrahlte.

Langsam, beinahe widerwillig, nahm er sein Werkzeug wieder in die Hand, und sachte setzte sich der Tag im Rhythmus seiner Arme wieder in Bewegung, bis zu den frischen, schattigen, malvenfarbigen Stränden, wo er am Abend vor Anker ging.

Es war die Stunde, in der die Welt um ihn herum mit allen Pflanzen und Tieren langsam wieder zum Leben erwachte. Nach dem furchtbaren Sonnenfeuer, das die Landschaft zerstörte, das ihre Wunden und Narben mit der schäbigen Anstößigkeit des Orientes im Nebeneinander industrieller Betriebsamkeit und armselig-abgezehrter Hütten hervortreten ließ, hatte die Luft wieder etwas von ihrer frühmorgendlichen Flüssigkeit. Die grasige Frische des Abendtaus stieg aus den schon violetten Tiefen empor, wo hier und da, von der Baustelle aus sichtbar, schwefelfarbene Lichter aufzuleuchten begannen, welche die hereinbrechende Dunkelheit an den Stellen der Höfe und Weiler entzündete. Immer war dieser Augenblick mit einem friedlichen, mehr noch einem häuslichen Verlangen erfüllt, mit der Lust, gemeinsam mit anderen an einem Tisch zu sitzen, in ihrer Gesellschaft zu essen und zu trinken, langsam die lärmenden, stimmenschwirrenden Dörfer zu durchqueren, zu der Stunde, wenn die Münder der Mädchen im Schatten schwellen, den die Brillantine ihrer Haare oder der süße, zärtliche Geruch der Linden mit dem Duft von Vanille erfüllt haben; zu der Stunde, wenn die stämmigen, haarigen Fünfziger beim

Boule-Spiel ihr letztes politisches oder sexuelles Pulver vergeuden, zu der Stunde, wenn die unter den Platanen sitzenden Alten mit dem Kopf wackeln, ihren alten Groll wieder ans Licht zerren und dabei vergessen, daß sie in dieser Nacht sterben werden und diese kurze Geschichte ohne jede Bedeutung gewesen sein wird.

Weit von hier, unten am Meer, oder in den Büschen um die öffentlichen Bälle herum gibt es nicht wenige, denen es scheißegal ist, ob das nun eine Bedeutung hat oder nicht. Sie vögeln im Takt und genießen mit schamloser Geilheit wie Katzen.

Hatte er seine Werkzeuge eingesammelt und in eine Plane gerollt, damit der Morgentau sie nicht näßte, stieg er mit großen, glücklichen Schritten über die feuchtweichen Gräser und den federnden Boden hinab, der ihn seine Müdigkeit leichter tragen ließ. Die Wirklichkeit, die er mit hinunternahm – sein Kampf gegen den Berg, die weiten Horizonte, der unvergleichliche Anflug von Abenteuer, den eine unendliche, ungewisse Zukunft in sich trug –, ließ ihn die Wirklichkeit vergessen, die ihn unten vor der Tür erwartete, die Wirklichkeit der zusammengekniffenen Lippen, die traurige Nase, die krummen Hände mit ihrer Gier, anderes in den Fingern zu haben als Versprechen und lyrische Ungewißheiten; die gehässige Wirklichkeit, die rechnet und spekuliert, unzufrieden von Geburt, von Begehrlichkeit durchbohrt wie ein Nadelkissen, die alles auf den unmittelbaren Besitz der Dinge beschränkt, ebenso knausrig ist im Bett wie angesichts des Todes, dem sie nichts oder das Wenige nur mit Überwindung gewährt, oder auf dem Klo, diese ewig Verstopften. Und so weigern sie sich auch, der Welt irgend etwas zu gewähren, von dem sie nicht im voraus einen traurigen Vorteil erhoffen können, verlieren alles, um dem Elend einen elenden Gewinn abzuringen, ziehen die Sparsamkeit und armselige Vernunft der Geizhälse der Verrücktheit vor, die mit den Händen in den leeren Taschen in die Welt zieht und ihr ganzes Gepäck im Kopf mit sich trägt. „Du wirst uns noch aufs Stroh bringen ... Wir werden enden wie deine arme Mutter, heute morgen hat sie mich schon wieder gebissen ... Dein Bruder hat begriffen, er wird sich schön amüsieren in seiner Schweiz ... Wenn man bedenkt, wie gut ich es hatte ganz allein in Mazel-de-Mort ... Wenn du glaubst, du hilfst uns, weil du ein Loch in den Berg machst, wenn du glaubst, das macht den Kohl fett, wenn du es schaffst, das Wasser hierher fließen zu lassen nach Gott weiß wievielen Jahren Zwangsarbeit ... Du bringst dich um, nichts weiter, währenddessen werden die anderen reich, überall werden Prämien verteilt, und wir, wir warten, daß der Himmel sein Füllhorn über uns ausgießt. Manchmal frage ich mich, ob du nicht verrückt bist."

Eines Abends, ohne ihr mehr zu antworten als an den anderen Tagen, machte er ein Bündel aus seiner Decke, steckte seinen Tabak hinein, zwei oder drei Handvoll Trockenkastanien, nahm die Sturmlampe von der Wand und ging zum Schlafen hinauf unter den sternengepuderten Himmel, inmitten der unzähligen Geräusche der Nacht. Der Mond glitt über die glatten Blätter, zersprang auf dem Gras in tausend Stücke. Die Nacht war so ruhig, daß nicht einmal das Atmen des Waldes zu hören war. Die Welt der Menschen war ausgelöscht von Finsternis und Schlaf, und über ihr, in der schimmernden Dunkelheit, ließen die Triller der Nachtigallen eine andere Welt prachtvollen, heiteren Friedens entstehen, sorglos den Unterschieden gegenüber, die das Unglück der Menschen sind. Zuweilen tönte kurz das Geräusch eines Motors herauf, unrein und unerwartet wie ein Stück Schlacke in klarem Wasser. Gleich darauf verschwand das indiskrete Brummen wieder in den Rillen des Gebirges, und die Nacht fand zurück zu ihrer verschwenderischen, menschenlosen, sternenhaften Friedlichkeit – zeitlos, erinnerungslos, ohne Anfang und ohne Ende – wie das ausdruckslose Gesicht einer Gottheit.

Eines Abends, kurz bevor er einschlief, erblickte er auf dem anderen Abhang des Talkessels eine Vielzahl blauer Funken, die sich wie eine leuchtende Puderspur am Waldrand entlang den Hang hinauf bewegten. Auf seine Ellbogen gestützt, verfolgte er mit den Blicken den Aufstieg dieses sternenhaften Glitzerns, das mit jener Freiheit und Dreistigkeit, die Tiere und Dinge in Abwesenheit des Menschen gewinnen, geradewegs vor seiner Nase eine winzige Milchstraße erscheinen ließ. Als der Sternenpuder den Gipfel des Berges erreichte, löste er sich allmählich auf, verwischte sich mit der bläulichen Sommernacht, und er verharrte noch lange Zeit mit gerecktem Hals, angehaltenem Atem, die Augen starr auf den Punkt gerichtet, wo diese lebendigen Funken verlöscht waren und in ihm ein Gefühl der Leere und Unbestimmtheit hinterlassen hatten – ein feiner Nadelstich von Einsamkeit in seiner Brust, als bedauerte er es, ihnen nicht dorthin folgen zu können, wo sie hingezogen waren.

Sobald er nach einigen Stunden steinernen Schlafes die Morgenkälte auf seinen Schultern spürte, stand er auf, streckte sich, befreite sich geräuschvoll von seinen inneren Gasen, oben und unten, und ermaß mit einem einzigen Blick auf die Baustelle die befriedigenden Fortschritte seiner täglichen Arbeit. Das bleiche, farblose Tageslicht dicht über den noch in Dunkelheit getauchten Bergkämmen ließ nach und nach die helleren Flecke der zerkleinerten Felsen und der grauen Sandaufschüttung auf dem Gras erkennen. Die ersten Vögel plusterten sich auf ihren Zweigen und begannen mit ihren Verfolgungsjagden und Abrechnungen zwischen den verschiedenen Stockwerken des Baumes oder der Baumgruppe, die sie bewohnten. Durch den Wald hindurch stieg der Geruch der feuchten Ginsterbüsche herauf, ein kalter, scharfer Geruch. Die Welt um ihn herum fuhr fort, nach ihrem eigenen Rhythmus zu leben, der nicht der Menschen Rhythmus war – sorglos und ohne Ziel ergab sie sich der Herrlichkeit eines Schöpfungsmoments, der seit einigen Milliarden Jahren dauerte.

Doch es galt, zu den Menschen zurückzukehren, nach

St. Julien hinunterzugehen mit der Schubkarre und dem Faß, unter den Fenstern der Schlafenden vorbei, die Wasser in ihren Küchen hatten und die er manchmal sah, wenn sie ihre Kapuzinerkresse und ihre Bohnen begossen, umgeben vom Geruch feuchter Erde. Er erschien ihm jedes Mal wie eine natürliche Fortsetzung des Geruchs nach heißem Brot, der ihm aus dem Kellerfenster der Bäckerei entgegenschlug und jedem Morgen das Wasser so heftig im Mund zusammenlaufen ließ, daß er der Versuchung eines Morgens nicht länger widerstehen konnte, sich vor das Kellerfenster hockte und dem verblüfften Bäcker eine Zehn-Sous-Münze entgegenstreckte, für die er ein halbes dünnes Brot erhielt, das er krachend und heiß hinunterschlang, mit der Nase in der Krume wie ein ausgehungerter Hund, der seine Schnauze in die Suppe taucht.

Die jeden Tag vollbrachte Arbeit machte ihn im übrigen äußerst hungrig. Er hatte dem Essen nie viel Bedeutung beigemessen, war immer begieriger nach frischer Luft und weitem Land gewesen, als daß er auf einen gut gedeckten Tisch geschielt hätte. Doch nun begann seine Genügsamkeit nach einer nahrhafteren Grundlage zu verlangen, als dieses farblose, schale *bajana* es war, das seinen Magen aufblähte, ihm aber kaum die Muskeln stärkte. So nahm er die Gewohnheit an – oder besser gesagt, nahm er sie wieder an, denn er hatte das natürliche Kraftfutter schon ausgiebig und geschickt während seines langen Rückzugs auf der *can de Ferrières* zu nutzen gewußt –, jedes Ginsterbüschel im Umkreis von zwei- oder dreihundert Metern seines Lagers mit einer Falle zu versehen. Jeden Morgen sammelte er einige Weißschwänze ein, ganz flachgedrückt von der zwischen zwei Steinen verbrachten Nacht, und briet sie sogleich wie in der guten alten Zeit, als die Schleuder in der Nähe der Abfallgrube zischte. Nach drei Bissen ließ er nur den Schnabel und die Füße übrig. Das machte ihn etwas beherzter für den Angriff gegen den Berg – diese riesige, fleischfressende Ameise, deren Hackenschläge ihre winzigen Artgenossen in kopflosem Schrecken mit ihren großen weißen Eiern auf dem Rücken in tiefere Schächte stürzen ließ.

Es war noch nicht ganz Mitte August, und er hatte nicht gemerkt, daß drei Wochen mit dem Aushöhlen der Aiqualette vergangen waren. Und doch war der Stollen jetzt schon sieben oder acht Meter tief. Manchmal, wenn er am Morgen erwachte, betrachtete er die gähnende Öffnung oberhalb der Schutthalde aus Erde und Geröll, und es erschien ihm unglaublich, daß er eine solche Heldentat ganz allein und in so kurzer Zeit vollbracht haben sollte. Jedes Mal war ihm, als hätte er kaum begonnen.

Jetzt, da er diese Tiefe erreicht hatte, brachte der unterirdische Vorstoß zwar gewisse Vorteile an Kühle und Schatten mit sich – und bei schlechtem Wetter, nächtlichem Gewitter, könnte er immer im Trockenen schlafen -; aber er stellte auch neue Probleme, Probleme des Abstützens. Obwohl der Fels kompakt genug war, von alleine zu halten, wäre es verdammt unvorsichtig gewesen, weiter zu graben und vor allem weiterhin das Gewölbe mit Explosionen zu erschüttern, ohne es durch ein passendes Gerüst zu stützen. Das Gerüst hatte er an Ort und Stelle, in den Buchen, die ihre knotigen, satinglänzenden Muskeln um den Stollen herum zwischen den Granitsteinen krümmten, die in einer Art Mimikry ihre graue Farbe angenommen hatten. Zwei senkrechte Balken und ein waagerechter alle Meter, der letztere notfalls durch einen Mittelpfosten verstärkt, boten nahezu uneingeschränkte Sicherheit. Und hatte er sich denn nicht seine ersten Lorbeeren als Pionier im Bergwerk von Villemagne verdient, für dessen Verzimmerung man ihn tagelang Rundhölzer hatte zuschneiden lassen? Er kannte den schrägen Zuschnitt der Stützbalken und die Kunst der Auskleidung wie kein anderer. Wahrhaftig, das Schicksal bereitet einem schon Überraschungen! Wer hätte damals gedacht, daß er das alles eines Tages brauchen könnte?

Da war noch ein weiteres zwingendes Erfordernis. Der Stollen mußte leicht *nach außen hin* abfallen. Anders gesagt, es war absolut unerläßlich, mit einer Steigung zu graben.

Er hatte diese idiotische und entscheidende Entdeckung eines schönen Morgens gemacht, als er versuchte, einen recht großen Felsblock nach draußen zu rollen, der nicht so aussah, als wollte er es sich gefallen lassen und sich schlichtweg weigerte, sich vom Fleck zu bewegen. Nachdem er ihn reichlich mit Beschimpfungen überhäuft hatte, war er schließlich zu Schmeicheleien übergegangen. Hätte er ohne diesen Vorfall gemerkt, daß der Stollen zum Berginneren hin eher abfiel? Und wie hätte dann das Wasser, selbst wenn er das Grundwasser erreicht hätte, die Steigung überwinden sollen, es sei denn mit komplizierten und kostspieligen künstlichen Mitteln?

An diesem Tag hatte er einen Teil des Vormittags damit zugebracht, eine behelfsmäßige Wasserwaage herzustellen mit einer Limonadenflasche, auf deren Mitte er zwei Parallelstreifen Pflaster geklebt hatte, um die Stelle zu markieren, wo die Luftblase stehen mußte, wenn die Flasche mit Wasser gefüllt war. Flasche und Pflaster stammten noch aus der Zeit des Unfalls seines Bruders; er hatte sie in einem Mauerloch auf dem Dachboden aufgestöbert, gerade oberhalb des Kopfes seiner Mutter, die ihn mit starren Augen beobachtete, zusammengeschrumpft in ihrem Stroh, weder tot noch ausgeglüht trotz der erstickenden Hitze, die zu dieser Jahreszeit unter den Schieferziegeln des Daches herrschte. „Glaubst du nicht, man müßte die Alte da oben herausholen? – Du kannst sie doch in ein Altersheim bringen, schließlich ist es deine Mutter, nicht meine, ich habe schon so genug Arbeit, um ihr nicht auch noch ihre Suppe hinaufzubringen und ihr den Hintern abzuputzen in diesem Gestank mit einem elenden Liter Wasser!" Dieses Mal herrschte zwischen ihnen offener Krieg.

Allmählich stellte sich nun auch das Problem der Beleuchtung in der Tiefe des Stollens. Es dauerte jeden Morgen etwas länger, bis er hell wurde, und abends wurde er rascher dunkel. Das lag an seiner zunehmenden Tiefe, aber auch am Kürzerwerden der Tage, das schon in den ersten Augusttagen spürbar war. Er arbeitete im flackernden Licht zweier Kerzen, das jede seiner Bewegungen mit unregelmäßigen Schatten begleitete. Er hatte ausgerechnet, daß die unterirdische Beleuchtung ihn zehn Sous pro Tag kosten würde. Das war zwar kein Vermögen, doch lag es schließlich in seinem Interesse, so schnell wie möglich auf das Wasserreservoir zu stoßen.

Das dritte und letzte Problem war weniger schwerwiegend, aber dafür vielleicht am lästigsten. Es ging um das Hinausschaffen der Gesteinstrümmer des Stollens. Bis jetzt transportierte er die Felssteine auf dem Bauch oder rollte sie auf dem Boden, wenn sie zu schwer waren. Von nun an machte jedoch die zu überbrückende Entfernung diese Aufgabe immer beschwerlicher.

Der Gebrauch irgendeines Fahrzeugs wurde unerläßlich, das ihm diese ganze unbequeme Hantiererei, dieses endlose Hin und Her mit den schweren, ihm in den Magen drückenden Steinplatten oder den bis zum Platzen mit Geröll vollgestopften Jutesäcken ersparte. Und natürlich konnten sie es nicht lassen zu platzen, diese Arschlöcher!

Die Schubkarre.

Das war die einzige Lösung.

Aber dann müßte er sie jeden Morgen wieder runterbringen, denn wie sollte er sonst das Faß transportieren, vielleicht um den Hals gehängt, wie ein Bernhardinerhund sein Schnapsfäßchen? Es würde schon schwierig genug sein, sie ohne Weg bis hierher zu schaffen, mitten durch das Dickicht, die Baumstümpfe, die Felssteine und einen Hang hinauf, der so steil war, daß man das Gras mit der Nase berührte! Diese Leistung jeden Tag zu vollbringen, wäre reiner Wahnsinn. Er betrachtete seine Hände, legte sie auf die Brust. Die Mechanik mochte noch so gut sein, eines schönen Tages würde sie schließlich zusammenbrechen bei diesem Tempo.

Er fühlte, wie plötzlich Mutlosigkeit in ihm aufstieg. Mit langsamen Schritten verließ er seine Grotte, blieb hoch oben auf der Geröllhalde stehen, im grellen Augustlicht, und als hätte er auf einmal das Vertrauen in sich selbst verloren, in sein Werk, kam ihm dieses ganze aufeinandergeschichtete oder ins Gras gestürzte Felsgestein, dieses schwarze Loch im Berg wie ein vergebliches, aufreibendes und recht seltsames Unterfangen vor – ja, wirklich, das Werk eines Halbverrückten. Er fragte sich, ob all seine Anstrengungen zu etwas nutze gewesen waren, ob es nicht verlorene Zeit und Mühe war, sich ohne viel Nachdenken in ein so ehrgeiziges Vorhaben gestürzt zu haben, von dem sich womöglich mehr und mehr herausstellte, daß es über seine Kräfte ging. Er betrachtete die ausgehobenen Erdmassen des Stollens zu seinen Füßen, und sie erschienen ihm wie die Trümmer seines Phantasiegebäudes, das einer simplen Schubkarre wegen zusammengebrochen war. Die Trümmer seines Plans.

Er setzte sich mit dem Rücken an einen Baum und fühlte eine große Leere in sich. Er verspürte nicht einmal Lust auf eine Zigarette, die doch sonst immer einen zu Ende geführten Arbeitsabschnitt belohnte. Genauso wenig wie die Lust, mit einem schlechten Gewehr auf eine unerreichbare Zielscheibe zu schießen. Er schaute zu, wie das Raubvogelmännchen ruhig senkrecht über dem Bauplatz schwebte, ohne nach dem Gewehr zu greifen, das geladen an einem Ast hing. Mochte der doch schweben, solange er wollte, ihn widerte alles an. Er ließ sich von schläfrigen Gedanken überwältigen und rührte sich nicht mehr. Allein schon die Vorstellung, nach Maheux hinunterzugehen, um die Schubkarre zu holen, lastete wie eine unbezwingbare, übermenschliche Aufgabe auf ihm. Er sah sich gegen diesen Abhang gestemmt, den ganzen Berg auf seinen Schultern, vor eine Schubkarre gespannt, in der er, als er sich umdrehte, um zu sehen, was so schwer darin wog, seine Frau und seine Mutter erblickte. Er versuchte, sie zu vertreiben, aber sie wehrten sich und klammerten sich mit allen Kräften fest.

Plötzlich blieben beide Handgriffe in seinen Händen zurück, und er sah mit Schrecken, wie die Schubkarre, in der die beiden Frauen gestikulierten, auf den Abhang zueilte und an Geschwindigkeit gewann. Er stieß einen dumpfen Seufzer aus, als müßte er sich diesem Sturz durch ein heftiges Aufbäumen entreißen, und wachte plötzlich auf. Es war fast dunkel; er mußte eingeschlafen sein und hatte einen Alptraum gehabt.

Er spitzte die Ohren, im Glauben, ein ungewohntes Geräusch gehört zu haben. Doch es war nur ein leichter Wind, der hin und wieder durch die Bäume strich. Wind hatte es lange nicht mehr gegeben – kein Lufthauch, seit Wochen schon. Der Sommer war ein riesiger Hitzeblock, der alles mit seiner Hülle umgab, wie eine Pfanne siedenden Fetts. Die wenigen Seufzer in den Buchenblättern erschienen ebenso verheißungsvoll und wunderbar wie die Sprache des Meeres nach Durchquerung der Wüste. Er richtete sich auf und bekam Lust, eine Zigarette zu rauchen – dort oben, über dem Bauplatz, zum Berggipfel hin, wo die frische Brandung des Windes sicherlich Nachricht von hoher See brachte.

Die Nacht über ihm war voller Sterne; im Westen war sie völlig schwarz, nur ein zeitweise aussetzendes, unterschiedlich helles Leuchten kam von dort, das die Architektur und ineinandergeschobene Tiefen unbekannter Berge und Plätze erkennen ließ, deren Bilder die Netzhaut nicht rechtzeitig festzuhalten vermochte, denn jedes dieser Blitzlichter offenbarte nichts als riesige Tiefen zwischen Himmel und Erde. Mehr noch als an ein Gewitter erinnerte dieses schweigsame, stets unterbrochene Leuchten an die unregelmäßigen, verschieden starken Lichter, die während der Bombardierungen nachts über der Rhône und den Städten des Ostens aufgezuckt waren.

Auf einem Baumstumpf inmitten der knochigen Lichtung

sitzend, die den Gipfel der Bergkuppe wie eine Tonsur überzog, rauchte er nachdenklich seine Zigarette, lauerte auf das geringste Anzeichen, das geringste Umspringen des Windes, die winzigste Verstärkung des elektrischen Blinkens, auf das hin das Gewitter, das gerade auf den Abhängen des Aubrac oder oberhalb von Rodez heraufzog oder mit dem Säbel rasselte, sich hier entladen und den Kurs des Sommers ändern würde. Doch die matt zuckenden Blitze erhellten weiter nur kurz die senkrecht aufgetürmten Wolkenkulissen, schienen allmählich schwächer zu werden und verlöschten nach einiger Zeit ganz, ließen die Tiefe der Landschaft in Dunkelheit getaucht, wie die Bühne eines Theaters, auf der das Rampenlicht erloschen ist. Der kaum spürbare Wind, der soeben aufgekommen war, hatte sich wieder auf den Boden gebettet. Es herrschte außergewöhnliche Stille, kein Insektengezirpe war zu hören, nicht das leiseste Gleiten im Gras. Es war, als hätten alle lebendigen Geschöpfe diese Anhöhen verlassen und er sei als ihr letzter Bewohner zurückgeblieben. Er empfand ein eigenartiges Unbehagen bei dem Gedanken, noch länger ganz allein in diesen stillen Wäldern zu bleiben, vor sich den finsteren, stummen Horizont, über sich den schwarzen, mondlosen Himmel, an dem verstreute Sterne flimmerten – es waren weniger, so schien ihm, als in den anderen Nächten, als wäre auch der Himmel heute abend betroffen von irgendeiner Flucht. Er entschloß sich, dieses Mal die Nacht nicht draußen zu verbringen, sondern im Stollen zu schlafen; diese leblose, verlassene, von unbekannter Erstarrung befallene Nacht lockte ihn nicht. Vielleicht waren auch die unangenehmen Augenblicke, die er an diesem Nachmittag erlebt hatte, nicht unschuldig daran. Als er sich dann jedoch in der Tiefe seines Tunnels zusammenrollte, wo er bei Kerzenlicht eine letzte Zigarette rauchte, empfand er ein seltsames Wohlbehagen bei dem Gefühl, durch Tausende Tonnen Felsgestein von der Außenwelt geschützt zu sein. Da drinnen war er wie ein Maulwurf in seinem Loch. Sobald er die

Kerze ausgeblasen und sich in die Decke eingewickelt hatte, schlief er am Grunde seines unterirdischen Baues ein wie ein Kind in den Armen seiner Mutter.

Mitten in der Nacht riß ihn plötzlich eine entsetzliche Explosion aus dem Schlaf. Unter dem Schock des Erwachens glaubte er, alles sei in die Luft geflogen und die Trümmer des Stollens würden ihn unter sich begraben. Mit fliegendem Herzen stürzte er nach draußen, wo ihn ein gewaltiges, grelles Licht empfing, das die Dunkelheit zerriß, die Landschaft einen kurzen Augenblick von ihr befreite, um sie dann wieder in Finsternis zurückfallen zu lassen. Der ungeheuren Helligkeit folgte der gewaltige Widerhall der Wolkenhöhlen, die sich über der Hochebene zusammengeballt hatten, während er schlief. Das Grollen pflanzte sich fort in hohlen Räumen, die das Echo am ganzen Himmel entstehen ließ. Er glaubte zu spüren, wie die Erde unter seinen Füßen zitterte. Jeder Donnerschlag krachte und hallte im Talkessel mit der Gewalt einer Bombe. Was sie noch schrecklicher machte, war der Umstand, daß kein einziger Regentropfen fiel; es gab nicht einmal Wind. Es war im übrigen nicht das erste Mal, daß er eines dieser trockenen Gewitter erlebte, die Frauen, Kinder und Tiere durch die Gewalt und Häufigkeit der Blitze erschrecken und nicht selten Scheunen oder den Wald in Brand setzen. Zuweilen schien der Himmel sich im Augenblick des Blitzes mit einem sehr materiellen, ungeheuer bösen Geräusch zerfetzenden Stoffes auseinanderreißen zu wollen. Er schloß die Augen halb und zog seinen Kopf in die Schultern. Haß packte ihn auf diese sinnlose Vergeudung von Krach und Elektrizität, deren Salven die nächtlichen Anhöhen erschütterten und in Brand setzten, ohne es fertigzubringen, einen einzigen Tropfen Wasser zu vergießen. Wenn man bedenkt, daß diese Wolken alles hatten, um seinen Schwierigkeiten ein sofortiges Ende zu bereiten! Schluß mit dem Wasserdienst in St. Julien, dem Zeitverlust, der Hetzerei. Die Zisterne würde sich füllen – mit all den Bedachungen, die sie speisten, konnte das in einer Nacht geschehen. Die Quelle würde fließen, auch das Becken sich füllen, er würde gleich morgen früh die Schubkarre holen, seine Frau würde ihm nicht mehr mit ihren ständigen Anklagen in den Ohren liegen, vielleicht wäre sie sogar bereit, wieder eine Frau zu werden, während jetzt seit Monaten schon trotz des Beckens, trotz des Hasen, trotz der 11500 Francs der Gürtel verschlossen war!

Das Gewitter tobte weiter nach Herzenslust – ein wahres nächtliches Feuerwerk, das die Hochebene mit seinem kalten Licht erhellte, nur um die Leute zu schikanieren und Schrekken unter den Tieren zu verbreiten.

„Wenn du glaubst, du machst mir Angst", brüllte er zwischen zwei Donnerschlägen.

Er ging hinaus, barhäuptig, und spuckte gegen den Himmel. Er hätte ihm ein Gesicht gewünscht, ihn als menschliche Person gewollt, um ihn besser beschimpfen zu können. Vielleicht haßte er das Universum dann am meisten, wenn es ihm das Gefühl gab, daß es seinen Willen durchkreuzte, daß es leer war, niemand war, dem man die Faust entgegenrecken, dem man Beleidigungen entgegenschleudern konnte.

Doch wozu sich umsonst abmühen? Es war besser, in die Grotte zurückzugehen und dort die ganze Nacht zu bleiben.

Bei Tagesanbruch würde er noch genug Zeit zum Nachdenken haben.

Vergeblich drehte und wand er sich auf seiner Decke in alle Richtungen, wie ein Hund in seiner Hütte – es war unmöglich einzuschlafen. Erst sagte er sich, daß er aufgeben müsse, die Tür hinter sich schließen, alles stehen und liegen lassen müsse, um eine Arbeit im Kohlebergwerk anzunehmen. Dann faßte er wieder Mut, beschloß, das Unternehmen weiterzuführen, ohne sich um die Zukunft Gedanken zu machen, in der allerersten Morgendämmerung nach Maheux hinunterzugehen, um die Schubkarre zu holen. Er würde das Wasser in zwei Korbflaschen von je zehn Litern holen, eine in jeder Hand. Die Schwarze müßte eben einfach damit zurechtkommen. Einen Augenblick kam ihm der Gedanke, das Pferd vor eine behelfsmäßige Schleppe zu spannen, wie man es in alten Zeiten in den Kohlebergwerken getan hatte, doch er ahnte wohl, daß der von Stützpfeilern völlig verstellte Stollen das Tier nicht ohne weiteres hindurchlassen würde, auch hätte es sicher Angst, in dieses finstere Loch einzudringen. Es gab schon jedes Mal Theater, es in den Schafstall hineinzubekommen, dessen Tür viel niedriger und enger war als der Eingang seines alten Stalles in Mazel-de-Mort.

Von Zeit zu Zeit stand er auf, um nach dem Gewitter zu sehen. Es gab immer noch das gleiche Getöse, die gleichen riesigen, grellen Risse, in denen Bäume, Felsen, Berge, Abgründe und Wolken sichtbar wurden, und er glaubte, die Stimme seines Vaters zu hören, eines Nachts, während eines schrecklichen Gewitters, das die Ernte vernichtet hatte: „Und siehe, der Herr ging vorüber und ein großer, starker Wind, der die Berge zerriß und die Felsen zerbrach, vor dem Herrn her; der Herr aber war nicht im Winde." Er zuckte die Schultern. Es war gut möglich, daß der Herr nicht in diesem ganzen Spektakel war, und im übrigen fragt man sich, wo er sich in dem Ganzen überhaupt verkrochen haben mochte.

Er legte sich wieder hin, und das Räderwerk seiner quälenden Gedanken erfaßte ihn von neuem, ohne daß es ihm gelang, vor ihnen in den Schlaf zu fliehen. Er richtete sich auf, zündete die Kerze an, drehte eine Zigarette, atmete einige bittere Züge ein, aber seine eigene Galle war es, die ihm da hochkam vor Bitterkeit und ohnmächtiger Rachsucht. Zum Zeitvertreib tat er einige Hackenschläge gegen den Felsen, kraftlos und ohne Überzeugung. Allerdings fühlte er sich auch recht schwach, da er seit der Handvoll Kastanien gestern morgen nichts mehr gegessen hatte. Gestern morgen, denn man dürfte sich jetzt auf der anderen Seite der Nacht befinden. Plötzlich glaubte er, ein Knistern im Blätterwerk gehört zu haben, und stürzte hinaus. Nein, es war nur ein mächtiger Windstoß, der die Bäume krümmte und Staub und trockene Blätter aufwirbelte. Auch hier wäre es für seinen Vater ein Leichtes gewesen zu behaupten, daß der Herr ebenfalls nicht in diesem heftigen Wind sei, der die Wälder peitschte und ihm Händevoll Sand ins Gesicht trieb. Die Menschen haben den Dingen immer die Bedeutung gegeben, die ihnen gerade paßte: gut, was Gott ist, schlecht, was nicht Er ist. Er selber hat niemals viel gesagt. Das Gute und das Schlechte sind so gut vermischt auf der Welt, daß man sich fragen kann, welches Spiel Er eigentlich spielt.

Mit seinen Kräften und sogar mit seinem Zorn am Ende, streckte er den schweren, schwarzen Wolken, die sich über dem Hochland zusammenballten, die Arme entgegen. Wenn es doch nur regnen würde! Aber er spürte nur einen trockenen, fast lauen Wind wie Sand zwischen seinen Fingern hindurchgleiten. Verfluchte Jahreszeit! Verfluchtes Land! Verfluchte Wüste, wo das Korn morgen früh am Boden zertrampelt sein würde von diesem dämlichen Wind, der mit der Schwerfälligkeit einer Rinderherde daherkam. Und sein Vater, der sich keinen Tag vor seine dünne Kastaniensuppe setzte, ohne mit ersterbender, kraftloser Stimme zu murmeln: „Herr, wir danken Dir für die Wohltaten, mit denen Du uns überhäufst." Hätte man ihm für die Scherereien gedankt, wäre das ganze Leben ein einziges Dankgebet gewesen. Genau wie Elias vor seiner Höhle des Berges Horeb mußte man also jetzt glauben, daß der Herr nicht in dieser roten, höherschlagenden Flamme war, die sich, vom Wind geschürt, auf dem Ödland zwischen Maheux und Mazel-de-Mort ausbreitete, wo der Blitz eingeschlagen und sicher Büsche und trockenes Gras in Brand gesetzt hatte. Und wenn das Feuer sich nun nicht mit einigen Hektar Ödland begnügen würde, wenn es den Graben des Wildbachs überspringen und die harzgetränkten Wälder verbrennen würde, wäre Er dann in dieser neuen Katastrophe oder wäre Er es nicht? In diesem Augenblick setzte wie gerufen der Platzregen ein mit seiner groben Antwort, und man mußte keine große Leuchte sein, um zu erkennen, daß der Herr auch keinen Anteil an dieser gewaltigen, blinden Sintflut hatte, die vielleicht sofort das Feuer auf der *can de Ferrières* gelöscht hatte, dafür aber, als wollte sie sich ihren Dienst bezahlen lassen, die Ernte am Boden zermalmte. Gott zertritt das Korn der Menschen nicht; im übrigen ist wahrscheinlich, daß Er sich überhaupt nicht für irgend etwas interessiert, was auf Erden wächst.

Gegen die Granitwand seiner Grotte gelehnt, war Reilhan dabei, sich mit der unerbittlichen Logik der Welt vertraut zu machen. Er sah zu, wie die Wasserfluten im Licht der Blitze herunterstürzten und über den Boden flossen. Sie würden das Grundwasser und die Zisternen auffüllen, den mageren Wäldern wieder neue Kräfte geben und die Erde der bestellten Felder mit sich in die Niederungen reißen. Hatte man ihnen als Kindern nicht unaufhörlich beigebracht, daß Gott mit der einen Hand nahm, was er mit der anderen gab? „Der Herr hat's gegeben, der Herr hat's genommen, der Name des Herrn sei gelobt." Ach, Scheiße noch mal.

Er legte sich wieder hin, angewidert und erschöpft von soviel Absurdität, und dieses Mal schlief er sofort ein, wie es oft geschieht bei großem Regen.

Es war schon Tag, als er erwachte, ein grauer, niedriger, von feinem, frischem Regen berieselter Tag. Draußen atmete er tief die feuchte Luft ein, die nach Humus, Schnecken und nassem Holz roch. In den Bäumen rauschte ein ganz leichter Wind, ein sanftes, zartes Murmeln, das einfach das Ende seiner Unannehmlichkeiten und wahrscheinlich auch den Beginn neuer Katastrophen ankündigte, denn anders kann es auf Erden nicht sein. Er wickelte sich in seine Decke ein, denn es war etwas frisch, und blieb auf der Schwelle seines Stollens stehen, hörte auf die Geräusche der Welt, auf das köstliche Rauschen des Regens im Blätterwerk, das Getröpfel unter den Zweigen, eine ganze Musik, die nach Monaten Arbeit, Mühsal, Trockenheit die Sprache der Versöhnung und des Friedens sprach. Es war nicht nötig, den Allmächtigen in all diese Geschichten von Wolken, Wind, Regen, Blitz und Donner hineinzuziehen. Dem Allmächtigen ist das scheißegal. Der Allmächtige spielt ein dermaßen unverständliches Spiel, daß man sich fragt, ob hinter diesen ganzen Geschichten nicht bloß windiges Gerede steckt.

Etwas später, gegen sieben oder acht Uhr, als er zum Haus hinabstieg, um etwas zu essen – noch nie im Leben hatte er einen solchen Hunger gehabt –, wurde die Landschaft allmählich heller und weiter, Vögel plusterten ihre Federn auf, während sie, beinahe stimmlos nach einer so harten Nacht, kleine rostige Krächzer miteinander austauschten. Der leichte Wind führte hier und da Himmelsflecken mit sich, von strahlendem Blau, neu und glänzend wie Emaille.

Als seine Frau ihn kommen hörte, öffnete sie die Tür und

tat einige Schritte auf ihn zu. Ihr Gesicht hatte einen zweideutigen Ausdruck.

„Mutter ist heute nacht gestorben", sagte sie leise.

Und sie legte ihm die Hand auf die Schulter.

Die Schäden waren beträchtlich; mehr als die Hälfte der Ernte war vernichtet. Man mußte zwei oder drei Tage hellen Sonnenschein abwarten, bis das Haarkleid der Felder sich wieder etwas aufrichtete. Die Quelle plätscherte, die Zisterne war so gut wie voll, das Becken würde es auch bald sein, die Saison war gerettet, nur die Blechdose würde sich kaum füllen.

Er hatte es eilig, die Routinearbeiten der Ernte hinter sich zu bringen, beschwerlich, wie sie waren, durch das ganze Hin und Her, das sie erforderten, denn der dem Haus nächstliegende Acker war eine halbe Stunde Fußmarsch entfernt. Eines Tages würde das alles anders sein.

In der Zwischenzeit hatte man die Alte beerdigen müssen, eine Kiste zusammenbasteln, eine Grube graben müssen – hinter dem Friedhof, der nun niemanden mehr aufnehmen konnte –, und man hatte Doktor Stéphan heraufrufen müssen, damit er das „Totenrezept" ausstellte.

„So etwas geschieht oft am Ende des Sommers", hatte dieser erklärt, während er den Totenschein ausfüllte. Und als er das Papier auf der Wachstuchdecke zurückschob, hatte er erstaunt ausgesehen, als alle sich sogleich erhoben hatten und auf das Zimmer zugegangen waren, in das man die Tote heruntergebracht hatte, um den Leuten keinen Anlaß zum Klatsch zu geben mit diesem Dachboden. „Alle" ist etwas übertrieben. Tatsächlich war man zu dritt, Ehemann, Frau und Schwiegervater. Der jüngere Bruder hatte sich darauf beschränkt, ein Telegramm zu schicken: „Festgehalten durch viel Arbeit. Von Herzen mit euch. Brief folgt. Joseph-Samuel Reilhan." Die Unterschrift der großen Anlässe.

Was konnte es dem Doktor denn schon ausmachen, daß man die Alte sofort begrub und der Pastor nicht benachrichtigt worden war? Sie war ja schon seit zwei oder drei Tagen tot, und die Leute, die während eines Gewitters sterben, verwesen rascher als die anderen. Mager wie sie war ... Hätte es sie wieder zum Leben erweckt, wenn Herr Barthélemy oder ein anderer seine Belanglosigkeiten über dem Körper einer kleinen, verhutzelten Alten hergesagt hätte, die kaum mehr wog als ein Bündel mehliger Weinranken? Man hatte ganz einfach seine Anwesenheit genutzt, damit zumindest eine nicht zur Familie gehörige Person bei der Zeremonie dabei war. Sagen wir mal, daß das weniger traurig war, um so mehr, als der Doktor gut gekleidet war, mit schwarzen Schuhen, dem Hut in der Hand, der Krawatte um den Hals und allem. Er hatte nach einer Bibel verlangt, um einige Worte über dem Grab zu sprechen. „Es ist nicht der Glaube, in dem ich erzogen worden bin, aber das ist nicht wichtig, das sind wir ihr schuldig." Und er hatte hinzugefügt: „Und uns selbst sind wir es auch schuldig." Immer ein lustiges Wort, diese Doktoren. Als er seine Rede beginnen wollte, hatte er sich auf einmal zur Schwarzen geneigt und sie mit einem seltsamen Gesichtsausdruck gefragt, wie die Tote heiße, nun ja, welches denn ihr Vorname sei ...

Mein Gott ... Sie hatte verwirrt ausgesehen, den Hals gereckt und mit weit aufgerissenen Augen auf ihren Ehemann geschaut. Despuech sagte nichts; er wußte es auch nicht oder erinnerte sich nicht mehr.

Juliette hieß sie. Ja, das ist es, Juliette. Aber nein, das ist doch wohl nicht dein Ernst. Abel hatte mit Kennermiene seinen Kopf geschüttelt: „Ja doch, ich sage dir, daß sie Juliette hieß, ich muß es doch wissen, oder, sie war meine Mutter, nicht deine!" Beinahe hätten sie sich sogar noch gestritten: „Du bringst alles durcheinander. Seit du da oben in deinem Brunnen bist, weißt du nicht einmal mehr, wieviel Ohren du hast!" Sie wollte unbedingt, daß ihre Schwiegermutter nicht Juliette hieß, man stelle sich das einmal vor. Schließlich hatte der Doktor die Frage entschieden: einverstanden mit Juliette! Und er hatte seine kleine Rede mit dem Verlesen einer Stelle aus der Bibel begonnen. Eine Stelle, die er, Abel, sehr gut kannte. Er hatte es ihnen nach der Zeremonie gesagt, und da war ihnen die Spucke weggeblieben, seiner Frau und seinem Schwiegervater. Indes war es kein Verdienst, daß er sie auswendig kannte. Es war die Stelle, die der Alte ihnen am häufigsten vorlas, mindestens einmal die Woche, manchmal zweimal: „Ein guter Ruf ist besser denn gute Salbe, und der Tag des Todes denn der Tag der Geburt. Es ist besser, in das Klagehaus gehen denn in das Trinkhaus; in jenem ist das Ende aller Menschen und der Lebendige nimmt's zu Herzen. Es ist Trauern besser als Lachen; denn durch Trauern wird das Herz gebessert. Das Herz der Weisen ist im Klagehause und das Herz der Narren im Hause der Freude." Eben religiöse Worte ...

Als der Doktor auf seine Uhr geschaut hatte, weil er gehen wollte, hatte man ihn gefragt, wieviel man ihm für den Besuch, für die Umstände schuldete. Er hatte nichts davon wissen wollen. „Ich hab' kein Geld von ihr verlangt, als ich ihr bei ihrem Zweitgeborenen geholfen habe, und auch nicht, um Sie auf die Welt zu holen, Sie wollen doch wohl nicht, daß ich mich für ihren Tod bezahlen lasse." Er sah zornig aus, als er das sagte. Er hatte einen letzten Blick auf die Kiste am Grund der Grube geworfen; man sah ein Stück schwarzen Stoff, der in einem Spalt eingeklemmt war, das hatte ihn wohl aus der Ruhe gebracht. Er hatte ihnen rasch die Hand gedrückt, wobei er sich entschuldigte, daß er nicht bis zum Ende warten könne oder helfen, die Grube zuzuschütten, und er war gegangen, den Kopf zur Seite geneigt, aufrecht auf seinen langen Beinen, dünn für einen Mann, der sich den Sechzigern nähern dürfte.

Eine Stunde später hatte auch der Schwiegervater sie verlassen. Bei dem Tempo, mit dem er lief, und mit dem dicken Bauch, den er angesetzt hatte, obwohl er nicht mehr viel aß, würde er gute vier Stunden brauchen, um wieder seinen Hafen zu erreichen. So waren sie ganz allein in der Küche zurückgeblieben, untätig, leer durch die ungewohnte Stunde, zu der sie gewöhnlich, jeder für sich, ihrer Arbeit nachgingen und die ihnen nun ein leicht sonntägliches Gefühl verlieh. Wirklich, man hätte sich an einem Sonntagnachmittag, an einem Feiertag glauben können. Die Untätigkeit der Muskeln ließ Müdigkeit aufkommen, und selbst die Gedanken waren zu verschwommen, zu unklar, um bis auf die Lippen zu gelangen. Er war hinausgegangen, um auf der Türschwelle eine Zigarette zu rauchen. Der Frühherbst verzierte den Himmel mit kleinen Wolken, die fröhlich wirkten wie ein Gänseblümchenfeld. Es war ein Meisen-, ein Schwalbenhimmel, frisch, flüssig, blau, der Lust machte, über die Wege zu laufen, andere Länder kennenzulernen, das Gras am Rand der Straßen sich unter den Liebkosungen des Windes biegen zu sehen, das Rauschen der Pappeln im Tiefland zu hören. Er hatte ihren Atem im Rücken gehört und sich umgedreht. Starr blickte sie auf den großen Abhang des gegenüberliegenden Berges, kniff die Lippen zusammen und krauste die Nase, machte eine Art schiefes Gesicht, als müßte sie sich ein Lachen oder einen Scherz verkneifen. Er verstand nicht, was mit ihr war, aber auf einmal hatte er bemerkt, daß ihre Augen sich mit stillen Tränen füllten. Dann hatte sie den Mund geöffnet und gesagt: „Jetzt sind wir allein." Er hatte ihr linkisch den Arm um die Schulter gelegt, das war nicht mehr vorgekommen seit dem Tag, an dem das Kind gestorben war. „Aber nein, du bist nicht allein, ich bin doch da. Und warum sagst du deinem Vater nicht, daß er zu uns ziehen soll?" Sie hatte sich langsam von ihm gelöst. „Ich bin allein, du bist allein, alle sind wir allein, immer. Und wir werden wie Hunde sterben! Dein Bruder hatte Recht. Ich habe gehört, was er zum Doktor gesagt hat, als er das letzte Mal hier war, oder vielleicht war es auch zum Pastor, ich weiß es nicht mehr genau. Er sagte, daß wir nichts sind. Überhaupt nichts. Nur dieser

Berg da uns gegenüber, der ist etwas. Besser, man wäre ein Stein, als das, was wir sind. Wenn wenigstens ..." Kopfnickend hatte sie um sich geschaut: Was suchte sie? „Was, wenn wenigstens ..." Sie hatte ihre Augen getrocknet, ihr Taschentuch wieder zusammengefaltet, es in ihre Schürzentasche gesteckt. „Nein, das ist jetzt nicht mehr möglich, das ist nicht mehr nötig. Weißt du, ein Leben ohne Kinder, für eine Frau ..." Sie war in die Küche zurückgekehrt. Er war ihr nach einiger Zeit gefolgt; sie war dabei, die Kartoffeln, die ihr Vater ihr gebracht hatte, in einen Topf mit kochendem Wasser hineinzuschneiden. Sie hatte sich nicht einmal umgewandt, als er ihr gesagt hatte – denn irgend etwas mußte er ihr ja sagen: „Wenn ich das Wasser nicht bis zum nächsten Frühjahr gefunden habe, werden wir fortgehen." Er hatte seine Überjacke angezogen. Der Abend dort oben würde frisch sein. Und doch hatte er es kaum abwarten können, wieder allein dort zu sein, sein Werk wieder in Angriff zu nehmen, das er seit drei Tagen im Stich gelassen hatte, Schluß zu machen mit diesen komischen Dingen, die sie in seinem Kopf bewegte, anstatt daß er den Sand und den Fels bewegte. Das war letztlich besser als all diese Miseren. Solange die Ernte dauern würde, könnte er seiner Leidenschaft nur zwei Stunden am Abend und zwei ganz früh am Morgen widmen, was sein Lager im Stollen rechtfertigte. So wäre er dicht am Werk und würde Zeit gewinnen. Das hatte er ihr soeben beim Abschied gesagt, etwas verlegen, sie ganz allein ihrer Trübsal und ihren Tränen überlassen, aber was, es war ja nur ihre Schwiegermutter, und es hätte doch gewissermaßen eine Erleichterung für sie sein müssen, daß sie nun von ekelhaften Arbeiten befreit war. Man sagt ja, daß das Fleisch sich vor dem Fleisch sträubt, wenn es nicht vom gleichen Blut ist. Im übrigen konnte er es nicht mehr aushalten in diesem Bett, zwischen vier Wänden, während seine Werkzeuge und sein Pulver ihn dort oben seit drei Tagen, seit dem Sonntagmorgen nach dem Gewitter erwarteten. Die Schubkarre knarrte und hüpfte hinter ihm, und je mehr er den Berg entlang in die Höhe stieg und die Landschaft um ihn sich weitete, desto mehr glaubte er, sich selbst wiederzufinden, freier zu atmen, mit dem Gehör, dem Geruch, mit einer klareren und umfassenderen Sicht der Dinge auch die Kraft und das Wohlgefühl wiederzufinden, die ihm an allen anderen Orten fehlten.

Er bereitete einen etwas stärkeren Sprengsatz als gewöhnlich vor, der ganze Beutel ging dabei drauf, fünfhundert Gramm Pulver, um den Bauplatz wieder etwas auf Trab zu bringen – und diese graue, schläfrige Wand, die seit drei Tagen kein Gramm Felsstein mehr losgelassen hatte. Du wirst schon sehen, meine Süße, wie ich dir's besorgen werde! Er legte das Loch an, drehte die Lunte aus Zeitungspapier mit dem Rest Pulver zusammen, verdämmte das Loch, wobei er Platz für die Lunte ließ, und als sie angezündet war und knisterte, stürzte er aus dem Loch hinaus, als hätte er den Teufel auf den Fersen.

Einen guten Teufel, denn das war jedes Mal ein mächtig aufregender Augenblick. Er stürzte zwischen die Felssteine, versteckte sich mit klopfendem Herzen hinter seinem Baum und wartete mit gerecktem Hals und aufgesperrtem Mund auf die Explosion, als sollte der ganze Berg mit ihm in die Luft fliegen.

An diesem Dienstagabend flog er nicht in die Luft, aber es fehlte nicht viel. Er umklammerte den Stamm der Buche, hinter der er Schutz gesucht hatte, spürte, wie der Schlag in seiner Brust widerhallte, und einige Zehntel Sekunden später, mit einer leichten Verschiebung, die der Explosion etwas Unvollkommenes und Lebendiges gab, legte die heftig aus dem Stollen hervorstoßende Rauch- und Staubwolke eine eigenartige Trunkenheit über seine Erregung. Vielleicht weil er es drei Tage hatte entbehren müssen und die gewohnte Pulverladung zur Feier seiner Rückkehr verdoppelt hatte, war dieses Gefühl niemals zuvor so heftig, so überwältigend gewesen. Der Rauch war schon eine ganze Zeitlang verflogen, als das Blut in seinen Adern immer noch erstarrt war.

Dort in der Tiefe war das erreichte Ergebnis dem Getöse angemessen. Der Boden war fast bis zum Eingang mit Gesteinsbrocken übersät. Zwischen zwei schweren Steinplatten, die sich durch die Explosion von der Wand gelöst hatten, ließ der zitternde Schein der Kerze einen dunklen Fleck erkennen. Er hielt die Flamme näher: Sand! Mit angehaltenem Atem streckte er den Arm aus und tauchte wie besessen die Finger in den Spalt: trocken!

Einen Augenblick war er verärgert, doch dann faßte er sich wieder und verbrachte einen guten Teil des Abends damit, mit Hilfe der Schubkarre die Ernte der Explosion hinauszukarren.

Er war nicht müde. Gegen Mitternacht nahm er sein Gewehr und legte sich auf die Lauer, inmitten der mit großen Baumstümpfen übersäten Lichtung, wo er der Entstehung des Gewitters beigewohnt hatte.

Die Nacht war klar, ruhig, leicht wie eine Aprilnacht. An der Oberfläche des Waldes waren zitternde Silberpailletten zu sehen. Das bißchen Mond, das am Himmel hing wie eine Postkartensichel, unter der sich die Verliebten küssen, war hell genug, um die gelackte Fläche der vom vorgestrigen Regen gewaschenen Blätter zum Funkeln zu bringen. Er erinnerte sich an die schimmernde Wolke, die er eines Nachts den Berg gegenüber dem Bauplatz hatte hinaufsteigen sehen, ein magisches Ding aus einer anderen Welt, das Abwesenheit und Schlaf des Menschen nutzte, um sich den Dingen der Erde zu offenbaren. Was mochte das sein? Sobald der Mensch den Rücken gekehrt hatte, füllte sich die Welt mit geheimnisvollen Dingen, seltsame Komplizenschaft entstand zwischen ihnen, unbekannte Bündnisse, von denen niemand etwas wußte und von denen keine Spur blieb bei seiner Wiederkehr. Doch war ein klares Auge nötig und ein geübtes Ohr, um sie zu erkennen, um ihre Spuren zu lesen, so wie er einst die Spuren der nächtlichen

Besucher um das Schäferhaus auf der *can de Ferrières* entziffert hatte. So entdeckt der reglose Jäger inmitten eines Ödlandes allmählich voll Überraschung ein kleines, noch zaghaftes Leben, das erwacht und sich streckt, das bald die Gefahr vergißt, die irgendwo im Hinterhalt liegt und dem verborgenen Zeugen das ungewohnte, unvertraute Schauspiel lebendiger Geschöpfe bietet, die ohne Berechnung dem Leben hingegeben sind, einem Leben, von dem die Menschen sich ausgeschlossen fühlen, an das einige von ihnen jedoch so etwas wie eine dunkle Erinnerung bewahrt haben.

Der Geruch der frischen Pilze, die mit dem Kopf gegen die wurmstichigen Baumstümpfe stießen, schläferte ihn schließlich ein. Zwei Stunden später weckte ihn der rostige Schrei eines nächtlichen Vogels auf. Er legte sich nieder, tief in seinen Stollen, und schlief auf der Stelle wieder ein.

Der Herbst war von kurzer Dauer. Große Zugvögelschwärme in symmetrischen Formationen, schwarz und schweigsam, beschleunigten die Ankunft des Winters. Eines Morgens, als er die Plane beiseite schob, die er vor die Öffnung des Stollens gespannt hatte, damit die nächtliche Kälte nicht eindringen konnte, stellte er fest, daß es ein wenig geschneit hatte. Abgesehen von den im Grau versunkenen Tiefen war die Landschaft ab einer bestimmten Höhe weiß überzogen. Krähen zogen krächzend am bleichen, kalten Himmel vorüber, klagten ihr Unglück auf der Suche nach Glück. Ihr Geschrei paßte zu den Furchen der Äcker, die ihre Falten unter dem feinen Schnee warfen, den hier und da schwarze Erdklumpen durchbrachen. Ein blauer Rauchfaden hing über dem Kamin des Hofes. Gestern noch war alles so hell und warm gewesen. Wie fern waren sie jetzt, die Hundstage! Dieser plötzliche Sturz in den Winter zog einem jedes Mal die Zeit unter den Füßen weg, und man drehte sich tagelang um sich selbst wie ein Tier, das sich in seiner Kuhle nicht mehr zurechtfindet. Man hatte ein wenig das Gefühl, der Winter sei die einzige, wirklich dauerhafte Jahreszeit. Die Sonnentage, die man erlebt hatte, erschienen ebenso geheimnisvoll und flüchtig wie das weit zurückliegende helle Loch der Kindheit.

Jetzt, da die eiskalten Nächte ihn zwangen, wieder in sein Bett zurückzukehren – doch spielte auch der Wunsch eine Rolle, seine Frau zu schonen –, hatte er sich einen neuen Arbeitsrhythmus angewöhnt. Um sechs Uhr war er auf den Beinen, schlang einen guten Teller Suppe hinunter und ging in den Wald hinaus, der alles in allem besser war als die Erntearbeiten. Er arbeitete allein – inmitten der Bäume ist man allein, ohne es zu sein.

Die Dunkelheit brach rasch herein, aber er brauchte das Tageslicht nicht, um seinen Stollen zu graben. Nachmittags um fünf, wenn er seine Holzladung eingefahren und das Pferd abgeschirrt hatte, dessen dampfende Nüstern sie durch die Fensterscheibe sah, wenn sie ihre Nase vom Strickzeug hob, stärkte er sich mit einer Schale *bajana* und stieg wieder hinauf, um bis elf Uhr am Abend oder auch bis Mitternacht seinen Berg erzittern zu lassen und dem Fels die Kanten zu schleifen. Sie wartete mit dem Schlafengehen auf ihn, neben dem Herd sitzend, die Nase in ihre Strickarbeit vertieft, und jedes Mal glaubte er, seine Mutter zu sehen, die auf dem gleichen Platz ebenfalls irgend jemanden oder irgend etwas erwartet hatte, dreißig Jahre lang.

Er hängte seine Überjacke an den Kleiderhaken, legte sein Gewehr mit gesichertem Hahn in einen Winkel des Zimmers, näherte sich rauchend, verdreckt, durchfroren, mit gerötetem Gesicht und Pulvergeruch, streckte seine rissigen Hände über den Herd:

„Seit zwei Wochen grab ich halb im Sand, halb im Felsen. Ich fühle jetzt, daß es bald soweit ist. An einem der nächsten Tage wirst du mich wie eine nasse Ratte nach Hause kommen sehen."

Sie zuckte die Schultern, faltete ihr Strickzeug, stellte den

Zug des Herdes niedriger, damit die Glut bis zur Morgendämmerung hielt:

„Wenn du überhaupt zurückkommst ..."

Er mochte diese neutrale Stimme nicht, mit der sie ihm antwortete. Eine Stimme, die ihr Desinteresse verriet, entmutigend und mutlos. Eine unmenschliche Stimme. Er drehte sich die letzte Zigarette des Tages. Was diese lächerliche Gefahr betraf, so würde er nie einen Unfall riskieren. Jetzt, da er in bröckeligem Gestein grub – was den doppelten Vorteil hatte, Pulver einzusparen, das beinahe erschöpft war, und den Beweis zu erbringen, daß er in der richtigen Richtung voranschritt – verzimmerte er fast Balken an Balken. Das Holz kostete ihn nichts als die Mühe, es zuzuschneiden. In der Tiefe des Stollens fühlte er sich sicherer als in seinem Bett.

Sie nahm die Lampe, er folgte ihr auf die Treppe.

„Na, du wirst mich noch nicht so schnell begraben!"

Sie betraten das eisige Zimmer.

„Ich werde es nicht zu tun brauchen", ließ sie vernehmen, als sie die Lampe ausblies, doch er schnarchte bereits.

Zum Glück war es kein großes Schneejahr. Nur eine dünne Aschendecke überzog die Erde, gerade genug, um das Kommen und Gehen der Hasen auf der gefrorenen Kruste sichtbar zu machen und ihre Spuren bis zu ihrem Lager verfolgen zu können. Er tötete drei nacheinander, kurz vor den Festtagen, was die steife und kalte Atmosphäre des Hauses mit Wohlgeruch erfüllte und etwas aufheiterte. Einen verkaufte er und schenkte der Hausfrau vom Erlös ein Paar warme Pantoffeln zu Weihnachten, denn sie klagte ständig über kalte Füße. Dieses fürstliche Geschenk sollte sie auf die neue Entscheidung vorbereiten, die er vor einigen Wochen getroffen hatte und ihr nicht mitzuteilen wagte: Er würde nicht wieder im Sägewerk arbeiten. Er würde nicht mehr im Sägemehl und im Gekreisch der Sägen stehen, nicht mehr von morgens bis abends die spöttischen Bemerkungen all der kleinen Hungerleider in Florac einstecken müssen, die ihn trotz seines dicken Fells und obgleich er sie zu überhören vorgab, am Ende doch ernsthaft trafen und schmerzten. Es kommt ein Alter, wo die Haut, die unempfindlich gegenüber Schicksalsschlägen war, es weniger gegenüber Kränkungen der Selbstachtung ist.

Der Wald, der Stollen ... Jetzt suchte er das Weite. Der Tag würde kommen, an dem das Wasser ihn endgültig unabhängig machen würde. Er hatte schon so manchen Plan im Kopf, im Frühjahr, vielleicht ... Und wenn er daran dachte, spürte er jedesmal den gleichen kleinen Angstkrampf im Bauch, als würde er ins Leere springen – vielleicht weil es immer ein wenig ins Leere springen heißt, allzu genau an die Zukunft zu denken.

Jeden Morgen klebte der Rauhreif seine farbigen Ornamente an die Fensterscheiben. Draußen klirrte die Luft wie Kristall. Überdeutlich hörte man das kleinste Geräusch über die Stille hinweggleiten: Hundegebell, das weiche, gedämpfte Einstürzen des Schnees, wenn die Tannen sich von Zeit zu Zeit von ihrer Last befreiten, das Tröpfeln und Glucksern des tauenden Schnees am Mittag, wenn ein bleicher Sonnenstrahl durch den grauen Schleier der Wolken brach, ein knarrender Karren, das keuchende Brummen einer alten Kiste, die irgendwo zwischen Himmel und Erde zum mühevollen Ansturm auf eine Paßhöhe ansetzte oder, in der Tagesmitte, das leichte Knirschen des Schnees unter der lauen Wärme der Sonne.

Eines Tages, als er tief im Wald bei der Arbeit war, hörte er einen seltsamen Schrei am Himmel. Er hob den Kopf und erblickte einen Sperber – oder jedenfalls einen Raubvogel – der sehr hoch in der weißen, kraftlosen, weit entfernten Sonne kreiste. Es war das erste Mal, daß er einen Sperber schreien hörte; zudem hatte er, eingeschlossen in seinem Tunnel, schon seit Monaten nicht mehr die Gelegenheit gehabt, die ungewöhnliche Manie zu befriedigen, die ihn beim Anblick eines dieser Vögel überkam. Er ließ die Axt im Baum stecken, ergriff bedächtig seine Waffe, deren Pulverladung er im Rausch seines dreifachen Hasentreffers ebenfalls verdreifachte. Man hatte ihm versichert, daß das Chassepotgewehr in der Lage sei, einem Druck weit über das Normale hinaus standzuhalten. Er hatte es mehrere Male ausprobiert, indem er das Gewehr vorsichtshalber zwischen zwei Felsen eingeklemmt und den Abzugshahn mit Hilfe einer langen Schnur betätigt hatte. Das Ergebnis war überraschend gewesen. Die Waffe donnerte mit sehr viel männlicherer Stimme und feuerte ihre Bleikugeln in weit größere Entfernung. Mehr als sechzig Meter entfernt hatte er ihre Streifspuren an einem Baumstamm wiedergefunden. Achtung jetzt! Sein ganzes Leben war der alte Reilhan mit einem Thermometer in der Hand rumgelaufen. Um eine Beute zu erreichen, mußte man es ihr gewissermaßen in den Mund oder in den Hintern schieben. Man hatte ihm geraten, nicht mehr als, sagen wir mal, zwei Gramm Pulver zu nehmen. Er war der Typ, der niemals versucht hätte, selbst auszuprobieren, ob man auch drei nehmen könnte, ohne sich die Schnauze zu verbrennen. Abwarten hieß seine Devise, wie beim Wasser, wie bei allem.

Er nahm sich Zeit, stützte das Rohr auf einen Zweig, zielte lange auf den schwarzen Punkt des Vogels ganz hoch und verloren am Winterhimmel, den die Kälte trotz des Wolkenschleiers weiter erscheinen ließ. Als der Schuß fiel, geschah etwas Außergewöhnliches: der Raubvogel vollführte, als wäre er getroffen, unter unregelmäßigen Flügelschlägen eine Art Tanzbewegung und setzte zum Fall an wie ein welkes Blatt. Getroffen! Reilhan ließ sein Gewehr fallen und begann, wie ein Verrückter durch den Schnee zu laufen. Die Augen quollen ihm aus dem Kopf, sein Herz klopfte zum Zerspringen. Er hatte ihn erwischt! Er hatte ihn erwischt! In der Tat schien der Vogel nicht imstande, sein Gleichgewicht wiederzufinden und erneut an Höhe zu gewinnen. Er schlug mit den Flügeln, oder besser gesagt, er schlug um sich und verlor weiterhin an Höhe, als sei er mit einem großen Gewicht beschwert. Wahrhaftig, er hatte ihn mit Blei vollgepumpt! Er lief im Schnee, bog in Höhe seines Gesichts die Zweige auseinander, die ihm an die gefrorenen Ohren peitschten, und versuchte, sein Opfer nicht aus den Augen zu verlieren.

Plötzlich schien der Sperber sich zu fangen und verschwand, während er versuchsweise zu einem Gleitflug ansetzte, hinter einem Kamm des Hochplateaus, hundertfünfzig oder zweihundert Meter entfernt. In dem Moment, als der Vogel seinen Blicken entschwand, glaubte Reilhan zu sehen, wie sich etwas von ihm löste und hinunterfiel – eigentlich zu rasch, um eine Feder zu sein. Bald erreichte er den höchsten Punkt der Erhebung, rot, schwitzend, außer sich. Seine weit aufgerissenen Augen rollten, durchforschten in alle Richtungen das matte Weiß des gefrorenen Schnees, den hier und da einige am Boden zerdrückte Wacholderbüschel durchbrachen. Vom Sperber natürlich keine Spur. Nur ein kleines Nagetier, das er etwas weiter entfernt auf dem Rücken liegend fand, tot und steif seit Gott weiß wie langer Zeit. Er hob es auf, betrachtete nachdenklich diesen ohne Zweifel vom Himmel gefallenen Fetisch in seiner hohlen Hand und steckte ihn verwirrt in die Tasche. Vielleicht hatte er den Vogel an einer Klaue getroffen. Er würde es wohl nie erfahren. Wie dem auch sei, da war ihm ein außergewöhnlicher Treffer gelungen. Einem Sperber in solcher Höhe seine Beute zu entreißen, war in seinen Augen eine gewaltige Leistung, und er konnte es nicht lassen, seiner Frau am Abend die Geschichte haarklein zu erzählen. Er zeigte ihr den kleinen, in sein Fell eingemummelten Kadaver. Marie betrachtete das Nagetier mit einer Mischung aus Neugier und Ekel.

„Wirf mir das bitte sofort ins Feuer, ja? Man könnte ja meinen, du hättest die Sterne vom Himmel geholt."

Reilhan antwortete nicht. Als er jedoch zur Tür hinaus war,

so als wollte er sich der Sache entledigen, stopfte er es rasch in ein Mauerloch im Schuppen, wo niemand es entdecken würde. Beim Einschlafen fragte er sich, ob der Sperber vielleicht weiter entfernt krepiert sein mochte oder ob ihn nur die Bleikugeln in Schrecken versetzt hatten, als die ihm durch die Flügel pfiffen. Wie dem auch sei, es war etwas geschehen – und in welcher Höhe! Er hatte diese betörende Zielscheibe, die in regelmäßigen Abständen über seinen Himmel zog und die sonderbarste, grundloseste Neugier in ihm hervorrief, zuguterletzt doch noch getroffen.

Am nächsten Morgen gelang es ihm – eine Art Ausgleich, in dem die Quantität mehr oder weniger über die Qualität siegte –, vier Krähen beachtlicher Größe abzuschießen, mit vier Gewehrschüssen, was dieser kümmerlichen Beute in seinen Augen insgeheim einen höheren Wert gab. Er sammelte sie im übrigen nicht einmal ein, überließ sie verächtlich den Füchsen. Er schaute in den unbewohnten Himmel, starrte auf die blasse Sonne und spürte wieder das gleiche verschwommene, unersättliche Verlangen in sich aufsteigen.

Wären in diesem Winter nicht die Ziegen gewesen, man hätte sie womöglich tot aufgefunden, zum allermindesten jedoch verdammt blutleer. Nicht, daß sie zu dieser Jahreszeit noch Milch gegeben hätten. Man aß sie. Und das Komischste war, daß er sie ohne großes Drama hatte bewegen können, ihre eigenen Ziegen zu essen – sie nannte sie: meine Kameradinnen. Sie brieten eine, die ihnen für eine Woche reichte. Die beiden anderen wurden gesalzen und im eiskalten Schuppen aufgehängt. Jeden Morgen schnitt Marie ein steinhartes Stück von ihnen ab und bereitete damit ihre Suppe zu oder irgendein Ragout. Vielleicht hätte sie am Ende gar noch ihren Hund mit der gleichen furchtbaren Ergebenheit in Soße verarbeitet. Die Welt, in der die beiden jetzt lebten, hatte mit der Welt der anderen nicht mehr viel gemein. Er dachte nur noch an seinen Stollen, opferte dieser irrsinnigen Aufgabe alles andere, und sie gehorchte ihm, spielte sein Spiel mit jener finsteren Passivität, in die man die Verrückten als Folge ihrer Schrullen und ihrer Grausamkeit zwingt.

Als er ihr seine Absicht mitgeteilt hatte, nicht mehr wie in den anderen Jahren im Sägewerk in Florac zu arbeiten, hatte sie genausowenig reagiert, wie sie sich über das Opfer der Ziegen entrüstet hatte – und sie murrte auch nicht, als sie ihn eines Morgens ihre Kredenz auf den Karren eines Trödlers laden sah, der die Gegend durchkämmte und dabei war, ein Vermögen zu machen, indem er alte Möbel aus den Bauernhäusern holte oder gar Balken und Kaminsteine in den zerfallenen Gebäuden herausriß. Innerhalb von zwei Monaten kehrte der Mann dreimal wieder, um die Zimmer leerzuräumen. Sie half ihm, jenseits jeder Regung, die Möbel fortzutragen, deren Erlös zur Hälfte im Essen dahinschwand und zur Hälfte in Rauch aufging in einem Bergstollen, der mit der blinden Gefräßigkeit eines Molochs ein ganzes Haus und die Arbeit von zwei oder drei Generationen verschlang.

Reilhan, den die dumpfe Reglosigkeit, mit der sie dieses Opfer trug, betreten machte, gewährte ihr einige Augenblicke seiner kostbaren Zeit und versuchte, wieder so etwas wie eine Beziehung zwischen ihnen zum Leben zu erwecken. Er hatte die kehlige Stimme eines Henkers, der Mitleid mit seinem Opfer empfindet oder es braucht.

„Du wirst sehen, dorthin kommt das Gemüse, hierhin die Blumen. Den Hühnerstall müßte man windgeschützt anlegen, was meinst du?"

Was sollte sie meinen? Mit solch groben Tricks, mit denen er ihr die Illusion zu geben versuchte, daß sie über irgendeine Entscheidungsfreiheit verfüge, würde er sie gewiß nicht aus ihrem Schweigen, ihrem Ekel, ihrer Gleichgültigkeit herausholen.

Sie setzte sich wieder vor ihren Herd und nahm ihre Strickarbeit zur Hand in diesem leergeräumten Zimmer, das nun größer und kälter war als je zuvor.

Und wieder entstand Schweigen zwischen ihnen, verhärtete sich, erstarrte wie kaltes Fett, so schwer, daß es ihnen immer unmöglicher wurde, es aufzuheben, es mit Worten zu brechen.

Eines Abends jedoch, als er nach seiner Heimkehr aus dem Stollen gerade etwas Wasser in eine Schüssel goß, um sein Gesicht vom Schmutz zu säubern, hob sie die Nase von ihrem Strickzeug, ein eisiges, schreckliches Lächeln um die Lippen, und richtete mit leidender, ersterbender Stimme einige Worte an ihn, die ihn erstarren ließen. Er mußte hinausgehen, um sie nicht merken zu lassen, daß er ganz blaß geworden war. Er schämte sich sogar vor sich selber, vor seinem eigenen Gewissen. Um seine Gedanken zu verscheuchen, ging er in den Stall, sprach zum Pferd, veranstaltete einen Heidenlärm mit den Geräten, bis er seine Geister etwas wiederfand. Das alles konnte jedoch nicht darüber hinwegtäuschen, daß sie ihn überrascht hatte, als er gerade im Begriff gewesen war, die Wahrheit zu fälschen. Sie mußte hinaufgestiegen sein und sich in den Stollen geschlichen haben, während er bei der Arbeit war. Mußte denn das Schicksal nicht gegen ihn sein, wenn sie auf die Idee kam, gerade in dem Augenblick hereinzukommen, als er einen Eimer Wasser gegen die sandige Wand warf, in der er herumhackte! Wie ihr beibringen, daß er das nicht so sehr getan hatte, um sie zu täuschen, als um zu verhindern, daß sie ungeduldig wurde. So hätte er am Abend bis zu den Augenbrauen verschmutzt heimkehren und sie über den Erfolg seines Unternehmens, seine Berechtigung, etwas mehr in Sicherheit wiegen können. Und sie hatte ihn entlarvt!

Er würde sich nun völlig nackt vor ihr fühlen.

Während er so das Pferd tausendmal an derselben Stelle striegelte, ohne achtzugeben, was er tat, verbrachte er einen schrecklichen Augenblick im Stall.

Den Striegel in der Hand, ließ er den Arm sinken. Vielleicht hatte sie ja recht? Vielleicht mußte man verrückt sein, um so verbissen in die Leere, die Dunkelheit zu graben, für nichts, nur um dabei zu verlieren?

Die Zeit verflog in schwindelerregendem Tempo. Gestern Sommer, heute morgen Herbst, heute abend Winter, morgen Frühling, man war im März. Während er das Wenige verramschte, was sie besaßen, lebten andere, wurden reich, sahen in Sicherheit die Zeit der Rente nahen. Und er verzehrte sein Leben, seinen Besitz in schwarzem Pulver.

Er ließ den Striegel zu Boden fallen, wandte sich wie ein Automat zur Tür, ging hinaus. Der Himmel war unbedeckt, es war kalt und schön, wieder einmal machte das Hochland klar für die großen, bewegten Himmel des Frühjahrs. Etwas regte sich in seiner Brust ganz schwach, etwas lange Gehegtes, das im

Begriff war zu sterben. Man mußte zur Vernunft kommen – zu ihrer Vernunft, triumphierendes Opfer! Maheux aufgeben, alles aufgeben, was er liebte, um ein Leben zu führen, eingezwängt zwischen einer siegreichen Ehefrau – wenn du mich nicht gekriegt hättest ... halt lieber den Mund! – und einem Todgeweihten, der zusehends gelber wurde und nicht aufhörte zu sterben! Aber das war nicht das Schlimmste!

Das Schlimmste war, alles aufzugeben, letztendlich zu verleugnen, was man bisher gewesen war, sich sagen zu müssen, daß alles, was man getan hat, keinen anderen Sinn hatte, als den Sturz faszinierender, das Scheitern unabänderlicher zu machen – verlockend wie eine giftige Quelle –, kurz, jemand anders zu werden.

Plötzlich hielt er inne, blieb stehen, blickte um sich, als erwachte er gerade aus einem Alptraum. Da muß er einen Augenblick äußerst schrecklicher Verwirrung erlebt haben, währenddessen er nicht mehr recht wußte, wer er war oder was er mit dieser wahnsinnigen Geschichte zu schaffen hatte. Vor ihm entfaltete der nächtliche Friede seine große blaue Weite. Auf einmal fühlte er sich als Zeuge seiner selbst, als staunender Fremder. Wie seltsam war dieser verschwommene Zustand, in dem er sich weder gut noch schlecht fühlte, weder ganz er selbst noch ganz ein anderer. Als würden seine Füße ihn nicht mehr tragen, als hätte er mit einem Mal sein ganzes Gewicht verloren.

So blieb er reglos auf der kleinen abgenutzten Mauer sitzen, die den Dreschplatz umgab, wo sein Bruder einst, auch ein Verrückter, seine Rauchtürme gebaut hatte.

Rauchtürme ... Das ist es, womit die Menschen ihr Leben verbringen. Sie bauen Rauchtürme. Schießen mit einem schlechten Gewehr auf eine unerreichbare Beute. Verbrennen Möbel, lassen die Felder brachliegen, die Äcker verkommen, um sich einzusperren in ein heilloses Unglück, brechen barbarisch die Brücken der Wirklichkeit hinter sich ab, haben die Taube auf dem Dach lieber als den Spatz in der Hand, bestrafen sich, nehmen Entbehrungen auf sich, hindern sich daran, auf der Welt und für die anderen da zu sein, sind nirgendwo sie selbst – das war es ungefähr, was Doktor Stéphan seiner Frau nun endlos wiederholte, besonders seit dem Tod „dieser armen eingesperrten Witwe von Poitiers-Maheux", so scherzte er, „die ebenfalls außerhalb der Welt lebte, in ihrer lieben kleinen Höhle – Höhlenbewohner, Troglodyten des Denkens, das sind wir alle, und du wirst mich nicht davon abbringen zu glauben, daß es nicht Wasser ist, was dieser Hammel auf zwei Beinen in diesem Berg sucht."

„Aber was weißt denn du?"

„Ich weiß es, weil ich das erste Opfer bin. Ich werde dir etwas sagen. Die Menschen lieben nichts so sehr als das, was sie umbringt. Die Menschen lieben nur den Tod. Und Gott macht die Dinge auch nicht besser. Zumindest nicht der ihre. Der unsere. Der, dem wir Honig um den Bart schmieren. Wer weiß, manchmal träume ich, daß die Schöpfungsgeschichte noch zu schreiben ist und daß Gott, wenn es ihn gibt, sich vielleicht eines Besseren besinnen wird. Wenn es ihn nicht gibt, dann sind wir wie die Ratten, denn auch wir haben unseren Stollen seit so langen Zeiten gegraben, daß die Finsternis sich beinahe endgültig hinter uns geschlossen hat und allein eine Katastrophe die Zukunft retten könnte."

„Ich habe nie verstanden, wie man hellsichtig und besessen zugleich sein kann."

„Frauenwort, Teufelswort. Man darf die Wirklichkeit nicht mit der Erklärung der Wirklichkeit verwechseln. Weil ein Milligramm Hoffnung – eine giftige Spinne, die ihr Netz unaufhörlich neu spinnt, um uns mit ihrem Leim zu fangen – eine sehr viel mächtigere Last ist als die Macht des Universums. Ich bin mir nicht so sicher, daß alle diese Leute Unrecht haben, wenn sie betrügen. Die Wirklichkeit ist schrecklich, die, welche ist, und die, welche die Spezialisten für uns erstreben."

Was ging in diesem Augenblick in seinem Kopf vor? Er muß sich entschieden haben, mit allem aufzuhören, diesen verfluchten Hof aufzugeben, mit seiner Frau nach Mazel-de-Mort zu gehen. Er ist nach Hause zurückgekehrt, um es ihr zu sagen, aber sie hatte sich schon hingelegt und schlief oder tat, als schliefe sie. Und da hätte sich eigentlich das Glück einmischen müssen. Doch das Glück ist meistens eine Gnade, die denen zuteil wird, die es nicht brauchen. Wie dem auch sei, sie hätte nie tun dürfen, was sie getan hat. Einerseits ist es verständlich, doch durch Speck fängt man Mäuse, und indem sie ihn in dieser Weise vor aller Augen bloßstellte, mußte sie einfach darauf gefaßt sein, daß er sich sträubt, sich versteift und endgültig in seiner fixen Idee verbarrikadiert.

Am nächsten Morgen stieg er bei Tagesanbruch hinauf, um seine Werkzeuge zu holen. Er fühlte sich immer noch etwas unsicher, unentschlossen, sich selber fremd, hin- und herlavierend ... Er stapelte alles auf seine Schubkarre, Werkzeuge, Pulver, Plane, Lampe und stieg wieder hinab in einem Zustand der Bewußtseinstrübung, wie jemand, der nach langer Betäubung wieder zu sich kommt. Wenn nur das Schicksal, das Glück, die Vorsehung ihm die Hand gereicht hätte! Aber das Schicksal, diese blinde Vorsehung, hilft immer nur in die Richtung nach, in die man ohnehin neigt.

Er setzte seine Schubkarre vor der Tür ab. Unter dem Fenster ihres Zimmers rief er sie: „Marie! Marie!" Voll Freude, ihr die Neuigkeit zu verkünden. Es war eine dieser kleinen, ausgleichenden Freuden, die bewirken, daß man sich nie ganz aufgibt. Sie würde strahlen, es wäre der Beginn einer neuen Zukunft. „Marie! Marie!" Bis zum Sankt Nimmerleinstag hätte er sie so rufen mögen. Er geht ins Haus hinein, steigt die Treppe hinauf, öffnet die Zimmertür, das Bett ist leer, und er brauchte nicht lange, um zu begreifen, daß sie nach Hause zurückgekehrt war, als er den Schrank sah – den man bisher vor dem Trödler gerettet hatte – mit weit offenen Türen, leer.

Er stürzt die Treppe hinunter, läuft um die Nebengebäude herum, zur Quelle hinunter – „Marie! Marie!" – aus Gewissensgründen. Im Laufschritt kommt er wieder herauf, geht in die Küche, wo der erloschene Herd und die kalte Feuerstelle auf ihn warten, um ihm gründlich die Meinung zu sagen. Daß ihr Kind tot ist, daß er ihre Möbel verkauft hat und sie ihre Ziegen hat essen lassen – aber er will nichts hören. Er sieht nur, daß er nach einer Nacht durchlittener Folterqualen gekommen ist, um Abbitte zu leisten, um ihr den größeren Teil des Lebens zurückzugeben, von dem er sehr wohl wußte, daß er ihn ihr gestohlen hatte, als er sie heiratete, aber sie hatte es vorgezogen, ihn vor die vollendete Tatsache zu stellen. Und so ließ er die Ereignisse in seinem Kopf blitzschnell zu seinem Vorteil vorbeiziehen. Er spulte den Film gewissermaßen zurück, um dort wieder an die Geschehnisse anzuknüpfen, wo er sie am Vorabend gelassen hatte, als die Erde unter seinen Füßen ins Wanken geraten war. Es gab keinen Grund, aufzugeben. Sie würden schon noch sehen, was sie zu sehen kriegten. Ah, dieses Miststück! Ihn allein zu lassen, bei allem, was er für sie getan hatte! Das Becken, die Quelle, die Arbeit in Marvéjols, Katholiken, die ihn beim Essen von unten her ansahen, und der Chef, dem er seine Verwunderung gesagt hatte, verlegen: „Der Pfarrer hat uns gesagt, daß die Hugenotten ein Auge mitten auf der Stirn haben." Das Wasserholen mit der Schubkarre, in seinem Rücken das Kielwasser von Blicken und Gemurmel, all diese Arschlöcher von St. Julien – und schließlich das ganze Elend des Lebens, das einem wieder bewußt wird, die Kränkungen der Selbstachtung, die einen seit den Bänken der Gemeindeschule verfolgen, die Ungerechtigkeiten des Schicksals, das sich dort verbeißt, wo es andere verwöhnt – war es denn nicht berechtigt, sich für diesen ganzen Berg von Demütigungen rächen zu wollen, die man, wäre man reich und erfolgreich gewesen, nicht einmal beachtet hätte? Jetzt stieg in ihm wieder der Saft, diese männliche Trunkenheit, er ergriff einen Stuhl und schmetterte ihn mit allen Kräften gegen die Wand.

Die Faust in Richtung Mazel-de-Mort gereckt, machte er sich über die Trümmer her: „Miststück! Miststück! Miststück!" Er ließ sich auf den letzten Stuhl im Haus fallen und weinte, den Kopf in den Händen vergraben. Eine laute, kehlige, barsche Stimme, von Schluchzern unterbrochen, die das Haus mit dem Gebrüll eines kranken Tieres füllte.

Ein bitterer, wilder, ozeanischer Frühling, eher von Aquitanien herabgestiegen als vom Süden herauf, stieß große, flinke Wolken mit schieferfarbenen Bäuchen vor sich her, schüttelte den Wald und ließ die gehäckselte Sonne auf dem Feingoldteppich des neuen Grases schäumen. Wasser floß überall, frei, anarchisch, brachte die großen senkrechten Steinplatten zum Glänzen, die Mauern im Schatten, die Brennesselfriedhöfe, die schwarze Erde der Kartoffelfelder, deren Glimmerpailletten es ans Tageslicht beförderte. Ein Sonnen- und Wasserjahr, mit ruhigen Stränden in der Mitte des Tages, warm wie ein menschlicher Mund. Zwischen den Dickichten flogen die Vögel im Wind wie Steinwürfe hin und her. Am Grund der Dolinen, der großen Senken, reiste der Wolkenhimmel in gekrausten Tümpeln; sie erstarrten unter diesem keltischen Wind, der über die *Causses* hinwegtobte wie eine Herde Auerochsen. Das Gras trug endlos die breiten Spuren seines unsichtbaren, lärmenden Durchzugs, und hinter bläulichen Fensterscheiben reckten alte Frauen ihre Hälse, um den Schatten eines riesigen Schiffes quer durch das Korn zu verfolgen, dessen kaum grashohe Halme sich vor seinem Kiel auseinanderbogen. Hinter ihm sah man ein Rudel kleiner Wolken dahergaloppieren, die geschwind die Böschungen erklommen und mit dem gleichen Schwung die Mäuerchen übersprangen. Der Wind donnerte in den kleinen Straßen, den Gäßchen, den Hauseingängen, wo er hineinfegte, daß es den Atem nahm, in den spiegelnden Abgründen der Brunnen. Der Tag drehte sich, verwandelte sich mit den rasch explodierenden Veränderungen eines Kaleidoskops: in frühester Stunde der bleiche Glanz der Steine und feuchten

Dächer in der regnerischen, zinnfarbenen Morgendämmerung, dann windige, wolkige und sonnige Morgenstunden vor dem Hafen des Mittags, wo bisweilen der Wind vor Anker ging. Der Weiler, das Dorf lagen da wie im Sommer, in vollkommener Klarheit, doch das strenge Gitterwerk der Zweige bewahrte noch die Schwärze des Winters. Am Abend regnete es nie, der Himmel öffnete sich vielmehr, weit und farbig, zum Abend hin, zum Ozean, zum prachtvollen Westen, nach Amerika – dem bestirnten Nordamerika, dem diese Hochebene einst zur Zeit der Trilobiten gehört hatten. Das Hochland stach in der Abenddämmerung wieder in See und segelte windaufwärts dem Polarstern zu.

Am Morgen mußte er sich an der Quelle waschen, trinken, wo die Wildschweine tranken. Den Bart rasierte er nicht mehr. Keine Frau mehr, wozu sich da noch rasieren. Das Becken lief über von glänzendem, bläulichem Wasser; es war hart und stählern wie Gletscherwasser. Wenn das Gesicht gewaschen war, blieb es noch eine ganze Zeitlang ohne Gefühl. Der Wind veranstaltete seinen unaufhaltsamen Galopp über die grasbewachsenen Abhänge des Talkessels hinweg und kündigte das Aufgehen der Sonne an, denn nun stand der lavendelfarbene Himmel auf schön. Kein Regen mehr, nur Sonne und Wind.

Er streckte sich, im roten, waagerechten Licht, Kreuz und Beine noch etwas weich vor Müdigkeit. Doch es war nicht etwa die Feuchtigkeit des Stollens, wo er auf einem Strohbund schlief, die ihm die Gelenke einrosten ließ. Dort gab es nur trockenen Sand und Felsgeröll, eine unterirdische Sahara, Schubkarre für Schubkarre draußen ausgekippt, auf dem Gipfel einer Geröllhalde, deren Höhe mehr als zwanzig Meter betrug. Jeweils nach zehn Schubkarrenladungen legte er Hacke und Brechstange aus der Hand, spaltete Stämme, verzimmerte. Seine Bewegungen folgten automatisch aufeinander – die Gedanken ruhten, die Vergangenheit war vergessen, die Zukunft auf Eis gelegt. Die unwandelbare Gegenwart umgab ihn mit ihrem Gewicht, Hunderte Millionen von Jahren in Hunderten Millionen Tonnen Felsen gefangen und die Stille – keine atmende, bewegliche Stille, sondern eine mineralische, aseptische Stille, auf die er dann und wann, durch ein Geräusch der Arterien getäuscht, lauschte, um ein Glucksen, ein entferntes Schlucken zu orten oder zu überraschen. Daß die Welt draußen sich verändert, sich bewegt, glänzt, Farben hat, schien nach mehreren Stunden Tunnelarbeit etwas so Unwahrscheinliches, daß er jedes Mal, wenn er hinausging, um die Gesteinstrümmer fortzuschaffen oder eine Zigarette zu rauchen, wie geblendet war. Das Auge konnte sich nicht sattsehen an den blauen und grünen Farben, die sich in diesem Wald hoch im Himmel überall mischten.

Zuweilen hörte er eine Stimme, die ihn von unten rief: „Heda! Post!" Es war Deleuze, der Werbeprospekte unter der Tür durchschob – oder, was selten vorkam, ein rosafarbenes Blatt, das wütend zerknüllt und im Herd verbrannt wurde. Der Staat, hier, Scheiße noch mal, was denn noch alles ... Wenn er dann auf seinem unterirdischen Strohlager lag, blätterte er sie im Kerzenlicht durch, nach vollbrachtem Tagwerk, wie gebannt von den schillernden Farben und der aggressiven Präzision dieser Produkte aus einer anderen Welt. Homélite, MacCulock, halb Arbeits- halb Kriegsgerät, das man anscheinend vor den Bäumen schulterte wie ein Maschinengewehr.

In diesen Augenblicken ergriff ihn ein verschwommenes Gefühl. Es war das gleiche Gefühl, das er empfand, wenn er am tief grollenden Himmel den glänzenden Rumpf eines großen Flugzeugs erblickte, Symbol einer neuen Jugend der Welt, die, anderswo entstanden, die alten Lande mit dem hochmütigen Gepränge der Eroberer überflog. Dann fühlte er sich am Boden zertreten, mit Finsternis und Blei gefüllt, wütend auf sie, wütend darauf, daß diese stolze, schnelle Jugend ihm auf immer versagt war – ihm, aus dem alten Geschlecht der Baummenschen, die tief in die Erde gepflanzt und eingegraben sind, ihm, der sich der Welt in seinem Haß und seiner Leidenschaft verband, so wie Meer und Himmel, Fleisch und Nagel sich verbinden, in einer schmerzhaften, mächtigen Umarmung und doch so lächerlich angesichts dieser siegreichen Instrumente von verwirrender, beeindruckender Leistungskraft.

Er warf die Papiere in eine Ecke, rollte sich unter der Decke zusammen, tauchte ein in das Asyl des Schlafs, aus dem er einige Stunden später reingewaschen von diesen beunruhigenden, vorübergehenden Versuchungen wieder zurückkehrte, frisch, glatt und blank wie ein Flußkiesel. Zehnmal lief er dann den Stollen in seiner ganzen Länge hinauf und wieder hinunter, genoß ihn wie ein erworbenes Gut – nicht etwa aus eitler Zufriedenheit darüber, daß er all das ganz allein geschafft hatte, sondern weil er ihm schön und befriedigend an sich erschien. Dieser unterirdische, mit Balken abgestützte Tunnel, der in gerader Linie in das Herz des Berges reichte, hatte nunmehr einen eigenen Wert. Es war ein schönes Werk, eine Grabung nach allen Regeln der Kunst und geradezu mit besessener Sorgfalt ausgeführt. Der Boden war von ängstlich gehüteter Sauberkeit, und es wäre beinahe schade, ihn nur zu benutzen, um Wasser aus einem Berg zu holen. Welch anderem Zweck das Ganze hätte dienen können, mein Gott, er hätte es wohl kaum zu sagen vermocht, aber müßte man auf der Welt alles beseitigen, was zu nichts nutze ist und die Menschen nur quält, so wäre das ein endloses Unterfangen. Er war jetzt an den Punkt angelangt, wo die Ausdauer in Halsstarrigkeit umschlägt, wo in einem schrecklichen Moment des Zweifels der Gedanke, er könnte umsonst graben, könnte umsonst alles verdorben haben, ihn in einer Art blinden Wut wieder an die Arbeit trieb. Dann sah er die einzige Lösung, die einzige Möglichkeit darin, in der gleichen Richtung weiterzumachen und immer weiter – selbst wenn er auf der anderen Seite des Berges wieder herauskommen sollte, Himmelkreuzdonnerwetter noch einmal!

Beim Gedanken an diese Möglichkeit – die zweifellos von der Symbolik her ihren Reiz hatte, doch dürften dafür wohl nur Haarspalter empfänglich sein – fühlte er buchstäblich das Blut in seinen Adern gerinnen und das Herz in seiner Brust stillstehen. Er legte seine Werkzeuge aus der Hand, irrte im Tunnel umher, ging draußen auf und ab, nahm sein Gewehr in die Hand, um sich selbst seine Gelassenheit zu demonstrieren. Den Berg durchstoßen und nichts finden – unmöglich! Die Aiqualette konnte nicht leer sein, da ja in gleicher Höhe wie der Stollen eine Quelle im Tal von Combebelle austrat – und dann war da ja auch noch seine eigene Quelle, tief dort unten, nein, nein, er hatte schließlich erst fünfzig Meter in einem Berg gegraben, der an dieser Stelle gute sieben- oder achthundert Meter Durchmesser haben mußte. Wozu sich umsonst quälen, grab, Reilhan, grab, laß dich durch solche Dummheiten nicht beeinflussen. Von nun an bist du nur noch deinen Träumen Rechenschaft schuldig, du, der du die Welt lieber träumst, anstatt sie zu begreifen. Vielleicht weil du weißt, daß es nichts zu begreifen gibt.

Es war jetzt schon fünf oder sechs Wochen her, daß die Schwarze nach Hause zurückgekehrt war, und er hatte nur über den Briefträger von ihr gehört: „Sie läßt dir sagen, daß es ihr gut geht, daß du zu ihr kommen kannst, wann du willst." Man glaubte, sie sei zurückgekehrt, um sich um ihren Vater zu kümmern, der recht angeschlagen war, und daß Reilhan schließlich aufgeben und ihr nachfolgen würde. Manche warfen dem Briefträger vor, einen Teil Verantwortung an dieser betrüblichen Geschichte zu tragen. „Nicht so betrüblich, wie ihr denkt, daß ich nicht lache", rief er, „denn was wäre Maheux schließlich wert für einen Kerl aus der Stadt, wenn es kein Wasser gibt? Nicht einen Centime ... Wenn es ihnen eines Tages gelingt, den Hof zu verkaufen, dann werden sie das auch mir zu verdanken haben."

Was die Ereignisse beschleunigte, war der Besuch, den Despuech seinem Schwiegersohn machte. Der hätte sich lieber um seine eigenen Angelegenheiten kümmern sollen!

Es war ein schwüler, fiebriger Morgen, der erste des Jahres, der auf ein Gewitter wartete. Der Himmel hing tief, drückend vor reglosen Wolken und Stille. Eine Stille, erfüllt vom erregten Summen der Fliegen, Wespen, Mücken. Jeden Augenblick war man darauf gefaßt, daß der zementene Himmel auseinanderriß und im bläulichen Getöse der Blitze zusammenbrach.

Reilhan war gerade damit beschäftigt, eine Sprengladung vorzubereiten. Er war auf einen gewaltigen Menhir gestoßen, der die Sandbank versperrte und gegen den die Spitzhacke nichts auszurichten vermochte. Undeutlich hörte er, wie jemand draußen nach ihm rief. Es war sein Schwiegervater, der, leichenblaß wie er war, nicht so aussah, als hätte er noch lange zu leben. Die kleine Kletterpartie hatte ihm gerade noch so viel Luft gelassen, daß er nicht erstickte. „Guten Tag – Guten Tag – wie geht's – danke gut – ein schlimmer Tag ..." Keiner wagte sich weiter vor. Endlich entschließt sich der Alte:

„Da hast du ja ganz schön was geschafft!"

Dabei nickte er mit dem Kopf, doch nicht sehr begeistert, betrachtete die Hunderte und Aberhunderte Tonnen Sand, Geröll und Felsen beeindruckender Größe, die in den Wald gekippt waren und schließlich mehrere Buchen unter sich begraben hatten, deren Zweige noch hier und da herausragten. Ohne Zweifel war Reilhan sich des Monströsen, Unmäßigen seines Bauplatzes nicht bewußt. Der andere sperrte Mund und Nase auf, seine Tochter hatte ihm zwar davon erzählt, aber man mußte es selbst gesehen haben, um es zu glauben.

„Und wie weit bist du jetzt?"

Abel machte sich daran, eine Zigarette zu drehen, und gab durch ein Zeichen zu verstehen, daß es ging.

„Komm, zeigst du mir dein Loch mal ein wenig?"

Sein Loch!

Reilhan spürte, wie etwas sich in ihm zusammenkrampfte. Doch er beschloß, Anstand zu wahren und dem Alten nicht durch Beleidigungen das Maul zu stopfen, sondern ihm vorzuführen, wozu ein Mann fähig ist, wenn er nicht schon halb krepiert ist.

Er ließ ihn eintreten, zündete beim Vorangehen die Kerzen auf den Konservendosen an, die er alle fünf oder sechs Meter an die Balken genagelt hatte. Diese unterirdische Beleuchtung konnte ihre Wirkung auf den Besucher unmöglich verfehlen. Der keuchte und spuckte hinter seinem Rücken und zog unwillkürlich den Kopf in die Schultern. Nach einiger Zeit traten sie wieder hinaus, ohne daß ein Wort zwischen ihnen gefallen wäre. Reilhan hätte seinen Kopf dafür gewettet, daß sein Schwiegervater in sprachlosem Erstaunen über das Gesehene die Waffen strecken und ihn beglückwünschen würde. Doch Despuech hatte nicht die gleichen Gründe wie er, die Heldentat zu bewundern und die Überprüfung der Ergebnisse auf später zu verschieben. Heldentaten hatte es nämlich genug, ja hatte es viel zu viele gegeben in diesem verfluchten Land, wo man schon immer vernarrt gewesen war in verlorene Sachen, in niemals zu gewinnende Schlachten – die Seitenterrassen, Mauern aus bloßen Steinen, Hunderte, Tausende Kilometer Stein auf Stein gebaut, wogen bei weitem die sieben Arbeiten des Herkules auf. Wofür er kämpfte, wofür er seit jeher kämpfte – Straßen, Elektrifizierung, Bewässerung, Gründung von Genossenschaften, regionalistische Bewegungen, wirtschaftliche Unabhängigkeit, politische Würde –, war eine einzige Anklage gegen den privaten und lächerlichen Charakter dieses Unternehmens, gegen das wahnsinnige Mißverhältnis zwischen einem ungewissen Ergebnis und einer gewaltigen, womöglich sinnlosen Arbeit – sinnlos sicher, wenn das, was er seit kurzem befürchtete, sich als wahr erweisen würde – und letztlich frevelhaft. Er kam aus jenem unbeugsam redlichen Geschlecht, das einen wilden Haß auf die Unvernunft in der menschlichen

Geschichte hegt, nicht etwa aus geistiger Knauserigkeit dem Ungewissen gegenüber, sondern aus Abscheu davor, Bestehendes zu opfern für etwas, das vielleicht nicht ist. Der Bauplatz inmitten der Bäume, diese ganze Energie, die an anderer Stelle klüger hätte eingesetzt werden können, würde nichts anderes herbeiführen als den Untergang einer Familie und den Verfall eines Stück Landes. Er hatte unterwegs gesehen, in welchem Zustand der Verwahrlosung sich die Felder befanden. Das klaffende Loch im Berg, der seine Eingeweide erbrach, die ihre Trockenheit geradezu herausschrieen, war ein klaffendes Loch im Verstand seines Schwiegersohnes, wie ein riesiger Krebs.

Er begann auf ihn einzureden, zurückhaltend zunächst, dann immer klarer und deutlicher. Er versuchte, ihm begreiflich zu machen, daß er vernünftig sein und sich den Tatsachen beugen müsse: Es gab kein Wasser in diesem Berg.

„Doch ja", sagte Reilhan, „ich hab' mein Geheimnis."

„Ich weiß nicht, von welchem Geheimnis du sprichst, aber wenn es das ist, von dem alle reden, dann will ich dir lieber gleich sagen, daß du dich doppelt irrst."

Der Ton zwischen ihnen begann schärfer zu werden. In den Pausen, zwischen ihren Worten, deckten die Fliegen die Stille zu wie einen Kadaver.

„Alles umsonst!" sagte Despuech mit der kurzatmigen, pfeifenden Stimme eines, der nicht mehr lange zu leben hat und die Dinge sieht, wie sie sind. Er betrachtete kopfnickend den Damm des Stollens.

„Wenn man bedenkt, daß er das alles umsonst gemacht hat!"

Er sah niedergeschlagen aus und wiederholte unaufhörlich:

„Alles umsonst!"

Der andere schüttelte den Kopf und stellte sich taub; er hatte sich in sein Geheimnis eingemauert wie in eine Festung.

„Ich hab' mein Geheimnis ... Wenn ich Ihnen doch sage, daß ich mein Geheimnis habe ..."

„Was denn bloß für ein Geheimnis, du gehst uns auf die

Nerven mit deinem Geheimnis", ereiferte Despuech sich plötzlich, „Herrgott noch mal, schau doch!"

Er bückte sich mühsam, nahm eine Prise Sand aus einer der letzten Schubkarrenladungen und zerrieb sie in seiner Hand.

„Was brauchst du denn noch mehr? Hast du denn nicht begriffen, daß du nichts finden wirst, hm? Hast du nicht begriffen, daß du nichts finden kannst, weil du dich im Berg getäuscht hast?"

Reilhan warf seine halbgerauchte Zigarette fort und ließ die Arme sinken, die Hände weit geöffnet – weiß wie ein Laken. Nicht der geringste Hauch war in der Luft, kein Blatt bewegte sich. Man hätte eine Stecknadel zu Boden fallen hören können. Nur aus dem Wald, der eine einzige riesige Kadavergrube zu sein schien, kam das Summen der Fliegen herüber.

„Was sagen Sie?" brachte er hervor.

„Mein Armer, ich sag' es dir schon seit Monaten: Du rakkerst dich umsonst ab. Die Aiqualette ist ein anderer Kamm als der hier, dort hinten ..."

Er wies auf die baumbewachsene Kuppe, die nicht die Aiqualette sein sollte und augenblicklich, da sie es nicht war, schamlos ihre Fehler und Mängel, ihre ganze Bedeutungslosigkeit und Unfruchtbarkeit im hellsten Tageslicht ausbreitete.

Als er das Gesicht seines Schwiegersohnes sah, schlug er etwas mildere Töne an.

„Du wirst mir sagen, daß es dasselbe Massiv ist und das Grundwasservorkommen ohne weiteres bis hierher reichen kann. Dein Briefträger hat mir den Floh ins Ohr gesetzt, als er mir von der Quelle in Combebelle erzählte. Er behauptet, daß sie am Osthang der Aiqualette liegt. Ich kenne sie, diese Quelle, wir waren als Kinder oft dort. Und ich kann dir sagen, daß zwischen diesem Bergkamm und Combebelle ein anderer Kamm liegt, eben die Aiqualette ..."

„Aiqualette! Aiqualette! Langsam kotzen Sie mich an mit Ihrer Aiqualette ... Ich werde einfach länger graben, so."

Der andere trat ganz dicht an ihn heran.

„Selbst wenn du da drunter die Niagarafälle finden würdest, würde das deine Situation ändern? Wärst du deshalb vielleicht kein Trottel?"

„Und wenn es mir Spaß macht, umsonst zu graben?"

Entlarvt.

Jetzt ging alles den Bach hinunter. Es gab einen scharfen Wortwechsel, und auf einmal sagte Despuech „Sie" zu seinem Schwiegersohn. Sie dies, Sie das, so konnte er schweres Geschütz auffahren, indem er tat, als wandte er sich an mehrere Personen, die allesamt der gleichen Halsstarrigkeit, der gleichen Sinnlosigkeiten schuldig waren. Es war das letzte Bollwerk vor einer handgreiflichen Auseinandersetzung.

„Kommen Sie, Reilhan", sagte er schließlich, „alles, was Sie bisher getan haben, ist, Ihre Frau unglücklich zu machen und sich da drinnen einzuschließen, um der Wahrheit nicht ins Auge zu blicken. Sie haben Ihren gesunden Menschenverstand verloren, Sie sehen doch, daß Sie nichts finden werden. Sie müssen Ihr Loch jetzt verlassen."

„Mein Loch verlassen", knurrte Reilhan.

Er tat einen Schritt zurück und hob die Spitzhacke auf; seine verkrampften Fingerknöchel traten auf dem Griff hervor – weiß. Langsam bewegte er sich vorwärts, im Kopf einen roten Schaum. Ein Zorn, so alt wie ein Drittel Jahrhundert – denn er lebte seit dreiunddreißig Jahren in einer Welt, die nicht ganz die seine war –, sammelte sich, kochte in seinen Adern. Sein Leben war bedroht, sein Besitz, alles.

Despuech wurde noch blasser als er. Seine Lippen, seine Wangen, seine Augenlider zitterten – einer dieser entsetzlichen Familienzwiste, bei denen sich die Gesichtszüge verzerren und lange gereifte, eifersüchtig gehegte Gemeinheiten und Niederträchtigkeiten plötzlich ausbrechen in fleischfressenden Grimassen und Gebrüll – das unerbittliche Ich, das sich gegen seinen unerträglichen Doppelgänger empört.

Er mußte sich verteidigen, sonst hätte der andere ihm den Schädel eingeschlagen. Er wich einige Schritte zurück, immer noch gefolgt von seinem Schwiegersohn, dessen Gesicht leichenblaß war. Der Baum war jetzt ganz nahe; blitzschnell ergriff er das Chassepotgewehr, das an einem Ast hing und richtete es auf den Bauch des Halbverrückten, der sich anschickte, ihn umzubringen.

„Noch einen Schritt, und ich knall' dich ab."

Seine Stimme war nur noch ein unhörbares Pfeifen, an der Grenze des Erstickens, was ihr einen merkwürdigen vertraulichen Tonfall verlieh.

Es würde vielleicht nicht nötig sein, ihn zu töten.

Beider Gesichter schrecklich weiß – das Weiß der großen Anlässe, wenn kein Tropfen Blut mehr in den Adern ist. Wo zum Teufel versteckt sich das ganze Blut in diesen Augenblikken, wenn der Haß galoppiert, die Schädel zertrümmert, die Bäuche aufschlitzt, die Brustkörbe durchlöchert? Alle beide waren recht dämlich, doch nicht dämlich genug, um bis zum Äußersten zu gehen. Es galt herauszufinden, wer das erste Zeichen von Schwäche zeigen würde. Wie dem auch sei, Spitzhacke und Gewehr sanken ungefähr gleichzeitig herab.

Despuech wich langsam zurück unter dem Schutz der Bäume, den Lauf der Waffe zu Boden gerichtet. Der Stahl der beiden Waffen, drohend gerichtet oder gereckt, blieb zwischen ihnen, ein Schaden, der nicht wieder gutzumachen war.

Etwas weiter entfernt drehte er sich um und begann hinunterzusteigen. Von Zeit zu Zeit warf er einen Blick über die Schulter, um zu sehen, ob der andere ihm folgte. Als er an Maheux vorbeikam, warf er das Gewehr mit gesichertem Hahn vor die Tür.

Das Tageslicht in seiner trüben Reglosigkeit schien durch ein Kellerfenster zu fallen, ohne die geringste Veränderung seit einigen Stunden, als unterbräche irgendwo eine gewaltige planetare Panne den Lauf der Gestirne. Nie zuvor hatte der Himmel so nah der Erde ein so beeindruckendes Gewölbe zementiert. Graue, ungeheuer feindselige Spiralen bildeten sich, zerrieben sich aneinander; man war darauf gefaßt, sie auf einmal wie Schlangen spucken und sich winden zu sehen.

Den Magen von einem Hungerkrampf zusammengezogen, ging er hinunter zum Hof, fand das geladene Gewehr vor der Tür. Er wußte genau, daß in den Schränken nichts mehr zu essen war, aber er mußte einfach Türen zuschlagen, Schubladen herauszerren, Regale umwerfen, um die ungeheure Spannung seiner Nerven zu erleichtern. Es sollte ihn am Denken hindern.

Der Stuhl, der zerbrochen auf dem Küchenboden lag, brachte ihm wieder die Flucht dieser Hure ins Gedächtnis zurück. An allem war nur sie schuld. Wie ein Verrückter stürzte er sich auf den letzten unversehrten Stuhl des Hauses, der ruhig in seiner Ecke vor sich hindöste, und zertrümmerte ihn, eh der sichs versah. Das Getöse tat ihm beinahe so wohl wie körperlicher Genuß. Zwei oder drei weitere Entladungen seines Hasses streckten in Gedanken alle nieder, die das Unglück hatten, ihm in den Sinn zu kommen: seinen Bruder, den Schweizer Armleuchter, den Pastor, dessen Brille er zersplittern ließ, seinen Vater, diesen Trottel mit seiner Beterei zum Allmächtigen, der uns mit Wohltaten überhäuft – er wurde noch einmal vernichtet, obgleich er bereits tot und zu Staub zerfallen war. Ein schweres, von weit her kommendes Grollen erschütterte das Gebäude, ließ kurze Zeit die Fensterscheiben in ihren Rahmen klirren. Es schien sich bis in die letzten Tiefen der Erde fortzupflanzen. Er stieg in den ersten Stock hinauf – nichts, kein Brotkanten unter dem Bett. In Ermangelung einer menschlichen Person ließ er dieses durch das Zimmer fliegen. Die zertrümmerten Holzstükke überschlugen sich im Fenster und bereiteten ihm erneut einen recht angenehmen Augenblick. Um ihn herum drückten sich die zur Ohnmacht verurteilten Gegenstände wie erschreckte Tiere in die Ecken. Die Fußtritte, die er rechts und links verteilte, ließen auch die Unerschrockensten vor Schreck erstarren. Auf einmal glaubte er, ein Geräusch in den Eingeweiden des Hauses gehört zu haben, und blieb still stehen. Etwas ließ den Boden erzittern, aber es war nicht das Gewitter. Das Pferd! Er hatte das Pferd vergessen! Im voraus schon knirschten ihm die Zähne vor Vergnügen. Er sah es vor sich, wie es vor Angst fast verging, und stürzte diesem Bild hinterher auf die Treppe hinaus. Das Tier, friedlich, obgleich ausgehungert, käute unter dem dunklen Gewölbe des Schafstalls gerade einen Traum von zarten Wiesen und grünen Weiden wieder. Seit langem ohne Zuwendung, beging es den Irrtum, die erste Ohrfeige, die es einstecken mußte, als ein Zeichen rauhbeiniger Zärtlichkeit zu interpretieren, schüttelte den Kopf und ließ ein schwaches, dankbares Wiehern vernehmen, das die Wut seines Besitzers nur noch steigerte. „Na was, du Scheißtier, gleich wirst du sehen, was dir blüht." Das unglückliche Tier kriegte einige heftige Schläge und Hiebe auf den Bauch ab, der aufgebläht war und hohl klang wie bei allen schlecht genährten Tieren. Zu schwach, zu alt, zu müde des Lebens, um dem Feind die Stirn zu bieten, auf dessen Benehmen er sich überdies keinen Reim machen konnte, beschränkte sich der Wallach darauf, zwei- oder dreimal den Kopf heftig nach hinten zu reißen, womit sein Halfter glatt durchriß. Außer sich und wütender noch durch diese Dummheit, schickte Abel sich an, ihn totzuschlagen, ihn totzuprügeln, mit einem Verbrechen ein langes Martyrium zu enden, als dieser, am Ende seiner Geduld, ausschlug, die wurmstichige Tür des Schafstalls zertrümmerte und zweifellos aus Angst vor den möglichen Folgen dieses kühnen Schrittes vor den Augen seines verdutzten Folterers mir nichts dir nichts das Weite suchte. Abel kam kurz der Gedanke, ihm hinterherzujagen und ihn irgendwo im Wald geradewegs zu erledigen. Doch der Wallach, wie elektrisiert durch den Schrekken, hatte in einer zweiten Jugend seine entschwundenen Kräfte wiedergefunden, und er hätte lange laufen müssen, um ihn einzufangen. Sollte er doch irgendwo krepieren! Vielleicht ließe sich ja der Blitz durch soviel Ungerechtigkeit erbarmen und stellte sich auf die Seite des Menschen, indem er den Elenden tot zu Boden streckte. Er ging auf den Hof hinaus, die Augen quollen ihm aus dem Kopf, suchten in allen Richtungen nach irgendeinem Gegenstand, der noch die geringste Anwandlung von Hochmut ihm gegenüber an den Tag legte, doch das Schauspiel des Pferdes und dessen Flucht im Gewitter hatte die letzten Hoffärtigen kleinmütig werden lassen, und jedes Ding stellte sich tot bei seinem Herannahen.

Heute schien selbst der Zufall, der doch sonst in seiner Durchtriebenheit immer alles durchkreuzte und stets bereit war, einem mit seiner verletzenden Passivität Knüppel zwischen die Beine zu werfen, seinen Zorn zu billigen und ihm lautstark zu Hilfe zu eilen. Zumindest tat es seinen Ohren und seinen Nerven äußerst wohl, jedes Gewittergrollen als ermutigendes Beifallsgebrüll auszulegen. Er ging in die Vorratskammer, auf der Suche nach einigen alten Trockenkastanien, aber sie war natürlich leer, einfältig und ziemlich kühn, ihm ihre verlassenen Gitterroste zu präsentieren, die nun herhalten mußten für seinen Zorn. Auf einem kleinen Brett in der Waschküche fand er schließlich einen an Altersschwäche verendeten Ziegenkäse, den er haßerfüllt kaute. Dennoch fand die Waschküche sein Erbarmen.

In diesem Augenblick gab es eine grelle Explosion, die ihn gegen die Mauerwand schleuderte und sofort ruhig werden ließ. Es war, als sei eine Bombe auf das Haus gefallen und hätte es in die Luft fliegen lassen. Er warf sich auf die Tür, öffnete sie, stürzte hinaus, und das erste, was er sah, war ein Schwall weißen und schwarzen Rauchs, der aus dem eingestürzten Dach des Heuschobers emporstieg. Der Blitz! Alles würde im Handumdrehen verbrennen! Er ergriff einen Eimer und stürzte zur Pumpe – leergelaufen! Zu anderen Zeiten hätte sie dieses Versagen teuer bezahlt, doch jetzt war nicht der Moment für Mißhandlungen. Er wollte die Eisenklappe hochheben, um seinen Eimer direkt in die Zisterne zu tauchen – die zum Glück bis an den Rand gefüllt war – aber er hatte sie während der Vergeltungsmaßnahmen im letzten Jahr mit einem Vorhängeschloß versperrt und erinnerte sich nicht mehr, wo er den Schlüssel hingetan hatte. Einer genialen Eingebung folgend, knöpfte er seinen Hosenschlitz auf und pinkelte in den Eimer, goß den Urin in die Pumpe, bewegte wie rasend den Pumpenschwengel, spürte schließlich, wie der Widerstand zunahm, und nach kurzer Zeit gab die Pumpe rostiges Wasser von sich. Aber man lösche einmal ein Feuermeer mit einem Fingerhut! Im trockenen Heu und in den wurmstichigen Balken breitete das Feuer sich nach Herzenslust aus. Dennoch gelang es ihm, mit seinem Eimer an die zwanzig Mal hin- und herzulaufen, bevor das Gebäude völlig in Flammen aufging und das Dach in einer phantastischen Salve aus Funken und teerigem Rauch zusammenstürzte, die in den Himmel hinaufflogen, über den bläuliche, hoch geladene Blitze zuckten. Heute schien wirklich der Teufel im Spiel zu sein. Würde nicht die Vorsehung einschreiten, wäre Maheux sehr bald nur noch ein Haufen rauchender Trümmer.

Plötzlich fühlte er jenseits jeder Revolte Ekel in sich aufsteigen. Er ließ den Eimer zu Boden rollen, setzte sich auf die Türschwelle und betrachtete den vor seinen Augen wütenden

Brand mit einer Art gleichmütiger Neugier, als wäre dieses Haus nicht das seine und als müßte er das Ende des Schauspiels abwarten, um gehen zu können. Bei dem Tempo würde es im übrigen nicht mehr lange dauern: Das Feuer hatte bereits auf die Gebäude neben dem Wohnhaus übergegriffen, man hörte die Schieferziegel unter der starken Hitze bersten.

Auf einmal bedeckten sich die Treppenstufen mit großen Regentropfen, um ihn herum begann alles zu knistern, und der gleichsam wie ein Wunder einsetzende Platzregen wurde im Nu mit dem Feuer fertig. Doch der ganze Heuschober und ein Teil des Schafstalls waren zerstört. Einen langen Augenblick verharrte er reglos unter dem auströpfelnden Regen, betrachtete die rauchenden Balken und geschwärzten Mauern und fragte sich, welche mißgünstige Macht ihm alles, bis hin zum Dach über seinem Kopf, streitig machte. Was sollte er jetzt tun? Die Nacht in diesem leeren, ausgeräumten Haus zu verbringen, erschien ihm nicht verlockend. Versuchen, das Pferd wieder einzufangen, es mit einem Gewehrschuß niederstrekken, es aufessen? Nach Mazel-de-Mort gehen, durch Bitten oder Drohen etwas Geld bekommen, um den Stollen weitergraben zu können, um eine fragwürdige Aufgabe weiterzuführen – wenn er da unten nicht überhaupt mit Gewehrschüssen empfangen werden sollte – würde den Verdienst des Sieges aufs Schwerste schmälern. Vielleicht weil er seit langen Stunden nicht mehr gegessen hatte, erschienen ihm alle Ideen gleichermaßen unsinnig. Und während diese Möglichkeiten, kaum daß sie ihm in den Sinn kamen, wieder in sich zusammenfielen, keimte ein immer leichter werdendes Bewußtsein der Dinge in ihm, als verlöre die Welt allmählich ihre Dichte, ihren Ernst, ihre schweren Drohungen, ihre pathetischen Verheißungen und fände zurück zu unbekannter oder nur vergessener Arglosigkeit und Klarheit.

Das Verlangen nach Zerstörung, die Mordlust, die ihm soeben noch jedes Ding als Feind hatte erscheinen lassen, machte nun einer übernatürlichen Gelassenheit Platz, die alle Unterschiede auslöschte und ihn in ein wohliges Glücksgefühl sinken ließ. Leute, die im Schnee erfrieren werden, empfinden, so heißt es, das gleiche Gefühl von Verantwortungslosigkeit, Leichtigkeit, Gelöstheit und Hingabe. Er hatte das eigenartige Gefühl, all das zu sein, was er betrachtete, sich die Außenwelt mit der verwirrenden Leichtigkeit eines Betrunkenen oder eines sehr kleinen Kindes anzueignen. Bestimmt hatten auch die langen Entbehrungen, die sich häufende Erschöpfung einen Anteil an dieser Gleichgültigkeit, an dieser etwas trüben Schwerelosigkeit und dem plötzlichen Fehlen jeder Unruhe und inneren Spannung.

Kurze Zeit später, als die Wolken sich verzogen und der Himmel sich vor dem königlichen, weit entfernten, unwirklichen Sonnenuntergang erhellte, verspürte er plötzlich große Lust zu rauchen, aber er erinnerte sich, daß der Tabak im Stollen war, und so machte er sich langsam wieder auf den Weg des Waldes, des Sternenhimmels, der weiten Nächte. Er legte seine Decke auf den Eingang des Stollens, lehnte sich mit dem Rücken gegen die Wand und richtete sich ein im neuen Geruch nach Muttererde und nassen Pflanzen, einem Geruch, der allein schon das irdische Paradies enthielt. War es denn der Mühe wert, sich so abzuplagen, wo doch so wenig nötig war, um sich wohl zu fühlen, um erfüllt zu sein?

Er schlief einige Stunden. Die Kühle der Nacht weckte ihn auf. Er öffnete die Augen und stellte fest, daß der Tag bald anbrechen würde. Einen Augenblick war er verwirrt, als er erfolglos versuchte, sich zu erinnern, welches Datum man schrieb. Er glaubte seine Frau noch im Haus, damit beschäftigt, das Frühstück zu bereiten. Doch plötzlich tauchte die Erinnerung an die Szene mit seinem Schwiegervater in seinem Gedächtnis auf, und sofort erfaßte er die Situation in ihrer ganzen Dramatik. Jetzt, da er alle Brücken hinter sich abgebrochen hatte, konnte er auf niemandes Hilfe mehr zählen. Sogar sein

Pferd war vor ihm geflohen, der Blitz hatte einen Teil der Nebengebäude verbrannt, und er hatte sich an der falschen Stelle in den Berg gegraben, all das war schrecklich und lächerlich zugleich, alle würden sich über ihn lustig machen, er würde nirgendwo mehr zu erscheinen wagen. Wenn man bedenkt, daß er sich gestern abend noch so wohl gefühlt hatte, als er einschlief. Dieser ganze Berg von Mißgeschicken hatte ihn einen Augenblick lang wie trunken gemacht, unempfindlich – halb verrückt vielleicht. Doch nun, als er erwachte, erschien ihm die Wirklichkeit klar, deutlich, unerbittlich. Allein schon seine weichen Beine und sein hohler Magen teilten ihm beredt den Ernst der Lage mit.

Hoch über ihm zogen Vögel am Himmel vorbei, eine frühmorgendliche Jagd, auf dem Weg zur Tränke an den Bach. Es müßte schön sein, wie ein Vogel zu leben! Ob sie wohl vor Hunger sterben? Dieser Gedanke machte ihn etwas unbeschwerter, und wieder spürte er tief in seinem Innern ein Bewußtsein keimen, frei von Schuld und Sorge, frei von dem Siegeswillen, den es braucht. Es war – wie soll man sagen – eine kindliche Art, die Dinge zu sehen, vielleicht weil er nichts mehr besaß, weil er Gott weiß wie lange nichts mehr gegessen hatte. Er richtete sich auf, den Kopf voll weißen Rauchs, und schaffte es, ohne allzu große Mühe seine Beine zu lockern. Es würde ein herrlicher Tag werden, mit strahlendem Sonnenschein. Langsam stieg er den kleinen, ausgewaschenen Pfad hinunter, den sein ständiges Kommen und Gehen auf der Geröllhalde hatte entstehen lassen. Weiter entfernt, hinter dem Buchengehölz, fand er etwas zu essen, als er inmitten der Schiefersteine im trockenen Laub herumwühlte. Nachdem er einige rohe Kastanien geknabbert hatte, die seine Magenkrämpfe augenblicklich besänftigten, sammelte er einen Vorrat für die Suppe. Er ging in den Stollen zurück, um sie dort abzulegen, zündete zwei Kerzen an, tat einige ungeschickte Hackenschläge in den Sand und sagte sich dabei, daß es morgen besser gehen würde.

Kurze Zeit später, überzeugt, jemand habe ihn von unten gerufen, ging er mit seinem Gewehr hinunter, aber es war niemand da. Er ließ sich auf der Türschwelle nieder und lauschte der Stille. Die heiße Sonne trocknete die Steine und verschärfte den Geruch nach Asche und Holzkohle, der dem geschwärzten Gebäude entstieg. Wie spät mochte es sein? Hatte das jetzt noch irgendeine Bedeutung? Er fühlte, daß es eine Bedeutung hatte, daß man die Zeit niemals loslassen darf, es sei denn, um zu sterben oder mit einem Fuß im Grab zu stehen. Gleichzeitig empfand er jedoch wieder eine leicht wahnhafte Verantwortungslosigkeit, und dann geriet alles in seinem Kopf durcheinander, Vergangenheit, Gegenwart, Zukunft, und er glitt in einen Zustand angenehmer Benommenheit. Dann und wann hörte er so etwas wie eine Stimme von weit her rufen, aber vielleicht war sie auch in ihm selbst: „Gib nicht auf! Gib nicht auf!" Oder auch: „Du mußt graben! Du mußt graben!"

Gegen Ende des Vormittags erwachte er aus tiefem Schlaf, als das Geräusch von Schritten, die den Kies des Weges ins Rollen brachten, zu ihm drang. Rasch ging er in die Küche, schloß die Tür hinter sich zu, wobei er versuchte, so wenig Lärm wie möglich zu machen, und versteckte sich hinter dem angelehnten Fensterladen, so daß er nach draußen schauen konnte, ohne selbst gesehen zu werden. Es war der Briefträger, dieser Dreckskerl von Deleuze – der würde verdienen, daß ich ihm eine Gewehrladung verpasse! Wahrscheinlich brachte er irgendeinen Werbemist oder vielleicht einen Brief von seinem Bruder, dem Schweizer Armleuchter. Er sah ihn vor dem Fenster vorbeigehen und plötzlich, erschreckt durch den Anblick, wie versteinert stehenbleiben: „Verdammt", sagte er halblaut, „was ist denn hier passiert ... Das ist ja unglaublich ..." Reilhan hörte ihn noch etwas zwischen den Zähnen murmeln und ihn dann kurz darauf wieder fortgehen, wobei er jeden Augenblick stehenblieb und sich umdrehte, als wollte er seinen Augen nicht trauen. Hau ab, du Arschloch, laß mich in Ruhe. Er spürte, wie etwas ihn im Gesicht kratzte – es war seine eigene Hand. Verdutzt steckte er sie in die Tasche. Unter der Tür fand er einen Werbeprospekt für eine Fungizidmarke. In der Ferne die Stimme von Deleuze: „Post! Post!“ Er stieg in den ersten Stock hinauf, öffnete weit das Fenster seines Zimmers, ließ das grelle Licht hereinfluten, das in den Ecken herumstöberte und den Schmutz erkennen ließ, die Spalten, die Staubspuren, die Spinnennetze, in denen beim leisesten Lufthauch die Spinnenskelette erzitterten – es hatte etwas ungeheuer Indiskretes, ja sogar Gotteslästerliches, als würde das Innerste einer Gruft in hellstes Tageslicht gezerrt. Die Holzstücke des zerbrochenen Bettes häuften sich in einer Ecke wie die Trümmer eines Sarges. Bleierne Müdigkeit ließ ihm erneut die Beine schwer werden. Er legte die Matratze, die in den Staub gerollt war, flach auf den Boden und streckte sich darauf aus, die Augen starr an die Decke geheftet, geblendet von der starken, neutralen, leblosen Helligkeit, die das Zimmer erfüllte. Bei einbrechender Dunkelheit würde er wieder hinaufsteigen. Vielleicht würde er sich auf die Lauer legen. So blieb er eine Zeitlang, die Augen weit aufgerissen, starrte auf die schmutzige Decke, deren parallele, trostlose Rippen man stellenweise sehen konnte, mit uringelben Flecken durchsetzt, die Regenfälle einst dort hinterlassen hatten. Dieser Himmel aus totem Gips ließ ihn schließlich in eine sanfte Schläfrigkeit gleiten. Er schloß die Augen und schlief nach einigen Minuten ein, nicht ohne im Vorbeigehen von einigen sehr gewalttätigen Gedanken angegriffen zu werden, die er zum Glück nicht mehr vertiefen konnte. Einige Stunden später wachte er wieder auf, die Sonne erhellte die Hälfte des Talkessels mit ihrem flach einfallenden Licht, hinter dessen goldenem Schleier Myriaden von Insekten aller Arten tanzten. Er ging zum Fenster, immer noch etwas unsicher auf den Beinen, so als ließe sein Geist, befreit von seiner fixen Idee, auf einmal große Mengen Müdigkeit in den ganzen Körper strömen – vielleicht war es aber auch nicht so sehr durch Arbeit angehäufte Müdigkeit als der normale Zustand, in den man auf der Welt verfällt, wenn man das Unglück hat, nichts mehr auf ihr zu tun zu haben und sich dessen bewußt ist. Auf einmal war ihm, als öffnete er die Augen zum ersten Mal in seinem Leben – doch als öffnete er sie im Dunkeln, im Leeren, im Nichts, wie jemand, der mitten in der Nacht aus dem Schlaf schreckt und um sich herum nur Dunkelheit, Leere, Nichts findet. Einen Augenblick kam ihm der Gedanke, daß der Sternenhimmel, der Wald, in dem es einst so angenehm gewesen war zu atmen und zu leben, letztlich nichts als eine Lüge waren ... In diesem Augenblick muß es gewesen sein, daß alles sehr rasch eine schlechte Wendung nahm – eine Situation, die sich verschlimmert, die zerfällt, ohne daß irgendeine Macht der Welt in der Lage wäre, sie wieder in Ordnung zu bringen, das bißchen Leben, das noch vorhanden war, wieder zurückzuführen zum Quell der Illusionen. Er hatte nie viel nachgedacht in seinem Leben. Wie sagte doch irgendein Orientale: „Ich überlasse es den anderen, sich Gedanken über mein Leben zu machen, ich begnüge mich damit, es zu leben." ... Des Teufels Advokat oder der Teufel selbst ist da mit im Spiel: Nur Hohlköpfe können, ohne mit der Wimper zu zucken, zusehen, wie die Götter am Boden zerschmettert werden. Ich hasse mein Jahrhundert, nicht weil es die dunkle, antike Legion der Götter zu Boden wirft, sondern weil es sich anmaßt, sich der Trümmer zu bedienen, um den Menschen ihr Unglück zu erklären.

„Siehst du, dieser Bastard aus frühester Zeit – und vielleicht ist ja die Geschichte der Menschen oft die Geschichte einer regelrechten Schlacht zwischen einer kosmischen Neurose und einer verzweifelten Klarsichtigkeit – er hat es nicht verkraftet, aufgeweckt zu werden, plötzlich aus der Ewigkeit in die Zeit zu fallen – in die Zeit, Zeichen des Todes, Zeichen des Nichts. Seine Kategorien waren nicht die unseren, ich würde meine Hand dafür ins Feuer legen. Im übrigen dient alles, was ich über ihn sage, nur dazu, mein eigenes Bild zu zeichnen, nicht seines ... Es scheint ..."

Doktor Stéphan schaute seine Frau an und verstummte.

In jedem Menschen ein unversehrter Keim, wer weiß, der unfehlbare Beweis seiner Ewigkeit, etwas im Menschen und in der Welt, das mehr ist als der Mensch oder die Welt. Ein formloser – unformulierbarer – Beweis jedoch, wie bei großen Fischen, deren Lichtbrechung völlig identisch ist mit dem Wasser, in dem sie sich bewegen ... „Despuech, sein Schwiegervater, hat mir einmal gesagt: ‚Wissen Sie, er ist nie ganz normal gewesen. Tief in seinem Stollen hatte er sogar ganz viele Sachen mit Holzkohle an die Wand gemalt, wenn er sich langweilte, zwischen zwei Hackenschlägen, Sie werden mir doch nicht sagen wollen, daß er wie alle anderen war, den ganzen Tag in einem Maulwurfsloch zu bleiben oder mit dem Gewehr auf Sperber zu schießen, als er noch auf dem Hof war. Arme Marie, man kann nicht behaupten, sie habe das große Los gezogen ...‘ Ein Mensch an seinen Anfängen im 20. Jahrhundert ..."

Manchmal muß die Wahrheit ihre Augen verschlossen halten.

„Was ist mit dir? Was schaust du mich so an?"

Dieses Mal war sie es, die ihn mit einem seltsamen Gesichtsausdruck anblickte, als wüßte sie ihn von Krebs befallen.

Und was für ein Krebs.

In seinen Worten glaubte sie vor allem zweierlei erkannt zu haben: Kindheit und Alter, Hand in Hand, hartnäckige Geißel auf der Erde.

Der seiner Herrlichkeit beraubte Tag und die ihrer Tiefe beraubte Zeit vergehen langsam in der verlassenen Straße, unter den scharfen Peitschenriemen der Mauersegler. Der heiße Geruch des Asphalts sickert durch die Jalousien, erinnert an den Mandelkremgeruch der Totenfeiern, Geruch nie gehaltener Versprechen, in Samen geschossen und auf dem Halm verfault, wie seit zwanzig Jahren, wie seit der Zeit, da er nun dort oben über Büchern döste, von denen jeder Buchstabe ihn etwas mehr vom Leben entfernte, in diesem Zimmer, das der Pastor ihm überlassen hatte, damit er die Welt erobere, das hieß die Schweiz und die dazugehörigen Schenkel, die im übrigen zu fast allem gehören, was man auf Erden macht. Sicher hat gerade jemand vor seiner Tür gesprengt, ein Straßenhändler wie er, den die Fristen und die kriecherische Höflichkeit seines Berufs zur schmerbäuchigen Kahlköpfigkeit verurteilen, zu goldenen Fingern und goldenem Lächeln, wenn die Geschäfte gehen, und nun wird es Abend, und er ist vierzig Jahre alt und seit mehr als fünfzehn Jahren nicht mehr dort hinaufgestiegen. Man kann die Berge von hier sehen. Man braucht nur in die hochgelegenen Viertel der kleinen Stadt aus rosafarbenem Lehm und Kalkstein zu steigen, von wo man ihr nahes Amphitheater, ihr – schmerzliches – winterliches Weiß sehen kann.

Alle dort oben sind jetzt tot, Doktor Stéphan und seine Frau, beide im letzten Jahr, ein Autounfall, ich glaube, das war das Beste, was ihnen passieren konnte, und Herr Barthélemy und Despuech kurz nach dem Tod von Reilhan. Marie ist nicht gestorben; sie lebt immer noch da oben, in Mazel-de-Mort, allein, wie alt mag sie jetzt sein, fünfzig vielleicht, ich wette, dürr wie sie ist, wird sie uns noch alle begraben. Im übrigen sind wir ja alle schon fast begraben. Im Grunde ist nicht wichtig, was ich in der Vergangenheit glaubte, als ich mich noch von zeitlichen Entfernungen täuschen ließ – alt zu werden, was hatte das für eine Bedeutung? Aber zumindest anders zu leben als ich lebte, auf der Höhe des Lebens zu kämpfen, und nicht wie ich mit dem Verkauf von Büchern in einem Laden hinterster Provinz festgenagelt sein und jeden Abend, besonders im Sommer, den Geruch der Niederlage atmen zu müssen, den Geruch einer Art unauslöschlichen Verrats. Man mag seinen Schwanz in noch so viele Mösen gesteckt haben, man ist und bleibt doch ein Arschloch. Die Verachtung, der Lohn all dieser miesen Bettgeschichten, ist eine schreckliche Mischung aus Verzweiflung und Feigheit.

Jeden Abend, vor allem im Sommer und Winter, diesen großen Gegensätzen des verschwundenen und verratenen Universums, haßt er die Welt, haßt er sich selbst mit seinen Versuchen, alles zu erklären und zu zerstören – wenn die Zerstörungswut der Verräter an ihm nagt. Frühjahr und Herbst sind recht schön im Tiefland, besonders wenn man die Vierzig erreicht.

Am 17. Mai 1954 erhielt er das Telegramm mit der Nachricht. Beim Tod seiner Mutter hatte er sich nicht bequemen können oder wollen, sich bei dem seines Bruders blicken zu lassen, war ihm als notwendiger Ausgleich für das Andenken der drei Toten erschienen. Man wurde wahrhaftig nicht sehr alt in der Familie.

Doktor Stéphan hatte ihn am Bahnhof abgeholt. Der regnerische Frühling hatte die Berge ungewöhnlich grün werden lassen.

„Wie ist es passiert?“

Man wird nie wissen, wie es passiert ist. Man wird nicht einmal wissen, an welchem Tag und zu welcher Stunde es passiert ist. Sie mußten sofort hinaufsteigen. Die Gendarmen warteten am Eingang des Stollens. Als er die riesige Aufschüttung aus Sand und Fels sah, war er bestürzt, beinahe von Entsetzen gepackt. In diesem Geröllkegel lag etwas abstoßend Sinnloses. Intelligenten Verrätern erscheint immer alles wirklich Sinnlose monströs, und doch ist seitens des Menschen nur das Monströse eine Antwort auf das Rätsel des Universums. Alles andere ist nur ein Krämerstreit. So ungefähr sprach Doktor Stéphan zu ihm, während sie hinter den Gendarmen in den Stollen eintraten. Zwanzig Meter tief konnte man vordringen, dann war alles eingestürzt, dreißig, vierzig, vielleicht fünfzig Meter Berg und das seit wer weiß wie vielen Tagen. Despuech war der letzte, der ihn lebend gesehen hatte, gut drei Wochen vorher. Zu dieser Zeit war der Stollen schon mehr als sechzig Meter tief. Es hatte dieses Gewitter gegeben, dessen Spuren noch auf dem Sand am Eingang des Stollens sichtbar waren, und man konnte leicht feststellen, daß seitdem keine neue Erde mehr hingeschüttet worden war. Um bis zum Körper vorzudringen, hätte man sich durch Hunderte und Aberhunderte Tonnen Felsgeröll, Erde, womöglich Schlamm arbeiten müssen. Als das Protokoll unterzeichnet war, brachen die Gendarmen auf, gerade als der Pastor eintraf. Und der wieder! „Sie haben Ihre Pflicht getan, meine Herren, an mir ist es nun, die meine zu tun, die dort beginnt, wo Ihre endet." Einige Nachbarn von der Hochebene waren heruntergekommen, um ihm die letzte Ehre zu erweisen. Ich erinnere mich an das Totengebet, das Herr Barthélemy mit zittriger Stimme vor der schwarzen Öffnung sprach: „So sind wir ja mit ihm begraben durch die Taufe in den Tod, damit, gleichwie Christus ist auferweckt von den Toten durch die Herrlichkeit des Vaters, also sollen auch wir in einem neuen Leben wandeln ..." Und der Doktor neben mir, der mit seiner eigenen Epistel loslegte: „Nachdem Buddha tot war, zeigte man noch jahrhundertelang seinen Schatten in einer Höhle – einen ungeheuren schauerlichen Schatten. Gott ist tot: aber so wie die Art der Menschen ist, wird es vielleicht noch jahrtausendelang Höhlen geben, in denen man seinen Schatten zeigt ..."

In diesem Augenblick entschloß sich Joseph Reilhan, den Rest des Tages und vielleicht die Nacht in Maheux zu verbringen. Er wußte, daß er lange Zeit nicht, vielleicht niemals mehr, dorthin zurückkehren und damit einen endgültigen Strich unter seine ferne Herkunft ziehen würde. Er ging mit den anderen nach St. Julien hinunter, um sich etwas zu essen zu kaufen. Er küßte Marie Despuech, die mit ihrem Vater wieder nach Mazel-de-Mort aufbrach. „Wollen Sie nicht die Nacht bei uns bleiben, Sie können morgen früh abreisen, ganz allein in dieser Ruine ..." Er hatte lächelnd den Kopf geschüttelt. „Ich fürchte mich nicht vor Gespenstern, denn es gibt keine Gespenster ..." Plötzlich hatte ihr Anblick ihn beklommen gemacht, denn ein sonderbarer, flüchtiger Ausdruck von Jugend und Weiblichkeit lag über ihrem Gesicht, in ihren Augen. Vielleicht war der Kummer daran schuld, der hinter den vorzeitig verfallenen Gesichtszügen wieder die Frische kindlicher Kümmernisse zum Vorschein brachte.

Er hatte eine Büchse Ölsardinen gekauft – in Olivenöl, er erinnert sich –, ein Stück Wurst, Eier, Butter, ein krustiges Brot in der Bäckerei, in der er einst nach den bunten Röhrchen mit Lakritzpulver geschielt hatte: „Ich hab' ihn jeden Morgen gehört, wenn er im Morgengrauen mit seiner Schubkarre am Fenster meiner Backstube vorbeikam, es war zur Zeit der großen Dürre. Er fluchte wie ein Kutscher, aber welche Ausdauer ... eine wahre Bärennatur." Seine Einkäufe in eine Plastiktüte gepackt, die der Krämer ihm gegeben hatte, stieg er gegen drei oder vier Uhr nachmittags wieder hinauf, auf halbem Wege von herrlichen, schmerzlichen Gerüchen nach Gras und Pflanzen empfangen. Er betrat das Haus. So sind sie nun tot, alle drei. Zaghaft machte er die Runde durch alle Zimmer, ging wieder hinaus, betrachtete die Umgebung. Wie rasch würde jetzt alles verwildern. Riesige Krautpflanzen umschlossen schon die Mauern und fraßen den Roggen ab. Sicher tobten sich nun auch die Schößlinge des Waldes nach Herzenslust auf allen Lichtungen aus. Aus den vom Blitz getroffenen Gebäuden quollen Dornen, fast ebenso schwarz wie die Spuren des Feuers. Er setzte sich auf die Treppenstufen. Trotz allem, wir, ich meine sie haben kein Glück gehabt. Er versuchte, ausgehend von den gleichen Gegebenheiten, sich ein besseres Leben vorzustellen. Frau und Kinder, Vater und Mutter, die friedlich am Herdfeuer altern, am Abend kehrt man von den Feldern zurück, die Hacke geschultert, Rufe und Lachen hätten uns empfangen, Arbeit und Vergnügen in der Gemeinschaft, Traum von der geschützten Stammesfamilie, Traum von der wiedergewonnenen Zeit, mit und in der Einfachheit des Lebens, Übereinstimmung mit dem, was man tut, Gerüche, Gerüche der Welt, uralte Gerüche, die ihm das Herz brachen, das alles wirbelte in ihm wie die Trümmer eines gestrandeten Schiffes – und fünfzehn Jahre später, in der kleinen, sonnenversengten Stadt aus Kalk und Lehm, die besät ist vom Dreck der Mauersegler wie eine Stadt in Spanien, war das Böse da, weigerte sich zu verschwinden, würde ihn bis ans Ende begleiten.

Er hatte sich zum Abendessen vor die Tür gesetzt, dort, wo er seine Mutter das letzte Mal hingesetzt hatte, als er das Haus gesäubert, als er versucht hatte, in diesen häuslichen Gesten den Glanz seiner alten Welt wiedererstehen zu lassen. Die Nacht war ruhig, etwas frisch, schon vom Gesang der Grillen und Nachtigallen erfüllt. Hier waren die Sterne nicht wie anderswo. Nichts auf der Welt gleicht jemals dem Ort, an dem man zum ersten Mal ihr Licht erblickt hat. Ein schreckliches, ein giftiges Erbe. Er schloß die Augen. Es gibt Dinge, die Gott sich nicht erlauben dürfte. Er glaubt seit langem nicht mehr an Gott, aber seit langem gibt es tief unter den Trümmern seiner Welt etwas, das verzweifelt danach verlangt.

Bis spät in die Nacht hinein rauchte er fünfzehn, vielleicht zwanzig Zigaretten. Nach dem, was man ihm gesagt hat und was Doktor Stéphan vermutet, errät er, was sich zugetragen haben könnte. Man kann einen Menschen nicht sterben lassen, ohne den Versuch, seinen Spuren bis zum Ende zu folgen, und mögen sie auch noch so winzig sein.

Die letzte Sprengladung, womöglich zu stark, eine Ungeschicktheit beim Anzünden der behelfsmäßigen Lunte, ein Funke, die Ladung brennt ab, er versucht zu fliehen, zu spät, alles fliegt in die Luft, der Berg stürzt über ihm zusammen. Oder aber er bleibt vor der brennenden Lunte stehen und trägt so die Folgen seiner Herausforderung bis zur allerletzten Konsequenz.

In Seiner Hand zermalmt wie eine Nuß. Besiegt, weil alle besiegt werden müssen, und Sein Wille geschehe.

Bevor er wieder in die Schweiz zurückgekehrt war, hatte er sich am nächsten Morgen ein letztes Mal zum Stollen hinauf begeben. Im Morgengrauen hatte er das Unkraut herausgerissen, das die Gräber seiner Eltern überwucherte, eines auf dem Friedhof, das andere ganz allein hinter der Mauer, noch tragischer in seiner Einsamkeit. Er hatte einen Schraubenzieher mitgenommen. Die Inschrift muß sich noch am Eingang der Höhle befinden, auf der glattesten Granitfläche der Wand:

Abel REILHAN
1922-1954

Während er seiner kleinen Totengräberarbeit nachging, kam ihm der Gedanke, daß man alles, was man im Leben nicht bekommen hat und nicht zu geben wußte, mit einem Schlag dem Tod zu zahlen hat. Er bedauerte, in diesem Augenblick nicht eines dieser großen Mädchen mit glatten Haaren und honigfarbenen Beinen bei sich zu haben, welche die Sekunden zum Blühen bringen, wenn sie das Leben mit ihren langen Fingern liebkosen. Carolina, Dakota oder Virginia, wie die Provinzen einer Neuen Welt.

Das Hochland wird ihm nie etwas anderes bieten können als ein Grab. Letztendlich wäre er nicht ungern da oben begraben, vor dieser wilden Grabstätte, von der aus man heute morgen das bläuliche Gekräusel der Hochebenen sah, bedeckt hier und da von der empfindlichen, tiefreichenden Haut des Korns, dessen Oberfläche sich sanft und ergreifend bewegte, liebkost von der ewigen Flucht der Wolken.

Domessargues, 6. März 1971-21. Februar 1972

Anmerkungen der Übersetzerin

1) *travers* werden in den Cevennen die steilen Berghänge der engen Täler genannt. Gleichzeitig enthält der Begriff assoziativ die *traversiers*, dtsch. Seitenterrassen, sowie die Bedeutung des Adjektivs *travers*, dtsch. verquer, schief.
2) Ein *can* ist ein kleiner *causse*. *Causses* sind die im Süden des Zentralmassivs gelegenen, an die Cevennen angrenzenden Kalkhochflächen, ein 700-1300 m hoch gelegenes Karstgebiet. Die Cevennen bestehen dagegen hauptsächlich aus Schiefergestein.
3) *folie*, dtsch. Verrücktheit, bezeichnet auch im 17. und 18. Jahrhundert vom Adel mit großem Aufwand auf dem Land unterhaltene Lusthäuser.
4) Stützmauern, die den Anbau am Berg ermöglichen; Raum zwischen diesen Mauern.
5) Berittene Truppen, die vornehmlich mit dem Gewehr kämpften. Durch Zwangseinquartierung von Dragonern (Dragonade) versuchte Ludwig XIV. die französischen Protestanten zur Bekehrung zu zwingen. Den einquartierten Dragonern wurden Mißhandlungen und Plünderungen gestattet.
6) Diese Jugendlager bestanden unter dem Vichy-Regime und waren straff organisierte Arbeitslager, in welche die Jahrgänge 40 bis 43 anstelle des Militärdienstes einrücken mußten.
7) *parpaillot*, vom Okzitanischen parpailhol = papillon, dtsch. Schmetterling, wurden die Calvinisten aufgrund ihrer weißen Kleidung genannt. Gleichbedeutend mit Ungläubiger, Ketzer.
8) Ein *mastaba* ist ein einfacher Schäferunterschlupf, der aus trockenen Steinen, ohne Verwendung von Mörtel, gebaut ist.
9) In Wasser gekochte Trockenkastanien
10) Kamisarden hießen die hugenottischen Bauern in den Cevennen, deren Widerstand gegen die Verfolgungen durch Ludwig XIV. 1702 zum Cevennenkrieg führte, der 1710 mit ihrer Niederlage endete.
11) Eine Art Drosselschlinge
12) Anspielung auf die Bartholomäusnacht 1572, in der auf Anordnung Katharina von Medicis mehr als 20000 Hugenotten ermordet wurden.
13) Von „fontaine de chien", Hundequelle
14) Trockene, kalkige, ca. 200 m hoch gelegene Landfläche am Fuß der Cevennen, vor allem von Steineichen und niedrigen Büschen bewachsen.

Wir danken Dörte und Frédéric Seauve, Hans Thill für die begleitende Hilfe beim Zustandekommen der Übersetzung.

Verlag Das Wunderhorn